KB265874

불경 전래설화의 소설적 변모 양상

변문집 『석가여래십지수행기』 연구

불경 전래설화의
소설적
변모 양상

변문집 『석가여래십지수행기』 연구

서 문

　　고소설을 전공하면서 처음에는 불교계 서사문학에 대한 회의를 지니고 있었다. 학계의 전반적인 흐름이 그랬다. 심지어는 뭐 그런 걸 연구하느냐는 선배, 동학들의 간접적인 이야기도 들었다. 게다가 천성도 게으르니, 자연 진척이 더디고 스스로도 연구 결과에 흡족해 하지 못하는 결과를 내었다.

　　그러나 시간이 흐를수록 그러한 회의는 기우라는 확신이 생겼다. 필자가 연구한 자료『석가여래십지수행기』는 우리 나라 불교계 서사문학의 형성·전개 과정을 이해할 수 있는 다양한 단편들이 고스란히 담겨 있고, 몇 작품은 그대로 초기 고소설에 해당하는 변문소설의 면모를 갖추고 있다. 벌써부터 대학 강단에서 고전소설 강독 자료로『석가여래십지수행기』소재 작품이 다루어지고 있는 것은 고소설의 지평을 확장하는 데 있어 매우 고무적인 일이라고 생각한다.

　　학위 논문으로 준비할 때의 원제는 <『석가여래십지수행기』연구>였지만, 연구의 초점이 불경 전래설화의 변문화 과정을 검토함으로써 변문이 고소설로 발달하고 후대 소설로 전개되는 뚜렷한 전개 양상을 살피는 데 맞추어졌기 때문에, 학계 제현들의 이해를 돕기 위해서, 이 책에서는 '불경 전래설화의 소설적 변모 양상'으로 바꾸어 표제로 삼는다.

　　이 귀중한 자료는 낙은(樂隱) 강전섭 교수 개인 소장 목판본이다. 현재 조사된 바로는 이본이 3종(고대본, 연대본, 낙은본)이 전하고 있는데 완질본으로는 낙은본이 유일본이다. 이 자료에는 불경 전래설화의 변문화 과정, 변문의 소설화 과정을 알 수 있는 단편들이 들어 있어서 한국 서사문학의 형성·전개를 이해하는 데 매우 중요한 책이란 것을 새삼 알게 되었다.

　　이 자료의 가치에 비해 필자의 문장이 거칠어서 출판할 생각은 못하고 있었는데, 낙은 선생님께서 경향 각지의 여러 학자들은 물론 최근 일본 학자들까지 찾는 자료라면서, 필자가 영인을 할 수 있도록 선뜻 허락해 주셨다. 이에 용기를 얻어, 학위 논문 <『석가여래십지수행기』연구>를 다듬고 귀중본인 『석가여래십지수행기』(낙은본)를 부록으로 영인하여 펴낸다. 학계 제현의 관심과 질정을 구하며, 이 책이 한국 고소설 형성·전개 문제를 검증하는 자료로써 앞으로 보다 깊이 있게 연구되는 계기가 되기를 바랄 따름이다.

그동안의 은혜를 생각하면 헤아리기 어려운데, 인생과 학문의 길을 깨우쳐 주신 사재동 선생님, 삼척에서 올라온 시골 사람을 이만큼 키워주신 김균태 선생님, 늘 따뜻한 지침을 주시는 강전섭, 김선기 선생님, 그리고 틈틈이 연구할 수 있도록 뒷바라지해 준 가족들의 고마운 마음을 새겨 둔다. 끝으로 어려운 사정에도 출판을 쾌히 승낙해 준 도서출판 역락의 이대현 사장님께도 소중한 인연에 깊은 감사를 드린다.

서기 2003년 여름에
朴炳東 삼가 씀

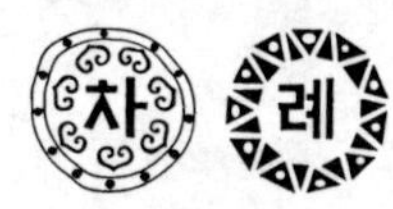

I. 서 론

1. 문제 제기

한국 서사문학사와 고소설사에서 불교계 설화문학을 다루는 학계의 일반
적인 시각은 여전히 배타적이다. 이러한 문제는 불교계 설화문학의 자료가
한국 설화문학과 고소설사에서 비중있게 다루어질 만큼, 문학성과 예술성을
갖추고 있지 못하다는 선입견에 기인한다. 그럼으로써 우리의 설화문학 내지
고소설의 맥락은 여전히 영성하고, 특히 불교계 설화문학이 주류를 이루는
고려대의 그 실태는 매우 미흡한 것으로 간주되어 온 것도 사실이다. 그러나
고려시대에 형성된 사전(史傳), 가전, 탁전, 승전, 불경 전래설화,[1] 일화, 전기
(傳奇) 등 다양한 유형의 서사 작품들은 인간 삶의 복잡한 사정을 담아낸 문
학 양식으로써 중세적 이념을 표현하고 문화 수준을 높이는 데 크게 기여했
다.

고소설의 형성과 관련하여 이 시기에 관심을 갖고, 설화문학을 유기적이
고 체계적으로 파악하려 시도한 논고[2]들이 나오고 있지만, 대체로 불교계 설
화문학의 실상과 위상은 간과되고 있다. 그래서 지금까지 우리는 대개 열전
과 가전, 탁전, 일화, 전기 등에 중점을 두고 논과 사를 기술해 왔다.

---

1) 불경 전래설화는 불경 소재설화와 후대적으로 전개된 설화를 지칭하는 용어로 사용한다.
2) 임형택, 나말여초의 전기문학, 한국한문학연구 제5집, 한국한문학회, 1981.
  이문규, 고려시대 설화문학의 전개 양상고, 다곡이수봉선생화갑기념 고소설연구논총, 제일
  문화사, 1988.
  김종철, 설화문학사에서 본 초기소설의 성립문제, 다곡이수봉선생화갑기념 고소설연구논
  총, 위의 책.
  박희병, 한국고전소설의 발생 및 발전단계를 둘러싼 몇몇 문제에 대하여, 관악어문연구 제
  17집, 서울대 국문과, 1992.

그러나 사실 형성기 서사문학의 보고는 불교계 설화문학이다. 설화문학이 당시대의 사상과 질서를 표현해 내는 문학 갈래라고 할 때, 중세기적 사회는 불교적 질서에 의해 형성되고 전개된 시기였기 때문이다. 신라·고려대의 수많은 사찰연기설화, 고승들의 전기, 변문화된 불경 전래설화, 민간설화 등은 이 시기의 가장 소중한 우리의 설화문학 작품이 아닐 수 없다. 한마디로 고려시대가 한국 설화문학의 기록·정착기라 한다면, 불경계 전래설화들이 그 중심이 된 것이라 해도 결코 지나치지 않다. 특히 불교는 독자적, 배타적 입장에 서지 않고 유교와 도교, 민속신앙을 아우르는 포용과 조화를 추구해 나갔다. 그러므로 이 시기 불교문학은 우리의 중세적 사회 변동으로 나타난 문학이란 점에서도 그 가치와 위치가 새롭게 평가되어야 마땅하다.

이렇게 볼 때 고려시대의 설화문학은 이전의 구비 서사 중심으로부터 본격적인 기록 서사 중심 시대로 전환되면서, 설화문학의 형성·발달·변모에 있어서 매우 중요한 의미를 지니는 동시에, 나아가 고소설의 성립문제까지 밝힐 수 있다는 데[3] 그 의미가 있다. 특히 외적으로는 유교와 불교가 중국과 활발히 교류하고 있었을 뿐 아니라, 내적으로는 훌륭한 고승과 그의 저술들이 어느 때보다도 많이 쏟아져 나왔다는 점은 설화문학 발달의 내부적 역량이 충분했음을 시사해 주는 준거이다.

따라서 고소설의 형성 문제는 외래적 영향 요인과 함께 내부적으로 축적된 역량을 아울러서 그 동인을 찾아야 한다. 그렇다면 설화문학을 발달시킬 수 있었던 외래적 영향으로서 한·중문학의 교류·유통을, 가장 큰 내부적 역량으로서는 속강(俗講)과 변문(變文)을 주목해야 하겠다. 실제로 불경 속에는 인연과 연기, 비유, 본생담 등 다양한 서사 소재들이 들어 있어서, 이를 활용한 변문들이 속강의 등장과 더불어 불경 전래설화를 대중들에게 재미있게 부연하는 변문계 서사물로 활발하게 형성·유통되었다. 그래서 고려조 설화문학 속에서 이미 초기소설 수준[4]의 서사 작품이 존재했을 가능성은 충분하다.

---

3) 이문규, 앞의 논문, p.239.
4) 고려시대 불교계 설화문학을 소설사에서 적극적으로 다룬 입장은 다음의 논고가 대표적이다.
  사재동, 불교계 설화문학의 연구, 어문연구 제12집, 어문연구회, 1983.
  인권환, 설중환, 장효현, 전경욱 편저, 한국고소설선, 태학사, 1995.
  박용식, 한국설화문학의 전개와 신앙사상, 사재동 편, 한국설화문학사의 연구, 중앙문화사,

　이런 점에서 고려대 불교계 설화문학의 개별적 존재 양상을 새롭게 주목하지 않을 수 없다. 단편적이고 지엽적인 것으로 여겨졌던 서사 자료들을 재검토하고, 유기적인 관련성을 체계화할 필요가 있기 때문이다. 고려대의 불경 전래설화 작품 중에서 새롭게 검토될만한 집전 형태들은『삼국유사』,『사산비명』,『해동고승전』,『법화영험전』,『석가여래십지수행기』등을 들 수 있고, 이 외에도 개별적인 승전들은 이루 다 헤아리기 어렵다. 우리가 관심을 가져야 할 부분은 이들이 한결 같이 서사적 요소와 허구적 상상력을 풍부하게 갖추었을 뿐만 아니라, 이들 중에는 인물의 일대기 형식과 사건의 갈등 구조를 갖춘 소설 양식의 작품들도 많이 있다는 점이다.

　게다가 이러한 불경 전래설화 문학은 당시인들에게 현세와 초월계를 함께 공유할 수 있는 삼세 윤회라는 이원론적 세계관을 형성해 주었다. 그러므로 허구·상상적인 내용과 삼세에 걸친 일대기 형식을 취하는 설화문학적 성과는, 상상력과 주관의 틈입을 철저히 허용하지 않는 유교 열전적 서술지향의 한계를 극복5)하게 만든 불교적 세계관에 그 몫이 돌아가야 한다. 특히 변문화 과정을 통해 불경 전래설화 문학이 갖는 상상과 허구적 세계는 그 불교성이 약화되면서, 경전의 경계를 차츰 헐어버리고6) 현실과의 거리를 좁힘으로써 점차 서사 영역이 허구화, 소설화로 확대·변모되어 갔다.

　이러한 추정은 실제로, 불경계 전래설화 문학의 작품 검토를 통해 우리가 밝혀야 할 과제이다. 그럼에도 우리는 그 동안 이른바 조선조 영웅소설의 유형 구조와 사상의 잣대로 이전의 문학을 재단해 왔다. 그러나 우리의 설화문학사에 있어서 그 배경 사상이 복합적임을 고려할 때, 무엇을 기준 축으로 하느냐 하는 문제는 매우 중요하다.7) 특히 고려대는 불교 사상의 시대였다. 그리고 그 때는 전래설화 문학들이 기록으로 쏟아져 나온 때이다. 그렇다면 한

1995, pp.156-163.

5) 김승호, 고려 승전의 서술방식 연구, 동국대대학원 박사학위논문, 1990, p.17.

6) 불경 전래설화는 대체로 팔상 구조를 갖는데 변문화되는 과정에서 팔상의 변형이 시도된다.

7) 우리가 설화문학사를 파악·서술하는 데 있어 무엇을 기준축으로 하느냐 하는 문제는 매우 중요하다. 그 기준축 여하에 따라 작업의 핵심과 방향이 좌우되기 때문이다. 흔히들 서사문학의 배경 사상을 유·불·선에 둔다. 때문에 한국 설화문학의 배경사상이 제 사상의 복합된 산물이라 보기 전에 주어진 자료의 성격과 관점에 따라 서사 문학을 정리할 수 있겠다. (사재동, 불교계 국문소설의 형성과정 연구, 아세아문화사, 1977, p.7 참조.)

국 설화문학의 발달과 고소설의 형성에 있어, 이 시기의 서사문학이 발판이 되었다는 가설은 개연성이 있다. 이런 점에서, 고려시대 불경계 전래설화 변문집인 『석가여래십지수행기』를 주목하고자 한다. 『석가여래십지수행기』에는 한국적으로 토착화된 변문들이 들어 있을 뿐만 아니라, 이 중 몇몇 작품들은 조선조까지 유통되면서 그대로 소설로 전개·유통되었기 때문이다.

『석가여래십지수행기』는 그동안 단편적으로는 많이 다루어져 왔지만, 변문문학적 관점에서 체계적이고 종합적으로 다룬 연구는 아직 없는 실정이다. 『석가여래십지수행기』는 불경 전래설화의 고사들이 변문화 과정을 통해, 허구성과 예술성을 살린 불경계 변문소설로 변용·정착된 작품집이다. 뿐만 아니라 그 형성 연원이 오래되면서도 서·발문까지 갖춘 완벽한 후대 유통본이 발견되고, 단위 작품 중 일부는 그대로 조선조 고소설로 전개되었다는 점에서, 불경 전래설화 문학이 한국 서사문학 내지 고소설의 형성·전개·발달 과정에 끼친 영향 관계를 밝힐 수 있는 적절한 자료라 하겠다.

이 책은 그 저본이 불경에 연원하지만 저본 불경 설화와는 내용과 체재가 완전히 다른 일종의 변문집으로서, 한국 승려들에 의해 필사되고, 중간되어 향유되며, 유통되어 온 설화문학집이다. 특히 이 책의 소재를 이루는 10편의 이야기가 구비적, 단편적으로 각각 변문화되어 온 과정을 고려한다면 형성 시기는 훨씬 소급될 뿐만 아니라, 조선조에서도 2회에 걸쳐 판각·유통되었다, 게다가 고소설 「금송아지전」,8) 「적성의전」9) 계통이 다 여기로부터 나왔다는 사실을 전제할 때, 『석가여래십지수행기』가 한국 서사문학과 고소설사에서 차지하는 비중이 매우 크다는 것을 알 수 있다.

이제 우리가 관심을 가져야 할 점은 이들의 상당수가 전기적(傳奇的) 요소와 허구적 상상력을 풍부하게 갖추었을 뿐만 아니라, 인물의 일대기 형식

---

8) 사재동, 「금송아지전」의 유통양상, 낙은강전섭선생화갑기념 한국고전문학연구, 창학사, 1992. 전진아, 「금송아지전」 연구-이본의 전개양상을 중심으로-, 이화여대 석사학위논문, 1995.
9) 인권환, 「적성의전」 근원설화 연구-인도설화의 한국적 전개-, 인문논집 제8집, 고려대 문과대, 1967.
이강옥, 불경계 설화의 소설화 과정에 대한 고찰, 고전문학연구 4집, 한국고전문학연구회, 1988.
최호석, 『석가여래십지수행기』의 소설사적 전개-선우태자·적성의전·육미당기, 고려대대학원 석사학위논문, 1993.

으로 서사화된 전기문학 형태를 유지하고 있다는 사실이다. 그 허구·상상적
인 구성·내용과 전기적 유형을 갖춘 초기소설 양식은 상상과 주관을 철저히
허용하지 않는 유교적 열전의 한계를 극복한[10] 변문이 거두어들인 성과라 하
겠다. 불경 전래설화 문학이 갖는 상상과 허구의 세계는 변문화 과정을 통해
그 불교성이 약화되면서, 경전적 경계를 차츰 헐어버리고 대중과의 거리를
좁힘으로써 점차 서사 영역이 허구화, 소설화로 확대·변모되어 갔다. 최근
변문의 성격과 실상이 대개 밝혀지고 있듯이, 문예사회적으로 볼 때도 변문
은 단순한 '연술고사(演述故事)', '도속화중(導俗化衆)'의 성격에 머문 것이 아
니라, 경전이 갖는 교리성과 보편성을 향유자의 문화와 감정에 맞도록 전환
시키고 있다. 다시 말하면 서술자의 고민과 향유자의 욕구가 빚어낸 당대의
서사물이다.

　　더욱이 『석가여래십지수행기』는 꾸준히 유통되다가 조선조에 들어와서
어느새 국자로 번역되어 읽혔으며, 이 중 몇 단편은 그대로 국문소설로 인정
될만한 수준이다. 그렇다면 『석가여래십지수행기』 소재 그 한문 표기에 해당
하는 「선우태자전」, 「금우태자전」, 「실달태자전」 등은 그대로 한문소설로 취
급될만한 수준이다. 15~16세기 국문소설의 공백기를 불교계 국문소설이 담
당했다면, 한문소설의 형성기인 13~14세기에는 『석가여래십지수행기』와 같
은 변문계 작품들이 주도적으로 행세했다.

　　더욱이 고려대는 불교 사상이 중심이 되는 시대였고, 승전 계통, 불경 계
통의 설화문학 자료들이 기록으로 쏟아져 나온 시기였다. 그렇다면 한국 서
사문학의 발달과 고소설의 형성에 있어, 이 시기의 변문문학이 발판이 되었
다는 가설은 더욱 타당성이 있다. 이러한 추정은 실제로, 조선조에 간행·유
통된 불경 전래설화 문학집인 『석가여래십지수행기』를 검토함으로써 검증해
야 할 과제이다.

---

10) 김승호, 고려 승전의 서술방식 연구, 앞의 논문, p.17.

2. 연구사의 검토

『석가여래십지수행기』에 대해서 가장 먼저 소설 작품적 가치를 언급한 학자는 김태준이다. 그는 그의 '조선소설사'에서 「왕랑반혼전」과 「금독전」(금우태자전)을 고려시대 가장 많이 유행한 불교소설이라고 하면서, 한문이나 이두문으로 쓰여 유행하였다[11]고 추정한 바 있다. 그리고 「금독전」의 원형은 불경 전래설화에서 나온 것이라 하여 『석가여래십지수행기』 제7지 본문 내용을 초역해 놓은 다음, "경문 그 자체가 이미 소설적이므로 아무 윤필도 없이 번역되어 많이 읽혔다."[12]고 하였다. 그는 이 작품을 한국 소설사에서 최초의 '소설적 경문'으로 다루고 있지만 어떤 면이 소설적인지에 대한 구체적인 분석과 언급은 없었다.

인권환 교수는 '「적성의전」의 근원설화 연구'에서 「선우태자」의 자료로 고대본 『석가여래십지수행기』를 최고본으로 언급하였다. 그리고 "「선우태자」는 이전부터 불경 전래설화에 있어 오던 이야기를 신편한 것으로 보인다."[13]고 하면서

> 십지설화들은 불전(佛典)에서 진화된 것임에는 틀림없으나 그 양이 상당히 축소되어 있고 내용의 변화도 심하여 어느 불교인이 교화의 방편을 위하여 불전의 설화를 임의로 발췌·산정(刪定)한 것이나, 불전에서 유출되어 어느 기간 동안 구전되던 것을 집록(輯錄)하거나 한 것 중의 하나로 짐작된다.[14]

고 하여, 내용이 상당히 변개되었을 뿐만 아니라 임의 발췌되거나 구전 집록되었을 가능성을 제시함으로써 『석가여래십지수행기』의 창작성을 어느 정도 확인하고 있다. 특히 그는 「선우태자전」의 형성·전개 계통에 대한 폭넓은 불경 저본들을 밝혀냄으로써[15] 불경계 전래설화의 그 변문화 과정을 자세히

---

11) 김태준, 증보조선소설사, 학예사, 1939, pp.42-45 참조.
12) 위의 책, p.46.
13) 인권환, 「적성의전」의 근원설화 연구, 앞의 논문, p.314.
14) 위의 논문, p.315.
15) 위의 논문, pp.298-318 참조.

검토하여 한국 변문의 형성 일면을 확인해 주었다. 게다가 『석보상절』 제11권에 들어 있는 「인욕태자전」을 구성·인물·배경의 묘사·갈등 측면에서 고찰하여 소설적 흥미를 십분 발휘하는 설화소설로 규정하였다.[16] 이러한 연구는 『석가여래십지수행기』의 설화문학성에 대한 새로운 검토의 기틀을 마련해 주었다. 인권환 교수의 견해대로 『석보상절』의 「인욕태자전」이 설화 소설이라면, 이와 같은 수준의 한문표기 작품인 『석가여래십지수행기』 소재 「보시태자전」과 「인욕태자전」도 그대로 한문체 설화소설로 인정되기에 충분한 조건을 갖추고 있는 작품이라 하겠다.

　사재동 교수는 불교계 설화문학에 대한 이제까지의 개설적이고 시론적인 시각에서 벗어나 상당수의 작품을 형성기 소설로 검증하였다. 특히 '불교계 국문소설의 형성과정 연구'에서 불교계 국문소설의 저본으로서 『석가여래십지수행기』에 대해서 비교적 소상하게 언급하는 가운데 10편 모두가 소설 수준의 작품[17]이라고 언급하고, 특히 「선우태자전」과 「금우태자전」의 소설적 면모를 자세하게 분석하고 있다.[18] 이어 '불교계 설화문학의 연구'[19]에서 『석가여래십지수행기』를 중심으로 한국 변문의 형성과 전개를 고구하고, 그 변문계 작품들 중에서 『석가여래십지수행기』에 실린 10편과 「목련경」, 「안락국태자경」, 「유광불경」, 「섬효자경」, 「기림고적」, 「선우입해구주경」, 「수달기정사품」, 「수천제태자전」 등 8편을 합쳐 모두 18편을 소설류 작품으로 제시하면서,

　　이 작품들은 한결같이 대장경 본연부에 근거하여 새롭게 부연·창작된 것이라 보아진다. 또한 이것은 물론 각종 도량, 포교법석에서 대중교화를 위한 설법화본으로 법사·문사들에 의하여 제작된 것임을 알 수가 있다. 이 작품들은 구조·내용과 표현·수법에 있어 그런 소용에 가장 적합한 화본 형태였기 때문이다. 이러한 작품형태는 최선의 방편으로 개선·승화된 결과, 드디어 변문계 소설양식으로 정립되었던 것이라 하겠다.[20]

---

16) 인권환, 석보상절의 문학적 고찰, 민족문화연구 9호, 고대 민족문화연구소, 1975, pp.163-164.
17) 사재동, 불교계 국문소설의 연구, 앞의 책, pp.26-28 참조.
18) 위의 책, pp.48-55.
19) 사재동, 불교계 설화문학의 연구 -「석가여래십지수행기」를 중심으로-, 어문연구 제12집, 어문연구회, 1983.
20) 위의 논문, pp.182-189 참조.

고 하여 이들을 모두 변문계 소설 작품으로 규정하고 있다.

사재동 교수는 또『석가여래십지수행기』의 서지를 살피고 제10지 말미의 기록인 "至今戊辰大定五年"에 근거하여 세종 30년(1448) 교정본 이전의 조술본은 고려 의종 19년(1165)에 찬성되었다[21]고 추정하였다가 다시 "至今戊辰泰定五年"에 따라 조술본의 찬술시기를 고려 충숙왕 15년(1328)으로 수정·확정[22]하여『석가여래십지수행기』의 작품 형성·유통 시기를 고려 초엽 이전으로 끌어 올렸다.

이처럼 사재동 교수의 연구는 불교계 서사물에 대한 새로운 문학적 안목과 해석의 방법을 열어 주었다. 특히 변문은 서술자가 불경을 쉽고 재미있게 서술한다는 허구 인식을 갖고 있고, 일정한 서술 체제와 서사구조를 갖추고 있다는 점에서 단순한 불경 전래설화와는 본질적으로 차이가 있는 서사양식이라는 사실을 검증해 주고 있다. 그러나 대체로『석가여래십지수행기』중에서 가장 소설성이 뛰어난「금우태자전」,「선우태자전」만을 집중 분석함으로써 나머지 작품들에 대한 구체적인 문학적 검토와, 주로 국문소설에 치중함으로써 그 선행 형태인 한문본에 대한 본격적인 논의는 과제로 남겨 두었다.

신동진은 '금우태자전 연구'에서『석가여래십지수행기』소재 제7지 작품을 원전으로 하는 이본 연구를 통해, 처음으로 현토본, 국역본과의 차이를 자세히 검토하고 고려 원본 → 이부간본 → 덕주사본 → 현토본의 계통[23]을 추정하였다. 그리고 이 작품이 통일신라기에 태동하여 고려기에 형성·유통된 과정을 살피면서, 구조와 배경, 인물 성격, 표현 문체를 검토하여 고려시대 변문계 한문소설 작품[24]이라 규정하고, 조선조 국문소설, 동물소설로 전개되는 문학사적 의의까지를 살폈다는 점에서 주목된다. 그러나 이본을 검토하면서 고려대, 연세대본, 동국대본은 미쳐 살피지 못했고, 저본 불경과 변이·변개된 변문계 소설 양식으로서의 유형적 특징을 파악해 제시하지 못한 것이 아쉽다.

---

21) 위의 논문, p.184.
22) 사재동,「금송아지전」의 유통양상, 앞의 논문, p.385, 각주 14) 참조.
23) 위의 논문, p.115.
24) 위의 논문, p.121.

이강옥 교수는 '불경계 설화의 소설화 과정에 대한 고찰'에서, 위에 든 인권환 교수의 논고를 바탕으로 「선우태자전」 계통의 소설화 과정을 심도있게 살폈다. 그는 우선 「선우태자전」은 소설이 아니라 불경계 설화라고 단정했다. 그 이유로 문체의 부분적 변개나 모티브들의 단편적 삽입 등이 독립적 작품 형성의 필요충분 조건이 될 수 없기 때문에 불경계 설화(소설)들을 과연 우리의 독창적 작품으로 인정할 수 있을 것인가 하는 문제는 다시 검토되어야 할 필요가 있다[25]고 하면서, 『석가여래십지수행기』의 단편들이 불경과 대동소이하므로 독창적인 소설로 인정할 수 없다는 입장을 취하고 있다. 그러나 필자가 실제로 각 작품을 대비해 본 결과 저본 불경과는 완전히 달랐다. 이 문제는 '작품별 양상'에서 상술하겠다.

또한 이강옥 교수는

> 요컨대『석가여래십지행록』 등에 실려 있는 불경계 설화 중 여성신자층이나 독자층이 갖고 있었던 취향과 처지에 부응하면서도 당대 사회의 기본단위인 가족의 테두리를 넘어서지 않으며 소설의 필수적 구조인 갈등 대립구조를 어느 정도 이상으로 갖춘 작품들이 주로 후대에 소설로 발전되었다고 하겠다.[26]

라고 하면서『석가여래십지수행기』의 단편 중에서 소설로 전개된 작품들의 소설화 요건을 수용층과 구조미학적 측면에서 검토하려고 한 점에서 불경 전래설화를 문학적으로 검토한 일단의 노력으로 평가된다. 그러나『석가여래십지수행기』를 조선조 소설의 근원설화 정도로 이해함으로써 지금까지 계속되어온 불경 전래설화에 대한 종래의 편견을 그대로 따르고 있다. 이를테면 「선우태자전」이 「적성의전」으로 소설화된 이유는 서사가 가족의 범주 안에서 전개되었기 때문이라고 하였지만, 실제 「선우태자전」은 가족의 테두리보다는 권선징악이란 화복 논리에 초점이 맞추어져 있는 작품이다. 따라서 이강옥 교수의 견해는 불경 전래설화의 변문화 과정에서 나타나는 소설적 요건을 살피지 못했기 때문에 나타난 오해이며, 가족의 테두리가 소설 양식 충족의 필

---

25) 이강옥, 불경계 설화의 소설화 과정에 대한 고찰, 앞의 논문, p.169.
26) 위의 논문, p.150.

요 요건이 되지 못한다. 다시 말하면 『석가여래십지수행기』의 상당 작품이 고소설의 필수적 구조인 갈등구조를 갖고 있고 그 체재가 더이상 불경 전래 설화가 아닌 변문소설 수준을 갖추었는데도 굳이 불경 설화라고 보는 것은 변문소설을 불교계 초기소설의 양상으로 인정하지 않으려는 연구자의 선입견 때문이다. 실제 변문은 신라·고려대에 속강에서 화본으로 널리 유통·전개되어 왔으며, 그 허구적 성격이 소설 형성의 시초가 된 것은 분명한 사실이다.

　　　변문이란 강창도 중요하지만 보다 중요한 문제가 있다. 다름 아니라 허구
　를 시도한 점이다. 다시 말해서 경전이나 고유한 고사들을 가지고 다시 여기
　에 부연하여 변조해서 그 고유의 설화를 흥미있게 꾸미는 것이다. 즉 여기에
　시도한 부연의 변문이 바로 소설의 허구의 시초가 되는 셈이다.27)

게다가 『석가여래십지수행기』의 발달된 대화, 시가의 빈번한 삽입, 전기적 일생의 서사구조를 갖추었다는 측면만 가지고 보더라도 설화적 양식과는 엄연히 다르기 때문이다.

고려대 강창 문학의 결구 방식에 주목하여 그 소설의 양식을 검토한 논문은 경일남 교수의 '고려조 강창문학 연구'가 있다. 이 연구는 고려대 변문의 문체와 서사구조의 유형을 검증하고 후대 소설과의 연계 양상을 밝혀냄으로써 강경계 변문 중 강창 작품의 소설적 입지를 한층 확고하게 해 주었다. 또 『석가여래십지수행기』소재 제1지 「선색녹왕전」, 제3지 「보시국왕전」, 제7지 「선우태자전」, 제9지 「보시태자전」을 대상으로 강창 구조와 삽입 시가의 결구를 살폈다. 그래서 그간 고소설의 삽입 시가가 변문의 영향이라는 것을 단편적으로 거론한 수준을 넘어서서, 산운교직의 강창 구조를 지닌 변문 작품의 구조 유형과 결구 양상을 어느 정도 밝혀 냈다.28) 이는 표현 문체적 변개 수준의 논의를 극복하고 변문계 강창문학이 고려대 소설 양식임을 구조적으로 밝히고자 했다는 데 의의가 있다. 게다가 이러한 고려 불교소설을 강창소설이라고29) 규정하여 고려시대 불경계 소설의 서사 양식을 강·창 구성방식

---

27) 조종업, 고대소설 형성상의 사전체와 변문, 장암지헌영선생고희기념논총, 동간행위원회, 1980, pp.480-481.
28) 경일남, 고려조 강창문학 연구, 충남대대학원 박사학위논문, 1989, pp.53-87 참조.
29) 경일남, 강창문학의 소설적 전개양상, 어문연구 제19집, 어문연구학회, 1989, pp.156-160.

으로 파악하고자 했다.

그러나 고려대 변문소설 중에서 강창 구조를 갖춘 작품만을 대상으로 논의를 전개했다는 점에서 문제가 제기될 수 있다. 그 예로 운문 삽입이 없는 강술체 작품에 대해서는 원형적으로는 게송이나 시가의 삽입이 있었을 것이란 추정에 근거하여 불경 전래설화 계통의 변문소설을 모두 강창적 구비 실연을 전제로 한 강창소설이라고 규정함으로써[30] 표면적으로 강창 형태를 갖추지 못한 작품에는 실증적 검토가 미치지 못했다.

박광수의 '선우태자전승의 계통적 연구'[31]는 선우태자 전승의 불경 속의 연원과 한·중적으로 전개된 전반적인 양상을 폭넓게 살피는 가운데, 한역 불경 중의 전승과『경률이상』, 「쌍은기」 전승을 수용해서『석가여래십지수행기』의 「선우태자전」이 나타났다는 것이다. 이것이 다시 '『석보상절』→『월인석보』→「적성의전」→「육미당기」→「보타기문」'으로 전승되었다는 계통을 개괄적으로 확인하였다.[32]

김한춘은 '한국 불전문학의 연구'[33]에서 한국 불경 전래설화 문학을 원형적, 변형적, 창조적 불전으로 유형화하고, 그 구조적 접근을 시도하여 우리의 소설문학이 불경 전래설화의 액자구조가 탈락되면서 형성될 수 있었음을 밝혔다. 이 논문은 한국 불경 전래설화 문학에 대한 체계적이고 구조적인 접근을 시도하면서, 본생담 계열 변문의 성격을 경험적 사실을 바탕으로 이를 허구화시킨 소설적 작품으로 규정하고 있다.

김진영은 '불교계 강창문학 연구'에서 한국 불교계 강창문학에 대한 형성과 전개, 작품 구조, 표현 문체를 총괄적으로 살피면서[34]『석가여래십지수행기』소재 「금우태자전」도 함께 다루었다. 특히 삽입 게송은 시가문학으로, 서사 부분은 소설문학으로, 극적 구성은 희곡문학으로 발전해 갔다는 장르 분화의 검토를 시도한 점은 『석가여래십지수행기』의 복합적인 문학 요소를 밝

---

30) 경일남, 고려 불교소설의 형성·전개, 경산사재동박사화갑기념 한국서사문학사의 연구, 중앙문화사, 1995, p.860.
31) 박광수, 선우태자전승의 계통적 연구, 어문연구 제19집, 어문연구회, 1989, pp.285-329.
32) 위의 논문, p.328 참조.
33) 김한춘, 한국불전문학의 연구, 어문연구 제22집, 어문연구회, 1991.
34) 김진영, 불교계 강창문학의 연구, 충남대대학원 석사학위논문, 1992.

혀보고자 한 노력으로 평가된다. 그렇지만 게송과 서사가 유기적으로 교직된 문체구조로 볼 때 오히려 장르 결집으로 이해하는 것이 더 타당성이 있겠다.

최호석은 '『석가여래십지수행기』의 소설적 전개'[35]에서, 위에 든 이강옥 교수의 소설화 관점에 대한 잘못된 논점을 바로 잡으면서『석가여래십지수행기』서지에 대한 깊이 있는 연구를 진척시켰다. 우선 문헌적 고찰을 통해 '고대본 → 강전섭 소장본 → 안진호 현토본' 계통의 전승 관계를 살핀 후에, 각 작품의 저본 불경을 비교적 자세하게 제시하고 있다. 특히 현전하는 여러 이본을 검토하고 태정(泰定) 5년과 대정(大定) 5년으로 혼기되어 있는 조술본의 찬술 연대에 대하여 비교적 깊이 있는 검증을 하여 충숙왕 15년(1328)을 찬술 연대로 확정해 냄으로써 사재동 교수의 주장에 동조하는 결과를 내었다. 그리고 고대본을 이본의 최고본으로 논의했지만, 필자가 검토한 결과로는 고대본과 낙은본[36]은 동일본이며, 고대본은 오히려 낙은본의 낙장본이었다. 따라서 '고대본 → 낙은본'의 전승 관계 도출은 잘못된 검토라 하겠다. 이 문제는 본고의 다음 장 '서지 검토'에서 상론하겠다.

그는 또『석가여래십지수행기』의 서사적 성격에 대해서는 형성 과정에서 구성과 서사 기법면에서 저본들과 상당한 변개가 이루어졌다는 것은 일단 인정하고 있다. 그러면서도 "이는 대중적 포교를 위해 불경의 내용을 약간 바꾸었을 뿐이고, 문체에 있어서도 불경에서 변모된 모습을 보이기는 하나『석가여래십지수행기』자체를 소설로 볼 수는 없다."[37]는 견해로 이강옥 교수의 입장에 동조하고 있다. 이러한 주장은『석가여래십지수행기』가 속강을 통해 완전히 변개·재구성된 형태의 변문문학이 아니라 저본 불경과 대동소이한 위경 수준의 강경변문이라고 본 관점에서 기인한다.

『석가여래십지수행기』가 불경의 단순한 문체적 변개라고 보는 이러한 견해들은 실제로 저본 불경이『석가여래십지수행기』로 어떻게 변모되고 있는가에 관심을 갖고 면밀히 검토하기보다는, 「적성의전」, 「육미당기」등 조선조 소설로 전개된 변모 양상에 초점을 맞춘 데서 생기는 문제라고 생각된다.

---

35) 최호석, 『석가여래십지수행기』의 소설적 전개, 고려대대학원 석사학위논문, 1993, pp.8-21.
36) 낙은본(樂隱本)은 강전섭 교수 개인 소장본을 말하는데, 이하 낙은본이라 칭한다.
37) 위의 논문, p.27 참조.

실제로 『석가여래십지수행기』의 몇몇 작품은 단순한 부연 수준이라 할지라도 상당수 다른 작품은 완전히 재창작·변문화되었다. 특히 「금우태자전」과 같이 완전한 창작 수준에 도달한 변문소설 작품도 있기 때문에 『석가여래십지수행기』의 작품적 성격을 획일적으로 불경설화로 규정하는 것은 매우 곤란하다.

근래에 전진아는 '금송아지전 연구'에서 기왕의 연구자들이 불경 전래설화집과 상당히 소설 수준을 갖춘 변문집으로 양분되는 견해 차이를 보이는 것은 『석가여래십지수행기』에 결집된 이야기들의 다양한 성격으로부터 말미암은 것이라[38] 하면서 각 단편들의 서사 수준의 변별성을 인정하였다. 이 견해는 기존의 편협된 관점에서 벗어나 『석가여래십지수행기』의 실상에 어느 정도 접근하는 태도를 보여 주고 있다.

> 『석가여래십지수행기』는 단일한 하나의 이야기가 아니라 여러 이야기의 모음집이기 때문이다. 즉 『석가여래십지수행기』의 이야기들 가운데는 근원 불경과 비교하여 큰 차이를 발견할 수 없는 이야기도 있지만(제3지), 아직까지 그 근원 불경이 확인되지 않고 있는 이야기도 있으며(제4, 7지), -중략- 소설적 갈등구조를 갖추고 전개되는 이야기도 있지만(제6, 7지), 주인공의 탁월함을 중심으로 단선적으로 전개되는 이야기(제6, 7지 외)도 있는 것이다.[39]

그리고 그는 『석가여래십지수행기』 소재 「금우태자전」의 소설화 요건을 다루면서, 일대기 구조를 가지고 있다는 점에서 다른 작품에 비해 '소설적'이라 하였다.[40] 특히 갈등과 주제 양상이 「선우태자전」에서는 성품에 기인하는 데 비해 「금우태자전」에서는 '인욕'과 '효'라는 주인공의 행위에 의해 중재된다는 점에서 「금우태자전」이 한 걸음 더 소설적 수준에 근접하고 있는 작품[41]이라고 보았다. 이러한 시각은 『석가여래십지수행기』의 다양한 작품별 성격을 해명하고 나아가 『석가여래십지수행기』의 전반적인 문학적 실상을 올바로 파악하는 단초가 된다.

---

38) 전진아, 앞의 논문, p.10.
39) 위의 논문, p.10.
40) 위의 논문, pp.19-20.
41) 위의 논문, p.21.(인용 논문에서는 「금독태자전」이라 하였음.)

지금까지의 연구사를 종합해 볼 때,『석가여래십지수행기』에 대한 독자적이고 종합적인 연구는 없고 거의가 계통적인 국문소설을 다루기 위한 불경 전래설화로 검토하는 수준에 머무르고 있는 실정이다. 더욱이 지금까지는 후대 소설과 직접적으로 관련이 있는 저본으로서 몇 작품만을 다룰 뿐, 여타 작품은 제목과 경개만을 거론하는 정도이고 문학 작품으로서는 전혀 도외시하고 있다. 고려대 설화문학 중 전기류(傳奇類), 승전류에 대한 학계의 관심과 견줄 때『석가여래십지수행기』와 같은 변문류에 대한 연구는 상당히 빈약한 실정이다.

그 요인의 하나로 변문에 대한 부정적 인식이 불교계 설화문학을 연구의 대상으로 삼거나 소설 수준으로 평가를 내리는 데에 장애가 되고 있다. 이제『금오신화』,「적성의전」, 16~7세기 불교계 국문소설「금송아지전」과 같은 완벽한 소설 양식 이전에 존재했을 형성기의 '초기소설' 양식으로써 변문소설의 존재를 인정해야 하는 것은 소설사의 전개에 있어서도 자연스런 이치라 하겠다. 엄격히 말한다면 고려대의 변문양식이 조선조 소설양식에 비한다면 문예미학적 성격이 다소 미흡한 것은 사실이다. 그러나 이는 소설양식의 결여라는 관점에서보다는 불경 전래설화의 변문화 과정에서 나타나는 불교계 초기소설 형태의 양식적 특징으로 이해해야 한다. 따라서『석가여래십지수행기』의 일부 단편은 초기소설의 양식을 충분히 갖추었다는 사실과 계통적으로 그대로 조선조 국문소설로 전개될 수 있었던 변별적 성격 및 양식적 특성이 무엇인가를 밝혀내는 일도 같이 검토되어야 할 과제이다.

최근, 불교계 설화문학 형태 중에서 승전계 작품들에 대한 연구가 활발한 만큼 불경계 변문의 연구도 보다 적극적으로 이루어져야 하겠다. 이는『석가여래십지수행기』와 같은 변문의 문학적 성격에 대한 종합적이고 본격적인 연구가 거의 없었다는 사실에 대한 반성이기도 하다. 특히 불경 전래설화의 변문화 작품을 대표할 만한『석가여래십지수행기』에 대한 관심이 단편적인 검토 수준에 머물렀다는 사실은, 한국 설화문학사 내지 소설사의 관점이 적극적이고 체계적이지 못했음을 반증한다.

마침 불서의 번역·변모과정에서 초기 국문소설이 형성·전개되었다는 것이[42] 최근 학계의 정설로 받아들여지고 있는 추세[43]에, 그 변문 작품인

『석가여래십지수행기』가 소설 수준으로 본격 검토되어야 할 당위성마저 간과되어서는 안 된다. 공인된 작품에 대한 깊이 있는 논의도 중요하지만, 도외시되어온 작품에 대한 합당한 평가를 통해 빈약한 한국 소설문학의 폭을 넓히고 소설사의 맥을 온전히 잇는 작업도 국문학계의 긴요한 과제라고 생각한다.

3. 연구 범위와 방법

본고는 불경계 전래설화 문학 중에서 소설 수준의 변문을 가장 많이 싣고 있는 『석가여래십지수행기』를 연구 대상으로 한다. 『석가여래십지수행기』는 불경계 전래설화 문학 작품 중에서 통속화·변문화된 양상이 뚜렷한 서사문학 자료집으로써, 10편의 단편들이 설화에서 소설에 이르는 다양한 수준을 충분히 갖추고 있기 때문에 그 시대의 설화문학적 유통과 소설적 전개 실상을 연구하는 데 있어 적합한 자료이다.

본격적인 연구에 앞서 먼저 『석가여래십지수행기』의 서지와 이본에 대해 검토를 하고자 한다. 현재 확인된 목판본 3종은 모두 조선조 1660년(현종 원년)에 덕주사에서 간행된 이본이다. 그런데 연구자마다 자료의 서지적 견해가 제 각각인 실정이다. 그 이유는 발문 부분이 낙장이 된 채로 유통되는 바람에 1446년(초간)본과 1660년(중간)본이 따로 있는 것처럼 연구되었기 때문이다. 그런데 아직까지 초간본은 발견되지 않는다. 그러므로 현전하는 이본을 대비 검토하여 서지적 상황을 검증하고 현전 이본의 최고본과 최선본을 확정함으로써 학계의 오류를 바로잡을 필요가 있다.

---

42) 사재동, 국문소설의 형성기 작품, 『불교계 국문소설의 형성과정 연구』, 아세아문화사, 1977. 사재동, 국문소설의 형성과정, 『불교계 국문소설의 연구』, 중앙문화사, 1994.

43) 특히 불교적 신불사상을 담은 불경언해는 민중 내지 부녀층과의 신뢰감을 두텁게 하여 불경 속에 삽입된 단편적 작품들의 번역을 통하여 독자층을 제한된 숫자나마 확보하게 되고 신불을 목적으로 한 수단으로 널리 읽히기에 이르니, 「안락국태자전」, 「목련전」, 「선우태자전」, 「금우태자전」, 「왕랑반혼전」 등의 작품이 그 대표적인 예라 하겠다. (소재영, 고소설통론, 이우출판사, 1983. p.8.)
또한 최근 『석가여래십지수행기』 중의 「선우태자전」은 고소설 자료로 선정되어 강독 교재로 활용되고 있다.(인권환, 설중환, 장효현, 전경욱 편저, 한국고소설선, 태학사, 1995, pp.12-29.)

다음은 『석가여래십지수행기』의 형성 경위에 대해 다각적으로 고찰·추정해 보고자 한다. 고려대에 유행한 대덕고승들의 속강 법석을 통해 그 현장에서 실연·유통되던 변문이 강술 또는 강창 구조로 기록·정착되기까지의 형성 주체와 시기, 동기를 고찰해 보고자 한다. 실제로 속강의 실연 과정에서 많은 본생담, 비유담, 왕생담 등 불경에 근원하는 전래설화가 대중 구원과 보시란 종교사회학적 동기에 부응하면서, 보다 다양한 형태의 감동적이고 흥미로운 영웅 이야기로 형성되었기 때문이다. 그리고 불경 전래설화 내용은 주로 무한한 보시를 행하여 중생을 구원하는 보살들의 무섭고도 기막힌 고행을 실천하는 영웅상을 부각시키는 것으로, 상당한 부연과 변개를 통해 본격 설화문학으로서의 요건을 갖추기 시작했다.

『석가여래십지수행기』가 기록상으로는 1328년에 찬술·결집되었지만 그 단편들은 훨씬 이전부터 속강 현장에서 구비·강창되면서 유통되어 왔기 때문에, 그 연원은 적어도 라말·여초까지로 소급될 수 있다. 여기서 신라대에 우리 나라에도 속강이 존재했다는 사실은 『석가여래십지수행기』의 형성 동인과 시기를 추정하는 데 있어 중요한 근거로 작용할 수 있다.

그리고 그 형성 실태는 현전하는 수행기의 작품 양상보다도 훨씬 참신하고 허구적으로 확대된 변문 형태였다고 추정된다. 다만 이러한 검토는 확실한 문헌적 근거와 자료가 희박하기 때문에 상당 부분 추론에 그칠 수밖에 없는 논의의 한계가 있다. 현전하는 『석가여래십지수행기』 자료 상태에 근거하되 필요하면 동 시대의 승전 계통과 여타의 불경 전래설화 자료도 활용하겠다.

이를 바탕으로 『석가여래십지수행기』의 문학적인 실상을 검토해 보겠다. 문학적 실상을 살피기에 앞서 우선 각 작품의 변문화 양상에서 검토의 토대를 마련하겠다. 그러므로 각 작품을 경전 저본과 일일이 대비·검토하여 변문화된 정도를 확인하고, 문체·구조·서사 기법 등의 측면에서 설화 수준 또는 소설화된 취의를 확인함으로써 변문화 양상을 검토하고자 한다. 이러한 검토를 통해 단순적 변개, 설화적 부연, 소설적 창작 등 다양한 형태의 변문 유형과 작품별 서사 수준이 밝혀질 수 있을 것으로 기대된다.

그리고 서사구조의 유형을 분석함으로써 불경계 전래설화 문학의 존재

양상을 밝히고 후대 소설 발달의 기본틀을 제공했다는 가설도 검증하고자 한다. 특히 불경의 액자형태와 강창구조, 전기적 일생 등은 불경계 전래설화 문학의 구조유형이면서, 이른바 소설의 '허구적 서사'에 필수적으로 수반되는 기본 구조라는 가설도 확인하겠다. 특히 이 점에서 『석가여래십지수행기』가 고려·조선조 여타의 설화문학보다 우위에 서서, 조선조 국문소설로 전환될 수 있었던 단초를 마련할 수 있었을 것이라 보아진다. 그리고 이러한 결과로 얻어진 구조적 유형과 작품의 인물·사건·배경의 서사적 구성과 문체를 입체적으로 조명함으로써, 불교계 소설 발달의 단초를 제공한 『석가여래십지수행기』의 변문문학적 실상을 파악해 낼 수 있다고 본다.

또한 『석가여래십지수행기』는 후대적으로 뚜렷한 계통적 전개를 보이는 바, 서사 원리와 계통별 변이 양상을 검토·대비하면 그 소설적 전개 의미가 자연스럽게 드러나게 된다. 특히 「선우태자전」, 「금우태자전」, 「실달태자전」 등 후대적으로 계통적, 유형적 전개를 보이는 작품을 분석함으로써 『석가여래십지수행기』가 후대적으로 전개되는 대체적인 양상도 어느 정도 살펴볼 수 있을 것으로 기대된다.

지금까지 고찰한 바를 종합하면 『석가여래십지수행기』의 소설사적 의의가 자연 밝혀지게 된다. 우선 개략적으로 31개나 되는 운문의 창작·삽입으로 전형적인 강창기법을 구사했다는 점, 10편의 작품이 단순 변문, 부연 작품, 소설 작품 등 다양한 형태로 결집됨으로써 한국 문학사상 12-14세기 불교계 설화문학·소설문학 형성기의 공백을 매꾸고, 조선조 소설로 전개되어 국문소설 형성에 결정적으로 기여했다는 점 등을 들어 설명하겠다.

이런 사실만으로도 한국 서사문학사와 소설사상에서 『석가여래십지수행기』가 차지하는 위상이 제고될 뿐만 아니라, 불경 전래설화 계통의 한국 소설을 형성·발전시킨 변문 설화문학집으로서, 서사문학사에 있어서 그 가치가 새롭게 부각될 수 있다.

Ⅱ. 『석가여래십지수행기』의 서지 검토

　『석가여래십지수행기』는 방대하고 난해한 불경 전래설화를 쉽고 재미있게 변문화시켜 낸 서사 작품집이다. 이 변문집은 각종 사찰 법회나 속강에서 신불 대중들에게 보살 수행의 이야기를 설법·강창하기에 적합하도록 짤막한 10개의 단편으로 엮어져 있다. 더욱이 수사와 반복이 수없이 계속되는 방만한 경전의 서사 체재와는 달리, 주인공의 일생을 극적 구성으로 꾸며낸 줄거리 중심의 압축된 서사 체재를 갖추고 있다. 이는 찬술자가 그의 사고와 안목에 따라 경전을 재구성하고 새롭게 변형시켰다는 점에서 매우 주목된다.

　불경 전래설화를 새롭게 변형시켜 소설 수준의 변문문학으로 유행시킨 시기를 구체적으로 밝히기는 어렵지만, 신라말 행자염불이 유행하던 시기로부터 한국 변문의 형성과 유통을 살필 수 있겠다. 특히 균여가 화엄경의 내용을 대중문학적으로 변문화시킨 「보현시원가」는 그 단적인 예인데, 방언으로 경론을 해석하는 동안 부연과 증의(證義)를 위해 문학적 요소가 첨부·변용되어 산·운 조합의 강창양식으로 구전·기록될 때 자연히 서민적으로 대중화될 가능성을 내포한다.44) 강경의 종지를 보다 대중적으로 통속화시켜 민중 속에 파고 들게 하기 위해 대중들이 쉽고도 재미있게 알아들을 만한 법화가 구연되는 현장이 곧 속강이고, 그 화본이 변문이었다. 특히 나·려대에 형성된 많은 강경문들은 대체로 시가가 삽입된 산문문학 형태를 띠고 있다. 이처럼 불법의 신성하고 영이로운 이야기와 노래를 연립·조화시켜 낸 대표적인 예로 『삼국유사』 소재 강창 변문들을 들 수 있다.45)

　그렇다면 강경문이 향찰로 서사화되던 고려 광종대와 속강화본들이 설화

---

44) 김동욱, 신라행자염불 및 설화, 진단학보 제23집, 진단학회, 1962, p.51.
45) 사재동, 불교계 서사문학의 연구, 앞의 논문, pp.175~180 참조.

문학으로 결집·찬술된 충렬왕 무렵에는 향찰식과 방언식 표기에[46] 의한 변문의 서사적 정착이 어느 정도 보편화되었으리라 짐작된다. 따라서 균여와 일연이 생존했던 나말·여초는 속강과 변문이 가장 유행하던 시기였고, 또한 설화문학성을 지닌 일부 강창 대본들이 방언이나 한문 표기로 설화적 정착을 보던 시기였다. 이런 점에서『석가여래십지수행기』가 고려 충숙왕 15년(1328)에 결집·찬술되었다는 점을 고려할 때 당시 유통되고 있던 화본의 원형은 적어도 라말·여초까지 그 형성 시기를 소급할 수 있겠다. 그리고 전래설화들이 속강화본으로 유통되었다는 점에서 그 저본은 향찰과 방언이 섞인 형태였던 것이 기록화되면서 한문 문체로 번역·대체되었을 것으로 추정할 수 있다.

이러한 변문의 형성 시기와 역사성을 고려할 때,『석가여래십지수행기』의 원류적 위치를 확인할 수 있고 한국 서사 문학사상에 끼쳤을 영향도 컸다고 본다. 이 점은 「적성의전」이나 「금송아지전」, 「보타기문」, 「육미당기」 등 많은 불경계 고소설들이 생성된 사실로도 확인된다.

그간『석가여래십지수행기』에 대한 서지적 고찰은 여러 측면의 논의가 있어 왔지만, 최호석의 본격적인 논의가 유일한 정도이다. 그나마 최호석의 논의는 사재동에 의해 제시된 원본 간행 시기를 확증하는 성과를 보였을 뿐, 이본의 실제적인 대비 검토에서는 동일한 판본 중에서 오히려 낙장 결본을 최선본으로 확정하는 오류를 범하고 말았다.

이처럼『석가여래십지수행기』서지에 대한 본격적인 논의는 영성하다. 왜냐하면 그간 학계에서는 변문의 실상을 단순한 불경계 전래설화나 조선조 고소설의 제재적 근원 설화 정도로 취급하여, 변문계 서사물을 본격적인 서사 문학으로 다루는 데는 상당히 배타적이었기 때문이다. 따라서『석가여래십지수행기』도 이 방면의 관심을 가진 몇몇 학자를 제외하고는 논의의 대상 밖에 밀려나 있었다. 그러나 이제 한국 서사 문학의 형성·전개에 있어 불경계 전래설화를 도외시하고는 한국 설화문학의 연원과 그 사적 전개를 총체적

---

46) "향찰 표기법은 고려초까지 존속했다가 급격히 쇠퇴하였고 (이기문, 국어사개설, 탑출판사, 1981, p.53.), 고려어는 주로 한자로 표기된 자료에 의해 '방언'의 단편을 엿볼 수 있다. 그 대표적인 자료가 「계림유사」, 「향약구급방」인데 이들은 '방언'으로 되어 있다.(위의 책, p.87.) 또한 고려가요 등에서도 고려어의 면모를 살필 수 있다.

으로 밝혀내기가 어렵다는 사실은 분명하다.

따라서 본고는 가장 먼저 『석가여래십지수행기』 이본의 정확한 서지적 대비 검토를 통해 선후 계열을 확정하고, 서·발문을 검토하여 최선본을 확정하겠다. 그리고 각 이본의 간행과 유통 양상을 살피고 최선본의 서지적 성격을 살펴서 변문문학 자료로서 『석가여래십지수행기』의 서지적 실상을 밝혀 보겠다.

1. 서지적 상황

현재까지 밝힐 수 있는 『석가여래십지수행기』의 서지적 상황은 그간 논의되어 온 6종에다 필자가 확인한 연세대본을 합치면, 한문 목판본 3종, 한문 필사본 1종, 활자본 3종 등 총 7종이 된다.

① 『釋迦如來十地修行記』(한문 목판본), 낙은(樂隱) 강전섭 교수 소장본, 1660.

② 『釋迦如來十地修行記』(한문 목판본,(결본)), 고려대 소장본, 1660.

③ 『釋迦如來十地修行記』(한문 목판본,(결본)), 연세대 소장본, 1660.

④ 『釋迦如來行錄(표지「逐機別談」)』(한문 필사본), 동국대 소장본, 필사시기 미상.

⑤ 『釋迦如來十地行錄』(현토 구활자본), 안진호 편, 법륜사, 1936.[47]

⑥ 『서가여래십지행록』(국역 구활자본), 안진호 편, 법륜사, 1939.[48]

---

47) 한문현토 구활자본은 표지에는 『석가여래십지행록』라 하고 맨 뒷장에는 『십지행록』이라고만 표기했다. 필자가 영인해 가지고 있는 법륜사(만상회) 발행 자료에는 1936년 초판, 1972년 2판이라 되어 있는데 최호석은 1934년이라 하였다. 만약 최호석의 검토가 사실이라면 1934년이 초판이고 1936년이 제2판, 1972년에 간행된 것이 제3판이 되는 셈이다.

48) 선행 연구자들이 참조한 번역본은 1955년도에 출판된 것으로, 이에 대해 최호석이 "이 이본의 출판 상황을 살펴보면 1955년에 나온 것이 재판이고 초판은 단기 4275년(1941)에 나왔다고 기록하고 있어 그 번역이 일찍 이루어졌음을 알 수 있다"(앞의 논문, p.9)고 하였는데 필자가 조사한 바에 의하면 이보다 훨씬 앞선 1939년(소화14)에 만상회에서 이미 간행된 적이 있다. 이 책은 충남대 도서관(도서번호 24972)에 소장되어 있다. 이 책의 출판사 만상회는 후에 법륜사로 바뀌었다는 점을 감안할 때, 실제 초판은 1939년에 간행된 만상회본이고 1941년에 간행된 법륜사본은 재판, 그리고 1955년 간행본은 제3판이 되는 셈이다.

⑦ 『佛陀의 十地行蹟』(한역 현대활자본), 정서운 역해, 명문당, 1978.

우선 차례대로 각각의 서지적 사항의 요점을 검토해 보면 다음과 같다.

① 낙은본은 강전섭 교수 개인 소장본으로 매면 10행, 매행 20자로 되어 있는 한문 목판본이다. 배접한 두터운 한지 표지에는 크게 '一枝松'이라 필사되어 있고 하단에는 천유(天遊)란 이름이 있는데 부록을 필사한 사람으로 보인다. 이 판본의 체제는 '釋迦佛十地修行序'로 시작하는 제1장까지의 서문과, '釋迦如來十地修行記終'으로 끝나는 제44장까지의 본문, 그리고 중간 개판을 하게 된 경위를 적은 제46종장까지의 천오(天悟)의 발문 등, 크게 세 부분으로 나뉘어진다. 그리고 이어 천유가 필사한 「섬효자경」, 「기림고적」, 「불설유광불경」 등 10편의 불경 전래설화가 부록으로 덧붙어 있다.

서문 부분의 '대명 정통 무진 단양'이란 간기로 미루어 이 책의 원본은 1448년(세종 30년)에 이미 간행되었음을 알 수 있고, 발문 부분의 말미에 '순치 십칠년 경자오월일 충홍도 충주 월악산 덕주사 개판'이란 간기가 있음을 볼 때 1660년(현종 1년)에 덕주사에서 다시 중간하여 찍어낸 이본임을 알 수 있다.[49]

또한 글자를 알아보기 어려울 정도로 인쇄가 흐린 부분이 몇 군데 보인다. 그리고 판 여백 여러 군데에 판각자와 시주자로 추정되는 이름이 새겨져 있다. 특히 제45~46장에는 한문 차자음에 대한 반절식 독음토가 해설되어 있고, 천오(天悟)가 쓴 발문과 개판에 관련된 시주, 조역, 각질자 등의 명단 등이 고스란히 들어 있다. 따라서 낙은본은 책의 출판 경위를 세세하게 살필 수 있는 서지 상황이 잘 갖추어진 완질본이며, 현재까지 발견된 이본 중에서 낙장되지 않고 서지적으로 완전한 유일·최선본이다.

② 고대본은 중앙 도서관 고서실에 준귀중서(분류번호 C3A220)로 분류되

---

49) 필자가 1985년 현지를 방문하여 장판을 확인한 결과, 한국동란으로 전부 소실되어 현재는 하나도 남아 있지 않다.

어 있는 한문 목판본이다. 여러 겹 배접한 한지 표지 우측 상단에 '명 정통무진 세종대왕 삼십년간본'이라 필사되어 있고, 표지 중단에 굵은 글씨로 '십지행록'이라고 적혀 있다. 인쇄 상태는 다른 이본에 비해 가장 선명하고 깨끗하다. 때문에 그간 상당수 학자들이 서두에 있는 '정통 무진'이란 간기만에 근거하여 1448년에 간행된 최고본이란 견해가 제기되기도 한 이본이다.

그러나 고대본은 낙은본의 본문 부분에서 끝나 있고 제45장 이하 2장이 누락되고 없다. 특히 자획, 판심, 난외의 판각, 시주자 명 등 모든 점에서 낙은본과 동일한 판각본임을 알 수 있어서 덕주사판본의 낙장본이 확실하다. 이는 다음 장의 이본 대비에서 자세히 검토하겠다.

③ 연세대본은 연세대 중앙 도서관 고서실 귀중서(도서번호 147004)로 분류되어 있는 한문 목판본이다. 제책은 한지를 만 끈으로 두 곳을 묶었는데 그 위에 배접한 표지로 앞뒤를 감싸서 속장과 풀로 붙인 약간 허술한 상태이다. 겉표지에는 '인휴승재(仁休昇材)'라 굵은 글씨로 필사되어 있는 점만 다를 뿐이며 제45장 이하가 낙장되어 있는 등 제책 상태가 고대본과 동일한 형태의 이본이다.

인쇄 상태로 보면 목판본 중 가장 나쁜 상태로써 글씨를 전혀 못 알아볼 정도로 불량한 인쇄 지면이 상당 부분 있다. 이는 목판이 오래되어 뒤틀리거나 판면이 훼손된 때문이라고 추정된다. 그 중 잘 안 보이는 글자는 붓으로 가필했는데, 고대본 및 낙은본과 대조한 결과 상당 글자가 군데군데 틀리게 필사·가필되어 있었다.

④ 동국대본은 매면 10줄, 글자는 매행 23-29자 정도로 필사되어 있는 한문본이다. 표지에는 '축기별담(逐機別談)'이라 필사되어 있고 내용은 『석가여래행록』과 「석가여래행적송」이 차례로 필사되어 있다. 『석가여래행록』은 『석가여래십지수행기』 목판본을 제1지부터 7지까지 그대로 베꼈고, 제8지부터는 23편의 짤막한 여러 가지 불경 전래설화, 비불경 전래설화 고사를 적고 있다. 지질로 보아 그리 오래된 것은 아니나

내용을 대비해 볼 때 목판본을 중심으로 필사하다가 나머지는 필사하지 않고 다른 고사들을 필사·보충한 후대 유통본으로 추정된다.

이 이본은 필사본으로 당시 민간에 유행하던 많은 변문 단편들을 제8지 이하에 수록하고 있어서 『석가여래십지수행기』 형태의 변문들이 승속 간에 널리 읽히고 유통되었음을 알려 주는 자료가 된다.

⑤ 한문 현토 구활자본은 소백두타 안진호(安震湖)가 1936년에 덕주사에서 개판된 낙은본 계통을 모본으로 하고 구활자로 현토하여 간행한 활판본이다. 본문 말미에 '대정오년 무진십월 일 충주 덕주사 장판 석가여래십지행록종'이라 한 점, 부록에 붙어 있는 변문 단편들이 대개 일치하는 점으로 보아 덕주사판을 저본으로 삼은 이본임을 알 수 있다. 이전의 목판본에서는 '제1지'식으로 되어 있는 각 편을 여기서는 '제1지 선색녹왕'하는 식으로 단편마다 주인공의 이름을 따서 각각 제명을 붙인 것이 특징이다. 금화산인 김태흡이 쓴 서문에는 "여러 경전 가운데 대표작이라 할 만한 석가여래십지인행록을 가져 원문에 현토 간행케 되었다."50)고 했다.

특히 부록에는 「섬효자경」 등 낙은본에만 보이는 작품도 실었고 「수단제태자경」 등 후대 이본인 동국대본에 보이는 작품도 있는 점으로 보아 당시 유통되고 있던 단편 중에서 흥미와 문학성이 높은 것들을 두루 가려서 실은 것으로 추정된다.

⑥ 한글 구활자본은 소백산인 안진호가 한문 현토 구활자본의 부록 중 「석가여래성도기」만 빼고 그대로 국역한 이본이다. 이 이본은 한문 현토본에 대응하여 한글 독자층과 부녀자층, 일반 대중들을 겨냥하였다. 신불 부녀는 물론 한자 지식이 없는 대중들도 재미있게 쓰여진 불타의 영웅 전기를 읽어보고 싶어 했기 때문이다. 구활자본의 유통이 상업성과 대중성을 배경으로 한다는 점에서도 당시인들의 이런 요구에 부응하여 간행된 한글 구활자본의 출현은 자연스런 현상이었다. 대체로 원

---

50) 김태흡, 서문, 안진호편, 『석가여래십지행록』, 법륜사, 1936 참조.

본 그대로 번역하였지만 축약되거나, 삽입 운문이 누락된 부분, 다소 다르게 번역된 부분도 상당하다.

⑦ 한글 현대 활자본은 청량산인 정서운에 의해 간행되었다. 특히 이 책들의 편집에 백련사중, 봉원사중, 견진사 주지, 칠보사 주지 등 여러 사찰의 고승들이 중심이 된 것으로 보아 각종 설법에서 화본으로 널리 활용하기 위해 협력하였음을 알 수 있다. 한글 현대 활자본은 구활자본의 띄어쓰기, 문어체 어투, 발어사, 접속어 등에 있어 현대 감각에 맞도록 고쳐 쓰고, 상당 문맥도 부분부분 매끄럽게 고쳤다. 이 판본도 연속 두 차례나 간행된 사실이 확인될 만큼 대중의 인기가 지속적으로 유지되었음을 알 수 있다.

한 마디로 ⑤, ⑥, ⑦ 은 신불 대중은 물론 일반 대중을 상대로 한 대량 생산과 대량 판매라는 상업적인 목적, 그리고 대중 포교라는 신앙적인 목적을 아우르는 양면성을 갖고 대량 출판된 이본들이다.

2. 이본의 대비 검토

『석가여래십지수행기』의 이본 계통을 살피는 데 가장 중요한 이본은 고대본, 연대본, 낙은본 등 목판본 3종이다. 지금까지 이들의 선후 관계가 분분하므로 이제 이들 세 이본의 대비 검토를 통해 서지적 특징을 살펴서 조본과 선본을 확증해야 한다. 그간『석가여래십지수행기』의 서지를 본격 검토한 최호석은 연대본은 미처 살피지 못한 채, 낙은본과 고대본을 검토하면서 고대본이 현존하는 이본 중 가장 오래된 것이라 하였다. 그는 '대명 정통 무진 단양'이란 서문의 기록에 근거하여 고대본이 세종 30년(1448)에 판각된 것으로 추정된다[51]고 하였다. 게다가 제44장 말미에 "석가여래십지수행기종"이라 되어 있어 의심없이 고대본을 완결본이라고 하였다. 그러나 이러한 추정은 목판본 세 이본을 대비해 보면 매우 잘못되었다는 사실을 알 수 있다.

---

51) 최호석, 앞의 논문, p.9-10.

　첫째, 위의 세 판본들은 자획, 판심, 심지어 판각 크기 등이 모두 일치한다. 다만 인쇄 상태로 볼 때 낙은본과 연대본은 다소 불량한데 비해, 고대본은 비교적 선명하고 깨끗하다는 점만 차이가 나는 정도이다. 이것은 목판의 마모 상태를 추정케 하는데 세 이본의 인쇄 상태로 볼 때, 고대본은 목판이 상당히 양호한 초기에, 낙은본은 목판이 다소 손상된 중기에, 연대본은 목판이 많이 훼손된 말기에 각각 인쇄되었을 것으로 추정된다. 이 중 특히 연대본은 한 면 전체를 거의 판독키 어려울 정도로 불량한 면이 제36장 하, 제40장 하, 제44장 상 등 여러 곳에 있었다. 그리고 인쇄가 흐린 부분에 붓으로 써 넣은 곳도 많은데 낙은본, 고대본과 대교해 보니 잘못 가필한 글자가 여러 군데 있었다. 이를테면 者→是(제21장), 別→於(제22장), 坐→生(제23장) 등이 그 예이다.

　둘째, 이들 세 이본에는 덕주사판본 발문에 있는 판각자와 시주자 명이 모두 동일한 곳에 동일한 형태로 인쇄되어 있는데 본문 난외의 9곳에서 확인된다. 그 중 현철(玄哲 : 제37장 앞, 제38장 앞, 제43장 앞, 제44장 앞)이 네 곳으로 제일 많고, 다음이 득천(得天 : 제22장 앞, 제26장 뒤)이 두 곳, 다음으로 신현(信玄 : 제15장 앞), 홍준(洪俊 : 제40장 앞), 자원(慈願 : 제42장 앞) 등은 각각 한 곳에 나온다. 이 외에도 개판에 협력한 사람들의 명단으로, 산중대덕 5명, 본사(스님) 7명, 판시주 6명, 시주 24명, 각질 13명, 조역 2명 등 총 57명의 이름이 기록되어 있다. 그 중 현철과 득천은 각질에 들어 있고, 신현은 시주질에 들어 있다.

　넷째, 낙은본은 제45장, 제46장이 더 있는데 고려대·연세대본에는 낙장되고 없다. 이 마지막 두 장에는 천오가 이부본을 베껴서 갖고 다니다가 덕주선원에서 학보 선리(禪利)를 만나 복각하게 된 경위를 적은 발문과 함께 권모겸 판각에 관련한 학보들의 명단이 붙어 있다. 이 발문 부분에 제시된 개판에 관련된 판각자와 시주자 이름 및 새겨진 위치가 낙장된 두 이본에서 똑같은 위치에 확인된다.

　따라서 이 세 이본들은 무진년(1448년)에 간행된 이부본(伊府本)을 중간한 덕주사 개판의 동일본이 분명하다. 그렇다면 제45-46장의 유무는 어떻게 이해해야 할까? 결국 발문 부분이 없는 고대본과 연대본은 우연이든 의도적이든 제45장 이하 끝 두 장이 떨어져 나간 낙장본인 셈이다. 만약 의도적인 낙장이라면 서문 말미에 1448년이란 조선 세종 30년의 간기가 있고, 제44장 말미에는 '석가여래십지수행기종'이란 종결 구절이 있기 때문에 그 이하는 없어도 무방하다고 생각했을지도 모른다. 그렇다면 목판의 난외에 새겨진 각수와 시주질의 명단은 미처 생각지 못한 결과이다. 따라서 고대본과 연대본은 책 말미에 있는 1660년(현종 원년)의 간기가 적힌 덕주사판 발문 부분이 낙장된 유통본인 셈이다.

결국 목판본 3종은 모두 동일본으로서 고대본, 연대본은 낙은본에 앞서는 것이 아니라 오히려 후대적인 낙장본이 분명해졌다. 따라서 덕주사 개판 사정을 적은 발문 부분이 온전하게 보존되어 있는 낙은본이 가장 완결된 최선본이며 현전하는 최고본이 된다.

연대본, 고대본의 경우 왜 뒷부분이 낙장되었을까? 위에서도 언급했지만 그 낙장의 가능성은 이본의 가치를 높이려는 고의성과 유통 과정에서 우연히 떨어져 나갔을 우연성의 두 가지 가능성이 다 있지만 책의 양호한 보존 상태, 잘 배접된 두터운 표지, 그리고 서문 부분의 1448년 간기와 발문 부분의 1660년이란 간기가 엄청난 연대 차이를 보인다는 점 등을 고려할 때, 이본이 자연스럽게 유통되는 과정에서라기보다는 책의 연대를 소급하여 이본의 서지적 가치를 높이기 위해서 누군가가 끝의 두 장을 의도적으로 떼어버렸을 가능성이 더 크다. 특히 고대본의 표지에 '정통 무진년간본'이라고 필사한 의도와 책표지가 양호한 상태라는 점 등은 이러한 사실을 뒷받침해 준다.

다음으로 목판본(덕주사본)과 필사본(동국대본), 그리고 활자본(현토본)의 선후 관계를 살피기 위해 각 작품들의 변모 양상을 살펴 보았다. 필사본만 제외하고 자구의 차이, 부분적인 생략과 변개 정도이지 서사 구성이 완전히 바뀌었다든가, 새로운 작품을 바꿔 넣은 것은 없었다. 필사본과 활자본은 목판본을 그대로 베끼되 자구상에서 덕주사본과 틀린 곳이 여러 곳 있을 뿐이다. 일례로 제1지 「선색녹왕전」 작품을 가지고 목판본인 낙은본을 중심으로 대비해 본 결과, 필사본은 28곳이, 현토본은 34곳이 글자가 바뀌거나 빠지거나 다르게 표현되거나 했는데 그 몇 가지를 들어 보이면 다음과 같다.

목판본(덕주사본)	필사본(동국대본)	활자본(현토본)
御廚司	御廚	御廚
莫放箭	左와 同	愼莫放箭
朕作御食	左와 同	朕欲諸御食
吾乃山中野獸	吾等	吾乃山中野獸
署日	署月	署日
成其兩運	없음	成其兩軍
忠信之禮	左와 同	忠義之禮
次第輪流	次第	次第輪流
翌日	없음	翌日
至八日	左와 同	至第八日
懷一子	左와 同	孕一子
此爾靈獸	左와 同	此等野獸
斷食鹿肉 永不探獵	左와 同	永斷鹿味 更不探獵
臥化而逝	左와 同	坐化而逝

　이와 같이 후대본들은 거의 동일하며 몇몇 자구적 차이가 날 뿐이며 현토본이 훨씬 더 많은 자구적 변모를 보인다. 결국 필사본과 현토본은 덕주사본을 모본으로 삼아 필사하고 현토한 것은 분명하며 활자본의 경우 자구적 변개가 매우 심함을 알 수 있다. 그런데 필사본은 특히 대화와 게송 부분에서는 필사과정의 착오라 보기 어려울 정도의 상당한 변이가 나타나기도 한다.

　또한 제7지까지만 낙은본을 모본으로 삼고 제8지부터는 불경 설화를 23편이나 실은 점이 특이하다. 제8지 이하는 주로 구비 유통의 변모를 겪은 보다 많은 설화들을 다루고 있다. 즉 어떤 신불문사나 승려가 당시 유통되던 변문들 중에서 읽고 보고 들은 것을 나름대로 취사하여 기록한 단편들이라 하겠다. 또한 마지막에 「석가여래행적송」을 필사 부록하였다.

　「석가여래행적송」은 운묵 무기의 저술로 『석가여래십지수행기』의 찬술 연대와 똑 같은 고려 충숙왕 13년에 형성된 불교 전래문학으로 당시의 신불 대중과 수행자들에게 가장 인기 있는 변문이었던 것이 아닌가 한다. 특히 『석가여래십지수행기』와 마찬가지로 「석가여래행적송」도 석가의 이야기를 운문 중심으로 적고 중간중간에 산문을 삽입하여 전형적인 산주운종형(散主韻從型)의 강창 양식을 갖추고 있다.

다음으로 현토본은 대량 유통을 전제하여 상당히 합리성을 추구하는 방향으로 변모를 겪은 이본이다. 실제로 '告其衆→告其鹿衆, 至八日→至第八日, 是→是也' 등 문맥 의미와 관계를 구체화하고 통일성을 갖추고자 했음을 알 수 있다. 그리고 부록에는 당시 유행하던 변문으로 「안락국태자경」, 「선생태자경」, 「섬효자경」 등이 실려 있는데 특히 효행주지와 관련된 소설 수준의 작품들이 많다. 이는 현토본이 그만큼 대중적인 인기를 고려하여 편집되었다는 것을 말해 준다.

국역본은 현토본을 낸 안진호가 전문을 한글로 번역하여 다시 구활자로 간행한 이본이다. 고소설의 구활자본이 영리를 목적으로 한 상인들에 의해 개화기 이후 다양한 독자를 대상으로 대량 생산된 상황으로 볼 때, 이 이본은 여성과 국문을 대상으로 하는 일반 독자층을 염두에 두고 만들어졌다고 하겠다. 특히 이 구활자본이 여러 번 재판된 점으로 보아 신불 대중은 물론 일반 대중 간에도 인기리에 유통되었음을 알 수 있다.

더욱이 현대역본은 정서운이 구활자 국역본을 저본으로 문어체를 구어체로 바꾸고 어투에 높임법을 구사했으며, 대화와 서술 문장을 구분하여 표시하고 문장 부호를 삽입하는 등 현대식으로 고쳤다. 특히 제7지, 제9지 등에서 삽입 게송을 빠뜨리거나 축약한 경우가 있는데 이는 현토본, 국역본과 똑 같다. 이로 보면 현대역본은 국역본을 저본으로 하여 그대로 현대어로 번역한 이본에 불과하다.

지금까지 살핀 이본들의 형태를 대비하기 위해 도표로 나타내면 다음과 같다.

이본 / 체재	목판본		필사본	활자본		
	낙은본	고대본 연대본	동국대본	현토본	국역본	현대 역본
서문	있음	좌동	없음	있음	없음	있음
	第1地 第2地 第3地 第4地		좌동 (第1地~第7地)	第1地 善色鹿王 第1地 忍辱太子 第1地 布施國王 第1地 捨身太子		

본문	第5地 第6地 第7地 第8地 第9地 第10地	좌동	第8地 須闡提太子 第9地 이하 佛經故事(22篇)	第1地 忍辱仙人 第1地 善友太子 第1地 金犢太子 第1地 善惠仙人 第1地 布施太子 第10地 悉達太子	좌동	좌동
발문	있 음	없음	없 음	없 음	없음	없음
부록	佛說乳光佛經 佛說五王經 睒孝子經 祇林高蹟 須達起精舍品 擧蓮經七軸大意 善友入海求經 國淸寺起文 佛說福田經 靈山語法	없음	釋迦如來行迹頌	安樂國太子經 須達提太子經 善生太子經 須怛挐太子經 睒孝子經 釋迦成道記	좌동	좌동
특징	완질본	낙장본	부분(1-7지) 필사	작품명 부여, 구활자	구활자	현대 활자

　이렇게 볼 때 낙은본은 현전하는 목판본 중 유일한 완질본이며, 고대본과 연대본은 낙은본의 낙장본이고, 동국대(필사)본과 현토본은 각각 낙은본을 모본으로 한 후대 이본들이다. 또한 목판본은 발문으로 보아 사찰 중심으로 유통된 이본 계열이 분명하고, 필사본은 대화 부분이 많이 통속적으로 변이를 보인다는 점, 강담을 채록했다는 점, 많은 오탈자가 나타나는 점 등으로 보아 민간 구비 유통 과정을 거치면서 형성된 이본 계열이며, 현토본을 비롯한 이후의 활자본들은 대중적 인기에 영합하여 재미 있는 경전을 대량 생산하여 배포하는 상업적인 이본 계열로 구분할 수 있겠다.

　지금까지 대비한 이본들의 특징을 종합하여 그 계통을 도식해 보면 다음과 같다.

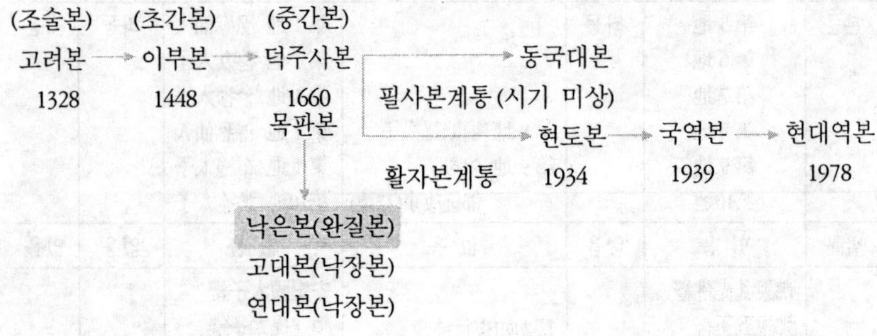

3. 이본의 간행과 유통

1) 조술본

『석가여래십지수행기』가 처음 찬술된 것은 고려 충숙왕 15년(1328)이다.
현전하는 낙은본의 제10지 말미에 보면 조술본에 대한 언급을 살필 수 있다.

> 석가가 서천축 중인도 가유라국에 태어난 것을 살피건대, 동주 소왕 24년
> 갑인년 4월 8일에 태어났으니 오늘날 무진 대정 5년에 이르기까지 39개 갑인
> 에 15년을 더하면 2455년이 지났다.
> 주나라 목왕 59년 임신년 2월 15일에 입적하니 오늘날 무진 태정 5년에
> 이르기까지 39개 임신에 59년을 빼니 2276년이 지났다. 부처의 법문이 후한
> 명제 영평 12년 무진에 가섭마 등과 축법란 두 보살이 백마에 불경을 싣고
> 동쪽에 이르렀다. 13개 무진을 지나 더할 것이 없으니 1260년이 지났다. 삼가
> 대장경에 근거하여 제왕의 연대를 추산하니 600년이다.
> (按本釋迦佛 生於西天中 印度迦維羅國 於東周昭王 甲寅二十四年四月八日
> 降誕 至今戊辰年大定五年 三十九箇甲寅 令十五算二千四百五十五年 於周穆王
> 五十九年 壬申二月十五日入滅 至今戊辰 泰定五年 得三十九箇壬申 令五十九
> 年 算二千二百七十六年 謹依大藏經 帝代集推算 依本六百年矣)[52]

이 기록에 나타난 간지와 햇수에 근거하여 조술본의 찬술 시기가 검토될

---

[52] 『석가여래십지수행기』(낙은본), 제44장 뒤. 이하 인용되는 자료는 모두 낙은본이다. 인용하
는 자료의 원문은 부록에 영인되므로 삽입 운문과 꼭 필요한 경우에만 병기하겠다.

수 있다. 그런데 조술본의 찬술 시기를 나타내는 말이 『석가여래십지수행기』에 '지금 무진 대정 5년'과 '지금 무진 태정 5년'으로 각기 상이하게 기록되어 있다. '대정 5년'은 고려 의종19년(1165)에 해당하며, '태정 5년'은 고려 충숙왕 15년(1328)에 해당한다.

　　같은 글 안에서 이와 같이 상이한 연대를 제시하고 있기 때문에 이제까지 연구자들 간에 엇갈린 견해가 나왔고 그간 대부분의 연구자들은 선행하는 고려 의종 19년을 찬술 시기로 인정해 왔다. 그러나 사재동 교수는 「안락국태자경」의 연구에서 무진 대정 5년은 마땅히 무진 태정 5년으로 간주해야 된다고 하면서 『석가여래십지수행기』의 간행 연대를 원나라 태정 5년(1328)으로 바로잡았다. 이에 최근 최호석이 이 견해에 동조하여 보다 상세한 고증과 추론을 통해 『석가여래십지수행기』의 찬술 시기를 1328년으로 확정하였다.

　　『석가여래십지수행기』의 기록은 대체적으로 간지는 맞으나 그 연대는 맞지 않는 경향이 있다. 소왕은 동주가 아닌 서주 시대 임금이며, 주소왕 24년은 갑인이 아니라 임자년이고 주 목왕의 재위 기간도 55년이므로 59년이란 기록은 틀린 것이다.

　　그러므로 부처가 태어난 주소왕 갑인년(1027)에서 2355년이 지나면 무진 태정 5년이 되므로 대정5년은 오기이거나 태정 5년과 동일 표기로 이해해야 한다. 당시 한자를 사용함에 있어 泰·太·大는 구별없이 쓰였다는 것을 참고할 때 大定과 泰定은 같은 뜻을 가지고 사용되었다고 보아야 하겠다.

　　그러나 문제는 여전히 남는다. 중국의 태정이란 연호는 4년(1327)까지 쓰였으며 1328년은 치화1년, 또는 천력1년에 해당한다. 그런데 『석가여래십지수행기』에서 태정5년이라고 기록한 것은 태정4년 다음해는 당연히 태정 5년일 거라고 생각한 찬자의 착오로 보는 것이 타당할 것이다.[53]

　　실제로 부처의 생몰 연대에 대한 역사적 기록은 확증할 수 없어서 국가와 지역권마다 상당한 견해 차이를 보여왔다. 다만 후대에 와서 신앙적으로 불탄년을 정하여 기려왔는데, 중국 등 북방에서는 B.C. 1027년으로 하였고, 인도와 버마 태국 등 남방에서는 B.C. 624년으로 정해 왔다. 현대적인 연구 추세에 의하면 남방의 추정이 근사하지만 실제 우리 나라의 경우 중국의 불탄

---

53) 최호석, 앞의 논문, pp.13-15 요약.

연도를 그대로 따르고 있다. 『석보상절』에서 부처가 주소왕 26년 갑인년 (1027)에 탄생했다고 기록하고 있으며 무기가 쓴 「석가여래행적송」에도 입적한 해를 주목왕 52년(임신)이라고 기록하고 있다. 이들은 『석가여래십지수행기』의 간지 연대와 일치한 것으로써 "주소왕 갑인에서 2355년이 지나면 무진 태정 5년(1328)"[54]이 된다. 그러므로 고려 충숙왕 15년(1328)이 조술본의 찬술 연대임이 확실하다.

조술본의 찬술자가 누구인지는 알 수 없지만 저본이 대개 불경의 본연부에서 나온 것으로 보아 문장력과 불심을 겸비한 대덕고승 중 속강에 능했던 승려가 분명하다. 불경의 본생담 중에서 9편의 전생담을 추려 십지 수행 형식으로 구성하려면 상당한 변문화 능력과 독창적인 소양을 갖춘 인물이어야 가능하겠기 때문이다. 실제로 경전 중에서 직접 취택하여 변문화되었을 수도 있지만 또한 상당 기간 동안 단편적인 화본으로 속강에서 승속 간에 유통되던 변문 중에서 문학성이 높은 것들을 수용하여 『석가여래십지수행기』 체제로 묶었을 가능성이 크다. 『석가여래십지수행기』 조술본이 간행된 14세기 전후는 원의 예속기로 내부적으로는 불교의 문제를 되짚는 새로운 자정운동으로서 결사가 활발하게 일어난 사실[55]을 주목할 필요가 있다. 즉 당시 안목있는 승려들은 당시 승려층의 부의 축적, 민중적 신뢰의 약화, 원의 예속 하에 있던 정치 권력에 동조하는 세태에 새로운 바람을 불어 넣으려고 애썼다.

이런 시대 배경에서 불경의 새로운 해석과 철저한 보살행의 실천자로서 당시 유행하던 석가에 대한 변문들을 하나로 묶어 대승적 보살 정신을 홍포하려면 『석가여래십지수행기』 형태의 작품은 자연스럽게 찬술될 수밖에 없었다. 특히 신라대 속강승들의 설창과 연예 행적이 고려대 균여, 혜심, 일연, 운묵을 비롯 학일, 료세, 천인, 천책, 료원 등에 그대로 계승되었다고 볼 때 대덕법사들은 자유자재한 대중 법문을 통하여 많은 불경고사를 새롭게 찬술해냈다. 이들 중 균여의 「보현시원가」, 혜심의 「균여전」, 일연의 『삼국유사』, 운묵의 「석가여래행적송」 등은 변문화된 대표적인 속강화본이라 할 만하다. 특히 「석가여래행적송」은 『석가여래십지수행기』와 동일 시기에 간행된 작품

---

54) 『석가여래십지수행기』, 제44장 앞.
55) 채상식, 고려후기 불교사 연구, 일조각, 1995, pp.225-226 참조.

으로 당시 불교계의 폐단을 지적하고 왕실과 권문귀족 중심의 보수적인 불교계의 반성을 촉구하는 한편, 제도자, 수행자로서의 면모를 잃어버린 당대 승려의 생활 태도를 통렬히 비판하고 있다. 이는 원에 의해 국토와 백성들이 유린 당하던 14세기 초반의 참담한 현실을 반성하면서 그 구원자로서의 불교계는 물론 사회의 각성을 촉구한 것이다.

이런 점에서『석가여래십지수행기』가 특히 석가의 수행을 성도 이전 부분에 초점을 맞추어 서술하고 있다는 것은 불교계의 각성을 촉구한「석가여래행적송」의 찬술 의도와도 부합되는 점이다. 주로 석가가 세상에서 중생을 제도하기 위해 행한 갖가지 보살행을 강조함으로써 수행자로서의 자세를 새롭게 하려는 찬술자의 의도에 잘 부합되었다. 또한『석가여래십지수행기』는 전체적으로도 지계와 보시의 보살행을 서사하고 있지만, 각 단편들이 독립된 서사구조를 갖추고 변문계 강창화본으로 유통되었다는 사실이다. 즉 그들 작품은 각 단편이 완벽한 형태로 시종됨으로써 어떤 보완이나 연접 없이도 완전하게 존재할 수 있게 되어 있다.[56] 또한 판각과 필사를 통해 끊임없이 유통되었기 때문에 고려대 이후 불경 전래설화 문학의 발달을 촉진하는 발판이 되었다. 뿐만 아니라 각 작품의 전기적 일생, 갈등의 지속, 참신한 강창문체 등으로 볼 때『석가여래십지수행기』는 불경계 변문소설 양식의 전형이며,「적성의전」,「금송아지전」등의 계통적 전개로 살필 때 한국 고소설의 한 원류로서 변문소설을 형성·전개시킨 계통의 출발점에 있었다는 것은 분명하다.

2) 초간본

고려 충숙왕 15(1328)년에 처음 찬술된『석가여래십지수행기』는 신불 대중이나 승려들에 의해 필사·유통되는 가운데, 문헌 유통으로는 조술본이 찬술된지 120년만인 조선 세종 30(1448)년에 왕실 특별 기관인 이부의 주도로 간행되었다. 특히 세종대에는 많은 불경이 간행되거나 언해되었는데 그 중 소헌왕후의 추천 불사와 관련하여 한국적 불경 전래문학인『석보상절』이 간행된 것은 불교사나 국문학사에 있어서 가장 두드러진 성과라 하겠다. 그야

---

56) 사재동, 불교계 서사문학의 연구, 앞의 논문, p.185 참조.

말로『석보상절』은『월인천강지곡』과 더불어 한국적으로 변용되고 재창작된 불경 전래문학의 정수요, 초기 국문 설화문학이기 때문이다.

『석보상절』은 석가의 강생, 탄생, 유관(고민), 출가, 수도, 항마(성도), 전법, 열반 등 이른바 팔상성도에 따른 석가의 영웅적 일생을 방대한 스케일로 서사하고 있다. 서문에 따르면 1446년(세종28년) 병인에 세종이 돌아간 소헌왕후의 추천을 위해 세조(당시 수양대군)에게 석가의 일대기를 편찬하라고 명하자, 중국 승우의「석가보」와 도선의「석가씨보」를 합쳐서 새롭게 편찬·번역한 것이『석보상절』이다. 그런데 이『석보상절』은 위에 든 경전만을 참고한 것이 아니라 기존에 간행되었던 불경들을 다수 수용하였는데, 그 과정에서『석가여래십지수행기』와「석가여래행적송」과 같은 변문계 불교 전래문학도 참고되었을 것으로 추정된다.

이들은 이미 고려대에 간행되어 유통되어 왔을 뿐 아니라 뒤에 논하겠지만 후대 설화문학의 전개에 상당한 영향을 끼쳤다. 특히「석가여래행적송」에 시도된 운문 서사시와 해설 산문체가 복합된 형식의 강창 양식은 그대로『월인석보』의 형식과 일치한다. 또『석가여래십지수행기』의「인욕태자전」이『석보상절』에,「선우태자전」,「선혜선인전」이『월인석보』에 실려 있다는 점은 어느 정도 영향 관계가 있었음을 시사한다. 그리고 이와 같은 각 단편들을 후대의 설화문학집에서 수용했다는 것은『석가여래십지수행기』가 전체적으로는 옴니버스식으로 하나의 작품으로 결집되어 있는 형태지만, 각 단편들이 독립되어 분산·유통되면서 개별 소설 작품으로 분화·전개되는 발판을 마련했다는 데 의미가 있다.

다만『석보상절』이 왕실 안팎을 겨냥한 왕후의 추천불사 성격이었다면 『석가여래십지수행기』는 단순히 포교적이고 교화적인 차원에서 간행됨으로써 그 수용층은 오히려 보다 광범위하고 향유층이 훨씬 대중적이었다고 추정된다. 1448(무진)년에 간행한 서문을 들면 다음과 같다.

>   일찍이 부처가 세상에 나타남은 본디 사물과 생명들을 교도하기 위함이요, 성인이 범인에 임함은 오직 이류를 좇아 교화하는 데 있다고 했다. 삼 아승기 겁이 지나야 부처가 되는 것이요, 진성은 원래 다른 데로 흘러 들어가는 것이 아니니, 십세 동안 법바퀴를 굴리며 묘원에 있어 어찌 일찍이 깨달음에

서 떠났으랴. 이로 인하여 고를 접하매 자비심이 일어나 칠향산의 사슴이 되고 자비심을 움직이고 즐거움을 일으켜 돌더미 위에서 자신의 몸으로 매를 제도하였다. 나라와 지위를 버리고 오로지 육도 바라밀을 닦으며 자식과 아내마져 버리니 만행이 불도를 행함이 아님이 없었다. 바다에 배를 띄워 여의주를 구함은 중생들에게 광명을 주기 위함이요, 산에 올라 보물을 캐는 것은 중생들에게 고루 베풀기 위함이었다. 이와 같으니 인연을 좇아 과보를 얻으며 세세에 공을 세우며 내세의 과보는 과거의 인연에 의하여 이루어지므로 생생에 수행하여 인과가 뚜렷함을 증명하였으니, 성불하는 것의 쉽고 어려움과 사리가 분명함을 잘 알아서 부처의 뛰어남을 알라.

근래에 소실산인이 여름 한가한 때에 그것을 보고 번다한 말을 줄이고 새로운 것을 좇아 바르게 잡았다. 이부의 명을 받든 보수가 간행하고 유통시켜 널리 흐트리니 사방의 아는 자들은 이것에 의지하여 수행하고 한 나라에 등용되기도 하고 깨달은 자는 이것을 향하여 나아가니, 사람마다 모두 부처를 증거할 것이요 개인마다 깨달음의 경지에 오를 것이다. 경계하여 권면하노니 착한 것을 믿으라.

명나라 정통 무진년(1448) 단오에 이부에서 판목을 마련하고 공인에게 명하여 간행한다.

(嘗謂 佛佛示現 本爲接物利生 聖聖臨凡 唯務隨從異類 三祇果證 眞性元不入流十世轉輪 妙源何曾離覺 玆因 興慈接苦 化鹿七香山內 運悲興樂 濟鷹一身石畔 捨國捨位 專修六度玄門 棄子棄妻 無非萬行妙道 於泛海求珠 單明願向群萌 登山採寶 致使均霑衆彙 如是則 因從果得 入功於世世 而來果向因成 修習於生生 而證因果歷然 熟知佛地易難 事理分明 那識祖位殊異

今者 少室山人 夏暇覽之 芟削繁詞 從新校正 伊府承奉 普秀刊印 流通散施 四方知音 依此而修 用捨一國達者 向此而進 人人 盡證菩提 箇箇 同登般若 警勸信善

大明 正統 戊辰 端陽 伊府用梓 命工刊行)[57]

이상의 서문에서 볼 때, 초간본은 소실산인(少室山人)이 새롭게 교정하고 이부에서의 명을 받들어 보수(普秀)가 간행한 판본이다. 그런데 『석가여래십지수행기』를 간행한 이부에 대한 명확한 기록을 찾지 못했다. 다만 중국 명나라의 경우 왕실 친인척을 관리하는 이부[58]란 비공식 부서가 있었는데, 세

---

57) 『석가여래십지수행기』, 서문, 제1장 앞-제2장 앞.

58) 이부는 명나라 종실에 딸린 황제 친족(대군 등)들을 관리하는 관서 이름으로 사고전서(四庫全書), 史部 , 政書類, 通制之屬, 『明會典』 권 28 등에서 기록이 확인된다. 만약 이부가 명나

종 대의 이부도 이러한 성격의 기관이 아니었나 생각된다. 조선조는 유교 국가이지만 왕실의 부녀자들은 여전히 불교 신봉자들이었기 때문에 그와 관련한 서적 출판이나 종교 생활, 윤리 범주를 관리·관장하는 기관이라 추정된다.

그런데 여기서 소실산인이 조술본을 '신종교정'했다는 뜻은 허구적 연설 내지 문학적인 변문화와는 거리가 있었다고 이해된다. 즉 조술본을 갖고 경전적 대강의 취의를 살리면서 신불문사와 왕실 인척들을 교화하는 종교적 취의를 강조한 방향으로 다듬은 것이라 할 수 있다. 특히 이 시기는 「삼강행실도」나 「소학」과 같은 인륜 교화서가 강조되던 때로 『석가여래십지수행기』가 신불문사는 물론 위정자들과 왕실 친인척들의 지침서 같은 역할을 했을 가능성도 충분하다.

따라서 『석가여래십지수행기』는 '경권신선'을 내세울 만큼 공리성과 교화성이 강한 이야기들로 짜여져 있으므로 이 책이 왕실의 명을 받들어 시대적 공리성에 맞게 다듬어서 간행하고 유통시켜 널리 퍼뜨릴 필요가 있었다. 특히 서문의 말미에서 "아는 자들은 석가의 고행에 의지하여 수행하고 한 나라에 등용되기도 하고 깨달은 자는 석가가 수행한 것 같이 백성 구제를 향하여 나아가니, 사람마다 모두 부처를 증거할 것이요 개인마다 깨달음의 경지에 오를 것이다. 그러므로 경계하여 권면하노니 착한 것을 믿으라."[59]고 한 것도 『석가여래십지수행기』가 사방에 흩어져 있는 지음, 곧 왕실 친인척은 물론 한 나라에 등용되고 등용되지 못하는 모든 사람들이 지향하고 실천해야 하는 '信善의 덕목'을 갖추고 있기 때문이다. 그렇기 때문에 왕실에서는 이부를 통해 이 책을 간행하여 널리 퍼뜨리고자 했다. 따라서 간행을 주선한 것은 왕실이나 왕실의 기관 '이부'에 소속된 관료, 문사, 고승대덕이었을 것이라 추정된다.

아무튼 이부에서 간행한 초간본은 '대명 정통 무진'이란 기록으로 볼 때 1448(무진)년에 간행된 목판본이 틀림없고, 이를 그대로 베껴서 중간한 덕주사판본으로 보건대 매면이 10행, 매행이 20자 씩으로 정연하게 판각되었으며

라 기관이라면 초간본은 중국에서 간행된 것이다.
59) 위의 책, 서문, 제2장 앞.

서문 1장, 본문 43장으로 된 총 44장(제44장에 '석가여래십지수행기종'이라 했음.)본이라 추정된다.

3) 중간본

이부에서 초간된 이후『석가여래십지수행기』는 그 내용상으로 보아 승속 간에는 물론 각 사찰을 중심으로 널리 유통되다가 천오(天悟)에 의해 현종 원년인 경자년(1660)에, 충주에 있는 덕주사에서 개판·중간되었다. 천오는『석가여래십지수행기』를 읽고 그 내용에 감동하여 베껴 바랑에 넣어 각지로 돌아다니다가, 덕주사에 이르러 여러 사람들의 도움을 입고 힘을 합해서 중간해 내기에 이른다. 특히 덕주사 학보인 선리(禪利)의 주관으로 이 중간본이 개판되기까지 저간의 사정을 초서로 기록한 발문을 살펴보면 다음과 같다.

> 무릇 하늘이 열린 후로 부처만한 자가 없었도다. 부처는 4세를 지나고 10세를 출몰하여 혹 사슴이 되기도 하고 소가 되기도 하고 태자가 되기도 하였으니, 모두 뜻한대로의 몸이었다. 그 은현 자재하는 지극히 영묘한 일은 입으로 가히 다 말할 수 없으니, 이 여래의 행적은 만장의 근원이고 삼성의 우두머리가 될만하다. 그러나 아직 우리 나라에 퍼지지 못한 때문에 가장 오묘한 행적을 알지 못함이 오래 되었도다.
>
> 천오가 병술년(1646년, 인조 24년) 가을에 이 보물을 얻어 삼가 베껴서 바랑에 넣어 여러 곳을 떠돌아 다니다가 월악산 덕주선원에 이르러 풍골이 아주 뛰어난 의능대사의 제자인 학보 선리를 만났다. 학보 선리가 판재를 다듬고 갖추어 부처의 지극한 행적을 판각하고자 하였는데, 저마다 힘을 합하니 머지 않아 공이 이루어졌다. 이 보물을 이곳에 보관해 두고 널리 후세에 전하여 반드시 이 글을 보아서 악한 마음을 버리고 선한 마음을 좇고, 부처의 행적을 그대로 행하여 요사함을 버리고 경사스러움을 펴서 이 공덕으로 성상이 만세를 누려서 문무가 화평하고 태평하며, 비와 바람이 제때에 불고 내려서 만민이 평안하기를 간절히 바랄 뿐이다.
>
> 경자년(1660년, 현종 원년) 봄에 금봉 천오가 글을 쓰고 발문을 붙인다.
>
> (夫開闢以來 未有如佛者 佛也者 爲度四生 出沒十生 而或鹿或牛或太子 皆以爲意生之身 隱現自在 至靈妙之事 口不可敍 此如來行迹者 萬藏之源 三聖之首 而未布東國 故不識最妙之迹 久矣.
>
> 天悟 赤犬之秋 得此寶 敬寫藏囊 遊歷諸方 而到乎月岳山 德周禪院 遇骨格

超凡 義能大師之弟 學寶禪利 學寶禪利 鍊就板材 而欲刻至迹 合陂同力 不日
成功 饋于此 廣傳於後 必覽斯文 而捨惡從善 行太子之行 除妖扇慶 以此功德
伏願聖壽萬歲 而文武致慶 雨順風調 而萬民尙休焉.
　　白鼠 靑陽月 金峯天悟 書幷跋)[60]

이 발문의 기록으로 미루어, 천오(天悟)는 이부에서 간행한 초간본을 병술
년(1646년) 가을에 똑같이 베껴 가지고 여러 곳을 다니며 활용하다가, 덕주사
에 이르러 학보 선리를 만나『석가여래십지수행기』개판 불사를 의논하였다.
『석가여래십지수행기』발문(제46장)에 의하면 학보 선리는 덕주사 대덕 스님
인 의능대사의 제자로 권모와 판각 관련 업무를 직접 총괄한 사람으로 추정
된다. 학보 선리는 지금의 총무스님 격에 해당하는 자로, 직접 판재를 모으고
다듬고 개판에 소용되는 여러 도구까지 갖추어 여러 사람들의 힘을 합쳐 부
처의 지극한 행적을 새기는 일을 관장하며 실제적으로 주도한 인물로 추정된다.

천오는 이부본을 경사하고 발문까지 붙였는데 어떤 고승인지는 아직 확
인하지 못했다.『석가여래십지수행기』를 개판한 덕주사는 충북 제원군 한수
면 송계리 월악산에 있는 사찰로『동국여지승람』에도 실려 있는 고찰이다.
당시 덕주사는 상덕주사와 하덕주사로 나뉘어져 있을 만큼 큰 규모의 사찰이
었는데 아깝게도 한국동란 때 전소되었고 장판도 소실되었다. 다행히 상덕주
사 법당지 동쪽 바위에 조각된 석조 마애불만 원형대로 남아 있는데, 고려시
대의 전형적인 불상으로 보물 제406호이다. 불상이 새겨진 바위면에는 건물
을 세운 구멍들이 나 있어 소실 전까지는 목조 전실이 있었던 것으로 추정된다.

덕주사의 경판 간행은 16세기에만 3차례 있었는데[61]『석가여래십지수행
기』도 시주나 각질의 규모나 참여 인원으로 보아 매우 규모가 큰 불사였음을
짐작할 수 있다. 『석가여래십지수행기』발문에 나와 있는 권모 겸 각질을 살
펴보면 다음과 같다.

· 山中大德
　　祥雲(板監), 義能, 文益, 德均, 守廉

---

60) 위의 책, 제45장 뒤 - 제46장 앞.
61) 김상호, 조선조 사찰판 각수에 관한 연구, 성균관대대학원 박사학위논문, 1993, p.18.

- 本寺

  斗英, 了堅, 廣濟, 智輝, 敬準, 尙嚴, 元宗
- 板施主

  安彦龍, 金末叱奉, 金貴祥, 金貴立, 金戒玄, 崔勝男
- 施主

  張介叱知, 輝瓊, 李順立, 金斗生, 吳守命, 惠休, 自珍, 惠淸, 能屹, 天祐, 敬修, 懷覺, 依智, 貴金, 春祥, 廣濟, 信玄, 德森, 榮卓, 善玉, 担裕, 印悟, 就行, 得意
- 刻秩

  玄哲, 姜海雲, 担默, 智淳, 印祐, 得天, 印湖, 炅照, 冲敏, 禪藏, 金貴哲, 依信, 成厚吉
- 助役

  冲卞, 冲信
- 勸募兼刻

  學寶

  順治十七年 庚子 五月日 忠洪道 忠州 月岳山 德周寺 開版[62]

이 기록으로 보면 산중 대덕고승이 5명, 본사 스님이 7명, 판시주자가 6명, 일반 시주자가 24명, 각질이 13명, 조역이 2명, 권모 겸 각질을 직접 주도한 1명 등의 내역이 자세히 기록되고 있다. 상운은 개판 사업의 총감독관 격인 판감임을 알 수 있다. 발문에 기록된 각질자는 총 13명인데 실제 판의 난외에 각질자 이름이 새겨진 사람은 현철과 득천 2명 뿐이다. 그런데 오히려 득천은 위의 각질자 명단에는 누락되어 있는 사람이다. 따라서 득천은 명단 조성 이후에 추가되었거나 뒤늦게 재원을 많이 보시한 불자 중의 한 사람일 가능성이 크다.

보통 사찰 개판은 발원자에 의해 불사가 일어나 조성되며 필요한 불서를 간행하려는 사찰측과 이에 시재(施財)함으로써 개인의 공덕과 고인의 명복을 기원하려는 신도 및 알선 화주에 의해 이루어진다. 모든 공양 중 법공양이 제

일이었기[63] 때문에 대덕고승으로부터 신불 대중들에 이르기까지 모두 개판 사업에 적선과 공덕을 아끼지 않았다. 위에서 보면 광제(廣濟)의 경우는 본사 스님이면서 판각의 경비를 시주한 고승으로 되어 있다. 그는 개판에 상당한 비중으로 참여하였으며 비용을 상당 분담하였다고 추정할 수 있다.

또한 각질을 보면 승려와 민간인이 다수 참여하고 있다. 비록 판각하는 일이 불도를 닦는 승려로서 수행해야 할 업은 아니지만 그것이 불법을 광포하는 방편이고 무상의 공덕을 쌓는 방도이기도 하므로 신분이나 지위의 고하를 막론하고 많은 승려들이 각수로서의 일을 기꺼이 수행하였다.

이처럼 불법을 서사하여 널리 남에게 말해주는 자는 모든 행원이 성취되고 복덕을 한량없이 받으며 중생들을 번뇌에서 구제하고 아미타불의 극락세계에서 왕생할 것이기 때문에, 많은 승도나 신도들이 개판 불사에 연화승이나 화주질로 참여한다는 것은 무상의 공덕을 쌓고 행원을 성취하려는 종교적 동기가 작용했기 때문이다. 따라서『석가여래십지수행기』말미에 시주, 각질의 기록이 자세한 이유도 참여 인원의 공덕을 영원히 기리고자 한 데서 찾을 수 있다.

사찰 개판의 경우 대개 시주질에 각수질이 포함되는 경우가 많지만 각수의 기능이 중시되는 경우는 별도로 분리되어 기재되는데,『석가여래십지수행기』도 예외없이 분리되어 기재되고 있다. 명단은 난외나 판심 부분에 새겨져 있는데 찾아서 구분해 보면 다음과 같다.

역 할	성 명	각 면	위 치	비 고
각 수	현철(玄哲)	제37장 앞 제38장 앞 제43장 앞 제44장 앞	난외우중간	각자
	득천(得天)	제22장 앞·뒤 제26장 뒤	판심하단 난외좌하단	각자
시 주	신현(信玄)	제15장 앞	난외우상단	알선화주
미 상	홍준(洪俊)	제40장 앞	난외우하단	발문 명단에 없음.
	자원(慈願)	제42장 앞	난외우하단	

---

63)『대방광불화엄경』권40, 입불사의해탈경계 보현행원품. "善男子 諸供養中 法供養最."

　　실제 각질에는 13명이 있지만 현철과 득천은 실제 글자를 새긴 각수이고, 나머지는 판재를 다듬거나 하는 보조 각수의 기능을 수행한 것으로 추정된다. 그리고 명단에 없는 홍준과 자원은 개판 사업에 늦게 관여한 사람이거나 개판이 거의 완료된 이후에 화주로서 불사의 공덕을 나누기 위해 새겨 넣은 것 같다. 일반적으로 개판 불사시 그 공덕으로 기복과 해원을 성취하기 위해 자기 가족이나 선친, 또는 타계한 대덕의 이름을 판본에 추가로 새겨내는 일이 종종 있기 때문이다.

　　판본에 글자를 새기는 일은 각수 한 사람이 시종을 마무리하는 경우도 있지만 불서의 분량, 정성, 정교도, 인원, 기능, 개판 일정 등에 따라 그 규모가 결정된다.64) 그런데 『석가여래십지수행기』의 경우는 판이 92면(46장 앞·뒤)밖에 안 되는 분량인데도 각질이 무려 13명이나 동원되었다. 이는 『석가여래십지수행기』가 매우 정성을 들이고 정교하게 판각하였으며, 사찰 내외에 동원 가능한 인원이 충분했다는 것을 말해 준다.

　　『석가여래십지수행기』가 덕주사에서 개판·중간된 것은 천오가 1646년 가을에 이부본을 베껴 가지고 다닌지 14년만인 1660년(현종 원년)이다. 특히 천오가 발문 부분은 초서로 쓰고 본문 부분을 시종일관 흐트러짐 없는 정연한 해서로 경사하여 가지고 다니면서 화본으로 활용되다가 덕주사에 이르러 개판되기에 이른다. 이와 같은 경사와 개판은 입으로 다 말할 수 없는 은현자재한 불타의 탁월한 행적을 베끼는 사경 공덕을 닦는 일이기 때문에 대대적으로 심혈을 기울여 축수하였다.

　　덕주사 판본이 중간됨으로써 그간 왕실을 중심으로 서울·경기 지역에 유통되던 『석가여래십지수행기』는 충청도 일대에 확산·유통되는 발판을 다졌으며, 천오의 개판 불사의 규모와 경위로 볼 때 여러 고승들과 신도들에 의해 중부 권역에로 광포되었을 것이 분명한데, 현재까지는 이본이 서울, 경기 지역과 충청도 일대에서만 소장, 발견되고 있을 뿐이다.

---

64) 김승호, 앞의 논문, p.24.

4) 필사본

경자년(1660년, 현종 원년)에 덕주사본이 개판되어 『석가여래십지수행기』
가 광범위하게 유통되는 가운데 집전 형태로, 또는 각 단편들의 독자적인 형
태로 한국적 변문으로 광포되고 필사 유통되었다. 필사본인 동국대본『축기
별담』도 이러한 과정에서 형성된 이본이라 하겠다. 『축기별담』은『석가여래
십지수행기』의 제1지에서 제7지에 이르는 고사를 그대로 베끼고 제8지부터
는「수천제태자전」 등 여타의 불교 설화 24편과「석가여래성도기」가 이어져
필사되어 있다. 필사자는 그 제명도『석가여래십지수행기』에서『석가여래행
록』으로 바꾸면서『석가여래십지수행기』처럼 10편의 고사에 한정하지 않고
총30여편에 가까운 변문 단편들을 수용하였는데, 이 중 상당수는 서사성이
빈약한 단편적인 불경 전래설화들이다.

대체로 판각이 활발한 이본은 필사본으로도 폭넓게 유통되므로『석가여
래십지수행기』도 수십종 이상이 필사되었을 것이나 현재 발견된 것은 동국
대본『석가여래행록』 1종 뿐이다. 필사본『석가여래행록』은 해서와 초서를
겸한 달필로 매장 10행, 매행 24~26자로 되어 있는데 뒷부분으로 갈수록 글
씨가 조잡하고 흐트러진다. 덕주사판본『석가여래십지수행기』를 그대로 필사
한 제1지~제7지 부분만을 보면 저본과 거의 대동소이하여 자구 정도가 넘나
드는 정도이다. 다만 제1지, 제7지의 삽입 게송 부분에서는 필사자의 착오로
행의 일부가 뒤바뀌어 필사된 곳도 있다.

5) 활자본

활자본은 시간과 정교한 기술이 요구됨은 물론 한 번에 일이백 부정도 밖
에 찍어내지 못하는 목판본과 자자구구 일일이 써내려가는 필사본의 한계를
벗고, 드디어 대중적인 대량 유통의 길을 열었다. 특히 활자본으로 간행되면
서 현토하여 문맥을 쉽게 만듦으로써 대중적 독자를 용이하게 확보할 수 있
었다. 우선 활자본으로 유통된다는 것은 많은 불경 서적 중에서도 대표적인
대중 문학성이 인정된 것이며, 대중의 요구가 있거나 세간의 관심과 흥미를

끌 수 있다는 독자적인 판단이 있었다. 이런 면에서 『석가여래십지수행기』의
문학성에 가장 먼저 눈을 돌린 사람이 김태흡, 안진호였다. 김태흡은 안진호
의 구활자 현토본 서문에서 『석가여래십지수행기』의 문학성을 잘 지적하고
있다.

> 그러나 불교 중에는 문학방면으로 조직된 것도 한이 업나니 즉 아함경,
> 보요경, 출요경, 현우경, 잡보장경, 법구비유경 등의 본연문학과 비유문학으
> 로 중심한 경전들이다. 차는 불타께서 人天三乘의 근기를 적중하엿스니 목불
> 식정의 우부우부라도 듯기만 하면 즉 개오케 된 바 사회방면에 나타난 인생
> 의 일상생활을 토대로 하야 극적 갓흔 생활이면의 실제를 드러 혹은 풍자하
> 고 혹은 개오식히되 차는 과거로부터 인과보응을 부처 권선징악으로 敎誨하
> 시고 쬬 인간의 憂悲苦惱를 비저내는 貪着愛慾의 정체를 해부하시며 모든 것
> 이 夢幻泡影으로 귀착되고 마는 것이니 세간사에 너머 애착 말고 發心修道하
> 야 生滅苦樂을 永離하고 無爲境으로 종교적 정서를 약동케 한 문학방면 경전
> 이니, 차는 들을수록 알 수 있고 볼수록 자미가 나는 경전이다. 그 서술된 宗
> 旨가 즉 우리의 사정인만치 혹은 感憤激怒 혹은 落淚號泣 혹은 嗟嘆回心할
> 곳이 종종구비하엿슴에 현대의 말로 대중불교의 문학이라 아니할 수 없다.
> 그러나 윈일인지 우리 조선은 此等 경전에 影子도 볼 수 업게 되니 신불대중
> 을 위하야 얼마나한 비통이며 얼마나한 애석인가 (중략) 여러 경전 가운데 대
> 표작이라 할만한 釋迦如來十地因行錄을 가저 원문에 현토간행케 되엿스니(이
> 하 생략).65)

이처럼 『석가여래십지수행기』는 사람들이 듣기만 하면 개오케 되어 사회
방면에 나타난 인생의 일상 생활을 토대로 하여 극적인 생활 이면의 실제를
풍자하고 개오시키는 훌륭한 불교 문학일 뿐만 아니라 볼수록 재미나는 경전
이었다. 특히 그 서술된 주지가 우리의 정서인 만큼 혹은 눈물을 흘리고 혹은
탄식하게 만드는 대중 문학성을 확보한 작품이므로 현대 활자본으로까지 유
통·전승되었다.

> 부처님께서 도를 깨쳐 부처님이 되시기까지 그리 쉽게 되신 것이 아니라
> 삼아승지겁이란 오랜 세상 많은 세월을 두시고 사파세계 이 세상중생을 고해
> 중에서 건지시려고 큰원을 세우시고 난행과 고행을 거듭해 오실 때에 유시에

---

65) 안진호 편, 『석가여래십지행록』 서문, 법륜사, 1972, pp.2-3.(띄어쓰기는 필자)

는 녹왕의 몸으로 사슴의 무리를 제도하시고 有時에는 보시태자의 몸으로 頭目과 신체도 보시하시고 有時에는 인욕태자의 몸으로 모든 사람을 어짐과 착함으로서 제도하시고 (중략) 보살행과 자비심을 베풀어 인욕과 정정과 福과 德과 慧와 고행과 선행을 닦아 十地果位를 증득하시어 부처님이 되시기까지 무섭고도 기막힌 고행을 끊임없이 道法을 수행하신 것이 십지행적에서 자세히 볼 수 있으므로(이하 생략).66)

이는 청량산인 정서운이 『석가여래십지수행기』를 현대 활자본으로 내면서 머리말에 적은 글이다. 역해자는 보살이 삼아승지겁 동안 석가가 되기까지의 감동적인 보살행과 무섭고도 기막힌 고행을 십지 행적에서 자세히 볼 수 있다고 하면서 독자들에게 권하고 있다. 정서운이 말한 "무섭고도 기막힌 고행을 자세히 볼 수 있다."는 표현은 자세하다는 자구적 의미보다는 불타의 영웅적인 면모가 문학적으로 여실히 형상화된 변문문학 작품이란 의미로 이해하여야 하겠다.

4. 낙은본의 서지적 가치

우선, 낙은본(강전섭 교수 개인 소장본)은 『석가여래십지수행기』의 현전하는 목판 이본 중에서 가장 완결성을 갖춘 최선본이다. 고려대, 연세대 소장본이 유통 과정에서 낙장된 점을 고려한다면, 낙은본은 현재까지 발견된 이본 중 완전하게 발문을 갖추고 있어서 이본의 형성과 유통 과정을 알 수 있게 해 줄 뿐 아니라, 완결본의 가치를 보유하고 있는 가장 최고본이며 유일한 완질본인 셈이다.

둘째, 낙은본은 불경의 변문화 양상 및 한국적 변문의 전개와 소설화 과정을 연구하는 중요한 자료가 된다. 다시 말하면 불교계 설화문학이 경전적 취의를 벗어 버리고 우리의 사상과 정서에 맞도록 변형되어 정착되는 과정에서 설화문학 내지 소설로까지 발전해 갔다는 사실을 검증해 줄 수 있는 적절한 변문문학 자료이다. 불교계 설화문학의 자료는 많지만 불경 전래설화의

---

66) 정서운 역해, 서문, 『불타의 십지행적』, 명문당, 1978.

변문화와 소설화 과정을 여실히 검증할 수 있는 자료는 드물다. 그런데 다행히 『석가여래십지수행기』는 단순 변문 수준에서 초기소설 수준에 이르는 다양한 서사 자료를 10편씩이나 풍부하게 갖추고 있어서 변문의 소설화 과정을 여실히 살필 수 있는 자료이다.

일례로 「보시국왕전」의 경우는 처자와 자신을 단번에 악귀에게 보시하는 불경 「선면왕구법연」 고사를, 먼저 처자를 보시하는 사건과 다시 자신을 보시하는 중첩된 갈등 구조로 확대·변형시킴으로써 사건이 단계적으로 증폭되는 긴장감을 조성하는데 성공한 변문설화 수준의 작품이다. 또한 「선우태자전」의 경우는 완만한 불경의 긴 내용을 사건 중심으로 대폭 축약하였을 뿐아니라, 「금우태자전」의 경우는 불경의 여러 고사를 창의적으로 부연하여 완전히 새롭게 창작된 소설 수준의 변문 작품에 해당한다는 사실 등을 들 수 있다.

셋째, 낙은본은 변문의 한국적 유통 양상을 분명하게 보여주는 자료이다. 즉 한·중 교류가 활발했던 시기에 형성된 조술본과 초간본의 고사들이 한국 변문으로서 독자적으로 유통·전개된 양상을 분명하게 보여 준다.

이처럼 『석가여래십지수행기』는 변문설화, 변문소설 등이 다양하게 실려 있어서 그 어느 하나로만 성격을 규정짓기 어렵다. 독자들에게 불경을 흥미롭고 재미있게 전하기 위한 변문의 형태에서 출발하여 소설적 수준에 이르는 서사 형태까지 다양하기 때문이다. 그러므로 낙은본은 고려대의 변문설화, 소설 수준의 이야기를 고루 묶고 있는 종합적인 설화문학집이다.

넷째, 낙은본은 필사된 변문 10편을 부록하고 있어서 목판과 필사를 겸비한 변문문학 자료집이다. 이 필사 변문은 천오가 쓴 것으로 10지 작품 이외에도 『불설유광불경』, 『불설오왕경』, 『섬효자경』, 『기림고적』, 『수달기정사품』, 『거련경칠축대의』, 『선우입해구경』, 『국청사기문』, 『불설복전경』, 『영산법어』 등 당시 널리 유통되고 있던 한국 변문 10편을 필사·수록하고 있다. 이처럼 낙은본은 『권념요록』, 『염불보권문』 등 15·16세기 한국 불교계 서사문학의 대표적인 자료들과 대비할 때, 설화문학적 요건이 훨씬 풍부한 작품들을 많이 수록하고 있다. 그리고 그 계통적 전개 과정을 살필 때 「선우태자전」, 「금우태자전」과, 부록에 필사되어 있는 「안락국태자경」, 「선생태자경」 등의 단편들은 곧바로 변문성을 벗고 대중 독자를 확보한 소설로 전개된 단편들이다. 따라서『석가여래십지수행기』의 독자들이 비록 종교인 내지 신불문사 정도로 제한된 범위라 할지라도 경전과는 달리 흥미성과 서사성을 갖춘 변문으로 인식되고 독자에게 감동을 주는 문학으로 수용되었다는 사실에 주목해야 한다.

특히『석가여래십지수행기』의 구성 양상은 단순히 10지 고사의 편집에 머문 정도가 아니라 인간 삶의 비유와 풍자를 드러내는 많은 이야기들을 새롭게 부연·창작하여 석가여래의 영웅 행록으로 수용하고 있다. 또 그 내용은 한결같이 일대기 형식 속에 시공을 초월하는 전기적 사건을 다루며 권선징악적 주제 사상을 강조하는 가운데 어느덧 승속 간에 두루 재미있게 읽히는 통속 문학성을 구비하게 되었다.

Ⅲ. 『석가여래십지수행기』의 형성 경위

　　고소설 형성과 관련하여 이 시기에 관심을 갖고, 설화문학을 유기적이고 체계적으로 파악하려 시도한 논고들이 나오고 있지만, 대체로 불교계 설화문학의 실상과 위상은 간과하고 있다. 그러나 사실 신라말, 고려시대에 형성된 설화문학의 보고는 불경계 전래설화 문학이다.

　　고려시대의 작품 중에서 초기소설로 주목받는 「조신전」이나 「김현전」, 「부설전」, 「노힐부득달달박박전」 등은 한결 같이 불경계 전래설화 문학으로서 팔상의 변형을 통해 현실적인 인간형을 모색하는 서사 양식이었다.

　　이렇게 볼 때 고려시대는 이전의 구비서사 중심으로부터 본격적인 기록 서사 중심 시대로 전환되면서, 설화문학의 형성, 발달, 변모에 있어서 매우 중요한 의미를 지니는 동시에, 나아가 고소설의 성립문제까지 밝힐 수 있는 시기라는 데 의미가 있다. 특히 외적으로 유교와 불교는 중국과 활발하게 교류되었을 뿐 아니라, 내적으로도 훌륭한 학자와 고승이 어느 때보다도 많이 배출되었다는 점은 서사문학 발달의 내부적 역량이 충만했음을 시사해 준다.

　　이런 점에서 『석가여래십지수행기』의 형성 경위를 검토하는 일은 고려시대 불경 전래설화 문학의 성격을 파악하는 데 큰 도움을 줄 수 있다. 주지하다시피 중국의 불경계 설화문학도 인도 전래의 불경을 강설하고 번역하는 과정에서 출발하였다. 애초에는 보다 쉽게 불경을 변조하거나 대중의 감정에 맞도록 통속되게 연설하는 것이 금지되어 있었으나, 차츰 대중적인 포교를 위하여 보다 쉽고 보다 자연스러운 방식을 모색할 수밖에 없었다. 그것이 바로 속강과 변문이다.

　　승려들은 운집한 신불 대중들에게 불경의 전부 또는 일부분을 쉽고 재미있게 통속적으로 이야기하여 교화의 한 방편으로 활용하였는데 그 현장이 바로 속강이고, 그 대본이 바로 변문이었다. 따라서 학승이나 지식인을 대상으로 하는 강경문에 비해, 변문은 일반 대중을 대상으로 하기 때문에 그만큼 일상적이고 허구적이며 통속적일 수밖에 없었다. 그래서 변문을 이야기하는 속강승들은 이미 숭고한 대덕고승들이라기보다는 재미있고 감동적인 이야기를 들려주는 연예인이며, 재담꾼이다. 이 때 대중의 구미에 맞도록 꾸며진 변문은 곧 한 편의 서사, 또는 극본 작품이 된다.

우리의 신라·고려시대가 변문의 활발한 유통기였다는 사실은 이미 어느 정도 밝혀지고 있다. 그리고 이 시기 변문에 대한 개괄적인 연구는 물론 작품론, 그리고 조선 시대의 문학 양식에까지 끼친 영향 관계를 밝히는 연구도 이루어지고 있다. 그렇다면 우리의 고소설 형성은 이러한 고려조 설화문학의 전통을 발전적으로 계승하고 그 한계를 극복하여 이루어진, 내부적 역량이 축적된 결과[67]라고 판단해도 좋겠다. 이런 입장에 서서 불경계 변문들이 설화문학 내지 소설로 정착되는 양상을 살펴보는 일단으로『석가여래십지수행기』의 형성 배경을 검토해 보겠다.

『석가여래십지수행기』의 형성 경위를 검토하는 일은 고려시대 불경 전래 설화 문학의 형성과 성격, 그리고 변문의 서사 수준을 분명하게 하는 데 있어 중요한 의미를 갖게 된다. 이 장에서는『석가여래십지수행기』의 본격적인 설화문학성 검토에 앞서, 그 형성 연원과 배경, 형성 주체와 과정, 형성 동기, 형성 실태 등을 개괄적으로 살펴보고자 한다.

1. 형성 연원과 배경

불교계 설화문학의 대부분이 그렇듯이『석가여래십지수행기』의 형성 연원도 불경에 실려 있는 여러 고사에서 찾아볼 수 있다.『석가여래십지수행기』에 실린 10편 중 제1지에서 제9지에 해당하는 9편은 대장경의 본연부를, 나머지 제10지는『과거현재인과경』과『불본행집경』을 저본으로 삼았다.[68] 그

---

67) 이문규, 앞의 논문, p.239.
68)『석가여래십지수행기』의 저본에 대하여 언급한 논고들은 대략 다음과 같다.

동안 소홀했던 제4지, 제7지, 제10지의 저본을 몇 개 추가하면서 현재까지 확인되는 주요 저본을 개괄하여 정리해 보면 다음과 같다.

제 1 지 「선색녹왕전」[69] - 『육도집경』, 『대장엄론경』, 『출요경』
제 2 지 「인욕태자전」 - 『육도집경』, 『현우경』, 『대장엄론경』
제 3 지 「보시국왕전」 - 『현우경』, 『찬집백연경』
제 4 지 「사신태자전」 - 『현우경』, 『보살본생만론』
제 5 지 「인욕선인전」 - 『육도집경』
제 6 지 「선우태자전」 - 『보은경』, 『현우경』, 『생경』, 『대지도론』, 『경률이
상』, 『사분률』
제 7 지 「금우태자전」 - 『본생경』, 『생경』
제 8 지 「선혜선인전」 - 『과거현재인과경』
제 9 지 「보시태자전」 - 『육도집경』, 『보살본연경』, 『태자수대나경』
제10지 「실달태자전」 - 『과거현재인과경』, 『불본행집경』

이들 저본 불경들은 대개가 신라·고려대에 각종 도량에서 실제로 많이 활용되었던 경전들이다. 신라시대는 팔관회와 연등회를 통해 그 성황을 짐작할 수 있으며, 고려시대는 『고려사』 세가에 기록된 것만 해도 170건에 달할 정도로 수많은 강경 법석이 열렸다. 그 중에서 강경 도량을 경명별로 살펴 보면, 장경도량 28건, 『인왕경』 35건, 『반야경』 12건, 『금강경』과 『화엄경』이 각 9건, 『금광명경』 5건, 『생경』 1건 등[70]이다. 또한 도량에서의 반승이 대개 3~4백명은 보통이고, 많은 경우는 심지어 1천명에 가까웠다는 기록에 근거

─────────────────────

인권환, 앞의 논문. pp.279-326.
박광수, 선우태자전승의 계통적 연구, 앞의 논문.
김한춘, 한국 불전문학의 연구, 앞의 논문, pp.199-269.
최호석, 앞의 논문, pp.16-20.
69) 원전에는 제1지, 제2지 식으로 작품 구분만 되어 있는데 안진호(『석가여래십지행록』, 법륜사, 1934)가 현토활자본으로 만들면서 서사 주인공을 제목으로 내세웠다. 사재동은 각 단편들의 제명을 「선색녹왕전」과 같이 붙여서 단편의 독자성을 인정하고 작품의 서사적 완결성을 인정하고 있다. 실제 각 단편들은 완벽한 영웅의 일생 구조를 갖춘 서사 작품이므로 「○○전」의 제명을 그대로 쓰고자 한다.
70) 사재동, 불교계 서사문학의 연구, 앞의 논문, p.156 참조.

할 때 그 규모를 가히 짐작할 수 있겠다.

이러한 기록은 주로 왕실을 중심으로 한 것이기 때문에 일부에 국한된 자료이고, 지방과 민간에서 행해졌을 대소 법석은 다 헤아리기가 어렵겠다. 왜냐하면 나·려대는 왕실, 귀족뿐만 아니라 평민, 천민에 이르기까지 일념으로 불교를 신봉하지 않는 자가 없었고, 이르는 곳이 불교 성지가 아닌 곳이 거의 없었기 때문이다. 그리고 왕실 중심의 법석이 주로 국가적 재해(주로 가뭄)를 물리치기 위한 것이었다면, 민중 중심의 법석은 망령의 천도나 기복, 소망 등 그 목적이 주로 개인이나 가정, 마을에 있었다. 그래서 이러한 민중 중심의 속강 법석에서 신불대중들을 감화시키기 위해 활용되던 화본인 변문이 신라·고려대에 성행했다는 것은 이미 잘 알려져 있는 사실이다.[71]

또한 『석가여래십지수행기』가 찬집된 고려시대는 인과윤회 사상이 가장 만연하던 시기란 점도 작품 형성·유통의 중요한 배경이 되었다고 본다. 『석가여래십지수행기』는 윤회하는 부처의 전생담을 9회에 걸쳐 보여주고 있기 때문이다. 당시 고려인들은 태조가 불교의 교화를 도운 인연으로 왕이 되었다거나 고위 관료는 천신, 그리고 일반 백성은 동물들의 환신이라는, 윤회적 시간관과 환생적 인생관에 깊이 빠져 있었다.[72] 즉 불승의 후원자는 상위 신분으로, 역적이나 천민은 하등 동물로 환생한다는 일종의 운명적 예정설[73]은 부처와 승려에 의지하면 현실의 고달픈 삶에서 구원될 수 있다는 민중 의식으로 확대되었다.

한편 이 시기는 서사적으로 재구된 불경 전래설화가 왕성하게 유통되던 때이다. 외적으로는 당대부터 불경 전래설화가 본격적으로 번역되기 시작하여 『수행본기경』, 『태자서응본기경』, 『십이유경』, 『과거현재인과경』, 『중허마사제경』 등 5종은 불경 전래설화 문학의 전형이 될 만큼 정돈된 형태를 갖추게 되었다. 그리고 이어서 『석가보』, 『석가세보』, 『경률이상』, 『석가여래성도기』, 『법원주림』 등 거듭해서 불경 전래설화 재구 작업이 가속화되어[74] 불교

---

71) 민영규, 원고려속강승, 동방학지 제31집, 연세대 국학연구원, 1982, pp.1-2.
    사재동, 불교계 서사문학의 연구, 앞의 논문, pp.140-176.
72) 허흥식, 고려불교사 연구, 일조각, 1986, p.45 참조.
73) 위의 책, p.18.
74) 김운학, 불교문학의 이론, 일지사, 1981, pp.41-42 참조.

계 설화문학이 융성하는 길을 열어 주었다. 이러한 불타의 전기는 나·여대에 기록상만으로도 16회에 걸쳐 수입[75]되었으며, 드디어 고려대는 독자적인 『고려대장경』을 2회에 걸쳐 주조할 만큼 내재적인 역량이 확보되어 있었다. 그렇다면 적어도 『고려대장경』이 완성된 1251년까지는 거의 모든 경전이 한 국내에서 전개·유통되었다고 볼 수 있다. 특히 불타의 전기문학인 『과거현재인과경』은 『고려대장경』에 실려 있는 것으로 보아, 일찍부터 국내에 수입·유통되면서 각종 도량과 대소 법석을 통해 많은 변문들을 형성시켰다.

그러므로 『석가여래십지수행기』의 형성은 고려대에 확산된 인과윤회란 고려인들의 사유방식 및 불경 전래설화의 한국적 유통과 밀접하게 관련되었다고 추정할 수 있겠다. 특히 『석가여래십지수행기』의 서사 초점이 석가의 전생으로부터 본생으로 이어지도록 구성된 체재는, 인과윤회를 극복한 영웅으로서의 석가를 불교 홍포의 전면에 내세우려 한 찬술자의 의도가 작용한 결과로 파악된다.

2. 형성 주체와 과정

현재 『석가여래십지수행기』의 조술본 찬자는 확인할 만한 기록이 없다. 다만 각 단편들이 나·려대의 각종 도량과 속강에서 단편적으로 활용·유통되다가 충숙왕(1328년) 대에 어떤 대덕고승에 의해 십지[76] 형태로 편집·찬술되었을 것으로 추정된다. 그러나 실제로 이야기들마다 허구적 감동과 서사적 긴장감을 확보하는 등 경전과 상당한 거리를 유지한다. 이러한 변문성은 경전을 엄격하게 해석하는 정격 강경도량보다는 보다 자연스러운 속강법

---

75) 정필모, 고려불전목록 연구, 아세아문화사, 1990, p.17 참조.
76) 보살이 수행해야 할 계위는 십신, 십주, 십행, 십회향, 십지와 등각, 묘각을 합해 총 52위가 있는데, 이 중 십지는 부처의 지혜를 생성하고 온갖 중생을 교화하는, 보살의 10바라밀행(보시, 지계, 인욕, 정진, 선정, 지혜, 방편, 願, 力, 智) 실천을 말한다. 특히 이 10위는 불지를 생성하고 능히 주지하여 마음이 움직이지 않고 온갖 중생을 짊어지고 교화·이익하는 것이 마치 대지가 만물을 싣고 이를 윤익함과 같다고 하여 地라 이른다.(운허 용하, 불교사전, 동국역경원, 1985, p.542 참조.)

석[77]에서 형성되었을 것이 분명하다. 그러므로 원본 『석가여래십지수행기』의 형성 주체는 신라·고려 속강승들에서 찾을 수밖에 없다. 그리고 그 형성 과정은 형성 주체를 기준으로 신라·고려대의 상황을 살펴서 추정할 수밖에 없다.

『삼국유사』, 『해동고승전』, 『균여전』 등에 나타난 많은 대덕고승 중, 불경을 자유자재로 해석할 정도로 속강에 능한 승려들이 많았던 사실은 이미 잘 알려져 있다. 특히 나·려대는 속강이 가장 보편화된 대중 포교 형태였을 것으로 생각된다. 그들 중 상당히 변문화된 설화문학을 남긴 고승들을 들면 원효의 무애 문학, 요원의 「법화영험전」, 천책의 「선문보장록」, 일연의 「삼국유사」, 혜심의 「선문점송설화회본」, 각훈의 「해동고승전」 등 당시의 집전적 작품만 해도 여럿을 꼽을 수 있고, 단편적인 작품들은 수를 헤아리기 어렵다.

그러나 이러한 정격 강경문과는 달리, 대부분의 속강 화본은 거의 기록으로 전승되지 못하고 구비적으로 유통되거나 어음으로 기록되는 바람에, 한자권과 억불의 소용돌이 속에서 그 전승의 길을 잃어버렸다. 국가와 왕실로부터 지속적인 숭불정책의 보호를 받으며, 수많은 사찰을 중수하고 상상키 어려울 정도의 대법회가 수없이 열렸다면, 고려대의 강경 수준은 중국 변문들을 수입하는 가운데, 오히려 한국 독자적인 어음으로 번역되는 등 훨씬 자연스러운 설화문학 수준을 유지할 수 있었다. 이러한 사실은 대표적 속강승인 의상과 균여를 통해 어느 정도 확인할 수 있다.

> 의상이 제자들을 데리고 소백산의 추동에 돌아와 초려를 짓고 3천명의 신도와 약 90일간 화엄경을 강했는데 제자 지통이 강의 내용 중 그 줄거리를 추려 모으니 두 권이나 되었는데 「추동기」라 하였다. (湘率門徒歸于小白山之 錐洞 結草爲盧 全從三千約九十日 講華嚴大典 門人智通隨講 撮其樞要 成兩券 名錐洞記).[78]

---

77) 일본 승 원인(圓仁)이 기록한 「입당구법순례행기」에는 신라적 속강의식이 대략적으로 기록되어 있고, 「박통사언해」에 기록된 내용으로 각각 보건대, 고려대의 속강 규모와 수준이 중국에 비해 손색이 없었다고 추정된다. 나·려대 속강에 대한 연구는 다음 논문이 대표적이다. 사재동, 불교계 서사문학의 연구, 앞의 논문, pp.140-141 참조. 민영규, 원고려속강승, 앞의 논문, pp.1-2 참조.

78) 『삼국유사』에도 "지통은 「추동기」를 지었는데 그는 직접 의상의 가르침을 받았으므로 문사가 절묘한 경지에 도달했다.(通 著錐洞記 蓋承親訓 故辭多妙詣)"는 기록이 있다. 『삼국유

　　(균여가) 기풍 3년 임술에 균여대덕이 법왕사에서 오랫동안 강설을 하였
는데 이 때에 강설한 것은 「의리장기」로서 혜장법사가 기록하였다. (崎豊三年
壬戌 均如大德 於法王寺 長講說 師時所說 義理章記 記者惠藏法師).[79]

　　의상이 90일에 걸쳐 강경한『화엄경』의 추요인 「추동기」의 원본은 확인
하기 어렵다. 다만 고려말까지 유통되다가 소실된 것으로 알려졌으나, 최근
『신수대장경』 제4권(본연부)에 실려 있는 「화엄경문답」이 바로 「추동기」의
이본임이 밝혀졌다.[80] 「추동기」는 의상의 강의에 따라 그 내용을 기록한 일
종의 변문이다. 문장이 잘 다듬어지지 않고 신라의 방언이 섞여 있다고 했다.
때문에 의천은 "당시 편집자가 문체에 익숙하지 못해 문장이 촌스럽고 방언
이 섞여 있어서 장래에 군자가 마땅히 윤색을 가해야 할 것이라고 했다.[81] 경
문을 보다 쉽고 재미있게 풀이하고자 했지만 일반 대중을 대상으로 한 것이
라기보다는 수행승들을 대상으로 한 것 같다. 이밖에 그의 제자들이 지은 도
신의 「도신장」, 법융의 「법융기」, 진수의 「진수기」 등[82]도 모두 의상이 설한
속강 요지를 정리한 화본이지만 그 자세한 체제와 내용은 알 수 없다. 다만
균여의 화본이 상당 부분 방언으로 되어 있었다는 점에서 그의 화본인 「의리
장기」도 신불 대중을 지향한 쉽고 재미있는 내용이었음을 추정할 수 있겠다.
이러한 변문 화본들은 불경고사를 쉽고 재미있게 변형·조정함으로써 문학
의 본질에 접근하고 있다는 데 그 일차적 의미가 있다.

　　이처럼 경전을 속강에서 자유자재로 변문화하려면, 그 주재자는 경전 내
용에 해박하고 지식이 풍부하며 문학적 소양을 갖춘 대덕고승일수록 더 적격
임을 알겠다. 일례로 의상이 신중 3천명을 모아 90일간 강설했다는 사실은
당시 고승들의 강설 실력을 대변하는 것이라 하겠다. 게다가 고려 시대는 지
눌, 혜심, 학일, 천책, 보우 등 금석문을 통해 밝혀진 국사, 왕사만 해도 무려
71명[83]이나 된다. 그러므로『석가여래십지수행기』의 결집·찬술은 이러한 대

　　사』 제4권, 의해 제5, 의상전교조 참조.)
79)『석화엄교분기원통초(釋華嚴敎分記員通鈔)』, 권제4, 발문.
80) 김상현, 「추동기」와 그 이본 「화엄경문답」, 한국학보 제84집, 일지사, 1996, pp.28-45.
81) 의 천,『신편제종교장총록(新編諸宗敎章總錄)』 제1권, 「한국불교전서」 제4권, 동국대학교출판
　　부, 1993, p.682(상단).
82)『한국민족문화대백과사전』 제17권, 한국정신문화연구원, 1991, p.571 참조.

덕고승들에 의해 축적된 속강의 변문화 기법에 힘입은 바 크다고 본다.

그리고 『석가여래십지수행기』에 삽입된 게송과 시가가 내용의 창의성은 물론이고, 저본 경전의 4언, 5언, 7언, 8언 등 불경 게송의 자유로운 형태에서 완전히 벗어나 있다. 구체적으로 말하면 단 1편만 경전 체재대로 답습했고, 나머지 35편은 모두 정통 한시의 체재인 7언에다 운자까지 맞추는 창의성을 발휘했다. 그 중 다시 1편만 제외하고 나머지 34편이 대개 절구, 율시 형태를 취했다는 사실은 선시에 능했던 나말·려대의 대덕 고승들이 『석가여래십지수행기』의 형성 주체였음을 더욱 분명하게 해 준다. 나·려대에 행세한 대덕 고승치고 한시에 능통치 않은 사람이 없었겠지만, 특히 고려대의 대덕고승들은 거의 모두가 독서층 출신이었기[84] 때문이다. 이들 중 누구든지 속강에 관심만 갖는다면 『석가여래십지수행기』와 같은 변문계 설화문학을 자유자재로 찬술해 낼 여력이 충분했다고 하겠다. 게다가 당시 13~14세기 불교계의 퇴폐적 흐름을 일신하고 민중과 향촌을 향한 결사운동이 강하게 일어났다는 점에서도 『석가여래십지수행기』의 화본적 성격을 이해할 수 있기 때문이다.

이처럼 나·여대 속강승들에 의해 유통되던 변문들이, 고려대의 독서층 출신의 대덕고승들에 의해 『석가여래십지수행기』 형태로 찬술·결집되어 유포된 것은 고려 충숙왕 때라고 추정된다. 현전하는 낙은본의 『석가여래십지수행기』 본문 제10지 말미에서, 찬술자는 "오늘날"이란 서술 시점을 쓰고 있는데, 이것이 『석가여래십지수행기』가 처음으로 찬술·결집되어 유포된 시기를 말한 것으로 판단되기 때문이다.

> 석가가 서천축 중인도 가유라국에 태어난 것을 살펴건대, 동주 소왕 24년 갑인년 4원 8일에 태어났으니 오늘날 무진 대정 5년에 이르기까지 39개 갑인에 15년을 더하면 2455년이 지났다. 주나라 목왕 59년 임신년 2월 15일에 입적하니 오늘날 무진 태정 5년에 이르기까지 39개 임신에 59년을 빼니 2276년이 지났다.[85]

이 기록에서는 원본 『석가여래십지수행기』를 찬집·유포시킨 시점이 "오

---

83) 허흥식, 앞의 책, pp.428-434 참조.
84) 채상식, 고려후기불교사 연구, 일조각, 1991, pp.33-43 참조.
85) 『석가여래십지수행기』, 제44장 앞 - 제44장 뒤.

늘날 무진 대정 5년"과 "오늘날 무진 태정 5년"으로 각각 상이하게 나온다. 대정 5년은 고려 의종 19(1165)년이고, 태정 5년은 충숙왕 15(1328)년에 해당한다. 그런데 이전의 여러 학자들은 앞서 나오는 기록을 보고 고려 의종 19(1165)년이라고 하였는데, 사재동 교수가 고려 충숙왕 15(1328)년으로 바로 잡았고,[86] 이후 최호석의 고찰로 타당하게 검증되었다.[87]

기존의 연구 성과를 종합할 때, 원본『석가여래십지수행기』가 찬술된 연대는 고려 충숙왕 15(1328)년이다. 그리고 운묵 무기가 「석가여래행적송」[88]을 찬술한 것도 바로 이 해이다. 무기의 「석가여래행적송」도 표면적으로는 운문이지만, 중간 중간에 산문을 삽입하여 강창 변문의 형태를 갖추고 있다. 그렇다면 1328년은 불타의 행적을 변문문학으로 새롭게 찬술해 낸, 산문 중심의 『석가여래십지수행기』와 운문 중심의 「석가여래행적송」이 동시에 형성·유포된 의미있는 시기이다. 이러한 사실은 고려 충숙왕 때가 한국 불교계 설화문학이 강창 변문 형태로 확고하게 정착된 시기임을 말해 준다.

일찍이 찬술·유통된『석가여래십지수행기』가 각종 법회와 강단, 법석에서 수많은 신불대중들에게 전파되는 가운데, 120년 후인 1448(무진)년에 소실산인(少室山人)에 의해 새롭게 고쳐져서 간행되었다. 소실산인이 누구인지는 자세히 알 수 없지만, 중국 불교 성지로서 소실산이 있으므로 소실산인은 적어도 이 산과 관련이 있다고 추정된다.

소실산은 하남성 중앙에 위치한 숭산의 두 봉우리 곧, 태실산, 소실산 중의 하나이다. 두 봉우리가 다 불교 성지이지만 특히 소실산에는 소림사를 비롯 송대에는 무려 72개나 되는 사원이 이 산 속에 밀집해 있었고,[89] '三里一寺 五里一庵'이란 말이 있을 정도로 문인묵객과 고승들이 유람·수도·전교·저술·강론하던 곳이었다.[90] 따라서 당시 신라, 고려 유학승들이 모두

---

86) 사재동, 「안락국태자경」의 연구, 논문집 제13-2호, 충남대 인문과학연구소, 1986. p.23 참조.
87) 『석가여래십지수행기』의 해당부분 기록연대가 주로 간지를 중심으로 씌어졌다는 것에 착안하여 대정 5년은 무진이 아니기 때문에 무진년인 태정 5년의 오기이거나 통용자를 사용한 동일 표기(大, 泰, 太자의 통용)라고 보고, 무진 태정 5년인 고려 충숙왕 15년(1328)을 간행 시기로 단정했다.(최호석, 앞의 논문, pp.13-15.)
88) 「석가여래행적송」은 운문에 산문이 약간 삽입되는 운주산종형 강창변문으로 볼 수 있다.
89) 왕홍조 정리, 숭산전설, 대북:중천서화사, 1983, pp.180-181 참조.
90) 위의 책, p.1(전언).

이곳을 거쳤을 것으로 짐작된다. 그러니 소실산은 당시는 물론 조선조에서도 수도승 내지 유학 신불문사들에게는 일종의 성지로서 숭앙의 대상이 될 법하다. 그래서 『석가여래십지수행기』의 찬술자인 소실산인도 중국 소실산에서 수행하던 자이거나, 유학차 그곳을 다녀왔거나, 그 내력을 잘 알거나 성지를 흠모한 대덕고승 내지는 신불문사 중에서 붙인 자호 정도로 이해된다.

또한 소실산인이 본 원본이 어느 정도의 서사 체제와 변문문학 수준을 유지하고 있었는지는 단언할 수 없지만 '삼삭번사 신종교정(芟削繁詞 新從校正)' 정도라면 덕주사판본과 그리 먼 거리가 있다고 생각되지는 않는다. 따라서 초간본은 이부의 성격상, 왕실 가족과 친인척, 그리고 중앙 관리들을 위해 관청에서 주관하고 간행했다는 점에서 보면, 어려운 불경 전래설화를 대중들에게 보다 쉽고 흥미롭게 연설하기 위해 꾸민 고려시대의 화본성보다는 개별 독자의 감동을 이끌어내는 독본성에 비중을 둠으로써, 서사성이 더욱 강화되는 방향으로 변문화가 이루어졌다고 추정된다.

서문에서 "이부의 명을 받들어 보수가 간행하고 유통시켜 널리 흐트리니 아는 자들은 이것에 의지하여 수행하고 한 나라에 등용되기도 하고 깨달은 자는 이것을 향하여 나아가니, 사람마다 모두 부처를 증거할 것이요 개인마다 깨달음의 경지에 오를 것이다."[91] 한 것으로 보아, 보수가 여러 불교계의 화본들을 모아 본 후, 왕실에서 가장 적합한 포교 내지 수행 화본으로 『석가여래십지수행기』를 취택하여 간행하였다고 추정된다. 아무튼 소실산인은 조술본을 '삼삭 교정'한 집필자이고, 보수는 간행을 주관한 사람으로, 이들은 모두 왕실과 관련이 깊은 고승 내지 신불문사 중의 한 사람으로 추정된다.

특히 왕실 기관인 "이부에서 간행하고 유통시켜 널리 퍼뜨린다."고 한 것으로 보아, 『석보상절』이나 『월인천강지곡』류의 서사성이 강한 국문불서 편찬 상황과도 매우 관련이 깊다고 생각된다. "아는 자들은 이것에 의지하여 수행하고 한 나라에 등용되기도 하고 깨달은 자는 이것을 향하여 나아가니, 사람마다 모두 부처를 증거할 것이요 개인마다 깨달음의 경지에 오를 것이다."라고 했다는 사실은, 그 당시 유신이면서 불사에 적극적이었던 김수온, 정효

---

91) 『석가여래십지수행기』, 제1장 앞-뒤(서문).

강, 김영서, 강희안 등의 실재적인 신불유신들이 많았던 조선 초기의 역사적 상황92)에 비견된다.

　　실재로 김수온의 경우 '불학문자(佛學文字)'에 능통하여 당대의 제일인자로 정평이 나 있어 각종 불서 간행에 거의 관여하였고93), 세종 28년에는『석가보』를 중수해 낼 정도의 신불유신이었다.94) 또한 세종이 불경의 찬성 내막을 밝힐 때 그와 관련하여, "불경 편찬 일을 잘 할 줄 아는 사람을 택하여 그 임무를 맡겨야 할텐데, 내가 듣기에 정효강도 불교를 좋아하고 재주도 있다는데 과연 어떠한가라 하니 여러 승지들이 모두 옳다고 했다."95)는 기록이 있다. 이처럼 정효강이『석보상절』과 직결된 불경을 찬성하는 데 간사 역할을 담당하여 그 문재를 발휘했을96) 정도라면, 같은 성격인『석가여래십지수행기』의 찬술과 간행에도 위와 같은 신불 유신들이 어느 정도 관계되었을 것이란 추정을 해 본다.

　　특히『석보상절』은 1447(세종 29)년에 간행되었고 이부본『석가여래십지수행기』는 1448년에 간행되었으니 그 내용과 시기에 있어 둘 사이의 친연성을 짐작할 수 있다.『석가여래십지수행기』의 서문 말미에 "이부에서 명을 받든 보수가 간인한다."고 한 점도 편찬에 있어 이러한 신불관료와 문사들의 관여를 방증해 준다. 특히 제2지, 제6지, 제8지는 1459(세조 5)년에 찬성·간행된『월인석보』에도 실려 있는 단편들이다. 그러므로 이러한 유통양상을 고려할 때, 이 단편들은 그 저본인『석보상절』에도 실려 있었다고 보아야 한다. 어쨌든 이들은 모두 왕실과 신불문사들을 일차적인 독자로 염두에 둔 작업이므로, 변문화 양상은 찬술자들에 의해 어느 정도 독본성이 강한 서사 체제로 '삼삭 교정'된 것만은 틀림없다.

---

92) 사재동, 불교계 국문소설의 형성과정 연구, 앞의 책, p.11 참조.
93) 『세종실록』, 28년 10월 기유조. "少尹鄭孝康 常居家務 爲淸淨如僧道."
94) 위의 책, 28년 12월 2일조, "命副司直金守溫 增修釋迦譜."
95) 『세종실록』, 28년 3월 26일조. "不爲則已 爲則當擇幹事者 使掌其任 豫聞鄭孝康 好佛而有才 行其文學如何 諸承旨皆 曰可矣."
96) 사재동, 위의 책, p.12.

3. 형성 동기

신라·고려대의 불교는 국가와 왕실의 절대적 보호를 받으며 수많은 승려와 사찰, 문헌을 산출해 내었다. 당시 불교계는 사상적으로 유교와 도교, 무속 세계의 구심점이 되면서 당시인들의 세계관을 지배하였을 뿐만 아니라 활발한 한·중 교류를 통해 대장경을 비롯한 각종 불서를 수입하여 간행하였으며, 강경문, 발원문, 승전, 위경 등 포교 전적을 완비하였다.

그러나 귀족·왕실의 중심을 차지했던 불교는 고려 중엽 이후 차츰 그 자리를 유학자들과 무신집권자들에게 내어 주고 개경으로부터 지방으로, 도심으로부터 산야로 옮아가게 된다. 이로부터 나타난 불교계의 두드러진 현상이 결사 중심의 사찰 운영과 단월 중심의 대중 포교였다. 특히 13세기로 접어들면서 지눌, 혜심, 천인, 료세, 천책 등 지방사회의 향리층, 독서층 자제들이 출가하여 신앙 결사의 주도적 역할[97]을 하였다는 것은 왕실, 귀족 중심 불교의 한계와 타락점을 새롭게 혁파하고 경전 중심, 대중 신앙을 중심하는 일종의 종교적 개혁을 주도했다.

이는 상대적인 문벌 귀족들에게 정치적, 사회적으로 기반을 빼앗기고, 중앙으로의 진출이 점차 차단된 향리층들이 자신들의 기반을 유지하기 위하여, 농민층과 신앙공동체를 더욱 강화하려는 경향[98]이 두드러졌다는 사실을 반영한다.

한편으로 이러한 상황에서는, 역설적으로 민중들의 신앙에 대한 열의와 욕구가 더욱 강하게 작용하게 된다. 즉 불교의 구심점이 왕실 중심의 개경에서 결사 중심의 지방으로 옮겨지면서 승속을 초월한 신앙생활로 바뀐다는 점이다. 개경에서 피해온 관인, 와해된 문벌 자재, 지방의 토착민 등 남녀, 빈부, 신분 고하를 막론하고 참여하는[99] 민중 중심적 불교로 전환되었다.

---

97) 채상식, 앞의 책, pp.41-42 참조.
98) 위의 책, p.45 참조.
99) 한기두, 고려불교의 결사운동, 숭산박길진박사화갑 한국불교사상사, 원광대출판국, 1975, p.451 참조.

그러니 자연 그들에게는 불교계의 분위기를 일신할 새로운 자세와 왕실과 관료들의 귀감이 될 적절한 화본이 요구되었다. 이러한 동기에서 『석가여래십지수행기』의 형성은 자연스런 결과라 하겠다. 대덕이나 독서층 출신의 유식한 고승들이 이제까지의 불교적 폐단을 일소하고, 왕실 가족이나 새로운 출가자, 신불 문사들에게 부처의 영험과 인과응보의 뚜렷함을 감동적으로 보여줄 수 있는 화본들을 새롭게 찬집·유통시켰을 것이기 때문이다.

특히 『석가여래십지수행기』가 석가의 출가와 고행과정을 중심으로 엮어졌다는 사실은 어려운 현실을 감내해야 하는 시대 상황과 결부하여 시사하는 바가 크다. 왕실, 관료, 출가자들에게는 불타에게서 본받아야 할 보시와 지계 행적 보살행을 촉구하는 의미뿐만 아니라, 이전의 귀족 불교 현상에 대한 묵시적 비판의 성격까지 아우르면서, 불교에 의지하여 대중들을 고달픈 현실과 윤회에서 구제할 수 있다는 대중 교화적 의미까지를 고려한 것이라고 확대·해석할 수 있겠다.

들이켜 우리 승려들의 생활하는 모습을 엿보매 불법을 빙자하여 아와 인에만 장식하고 이양하는 데 급급하며 풍진 세상에 골몰하여 도를 닦지 않고 의식만 허비하니 출가한들 무슨 덕이 있으랴. 한심하도다. 산계를 뛰어넘고자 하나 번뇌를 끊는 행이 없고 남자의 몸이 되었으나 장부의 뜻이 없어서 위로는 도를 구하지 아니하고 아래로는 중생을 건지지 아니하며 중간으로는 사은의 큰 부담만 지니 부끄러워 탄식한지 이미 오래도다.[100]

이는 당시 고려 후기 불교를 대표할 만한 지눌이 신불문사들을 비판한 말이다. 성직자로서의 보리증득과 교화중생을 강조한 자세는 『석가여래십지수행기』와 같은 변문의 찬술·결집에 주요한 동기로도 작용할 수 있었을 것이다. 이런 점은 『석가여래십지수행기』와 같은 시기에 찬술된 무기의 「석가여래행적송」에서도 확인된다.

이에 석가의 제자가 되어서 만약 본사의 씨, 자, 탄멸 연월, 수명, 원근에 설한 제교의 권실과 현밀을 알지 못하면 이것을 승아의 속이라 칭할 수 있겠는가. (중략) 무간, 무단의 고통을 면치 못하리라.[101]

---

100) 『보조법어』, 결사문, 제1장.

이는 당시의 불교계의 반성을 촉구하고 반야의 경지를 일깨우기 위해 석가의 행적을 운문으로 새롭게 서술하면서 중간중간 자신의 견해를 산문으로 삽입해 넣고 있는 한 부분이다.

이처럼 불교인이 석가의 일대 행적을 다 알아서 열심히 수행 정진하는 것이, 불자로서의 도리를 다하는 것으로 새삼스럽게 인식해야 했다는 것은 당시의 전환기적 불교 상황을 대변해 준다. 그렇다면 일연이『삼국유사』의 '기이'에서 밝힌 "우리 나라 삼국의 시조가 모두 신비로운 데서 탄생하였다고 이상할 것이 무엇인가?"102)라고 한 것도, 이어 서술되는 과거세의 석가와 고승들의 신비스럽고도 영험스러운 이적을 믿게 함으로써, 현재세의 보살·고승들의 구도자적 삶을 통해 대내외적으로 혼란과 도탄에 빠진 중생들을 구원하고자 한 찬술자의 의도와 일치한다.

마찬가지로 이부에서『석가여래십지수행기』를 간행하면서 "아는 자들은 이것에 의지하여 수행하여 한 나라에 등용되기도 하고 깨달은 자는 이것을 향하여 나아가니"103)라고 한 기록만을 보더라도『석가여래십지수행기』의 찬술 동기는 어디까지나 석가가 행한 출가와 고행의 의미를 왕실 가족들은 물론, 수행자와 출가자, 그리고 백성을 다스리는 관료, 문사 및 신불대중들에게 새롭게 조명·광포하려고 한 데에서 찾을 수 있다.

4. 형성 실태

고려시대는 불교의 전성기로서 각 사원은 지역 경제와 문화의 중심 역할을 하면서 풍부한 문원을 형성해 냈다. 방대한 불경 전래설화와, 승전 설화, 각종 사찰설화, 위경 등 다양한 변문과 승전들이 쏟아져 나왔다. 이들 중에는 초기소설 수준의 작품도 상당히 있고 설화문학성을 갖춘 변문 작품들은 허다

---

101) 무 기,「석가여래행적송」, 자서. "其爲釋子 若未了本師之氏字誕滅年月 壽命遠近 所說諸敎 權實顯密 則此稱僧兒之俗與 (中略) 未免無間無斷之苦."
102)『삼국유사』, 제1권, 기이 제1, 서문. "三國之始祖 皆發乎神異 何足怪哉"
103)『석가여래십지수행기』, 제1장 뒤(서문).

했으니, 그야말로 광포하게 경향·승속 간에 유통되었다. 고려말·조선초에도 유가 사상이 사상계를 지배한 듯 했지만, 표면적으로는 유도를 내세우면서도 내면적으로는 상당히 불교 사상에 의지했다.

무엇보다도 고려대의 대장경 집대성은 한국 설화문학 발달사에 있어서 큰 획을 긋는 계기가 되었다. 다양한 경전 속에 들어 있는 인용 고사들은 한결같이 고도의 비유와 상징의 수사로 이루어진 허구담이다. 이들이 단편적으로 번역·수용되는 과정에서 한국적 정서로 변용되고 찬술자의 의도대로 변모되었다.

경전 중에서도 『금강경』을 비롯하여 『능엄경』, 『원각경』, 『화엄경』, 『법화경』, 『법망경』, 『사분률』, 『아미타경』, 『관무량수경』 등과 『과거현재인과경』, 『약사경』, 『보은경』, 『지장경』 등은 우리 것인 양 유통되었음을 주목할 필요가 있다. 여기에 덧붙여 중국 찬집의 한문 불서가 일찍이 수입되었으니, 『석가보』를 비롯하여 『법원주림』, 『왕생경』, 『관세음응험기』, 『법화영험전』, 『광홍명집』 등이 우리 것과 구별하기 어렵도록 읽혀진 사실을 간과할 수 없다.104)

이처럼 중국 불경 전래설화의 한국적 토착화 과정에서 나타난 이 시기의 변문들 중 설화문학성이 풍부한 것들을 들면, 대략 「목련경」, 「안락국태자경」, 「불설유광불경」, 「불설오왕경」, 「섬효자경」, 「선우입해구주경」, 『석가여래십지수행기』 등이 있다. 이들은 대체 '~경'의 제명을 보이지만 실제 내용은 모두 경전의 변문화 과정을 통해 토착화된 변문들로, 중국에서 소설 수준의 작품으로 취급되고 있는 돈황 변문보다도 훨씬 소설적 요건이 풍부한 작품들이다.

첫째, 이 시기의 변문들은 불교설화의 속어화란 방식으로 경전 문체에서 벗어나 예술적이고 구어적인 문체를 표현해 내고 있다. 이는 "세속의 이치에 기대지 않고는 저열한 바탕을 인도할 길이 없고, 비속한 언사에 의지하지 않고는 (불법의) 큰 인연을 드러낼 길이 없다."라고105) 한 『균여전』 기록에서 확인되듯이, 불교적 언어관은 거침없이 매끄러운 설화문학의 문체를 이루어냈다.

둘째, 배경과 사건이 모두 현세의 시공을 초월하여 천상과 지하를 넘나들

---

104) 사재동, 불교계 국문소설의 형성과정 연구, 앞의 책, p.20.
105) 혁련정, 『균여전』, 제7 가행화세분자 서.

고, 등장인물도 불, 보살, 천신, 인간, 비인격체 등 현실과 가상의 모든 존재가 등장하여 승속 간의 제반사를 다루고 있다. 그리고 윤회, 시기, 질투, 희생, 사랑 이 모든 인간 문제들이 허구적으로 다루어지는 사건들이다. 이러한 허구의 긍정적 인식은 고려시대 유학자들의 문학관과 변별되는 불교계 설화문학의 가장 큰 특징이 될 수 있다. 유학자들은 초월적 세계, 감응과 신이한 이적, 도통의 경지 등 보살의 허구적 행적을 철저하게 배격하는데 비해, 불교계는 오히려 이러한 요소를 중시하고 적극적으로 수용했던 것이다.[106] 이러한 허구 인식은 설화문학의 발달을 촉진시켰고, 보살의 비범한 일생에 얼마든지 신이·응험·이적의 재미있고 감동적인 흥미 요소를 접목시킴으로써 전기소설(傳奇小說)의 요건을 갖추게 되었다.

특히 허구담을 보살의 행적에 끌어들이는 구조 양식에 액자가 있다. 액자는 비불교적인 고사도 모두 불교적으로 용해시키는 그야말로 능소능대한 기능을[107] 하는 도입·결말부 양식이다. 그러므로 액자 속에 제시되는 이야기는 인간 제반사가 다 동원되고, 액자는 한결같이 인간의 고통과 갈등을 해소시키고 그들의 대소간 소망과 이상을 육성취로 흡족히 달성시켜 주는 기능을 하게 된다.

셋째, 불경 전래설화를 보다 쉽고 재미있게 변용하여 문장의 원리가 참신한 설화문학의 체제를 만들어 냈다. 변문은 경전을 통속화, 강창교직화시키면서 실제 속강에서 범패와 가창이 적절히 안배되는 "서사문 : 산문 - 운문 - 산문 - 운문(반복·종결)"의 교직 절차에[108] 따라 내용을 재구성함으로써 새로운 형태의 강창문학 양식을 만들어냈다. 이러한 강창 양식의 서사적 변용은 『삼국유사』의 「노힐부득달달박박전」 등과 같은 설화문학에서 출발하여 『석가여래십지수행기』의 「선우태자전」, 「금우태자전」과 같은 소설 양식에 이르기까지 다양한 변문화 양상을 보여 준다.

---

106) "멀고도 멀구나. 참으로 말로써 더욱 이르기 어렵고, 가르침은 삼천에 가득하고 모습은 육도에 널려 있으니 대체로 불가시(허구) 세계를 끌어내는 것은 큰 교화를 위해서이다.(悠哉 邈矣 信難得以言尙至 乃敎彌三千 形遍六道 皆所以接引 幽昏爲大利益)." 혜교, 고승전서, 『신수대장경』 권50, p.98.

107) 사재동, 위의 책, p.19.

108) 사재동, 불교계 서사문학의 연구, 앞의 논문, p.149.

변문의 강창 양식은 불경 전래설화를 대중들에게 재미있게 전달하는 화본의 성격을 드러낼 뿐 아니라, 읽는 독자에게는 시각적인 친밀감과 사건의 감동, 장면의 극대화 등에 기여하기 때문에 서사문학의 참신한 양식으로 폭넓게 수용되었다. 그 대표적인 예가 고려대 가전체 작품인데, 그 종결 방식이 유가 전문학의 일반적 형식과는 다르다.109) 즉 강창 결구로 종결된 방식은 변문의 형식을 수용한 것으로밖에 볼 수가 없다. 또한 익제의『역옹패설』에 보면 당시 사대부 가문의 많은 사람들이 불가의 유식한 사람을 따라 문학을 배웠다고 했으니110), 당시의 문학은 주제 사상과 문체 구성, 표현 기교 상에 있어서 변문 기법의 영향 하에 있었음을 알 수 있다.

이제 이러한 상황에서 한국적으로 변용·토착화된 대표적인 변문으로서『석가여래십지수행기』를 살펴 보면 고려국이란 토착 지명 및 인물과 장면 묘사, 소설 문체적 투식어의 익숙한 사용, 대화체 및 구어체가 잘 발달되어 있다. 그리고 각 단편들은 석가의 본생담을 중심으로 한 신이 영웅담이며, 각 단편들이 한결같이 서사의 완결성을 보여주고, 이들 중 몇몇 작품은 소설의 요건까지 충분히 갖추고 있다. 한국 불교 전래문학의 대개가 일대기 중심으로 짜여져 대중 문장으로서 가장 화려하고 적합한 본생담을 지나치게 소외시킨 데 반해,『석가여래십지수행기』는 거의 전편에 그러한 본생담을 집중 배치함으로써 그 체제나 내용, 주제면에 있어서 대중적인 불경 전래문학의 독보적 존재로 행세했음을 알 수 있다.

이처럼『석가여래십지수행기』는 꾸준히 간행·유포되었을 뿐만 아니라 후대 불경 전래문학의 저본으로써 여기저기에 관여된 것을 보면 그 영향력을 짐작할 수 있다.

---

109) 조수학, 전문학 연구, 계명대대학원 박사학위논문, 1986, pp.177-178 참조.

110) "今其學者 皆從釋子 以習章句 是宣雕蟲篆刻之徒寔繁 而經明行修之士 絶少也"(이제현,『역옹패설』, 전집.)

Ⅳ. 『석가여래십지수행기』의 문학적 실상

1. 변문화 양상

1) 서술 체재

한국 서사문학의 변문 계열에 속하는 작품들은 대체로, 외형상으로는 경명을 띠기는 하지만 그 내용은 일반 불경의 필수 조건인 육성취[111]를 벗어버리고 내용이 불경에 기초하되 '보다 쉽고도 재미 있는 이야기'로 탈바꿈된 것도 많다. 그것은 위경과 동궤의 구조를 지녔으나 그 자체가 중국의 통속화된 변문과 같이, 이미 수준 높은 서사문학으로 승화되고 있음을 보게 된다. 그 대표적인 작품으로 「목련경」을 비롯하여 「안락국태자경」, 「불설유광불경」, 「불설오왕경」, 「섬효자경」, 「선우입해구주경」 등이 있다. 이들은 한결같이 중국 불경 전래설화를 한국적으로 변용시킨 작품들이며, 그 중에는 허구화, 창작화 수준에 상당히 도달한 작품도 있다. 대체로 그것들은 불경설화나 불교설화보다도 한국 소설의 면모와 특성을 더욱 분명히 지니고 있음이 드러나지만, 다만 그것들이 한문으로 표기되어 있다는 점에서 간격을 나타내고 있었을 뿐이라 하겠다.[112]

이미 밝혔듯이 고려 후반으로 오면서 성리학의 대두와 불교계의 변혁기를 맞아 불교는 더이상 환상 속에 머무를 수 없었다. 사원 경제를 유지하고 대중과 관계를 긴밀히 하며 수행자 스스로의 각성이 촉구되는 새로운 사조를

---

111) 육성취란 경전의 이야기 처음에 그 경이 설해지는 때와 장소, 주체, 청자, 신불대중, 내용 등 6가지 구비되는 요소를 말하는데 보통 '여시아문(如是我聞 : 내가 이와 같이 들었노라.)' 이란 형식으로 되어 있다.(운허 용하, 앞의 책, 1985, p.681 참조.)

112) 사재동, 위의 책, P.22.

타게 되었다. 그러니 불경의 내용은 자연히 보다 새롭고 흥미롭고 쉽고 간결한 형태를 지향하며 대중 속으로 파고 들었다. 바로 이 점이 서사문학의 입장에서 보면 허구 의식, 시대 의식, 곧 창작 의식이다.

그러나 『석가여래십지수행기』는 현종 원년(1660)에 복각된 덕주사판본의 실상을 통해 세종 30년(1448)에 간행된 초간본의 면모를 확인할 수 있고, 그 조술본의 원형적 실태를 추정할 수밖에 없다. 아쉬운 대로 그 속에는 「선색녹왕전」, 「인욕태자전」, 「보시국왕전」, 「사신태자전」, 「인욕선인전」, 「선우태자전」, 「금우태자전」, 「선혜선인전」, 「보시태자전」, 「실달태자전」 등 10개의 단편들이 들어 있다. 이들 작품은 한결같이 대장경에서 나온 것들[113]이지만, 그 체재와 내용은 전술한 위경 수준을 훨씬 넘어 서서 완전한 변문문학으로 새롭게 변용·창작된 수준이다.

우선 거시적으로 작품의 체재를 살펴보면, 이 작품들은 서로가 유기적으로 연결되어 일련의 장편을 이루고 있다. 제1지로부터 제9지에 이르는 9편의 전생담이 순차적으로 연접되어 제10지로 결구되어 있다. 이처럼 제9지까지의 전생담과 제10지의 현세담이 불타의 일생으로 결구될 수 있었던 것은 삼세윤회의 이원론적 시공관 때문이다. 이 제10지에서 주인공 실달태자가 강탄·성장·고민·출가·수도·항마·전법·열반한 영웅의 일생을 요령있게 서사함으로써, 『석가여래십지수행기』의 전체 구조는 『팔상록』과 같이 일관된 석가전으로 조직되어 있다.[114] 특히 석가전의 도입부로서 9편의 전생담을 배치하여 「실달태자전」을 서사한 체재는 한 인물의 '현재-과거-현재'란 매우 독특하고 참신한 서사 유형[115]을 만들어 냈다.

---

113) 『육도집경』의 「선색녹왕전」, 「인욕태자전」, 「인욕선인전」, 「보시태자전」, 『과거 현재인과경』의 「선혜선인전」, 「실달태자전」, 『현우경』의 「보시국왕전」, 「사신태자전」, 『보은경』의 「선우태자전」, 『생경』, 『본생경』의 「금우태자전」 등, 당시에 강경 법석에 등장했던 경전들과 상당히 일치함으로써 이 작품들이 각종 강경 법석에서 단편적으로 유통되는 가운데 많이 부연·활용된 변문들이다.

114) 사재동, 불교계 서사문학의 연구, 앞의 논문, P.185.

115) 이는 『석가여래십지수행기』가 전반에 배치된 9편의 전생담이 현세의 석가 윤회담으로 결구되고 이어 현세담인 실달태자 이야기가 연결됨으로써 일종의 환원구조 유형을 갖추었다는 점이다. 그러므로 『석가여래십지수행기』의 전체적인 서사구조는 "현재세(실달탄강담) → 과서세(전생윤회담) → 현재세(실달성도담)"로 되는데, 이러한 구조는 조선조 고소설에서 유행한 환몽구조와 일치함으로써 그 원형을 유지한다고 하겠다.

이처럼 당시에 널리 유통되고 속강에서 활용되던 이야기를 십지수행 형식에 맞추어 구성했다는 것은 불교 수행의 새로운 방편이 요구되던 당시의 시대적 요구를 수용한 것이다. 특히 본생담을 순차적으로 배열하여 현재→과거→현재로 서사되는 환원구조를 갖춘 것은 찬술자의 설화문학적 창작 안목에 기인하는 것이라 하겠다. 또한『석가여래십지수행기』가 소실산인에 의해 축약·찬술된 것을 감안하면, 그 저본으로서 조술본의 형태는 훨씬 더 강창 변문의 원형적 면모를 유지했을 것으로 추정된다.116) 왜냐하면 불경 저본을 변문화하는 서사 기법 중에서 강창 기법은 가장 두드러진 변문화 수법이기 때문이다. 소위 강창은 적재적소에 운문을 변형하거나 창작하여 삽입시켜서 서사적 이완과 긴장을 완성하는 산운교직 서술 체제를 말한다.

또한『석가여래십지수행기』의 저본 경전들은 한결같이 육성취로 결구된다. 다시 말하면 저본의 이야기 구조는 서분·정종분·결분의 세 부분으로 되어 있다.117) 그런데 이러한 육성취를 강조하는 경전 구조가『석가여래십지수행기』에서는 서사적 액자 구조로 자연스럽게 변모되어 버린다. 즉 현재의 서술 시점과 다른 과거 세계의 허구담을 자연스럽게 끌어와 이야기하는 액자 구조로118) 그 기능이 바뀌었다는 것을 확인할 수 있다. 실제로『석가여래십지수행기』제1지, 제5지, 제6지처럼 서분·결분을 모두 갖춘 폐쇄액자는 경전 구조에 가깝게 육성취를 어느 정도 유지하고 있지만, 여타의 7개 단편들은 결말을 "공중으로 사라졌다.(坐化而去)"라는 식으로 끝냄으로써 경전적 육성취를 벗어버리고 있다. 따라서 "석가가 옛날에 ○○태자였다."는 식의 서분도 더이상 경전적 취의를 유지하지 못하고, 시공을 초월하여 현세 속에 과거세의 내부 액자를 끌어들이는 설화적 도입부로의 기능으로 변모되었다.

---

116) 사재동(불교계 서사문학의 연구, 앞의 논문)과, 경일남(고려조 강창문학 연구, 앞의 논문)의 논문 참조.

117) 경전의 본생담 구조는 석가가 어떤 인연에 의해 과거세 일을 이야기하게 되었는가 하는 유래를 현재세의 제자들에게 이야기하는 도입 부분(서분)과, 현재세의 일이 연유한 과거세의 유래를 설하고 그 과거세 본생 이야기를 이루는 중심 부분(정종분), 그리고 과거세의 이야기를 현재세의 인물과 결부하여 그 인과 관계를 밝히는 종결 부분(결분)으로 되어 있다.

118) 일반적으로 소설의 액자형태는 고금을 통하여 매우 효율적이고 수준 높은 구조 요건으로 알려져 왔다. 대체로 동양권 고금 소설의 액자 구조는 불경의 전형적인 서사구조와 직·간접의 관계를 가지고 있다고 보인다.(사재동, 불교계 국문소설의 형성과정 연구, 앞의 책, p.19.)

    결국 개방된 액자 구조에서 이야기의 결말부와 대응하는 도입부는 석가의 윤회하는 전생 삶을 고리처럼 반복하여 연결시킴으로써, 전생 영웅담들을 제10지 「실달태자전」에 연결시키는 삽화적 액자 기능을 하고 있다. 현대 소설의 구성 기법으로 보면 이는 일종의 옴니버스(Omnibus)식 구성에 해당한다.

    이러한 액자의 개방은 이야기가 더욱 허구화 되도록 만든다. 즉 "옛날에 석가가 ○○국 ○○태자였다."하는 식의 도입부가 폐쇄액자 형태에서는 이야기를 경전 고사화시키는 기능을 어느 정도 유지하지만, "공중으로 사라졌다."는 식의 결말로 끝나는 개방액자 형태에서는 내부 이야기가 보다 설화화·허구화되도록 창을 열어 놓았다.

    이는 그만큼 변문화 자체가 소설문학의 출발점이며,[119] 또한 있을 법한 허구성을 지향하는 찬술자의 서사문학적 창작 의식이 작용한 결과라는 사실을 보여준다. 그러므로 결분의 변형과 탈락은 불경계 전래설화가 변문화 과정에서 겪게 되는 자연스런 변모이며, 소설 양식을 지향한 장르의 변이를 보여주는 현상이다. 다시 말하면 이러한 결분의 탈락은 독자나 청중들에게까지 흥미롭고 허구적인 세계를 인식하도록 경전적 육성취의 틀을 열어 놓았다는 데에 의미가 있다.

2) 서사 기법

(1) 강창 기법의 발달

    불경 전래설화를 대중들이 보다 쉽게 이해하고 감동적으로 받아들이도록 부연한 것이 변문이다. 불타의 행적을 감동적으로 연설하려다 보니 변문의 체제는 시가와 산문이 교차 조합되는 문체를 활용하였다. 즉 서사와 묘사를 적절히 혼용하여 장면을 극대화시키는 강창 기법을 말한다. 이는 중국 문학의 참신한 기법으로서 그 전에는 없었다[120]고 한다. 이런 점에서 이 장에서

---

119) 변문이 참신한 강창 문체구성 방식을 시도한 점도 중요하지만 보다 중요한 문제는 허구를 시도한 점이다.(조종업, 고대소설형성상의 사전체와 변문, 경산사재동박사화갑 한국서사문학사의 연구, 중앙문화사, 1995, p.654 참조.) 이런 점에서 변문은 고대소설의 문체를 형성시킨 한 시발점이 된다.
120) 정돈, 중국속문학사, 대북: 상무인서관, 1967, p.190.

주목하고자 하는 것은 『석가여래십지수행기』에 구사된 강창 기법의 참신성과 그 기능이다.

첫째, 삽입 운문이 한결같이 통속화되어 있다. 제1지 「선색녹왕전」에 구사된 운문을 검토해 보면 저본의 임신한 사슴이 녹왕에게 하는 게[121], 녹왕의 응답 게, 범바달다왕과 녹왕의 문답 게, 범바달다왕이 사슴무리에게 하는 게 등이 『석가여래십지수행기』 제1지에는 녹왕의 게송 단 한 수로 축소되어 있다. 그 녹왕의 게송 내용을 저본과 대비해 보면 다음과 같다.

(가) 『대장엄론경』

我今躬自當 / 往詣彼王廚　이제 몸소 / 저 왕의 주방에 가서
我於諸衆生 / 誓願必當救　여러 중생들을 위해 / 서원을 세워 구제하겠네.
我若以己身 / 用貿蛟蟻命　내가 만약 이 몸으로써 / 모기, 개미 생명과 바꾼다면
能作如是者 / 尙有大利益　이러한 일을 하는 것도 / 오히려 큰 이익이 있으리.
所以畜身者 / 正爲救濟故　몸을 기르는 이유는 / 바로 구제하기 때문인 즉
設得代一命 / 捨身猶草芥　한 생명을 대신할 수만 있어도 / 몸을 초개처럼 버리겠네.[122]

(나) 『석가여래십지수행기』

萬象光中誰是主　만상 가운데 누가 주인이던가.
天堂地獄摠心王　천당과 지옥이 모두 마음 뿐이로다.
衆生造下輪回路　중생이 저절로 윤회길을 걸음이여.
死至頭來誰肯當　죽음이 닥쳐옴에 뉘 능히 당할까.
母愛兒身兒愛母　자식과 어미가 서로 사랑함이여.
今朝子母合雙亡　오늘 아침 모자간 서로 죽게 되었네.
吾今替汝歸泉路　내가 너를 대신하여 황천길을 걸어볼까.
明早淸晨見帝王　내일 아침 이른 새벽 저 인군을 만나리라.[123]

---

121) "인도문학은 일종의 특수한 형태를 지니고 있는데 산문으로 서술하고 나서 종종 운문으로 되풀이 한다. 이 운문부를 '게(偈)'라고 한다."(印度的文學 有一種特別體裁 散文記敍之後 往往用韻文重說一遍 這韻文部做偈), 호적, 백화문학사, 대북 : 계명서국, p.178.)
122) 『대장엄론경』 제14권, 제69화, 『대정신수대장경』 제4권(하), p.338.
123) 『석가여래십지수행기』, 제3장 앞.

　이처럼,『석가여래십지수행기』의 게송은 저본 불경의 게송보다 훨씬 대중화, 통속화되었음을 알 수 있다. 즉 천당과 지옥, 윤회길, 모자간, 황천길 등 통속화된 어휘들을 구사함으로써 이야기의 기능을 한층 사실화해 주고 있다.

　둘째, 새로운 운문이 창작되어 적절히 삽입된다. 삽입된 운문은 제3지「보시국왕전」한 편을 제외하고는 35편 모두가 새롭게 창작된 운문이다. 이러한 창작 운문의 삽입을 통한 강창 형태의 확대는 제9지, 제10지에서 가장 활발하게 시도되었다. 우선 각 불경 저본과 제9지「보시태자전」, 제10지「실달태자전」의 삽입 게송을 저본 불경과 대비해 보면 새롭게 창작되어 변문화되었음을 알 수 있다.

(가)「보시태자전」의 경우

구 분	『보살본연경』	「보시태자전」
발단부	(1) 왕자의 보시 게 (2) 신하들이 왕자를 미워하는 게	없음
전개부	없음	(1) 노인이 아이 보시를 요구하는 게 (2) 태자가 노인에 답하는 게 (3) 태자가 아이들을 타이르는 게 (4) 아이들이 아버지께 애원하는 게
위기부	(3) 아내의 탄식 게 (4) 태자가 아내를 타이르는 게	(5) 아내가 범에게 애원하는 게 (6) 아내가 노인에게 간청하는 게
절정부	(5) 바라문이 아내를 요구하는 게	(7) 아내가 태자에게 원망하는 게 (8) 제석이 태자에게 주는 정각 게

(나)「실달태자전」의 경우

서사단락	『과거현재인과경』	「실달태자전」
탄강부	(1) 호명보살이 천신에게 주는 게 (2) 마야부인의 현몽 게	없음
성장부	없음	(1) 노인의 늙음에 대한 게 (2) 노인의 병에 대한 게 (3) 노인의 죽음에 대한 게 (4) 고승의 생사에 대한 게 (5) 고승의 해탈 방편 게

출가부	없음	(6) 태자가 부왕께 올리는 게
고행부	없음	(7) 태자가 수행의 견고함을 밝히는 게 (8) 교우들이 태자를 찬탄하는 게
득도부	(3) 용의 찬양 게 (4) 태자의 득도 게	(9) 사천왕의 찬양 게

위의 표에서 알 수 있듯이, 「보시태자전」은 전개부에, 「실달태자전」은 성장·출가·고행 부분에 상당히 많은 게송을 창작·삽입하여, 이야기를 새롭게 변모시켰음을 알 수 있다. 특히 「보시태자전」의 전개부는 태자와 어린 두 자식의 끈끈한 모자간의 인간애가 부각되는 부분이다.

무상 정각을 얻기 위해 어린 자식을 거지에게 보시하는 남편과, 인연 끊기를 한사코 거부하며 두려운 마음으로 회초리를 얻어 맞으면서 아버지를 원망하며 끌려 가는 아이들, 급히 좇아온 어머니가 이 광경을 보고 애절하게 매달리면서 자식을 학대하지 말 것을 애원하는 부분은 너무도 극적이다. 운문은 이 부분의 중간중간에 적절하게 삽입되어, 인물의 심리를 섬세하게 표현하며 사건을 보다 극적으로 치닫게 하고 장면을 확대하는 효과를 더욱 잘 살리고 있다.

셋째, 삽입 운문이 서사적 갈등과 긴장을 조성하는 기능을 한다. 제3지 「보시국왕전」의 경우는 단순한 삽입 가요가 아니라 서사적 분단과 갈등 기능을 하도록 하기 위해 저본에서는 하나였던 운문이 완전히 두 개로 분단·재구성되어 삽입되었다.

(가) 因愛則生憂　은애로 인하여 근심이 생기고
　　　因愛便有畏　은애로 인하여 두려움이 있으니
　　　能離思愛者　그러므로 은애를 떠나는 자라야
　　　永斷無怖畏　아주 두려움을 끊을 수 있네.[124]

(나) (전반 게)
　　　有愛故生惱　애착이 있는 까닭에 괴로움이 생기고
　　　有愛故生怖　애착이 있는 까닭에 두려움이 생기도다.[125]

---

124) 『찬집백연경』 제4권, 제34화. 『대정신수대장경』 제4권(하), p.219.

(후반 게)
若能離愛者　만일 애착을 능히 떠날 수 있는 자라면
無惱亦無怖　괴로움도 없고 또한 두려움도 없으리라.[126]

이처럼, 「보시국왕전」의 삽입 운문은 나찰이 무상게를 요구하자 국왕의 보시행이 단번에 이루어지는 저본과는 달리, 게송을 반씩 나누어 각각 설하는 조건을 제시함으로써 주인공의 갈등과 긴장이 상승되도록 사건을 분규화하고 있다. 즉 태자와 왕비를 먹고 나서 게를 반만 설해 주고는 나머지 후반 게를 요구하는 왕에게 다시 왕 자신의 몸을 먹어야 후반 게를 설하겠다는 야차의 요구는, 독자들에게 긴장감을 고조시키기 위해 분단을 시도한 참신한 서사적 갈등 기법이다. 이는 게송의 부분적인 변개이면서도, 서사 전체가 갈등 구성으로 짜여지도록 한 창의적 시도가 만들어 낸 서사 구성 기법이다.

삽입 운문 형태 중에는 내용의 중복 없이 산문 사이사이에 끼어 들어, 서사 사건의 진행을 극적이고 복잡하게 만드는 기능을 하는 것도 많다. 이 사건 진행적 결합 형태의 운문은 사건의 극적 부분에서 갈등을 유발·해결하는 서사적 기능을 지니면서, 산문과 유기적으로 혼효됨으로써 경전의 반복적 결합 형태의 삽입 운문보다 사건 구조상 차지하는 비중이 강화되고 있다.[127] 다시 말하면 이러한 진행형 삽입 게송은 앞 내용을 단순 요약하는 반복 형태의 게송을 구사하는 경전 체제 수준을 넘어서 사건의 계기적 전개를 보여주는 발전된 서사 형태로서, 고소설의 삽입시 수준에 도달하고 있다. 일례로 「금우태자전」에서 금송아지가 노인을 따라 고려국으로 향해 가는 부분을 살펴보겠다.

송아지가 기뻐하여 노인을 따라 동쪽으로 향해 가다가 하루는 고려국 성중에 들어서자 노인이 "이 성중을 지나갈지라도 놀라지 말아라."고 당부하였다. 한곳에 다다르니 사람들이 분분히 왕래하고 시장이 시끌시끌한데 문득 공중에서 한 개 첩지가 떨어져 곧바로 송아지의 몸을 맞추니 그 종이에 4구의 글이 씌어 있었다. 노인이 보니(원문 생략)

---

125) 『석가여래십지수행기』, 제6장 앞.
126) 위의 책, 제7장 앞.
127) 경일남, 고려조 강창문학 연구, 앞의 논문, p.87 참조.

東君鼓動劫前春 동풍이 살살 불어 봄소식을 전함이여.
曠大猶來各有姻 왕겁 세월 오히려 인연으로 오는구나.
高麗國中招駙馬 고려국에서 부마를 간택할 제
金牛時下必成親 금송아지는 이제 곧 혼약을 맺게 되리.[128]

이처럼 이 삽입 운문(첩지)은 전혀 내용의 반복이나 중복없이, 금송아지가 고려국 공주와 기적적인 인연을 맺게 된다는 사건을 암시해 주는 기능을 하고 있다. 또한 이 운문은 하늘의 첩지로써 초월자의 개입이며, 고려국 공주가 굳이 부왕의 노기에도 꺾이지 않고 축생인 금송아지와 혼인을 고집하는 데 대해 인과성을 부여하는 역할까지 하고 있다. 그래서 고려국왕은 공주가 금송아지와 결혼한다고 하자 해괴한 일이라며 금송아지와 함께 궐밖으로 내쫓는다. 그래서 공주는 금송아지와 함께 궁을 나와 유랑하게 된다. 그러다가 도중에 신선으로부터 선과를 얻어 태자의 본신을 회복시키게 되고, 결국 사건은 극적 반전을 맞게 된다.

이처럼, 『석가여래십지수행기』의 강창 확대 부분은 모두 찬술자에 의해 새롭게 구성된 강창 기법이 적용되었다는 데 그 의의가 있다. 특히 새롭게 창작 삽입되는 운문이 앞 부분의 산문 내용을 압축·반복하는 단순한 게송 성격에서 탈피하여, 사건의 전개 역할이나 일어날 사건을 암시하는 등 대개가 서사의 전개 기능을 담당함으로써, 사건의 긴장과 갈등을 복잡화시키는 서사적 기능을 하고 있다는 점은[129] 변문화에서 나타나는 강창 서사기법의 결구 방식으로 매우 주목된다.

그렇다면 형성기 한문 고소설에서 자주 나타나는 산문·운문 병행은 이제 불경에서 연원하여 변문화 과정을 거치면서 형성된, 『석가여래십지수행기』와 같은 불경계 전래설화 문학에서 그 출발과 계승 맥락이 분명하게 찾아질 수 있다.[130] 특히 환몽 구조의 서사 유형을 취하는 불교계 고소설 작품에

---

128) 『석가여래십지수행기』, 제20장 앞-뒤.

129) 특히 「금우태자전」에서의 운문은 모두 13편인데 게 7편, 시 6편으로 분류되는 바 여기서 주목되는 것은 게(偈)란 표기가 시로 변모되고 있다는 점이다. 이는 게가 송(頌), 찬(讚), 가(歌)의 성격으로 특히 강과 창 중에서 창의 성격에 해당하므로 독서 문맥에 적절치 못하니까 시로 표현함으로써 음송하기 위한 독본설화 문학으로 이행되어 유통했다는 사실을 추정해 볼 수 있겠다.

130) 이러한 관점에서 강창 양식을 띤 변문소설에 대한 연구가 보다 체계적으로 깊이 있게 진

서 강창 구조를 계승한 형태[131]를 많이 볼 수 있는데, 이는 고소설 양식의 발달에 변문의 강창 기법이 상당히 깊이 관련되었다는 사실을 말해 준다.

(2) 서사적 확대

서사적 확대는 경전의 간략한 게송을 사실적인 서사 갈등단락으로 확산시킨 경우이다.『석가여래십지수행기』의 저본 불경들은 대개가 장황한 게송의 반복·부연으로 되어 있는 경우가 많다. 특히 제9지「보시태자전」의 경우를 예로 들어 보면, 산에서 늦게 돌아온 아내와 남편 태자와의 대립이 저본 불경에서는 긴 선문답적 게송을 한 번씩 주고 받는 것으로 짤막하게 처리되고 있다. 경전은 보살의 바라밀행을 강조하기 위해 통속적인 대립·갈등 구조를 되도록 지양하기 때문이다. 즉 어린 자식을 생면 부지의 노인에게 주어 보내야 하는 아내의 찢어지는 고통이라 할지라도 보살의 삶에서는 버려야 할 갈등이다. 그래서 저본에서는 태자의 게송 한 편으로 애절한 모정은 간단히 사그러들게 만든다.

그러나「보시태자전」에서는 이 부분에서 자식에 대한 처절하리만치 간절하고 섬세한 모성을 전혀 억제시키지 않았다. 오히려 서사적 행위를 중심으로 대립의 갈등을 강화시키 위해 강과 창을 교차시키면서, 극적 장면을 확대하고 인물의 행동과 심리를 섬세하게 서사해 낸다. 그 장면은 너무도 인간적이고 사실적이다. 서사적 확대 기법을 확인하기 위해 좀 장황하지만 해당 부분을 대비해 인용해 보겠다.

> (가)『보살본연경』
> 怪哉爲正法/ 而行於苦行 괴이하오 정법을 위하여/ 고행을 한다는 것이
> 以子布施時/ 云何心不亂 자식을 보시할 때에/ 어떻게 마음이 편안하셨소.
> 君心非剛鐵/ 亦未永離愛 당신의 마음이 강철이 아니거늘/ 또한 사랑을 여
>   원 것도 아니거늘

척될 때, 한국고소설사의 유기적 전승관계를 밝히는 데 크게 기여할 수 있을 것이다. 경일남의 고려조 불교소설의 형성·전개(경산사재동박사화갑 한국서사문학사의 연구, 앞의 책, pp. 849-864.)는 이러한 관점에서 기왕의 연구를 종합·정리한 최근의 논의로서 불경계 전래설화로부터 고소설 형성·발달을 연구하는 새로운 시각을 여는 데에 시사하는 바가 있다.

131) 조선조 고소설 중「만복사저포기」,「원생몽유록」,「달천몽유록」,「금산사몽유록」,「금생이문록」,「구운몽」,「옥루몽」 등은 대표적인 강창 구조를 계승한 액자형태 소설들이다.

云何能以子/ 而用施於人 어떻게 능히 자식을 가지고/ 남에게 보시할 수
있던가요.

(이하 게 생략) - 아내의 게

若少壯老皆歸於死 어리거나 늙거나 간에 모두다 죽음으로 돌아감이
猶如果熟自然落地 마치 과실이 영글면 저절로 땅에 떨어짐과 같네.
汝本不觀一切生死 그대는 보지 못했소. 일체의 삶과 죽음이
猶如夢中邪見事耶 한바탕 꿈과 같이 헛된 것임을.
無常生死將諸衆生 항상함이 없는 생사가 모든 중생들을 이끌어가니
雖有父母誰能救之 비록 부모가 있다 해도 능히 구할 수가 없네.

(이하 게 생략) - 태자의 게

태자가 이 말을 마치자, 그 아내는 묵묵히 다시는 하소연하지 않았다.132)

(나) 「보시태자전」
부인이 산과일을 따 가지고 토굴로 돌아오는데 난데 없는 늙은 범이 길
을 막아 웅크리고 앉아 있었다. 부인이 도리가 없이 범 앞으로 나아가 두 손
으로 빌며 애원했다.

夫人禱告獸王知 내가 성심으로 산군에게 기도합니다.
欄路當前日向西 가는 길을 막아 날이 이제 저물었소.
早起提藍來採果 아침 일찍 일어나 산과일을 따러와서
回來日暮未會歸 날 저물어 돌아가려는데 갈 수가 없네.
庵中太子生驚怪 토굴 속에 앉은 태자 웬일인가 놀랄게요.
一對嬌兒忍餓飢 한쌍 남녀 아이들이 배고픔을 참아낼까.
伏望獸王放過路 바라건대 산군께서 길을 열어 주옵시고
勿施牙瓜逞綱維 모진 발톱 펼쳐서 공포심을 돕지마오.

부인의 정성인지 범이 한쪽 길을 열어 주어 급히 달려 굴 앞에 도달했는
데, 아이들이 달려들지 않자 놀라고 이상히 여겨 사방을 살펴보니 흔적이 없
었다. 태자는 아무 걱정이 없는 듯 토굴 속에 단정히 앉아 있는 것을 보고 물
었다.
"아이들이 어디로 갔습니까?"
태자가 대답하였다.
"부인이 산으로 간지 얼마 안 되어 웬 노인이 찾아 왔는데, 나이는 90세

---

132) 『보살본연경』 권중, 『대정신수대장경』, 제3권(상), pp.60-61.

요 병마가 자주 침로 하는데 시봉할 아이가 없어, 우리 자식을 데려가는 것이 소원이라 해서 보시하여 보냈소.”

　부인이 다 듣고 혼비백산하여 진흙 속에 넘어졌다가, 한참 만에 깨어나서는 황급히 태자에게 다시 물었다.

　“노인이 어느 쪽으로 갔습니까?”

　“저 언덕 서쪽으로 가는 것 같았소.”

　부인이 그 말을 듣자마자 황망히 뒤를 따랐다. 얼마 만에 멀리 바라보니 노인이 칡줄로 아이들 손을 묶어 가지고 매질을 하면서 끌고 갔다. 부인이 더욱 더욱 급하게 뒤를 좇아 노인을 붙잡고는, 매질을 못하게 하며 어린 것들을 끌어 앉은 채 노인에게 소리쳤다.

　“노인은 무슨 원수로 남의 아이들을 데리고 어디로 가는 겁니까? 내 자식은 내가 데려가겠어요.”

　노인이 대답하는데

　“태자께서 나에게 보시하였거늘 어찌 돌려 보내리오.”

하면서 양편이 서로 다투어 여러 시간이 지나니, 그는 노인이라도 남자이므로 힘을 당할 수 없었다. 한편으로는 태자의 지중한 원력을 어기게 될까 두려운 생각도 들어서, 다시 마음을 가라 앉히고 두 아이를 달랬다.

　“저 노인도 너희들 전생의 부모이니, 놀라지 말고 따라가서 잘 봉양하거라.”

　아이들이 처음 생각에는 어머니가 찾아 왔으니 집으로 돌아가리라 생각하였는데, 다시 이 말을 듣고는 큰 소리로 울며 어머니의 치마끈을 잡고 떨어지지 않았다. 부인이 좋은 말로 두 번 세 번 달래며 또 노인에게

　“아이들을 아무쪼록 잘 기르시되, 매질은 하지 말아 주세요.”

라고 부탁하고 나서, 다시 글 한 수로 간청하였다.

　　恭身囑付老人語　공손히 절을 하며 노인께 부탁하노니
　　一對嬌兒好看觀　한 쌍의 아이들을 어여삐 여기소서.
　　夫婦山中修苦因　우리 부부 산중에서 힘써 고행 닦아서
　　當來必證菩提路　서원코 오는 세상 보리도를 증득하리라.

　부인이 이처럼 두 아이와 노인을 작별하고 한 걸음에 한 번씩 돌아보며 해가 서산으로 넘어 갈 때에야 겨우 토굴로 돌아와서, 태자를 대하여 일장 통곡을 하니, 한 팔이 부러진 듯하고 음식이 입에 달지 않았다.(원문 생략)133)

---

133)『석가여래십지수행기』, 제29장 앞 - 제30장 앞.

이처럼 아이들을 보시한 데 대해 태자와 아내가 갈등하는 부분을 대비해 보면, 저본 불경의 고차원적인 선문답이 「보시태자전」에서는 인물간의 대화 중심의 섬세한 강창 구조로 확대·부연되고 있음을 확인할 수 있다.

이 정도면 인물 간의 대립 구조가 뚜렷하며 대화체가 매우 발달되어 있고, 인물의 심리를 삽입 운문으로 극대화하는 장면 기법 등은 이미 조선조 소설 작품의 문체 표현과 서사 구성 수준에 완전하게 도달하였다고 해도 무리가 없다. 또 태자의 보시행으로 인해 노인과 아이들, 노인과 아내의 갈등이 복합 사건으로 끼어 들고 갈등 장면이 확대됨으로써 사건이 복선적이면서도 지속적으로 상승되고 있다.

이처럼 서사적 확대는 『석가여래십지수행기』 중 가장 예술성과 창작성이 짙은 제7지 「금우태자전」과 같은 변문소설 단편을 창작해 낼 수 있는 바탕이 되었다. 「금우태자전」의 경우는 석가의 본생담 중에서 '동물 변신담'의 소재적 관련성만 저본에서 확인될 뿐이지, 완전히 소설의 면모를 갖춘 새로운 작품으로 확대·창작된 강창 양식의 변문소설이다.

결국 서사적 확대 기법은 단순한 변문설화 수준을 넘어서서 사건을 새롭게 구성하고 장면을 극적으로 확대시킴으로써 단편 변문을 소설 수준으로 변모시키는 데에 성공하고 있다.

(3) 대폭적 축약

대폭적 축약은 중복과 장황한 부연을 과감하게 삭제하여 사건을 분명하게 하고 서사성을 강화하는 변문화 기법이다. 그러므로 여기서 말하는 축약은 단순화, 요약화의 의미가 아니라, 반복과 부연, 나열과 수식 등 방대한 분량으로 되어 있는 불경 저본의 서술 체제를 벗어나 인물과 계기적 사건 중심의 압축된 설화문학으로 새롭게 변형시켰다는 의미이다. 일례로 제10지 「실달태자전」의 저본을 보면 『과거현재인과경』은 4권, 『불본행집경』은 무려 60권이나 되는 방대한 분량이다. 이 불경은 모두 석가의 성도 이후의 이야기, 즉 전법, 입멸 부분이 전체 서사 분량의 거의 절반 이상을 차지할 정도이다. 그러나 「실달태자전」에서 경전의 불타 성도 이후의 이야기는 과감하게 대폭 축약되어 버린다. 실제로 성도 이후의 이야기가 어느 정도로 축약되었는지 확인해 보면 다음과 같다.

> 저 때에 대범천이 부처님께 법륜 전하기를 청하거늘 부처님이 영산회상에서 천이백 성문과 한량없는 인천 대중을 제도하여 법문을 듣게 하시고 49년간 교화를 펴시며 삼백 여회의 법문을 설하시고 말후사라 쌍림에서 열반에 드셨다.(원문 생략)[134]

저본의 방대한 항마, 전법, 교화, 열반 부분은 이처럼 단 몇 줄로 간단하게 축약되어 버렸다. 이러한 사실은 찬술자가 서술 초점을 실달태자의 성도 이전 부분에 맞추기 위해 변문화하는 과정에서 후반부를 간략하게 축약해 버렸다는 것을 의미한다. 이는 앞에서도 언급했듯이, 『석가여래십지수행기』가 석가의 영웅적 일생 중에서도 주로 성도 이전의 삶, 즉 출가와 고행 부분을 강조한 변문이기 때문이다. 찬술자는 이를 위해 성장, 고행 부분에서 상당수의 운문들을 창작하여 삽입함으로써 강창구조적 기능을 강화하고 서사적 갈등을 확대시키고 있다.

또한 도입부의 축약이 심한 제7지 「선우태자전」의 경우를 보면, 선우태자의 장황한 출생 가계담 부분을 대폭 축약하고, 여의보주를 구해오는 일련의 탐색 영웅적 서사 행위에 서술자의 초점이 맞추어져 있다. 이러한 관점에서 전개 부분에서의 결연담, 부모 개안담 등까지 삭제[135]해 버림으로써 출가와 고행을 통한 구도의 보살행이 서사의 두 축으로 기능하도록 구성되어 있다. 「선우태자전」의 이러한 변이는 보살의 고행하는 숭고한 삶을 통해 여의주를 획득함으로써 결핍된 국가를 바로잡는 선우태자의 고행적 영웅상을 잘 구현해 내고 있다. 따라서 이와 같은 대폭적 축약의 이면에는 당시의 결핍된 사회를 바로잡는 구도자로서, 석가의 보살상을 구현하고자 한 찬술자의 의도가 깊이 작용했기 때문이라 하겠다. 이처럼 찬술자가 의도하는 서사성을 강화하

---

134) 위의 책, 제44장 앞.

135) 이 두 화소는 다른 저본에서 모두 공통적으로 나오는데, 『석가여래십지수행기』에서만 빠져 있다. 이러한 변이는 『석가여래십지수행기』만의 독특한 변문성이다. 이러한 변문성은 불경 전래설화의 소설화를 촉진하였다. 즉 그것은 가난과 병고에 찌든 국가를 구하고자 여의보주의 방편을 획득하는 선우태자의 구도적 보살행을 강조하고자 한, 찬술자의 서술 의식에 기인하는 것으로 이해된다. 특히 「선우태자전」 저본들의 화소 대비는 인권환(앞의 논문, p.298.) 교수가 상세하게 분석하였다.

기 위해 대폭적으로 저본을 축약하는 기법도『석가여래십지수행기』거의 전 편에서 활용되고 있는 두드러진 변문화 기법의 하나이다.

(4) 창작 운문의 삽입

『석가여래십지수행기』에는 총36편이나 되는 운문이 삽입되어 있는데, 이 들의 수록 상황을 단편 작품별로 나누어 보면 다음과 같이 다섯 작품이다.

> 제 1 지「선색녹왕전」: 7언 게 1편
> 제 3 지「보시국왕전」: 5언 게 1편
> 제 7 지「금우태자전」: 7언 게 7편, 7언 시 6편
> 제 9 지「보시태자전」: 7언 게 8편
> 제10지「실달태자전」: 7언 게 13편

이들 삽입 운문은 저본 불경의 운문을 그대로 사용한 것은 한 편도 없다. 형태적 변형을 시도한 제3지의 한 편을 제외하고는 모두 새롭게 창작된 운문 이다. 따라서 삽입 운문은『석가여래십지수행기』의 창작 변문성을 가장 분명 하게 드러내 준다.

운문은 게와 시로 나타나는데, 그 형식은 제7지의 1수만 제외하고 모두 절구와 율시 형태의 한시 형식을 취하고 있다. 즉 삽입 운문들은 불경의 4언, 5언, 7언, 8언 등의 장구 형태를 취하는 자유로운 게송 형식에서 완전히 벗어 난 정형성을 갖추고 있다.

삽입 운문 중, 형태와 내용상 변형이 가장 안 된 제3지「보시국왕전」의 운문도 저본 불경의 5언 게송 형태를 그대로 답습한 것 같이 보이지만, 실제 로 이들을 대비해 보면 단순한 답습이 아니라 어구의 통속화는 물론 내용도 세련되게 바뀌었다. 특히 게를 전·후반부로 나누어 갈등을 증폭시키는 역할 을 하도록 분절·재구성하였다. 제3지「보시국왕전」에서 삽입 운문의 이러한 독창적 변형 시도는 다른 단편들에서 시도된 운문의 토착화·정형화보다, 사 건 전개의 갈등과 긴장을 확대하도록 분단된 삽입 운문의 형태를 시도했다는 데 변문화의 의미가 있다.

나머지 35편의 삽입 운문들은 대개가 형태와 내용면에서 저본 불경과 완 전히 다르게 변형되거나 창작되었다. 즉 이야기의 서사 전개에 맞게 새롭게

부연·창작되었고, 모두 7언 한시 형태로 정제되어 삽입·활용되고 있다.

> 東君鼓動劫前春　동풍이 살살 불어 봄소식을 전함이여.
> 曠大猶來各有姻　왕겁 세월 오히려 인연으로 오는구나.
> 高麗國中招駙馬　고려국에서 부마를 간택할 제
> 金牛時下必成親　금송아지는 이제 곧 혼약을 맺게 되리.[136]

　　이 삽입 운문은 제7지 「금우태자전」에 나오는 작품이다. 한 노인이 송아지를 데리고 고려국 성중에 들어가서 송아지에게 '사람이 많아도 놀라지 말라.'고 당부하면서 시장 안으로 들어서는데, 홀연 공중에서 종이가 떨어진다. 이 시는 그 떨어진 종이 쪽지에 적힌 내용이다.

　　4자와 3자가 서로 배합되어 7언의 형식을 갖추었을 뿐만 아니라 동풍이 봄소식을 전하는 시상의 발흥, 이를 이어받아 꽃 피고 열매맺는 자연의 이치 전개, 고려국 공주의 부마 간택이란 새로운 내용으로 전환, 금송아지와 혼인을 맺게 된다는 종결 등, 그 구성상 기·승·전·결로 된 표현 기법은 이른바 7언 절구 형식의 전형적 패턴을 잘 보여 준다. 『석가여래십지수행기』에는 7언 절구의 시형식을 취하는 이러한 운문이 모두 12편이 있는데, 대체로 인물의 심정이나 사건의 암시적 역할을 하는 삽입 운문이다.

　　그리고 사건을 요약하면서 동시에 인물의 심정이나 사건의 전개·암시 역할까지 복합적으로 하는 삽입 운문이 있다. 이러한 형태의 운문은 한시의 7언 율시 형태를 취하는 것이 보통이다.

> 東風擺綻劫前春　동풍이 문득 불어 왕겁의 봄을 부르니
> 五百生中有誓因　오백의 전생 중에 혼인 맹서 있었네.
> 善惠仙童來托化　선혜선인이 몸을 나투어 오기를
> 蘇多女子又番身　수없이 여자도 되고 또 태자도 되었네.
> 九重鐵鼓輕穿透　아홉겹 쇠북을 가볍게 뚫고서
> 百萬精兵作敗軍　백만 정병을 패군으로 만들었네.
> 太子今朝爲駙馬　태자 오늘날 부마로 간택되니
> 耶輸原是賣花人　야수공주는 전생의 꽃파는 여인이었네.[137]

---

136) 『석가여래십지수행기』, 제20장 앞·뒤.
137) 위의 책, 제37장 앞.

이 운문은 제10지 「실달태자전」의 결연담에 삽입된 운문이다. 우선 春, 因, 身, 軍, 人 등 압운을 사용하여 7언 8구 형태의 율시가 갖추어야 할 정형성을 잘 완비하고 있다. 이 운문은 태자가 바람국에 가서 아홉 겹으로 된 쇠북을 뚫고 당당히 부마로 간택된다는 앞 부분의 서사 내용을 요약하면서, 그 여인은 바로 전생의 꽃 파는 처녀 구이였다는 윤회 전생 정보를 제공해 준다.

이처럼 독자들에게 앞으로 일어날 결연도 예측해 주고, 과거에 전개된 많은 사건도 요약함으로써 서사의 폭을 확대하는 역할을 하고 있다. 게다가 인생의 생-사, 結-離가 모두 인연에 의해 윤회전생한다는 사실을 암시적으로 제시함으로써, 주제를 부각시키는 기능도 하고 있다. 결론적으로 7언 율시 형태의 삽입 운문은 사건의 요약과 전개적 기능을 복합적으로 하면서 서사의 폭을 확장시키는 역할을 한다.

이러한 운문 형태는 『석가여래십지수행기』에서 가장 많아서 총36편 중 19편이나 된다. 따라서 7언 율시 형태는 변문의 가장 대표적인 삽입 운문인 셈이다.

그리고 7언 8구가 확장된 형태가 있는데 제7지 「금우태자전」의 보만부인 고행 부분에 삽입된 운문이다. 이 운문은 서사적 내용이 너무 복잡 미묘하고 주인공의 절박한 심정을 복잡다단하게 토로할 경우 율시 형식을 벗어날 수도 있다는 것을 보여 준다. 「금우태자전」에서 보만부인이 모해를 받아 갇힌 장면에 삽입되는 운문이 그 예이다.

憶兒不覺打初更　자식 생각하느라고 깊어가는 밤도 몰랐구나.
煩惱悽惶雨淚傾　가슴 타서 재가 되고 눈물 흘러 비가 되네.
用死猫兒換太子　죽은 고양이 새끼 가져다가 태자로 바꿔치고
淸凉奏轉主人驚　청량산에 거짓 상소하여 임금님을 놀라게 하니
今朝罰我常推磨　오늘 아침 나의 몸은 말방아 미는 벌을 받고
又被宮人來喝罵　또 모자라 궁인을 시켜 혹독하게 재촉하는구나.
可惜容姿正少年　애석하게도 용모가 아름답고 단정한 소년이었는데
萬般苦事如何話　만 가지 괴로운 일을 어찌 다 말하리오.
三更夜半生疲勞　삼경의 한밤중에 피로가 몰려오고
日午炎天難過夏　한 낮 불볕 더위에 어름 무더위를 이기기 어렵도다.
前世惡因寃難逃　전세의 악인은 피하기 어렵거늘

今來敎我如何話	지금 와서 나에게 무슨 말을 하란 말인가.
二人嫉妬奏君王	두 여인이 질투하여 군왕께 상소하여
把我終朝遭打罵	나를 모함하여 아침이 되어 임금의 내침을 당했네.
磨麪推輪多苦辛	돌바퀴를 밀어 밀을 찧는 괴로움은 말할 수 없고
告天天遠如何話	호소해도 하늘이 머니 무슨 말을 하리오.
空中萬象作証盟	공중의 만상들이 증명을 해주고
日月輪回相照曜	일월이 윤회하여 변함없이 비춰 주네.
只願我兒性命存	원하노니 우리 자식 목숨만이라도 붙어 있고
惡人自有惡人報	모진 사람은 죄값대로 모진 사람의 응보를 받으리라.138)

금우태자의 어머니는 제1, 제2부인들의 시기와 간계로 아들을 잃고 말방 앗간에서 방아까지 돌려야 하는 벌을 받는다. 밤낮으로 잠시도 쉬지 못하고 감시를 받으며 일을 하니, 몸은 야위고 고통스러운 눈물로 세월을 보낸다. 그러다가 자신의 처량한 신세와 간절한 자식 생각을 토로하는 애절한 심사를 한 수의 시로 읊게 된다. 막힘없는 독백으로 자신의 신세를 절절히 토로하고 있는 운문이다. 모두 7언 20구 형태로 되어 있는데, 부왕이 청량산에 가 있는 동안 자신에게 일어난 사건의 전말까지가 대략적으로 압축되어 나타나 있다. 이 운문은 주인공의 처절한 심정을 토로하고 서사적인 사건의 전개적 결말을 암시하는 기능을 다 담으려 했기 때문에 이처럼 파격적으로 긴 형태를 취할 수밖에 없다.

이처럼 『석가여래십지수행기』에 삽입된 운문은 모두 서사적 전개에 맞도록 새롭게 창작되었다는 점을 주목해야 한다. 또한 대부분이 모두 7언의 한시 형식을 취함으로써 불경의 게송 형식을 완전히 탈피하였다. 특히 고려시대에 유행한 한시 형태를 삽입 운문의 변문화에 그대로 적용하고 있다는 점에서 보면, 창작 삽입 운문의 7언 형식은 한국 변문문학에 삽입되는 대표적인 운문이면서 한시의 전통 양식을 그대로 수용하고 있다.

---

138) 위의 책, 제17장 앞.

3) 작품별 양상

(1) 제1지 「선색녹왕전」

「선색녹왕전」의 이야기는 『육도집경』 권3 제16장 「불설사성경」과 『대장
엄론경』 권14 제69화의 설화에 각각 나온다. 그런데 『육도집경』 설화는 서사
구조가 매우 단순한 형태로 악인 조달의 분장 인물인 악색 녹왕이 등장하지
않는데 비해, 『대장엄론경』에는 녹왕과 제바달다가 각각 사슴 무리의 왕으로
서 각기 선·악 인물로 대립하면서 녹왕의 자비심을 부각시키는 갈등 구조를
취하고 있다. 따라서 제1지 「선색녹왕전」의 서사 구조에 가장 가까운 저본으
로 『대장엄론경』 설화를 살펴보겠다.

> (서분) 석가가 일찍이 들었던 이야기를 대중들에게 한다.
>> 가. 설산에 두 녹왕이 무리를 거느리고 있었는데 범마달왕이 사냥
>> 을 나온다.
>> 나. 보살녹왕이 왕에게 나아가 차례로 한 마리씩 희생될 것을 약속
>> 한다.
>> 다. 어느 날 임신한 사슴이 연기를 요구하지만 제바달다 녹왕이 거
>> 절한다.
>> 라. 보살녹왕이 임신한 사슴을 대신하여 왕의 주방에 나아간다.
>> 마. 범마달왕이 보살녹왕의 보리심에 깊이 깨달아서 축생을 먹지
>> 않을 것을 약속한다.
> (결분) 없음.139)

다음으로 「선색녹왕전」의 서사 단락을 순차적으로 배열하면 다음과 같다.

> (도입액자) 여래가 옛날에 조달과 더불어 칠향산에서 녹왕이 되었다.
>> 가. 하루는 금파국왕이 칠향산에 사슴 사냥을 나온다.
>> 나. 선색녹왕이 두 무리 중에서 차례로 스스로 나아가 희생될
>> 것을 약속한다.
>> 다. 8일째 임신한 사슴이 연기를 요구하나 악록왕이 거절한다.
>> 라-1. 9일째 금파국왕이 약속이 지켜지지 않아서 대노한다.

---

139) 『대장엄론경』 제14권 제69화, 『대정신수대장경』 제4권(하), pp.338상단-339상단.

라-2. 선색녹왕이 임신한 사슴을 대신하여 희생되기로 하고
　　　무상게를 唱한다.
마. 금파국왕이 선색녹왕이 성현임을 깨닫고 일체 수렵을 금
　　한다.
(종결액자) 그 때의 선색녹왕은 석가였다.[140]

이제 저본으로부터의 변문화 양상을 살펴보면, 가장 큰 차이는 서분과 결분의 형식이 달라졌다는 사실이다. 저본의 경우 서분은 "여시아문(如是我聞)"으로 시작되는 경전 육성취로 서사 내용과 아무런 관련성이 없다. 그러나 「선색녹왕전」에서는 도입액자로 변모되어 서사를 전개시키는 도입부 기능을 하고 있다.

또한 서사 단락은 대개 비슷하지만, 서사 기교는 완전히 달라져 있다. 일례로 도입부분을 대비해 보자.

내가 일찍이 들었다. 설산 가운데 두 녹왕이 있어 각기 무리의 사슴을 거느리니 그 수가 오백이었는데 산에서 풀을 뜯어 먹고 있었다.(我昔曾聞 雪山之中 有二鹿王 各領群鹿 其數五百 於山食草)[141]

그때 여래가 조달과 더불어 옛날 인행 시에 금파국 중의 한 산 속에 있었다. 그 산의 이름은 칠향산인데 같이 산중에 숨어서 짐승의 몸으로 변화하여 함께 녹왕이 되니 하나의 이름은 선색녹왕이고 하나의 이름은 악색녹왕이었다. 각각 오백의 권속이 있어 주리면 산머리에 부드러운 풀을 뜯고 목마르면 시내로 흐르는 물을 마시며 자유롭게 수행하면서 여러 들짐승들을 교화하였다.(원문 생략)[142]

저본의 도입부는 인물 제시가 설화적이지만, 「선색녹왕전」은 완전히 고소설의 인물 제시 방식에 따라 선명한 묘사와 선악의 인물 성격 제시를 확연히 하였다. 배경도 저본은 설산으로 되어 있지만, 「선색녹왕전」에서는 금파국 칠향산으로 바꾸어 현실성 있는 공간을 확보하였다. 따라서 등장인물과 배경이 유기적으로 설정되고 있다. 특히 저본의 '라' 단락은 「선색녹왕전」에

---

140) 『석가여래십지수행기』, 제2장 앞-제4장 앞.
141) 『대장엄론경』 권14, 제69화, 『대정신수대장경』 제4권(하), p.338 상단.
142) 『석가여래십지수행기』, 제2장 앞.

서 '라-1, 라-2'로 확대되면서 금파국왕이 선색녹왕과 대립하는 갈등 양상을 부각시키고 있다. 뿐만 아니라 서사의 결말 처리 방식도 다르다. 저본의 결말은 사슴을 해치지 않을 것이니 두려움을 버리고 살아가라는 국왕의 계송으로 끝나지만, 「선색녹왕전」은 선색녹왕의 수행을 그려냄으로써 주인공의 일생으로 종결짓는 전기적 서사 방식을 취하고 있다.

사건의 갈등 구조도 한층 복잡하게 된다. 저본의 경우 잉태한 사슴이 자신의 왕인 제바달다에게 거절 당하고 보살 녹왕을 찾아가 하소연 하자 만약 다른 사슴을 보내면 '아직 내가 아닌데 왜 나를 보낼까?' 라 생각하므로 자신의 서원을 세워 중생을 구제하고자 한다. 아무도 녹왕의 마음을 중지시킬 수 없었다. 이는 보살이 지녀야 하는 '원력'을 말한 것인데 악록왕은 아무런 원력도 지니지 못했기 때문에 결국 왕으로서 아무런 기능도 하지 못한다. 그러나 선색녹왕은 중생 제도의 원력을 지녔기 때문에 불쌍한 사슴을 구제하였고 결국 인간 왕과의 대결에서 승리하여 모든 무리의 우두머리가 되는 영웅성을 획득한다.

또한 배경이 인물의 갈등을 형상화시키고 긴장을 고조시키는 데 직접적으로 기능하고 있다. 특히 시간적 배경이 구체화되면서 인물간의 갈등 양상을 점차적으로 부각시키는 점은 소설의 서술 방식에 접근하는 서사 기법이다.

아무 일 없이 일주일이 지나고 문제는 8일째에 일어난다. 악록왕의 집단에서 임신한 사슴을 대신하여 희생물을 보내지 못하게 되고 지도력의 부재 상태에 빠지게 된다. 그래서 8일째는 집단의 혼란과 인간 왕과의 갈등이 극도에 이르게 되며, 9일째 되는 날 선색녹왕이 대신하여 궁궐에 도착하게 된다. 즉 '몇일째'라는 시간 배경의 삽입은 갈등이 단계적, 순차적으로 고조되도록 변문화된다. 이는 저본에서는 단순하고 일회적으로 처리되었지만 「선색녹왕전」에서는 사건의 긴장과 전개에 긴밀하게 기능하도록 유기적으로 결합되어 있다.

이처럼 시간적 배경을 인물간의 극적 긴장에 활용하는 수법은 독자나 청중에게 긴장감과 감흥을 단계적으로 불러일으키는 동시에 힘을 가진 국왕과 미약한 짐승인 녹왕의 대결에서 자비심과 희생심을 가진 녹왕의 승리로 종결

지음으로써 선색녹왕의 영웅성을 자연스럽게 부각시켜 준다.

또 문체의 양상도 완전히 달라졌다. 저본은 5언 8구체로부터 16구체에 이르는 다양한 게송이 7편이나 삽입되어 있는 운주산종형의 문체 양식을 갖추고 있다. 그렇지만 「선색녹왕전」은 저본과는 정반대로 단 한 편의 운문만이 삽입되어 있는 산주운종형의 문체 양식으로 변문화되었다. 즉 운문을 축약하고 산문을 확대한 꼴이다.

저본이 서사보다는 게송 중심으로 되어 있어서 이야기체로는 적절치 못하기 때문에 서사성을 강화하기 위해서는 자연히 운문을 축약하거나 산문을 확대할 수밖에 없었다. 그래서 서술자는 선색녹왕의 영웅적 보살행을 강조하기 위해 선문답적인 게송을 대폭 축약하고 선색녹왕의 해탈 게송 한 편만을 새롭게 창작하여 삽입하고 있다.

구분	『대장엄론경』	「선색녹왕전」
서사 형태	① 임신 사슴이 구제를 바라는 게 ② 악색녹왕의 응답게 ③ 선색녹왕의 해탈게 ④ 선색녹왕이 사슴무리에게 주는 게 ⑤ 선색녹왕이 왕에게 올린 게 ⑥ 왕이 선색녹왕에게 올린 게 ⑦ 왕이 사슴무리에게 주는 게	① 산　문 ② 산　문 ③ 선색녹왕의 해탈게 ④ 산　문 ⑤ 산　문 ⑥ 산　문 ⑦ 산　문

이처럼 「선색녹왕전」은 게송을 모두 산문 문장으로 서사하여 독본으로서의 변문 기능을 강화했고 운문도 경전 취의를 벗어나 매우 통속화되어 있음을 알 수 있다. 해당 운문을 대비해 보면 그 변문화된 면모를 분명하게 확인할 수 있다.

我今躬自當 往詣彼王廚　나는 이제 몸소 / 저 왕의 주방에 가서
我於諸衆生 誓願必當救　여러 중생들을 위해 / 서원을 세워 구제하겠네.

我若以已身 用貿蚊蟻命　내가 만약 이 몸으로써 / 하찮은 생명과 바꾼다면
能作如是者 尙有大利益　이러한 일을 하는 것도 / 오히려 큰 이익이 있으리.

所以畜身者 正爲救濟故　몸을 기르는 이유는 / 바로 구제하기 때문인즉
設得代一命 捨身猶草芥　한 생명을 대신할 수만 있어도 / 몸을 풀처럼 버
　　　　　　　　　　려야 하겠네.　　　　　　　　　　　　(하략)[143]

저본의 ④ 부분의 게송으로, 저본은 이러한 여러 게송이 반복되는 구성으로 서사 전개와는 거리가 있는 선문답식으로 이어진다. 자기 몸을 버리는 것이야말로 선인을 쌓는 공덕이기 때문에 오히려 기쁘다는 해탈심을 표출하는 게송이다. 그러나 「선색녹왕전」에서는 반복과 투식성을 제거하고 산문 중심으로 서사하면서 한 편의 운문만을 활용하였다. 이 운문은 서사적 내용 및 인물의 행위 표출과 긴밀하게 결부되면서 주인공의 희생 결심을 보여주는 역할을 하는 삽입 운문으로 바뀐다.

萬像光中誰是主　만상 가운데 누가 주인이던가
天堂地獄總心王　천당과 지옥이 모두 마음 뿐이로다.
衆生造下輪回路　중생이 지어낸 윤회의 길이기에
死至頭來誰肯當　죽음이 다가오니 누가 기꺼이 당할 손가.
母愛兒身兒愛母　어미는 아이를 사랑하고 아이는 어미를 사랑하지만
今朝子母合雙亡　오늘 아침 자식과 어미가 함께 죽게 되었구나.
吾今替汝歸泉路　내 이제 너를 대신하여 황천길로 돌아가려니
明朝淸晨見帝王　내일 아침 이른 새벽에 제왕을 뵈리라.[144]

이 게송은 7언 율시 형태를 갖추고 '천당-지옥, 윤회길, 모자간, 황천길' 등 당시 신앙과 사회관이 그대로 표출되면서 마치 민요인 「상두가」의 한 구절을 대하듯이 완전히 통속화되어 있음을 확인할 수 있다.

서술자는 이러한 통속화로 내용이 비불교적으로 흐르는 것을 막기 위해 결말부에 종결 액자를 활용하고 있다. 「선색녹왕전」에서 내부 액자 속의 인물들을 불교적 인물과 연계시키려는 종결액자는 불경 저본에도 없는 것으로 내부 이야기를 결국 불교적 주제로 귀착시키기 위해 붙여진 것이다. 즉 액자를 제거하면 인간대 짐승의 대립을 다룬 통속적인 희생담이지만, 불교 액자에 의해 본생담으로 수용됨으로써 선색녹왕의 희생담이 석가의 바라밀행이

---

143) 『대장엄론경』 권14, 제69고사. 위의 책, 같은 곳.
144) 『석가여래십지수행기』, 제3장 앞·뒤.

란 불교적 의미를 자연스럽게 나타내게 된다.

(2) 제2지 「인욕태자전」

「인욕태자전」과 같은 이야기는『육도집경』제3권 보시도무극장(布施度無極章) 설화와,『현우경』제1권 범천청법육사품(梵天請法六事品),『대장엄론경』제12권 제64장 설화를 들 수 있다. 이 이야기의 주인공 인욕태자는 유연 중생인 비둘기를 구하기 위해 자신의 몸을 기꺼이 매에게 희생하는 보시행을 보여 준다. 매와 비둘기는 태자의 보시 바라밀행을 시험해 보려는 정거천인의 변신이다.

대체로 이들 세 저본은 모두 내용이 대동소이하다. 다만『현우경』과『대장엄론경』의 문체는 강창 교직체이고『육도집경』은 「인욕태자전」과 같이 산문 대화체로 되어 있다. 삽입 게송의 경우『현우경』에는 제석천이 비수갈마에게 변신하여 태자를 시험할 것을 제의하는 게송 1편이 나오고,『대장엄론경』에는 모두 20회에 걸쳐 무려 43편의 게송이 등장한다. 그러므로 「인욕태자전」은 이들 세 저본을 참조는 하되 주로 삽입 운문이 없이 대화체로 된『육도집경』을 저본으로 삼았다고 추정된다.『육도집경』에 실린 저본의 서사 단락을 제시하면 다음과 같다.

> (서분) 석가가 여러 보살들에게 보시바라밀에 대해 설한다.
> 　　가. 살바달 국왕이 중생을 구제하기에 진력한다.
> 　　나. 제석이 왕의 인자함에 자신의 지위를 잃게 될까 두려워 그 진
> 　　　　실을 시험한다.
> 　　다. 제석이 변방의 왕과 함께 매와 비둘기로 변하여 왕의 보시행
> 　　　　을 시험한다.
> 　　라. 왕이 매에게 쫓기는 비둘기를 구해준다.
> 　　마. 매가 비둘기 대신에 왕의 몸을 요구한다.
> 　　바. 제석은 왕의 부동심을 확인하고 몸을 회복시켜주고 돌아간다.
> 　　사. 없음.
> (결분) 석가가 대중들에게 바라밀행에 힘쓸 것을 설파한다.[145]

이 저본을 변문화한 「인욕태자전」의 서사 단락을 순차적으로 배열하면

---

145)『육도집경』제3권 보시도무극장 제1, 제2화,『대정신수대장경』제3권(상), p.1 중단·하단.

다음과 같다.

> (도입액자) 여래께서 옛날에 선주국에 인욕태자가 되었다.
>> 가. 인욕태자가 출가하여 보봉산에 들어가 수행한다.
>> 나. 없음.
>> 다. 없음.
>> 라. 인욕태자가 매에게 쫓기는 토끼를 구해 준다.
>> 마-1. 매가 원망하며 태자의 고기를 요구한다.
>> 마-2. 태자가 육신을 내어주자 매가 갖가지 자세로 위협하며 먹으려 한다.
>> 바. 태자가 조금도 두려워하지 않자 감동하여 자취를 감춘다.
>> 사. 태자가 수행 정진하여 앉은 채로 죽는다.(坐化而去)
> (종결액자) 없음.146)

『육도집경』의 보시도무극장에는 모두 14개의 단편 설화가 들어 있는데 그 중 제2화의 주지가 인욕 보시행으로 서사성을 어느 정도 갖추고 있으며, 내용이 홍미롭게 짜여져 있는 편이다. 이 이야기는 비둘기 변신 비유담이다. 하늘의 제석이 땅의 살바달 국왕의 인자함 때문에 자신의 지위를 빼앗길까 두려워하여 변방의 왕과 함께 각기 매와 비둘기로 변화하여 그의 행실이 진실행인지를 시험한다. 제석은 결국 살바달 국왕의 한량없는 무외시에 감복한다. 그리고 왕이 하늘의 제석 지위를 탐하는 것이 아니라 오로지 중생 구제의 일념 뿐이란 사실을 깨닫고 왕의 일을 적극 돕게 된다는 내용이다.

일단 발단 부분을 대비해 보면 저본의 변문성이 확연히 드러난다.

> 예전에 보살이 큰 국왕이 되니 이름은 살바달이었다. 중생에게 보시하여 그들이 찾는 바를 마음대로 해 주며 액난을 딱하게 여기고 구제하기에 항상 비창함이 있더니, 하늘의 제석이 보니 왕의 인자한 혜택의 덕이 사방에 덮였다. (昔者菩薩爲大國王 號薩波達 布施衆生 恣其所索 愍濟厄難 常有悲愴 天帝釋 睹王慈惠 德被十方)147)

이처럼 저본은 실바달 국왕의 인자한 성품을 극도로 미화하여 제석이 하

---

146) 『석가여래십지수행기』, 제4장 앞- 제5장 앞.
147) 『육도집경』 제3권 보시도무극장 제1, 제2화, 위의 책, p.1 중단.

늘의 지위를 탐하는 것으로 여기고 대립하게 만드는 도입부이다. 그러나 「인욕태자전」에서는 출가와 수행으로 도입부가 변문화될 뿐 대립자인 제석은 등장하지 않는다.

> 옛날 여래는 선주국 인욕태자로 태어났다. 한 스님으로부터 무상게를 듣고 유연 중생을 교화하고 항상 불도를 행했다. 한 번 들음에 마음이 기뻐서 왕궁의 쾌락에 연연하지 않고 마음이 돈오되어 부왕께 주달하니 출가를 허락하였다. 태자는 곧 성을 떠나 보봉산으로 들어가서 초암을 짓고 선행을 닦았다.(원문 생략)148)

이처럼 발단부의 상황이 설화문학적으로 바뀌고 있다. 우선 주인공은 왕이 아니라 태자이고, 태자는 깨달음을 얻기 위해 왕실의 쾌락을 버리고 출가하는 것으로 설정되어 있다. 이는 영웅의 분리에 해당하며 결국 시련을 겪고 성공을 성취하는 바탕이 된다. 따라서 태자의 남다른 수행 과정이 중시되고 있다.

「인욕태자전」에는 저본의 '나, 다' 단락이 없다. 도입부를 주인공이 출가하여 보봉산에서 수행하는 것으로 설정함으로써 '라' 단락의 매와 토끼 변신담으로 무리없이 전개되도록 구성되어 있다. 특히 '마' 단락부터는 태자와 매의 구체적인 대립과 갈등이 나타나도록 변문화되었다. 저본의 매는 단순한 시험자로 끝나지만 「인욕태자전」에서는 위협도 하고 원망도 하면서 주인공과 극적 대립을 하는 적대적 인물로 형상화되어 있다. 이러한 대립과 긴장의 구조는 서사적으로 훨씬 감동과 흥미를 강조하기 위한 변문화 기법에 기인한다.

주인공과 매의 대립은 초월자의 개입으로 극적 전환을 이루게 된다. 이 점에서도 「인욕태자전」은 저본보다 훨씬 극적인 구성을 갖춘 면모를 보여주는 작품이다. 초월자는 태자가 비운으로부터 회운의 단계로 들어가도록 적절하게 개입한다.

> 말을 마치고 태자가 몸을 버려 매에게 먹게 하니 매가 태자에게 눈을 감게 했다. 매가 곧 몸을 날려서 공중으로 치솟아 수 차례 빙빙 돌면서 태자를 살펴보니 얼굴빛이 변함이 없고 전혀 두려운 기색도 없는지라. 이로써 감히

---

148) 『석가여래십지수행기』, 제4장 앞.

입을 대지 못하고 멀리 날아가 버렸다. 오래지 않아 태자가 눈을 뜨니 매와 토굴 속의 토끼가 보이지 않았다. 태자가 이상한 일이라고 생각하고 있는 사이에 홀영 청의동자 두 사람이 나타나 구름 가운데 서서 태자를 불렀다.(원문 생략)149)

초월자의 개입이 저본에서는 발단부에 미리 제시되지만 「인욕태자전」에서는 매와 토끼로 바뀌어 극적 전환 부분에서 개입된다. 이들은 주인공의 회운을 도와 주어 보시 바라밀행의 완성자로서 태자의 영웅성을 확인시켜주는 역할을 하도록 짜여져 있다.

또한 저본은 보시행의 견고성을 드러내는 불경 전래설화의 부분 삽화이지만, 「인욕태자전」은 주인공의 일대기 형식을 취하여 독립된 단편으로서의 서사 종결을 시도했다. 부왕에게 허락을 얻어 왕실의 영화를 탐하지 않고 중생 제도를 위해 출가하는 도입 부분과, 수행 정진하여 앉아서 죽었다는 결말 처리는 인물의 일대기 형식을 염두에 둔 서사 문학적 변용이다. 그리고 이것은 불교 전래문학의 전형적 패턴인 팔상 구조의 변용이다. 결말의 '좌화이거(坐化而去)'는 『삼국유사』 소재 전기에 보편적으로 나타나는 종결 방식일 뿐 아니라 한·중 승전의 일반적인 종결 방식이기 때문이다.

(3) 제3지 「보시국왕전」

「보시국왕전」의 저본은 『현우경』 제1권 「범천청법육사품」 제1화와, 『찬집백연경』 제4권 제34화 「선면왕구법연」이 있다. 저본들은 한결같이 청법의 조건으로 처자의 보시를 요구하는 단순한 구조로 되어 있다. 이 중 「보시국왕전」의 삽입 운문과 가장 유사한 게송이 실려 있는 『찬집백연경』의 「선면왕구법연」 설화를 저본으로 살펴 보겠다.

> (서분) 석가가 설법을 싫증내지 않는 이유에 대해 비구들에게 설한다.
> 가. 선면왕이 묘법을 듣기를 세상에 구한다.
> 나. 제석이 나찰로 변하여 묘법을 들려 주겠다고 나타난다.
> 다. 나찰은 배가 고프다고 하면서 사람을 보시할 것을 요구한다.
> 라. 왕비와 태자가 자청하여 왕을 위해 자신들을 보시한다.

---

149) 위의 책, 제4장 뒤 - 제5장 앞.

　　　마. 나찰은 왕의 몸까지 보시할 것을 요구한다.
　　　바. 나찰이 왕의 신심을 알고 사구 게를 설해 준다.
　　　사. 제석이 본신을 회복하고 태자와 왕비도 전과 같이 회생시킨다.
　　　아. 없음.
　　(결분) 석가가 비구들에게 불도에 힘쓸 것을 설파한다.[150]

　「보시국왕전」의 서사 단락을 순차적으로 배열하면 다음과 같다.

　　(도입액자) 여래께서 옛날에 다보국의 국왕이 되었다.
　　　가. 다보국왕이 불도에 귀의하여 12년이 지나도록 사구게를
　　　　　얻지 못한다.
　　　나. 한 귀신이 공중에서 내려와 사구게를 말해 해탈시켜 주겠
　　　　　다고 한다.
　　　다. 귀신이 왕비와 태자를 잡아 먹으면 배가 불러 말할 수 있
　　　　　다고 한다.
　　　라. 국왕이 왕비와 태자를 바치자 귀신이 삼키고는 게를 반만
　　　　　설한다.
　　　마. 국왕이 나머지를 설해 달라고 하자 왕의 몸을 요구한다.
　　　바. 국왕이 헛된 몸을 버려 중생제도를 결심하니 나머지 게를
　　　　　설한다.
　　　사. 귀신이 제석으로 변하여 와이와 태자도 이전 모습대로 회
　　　　　생시킨다.
　　　아. 국왕이 태자에게 나라를 물려주고 입산 수도하다가 죽는다.
　　(종결액자) 없음.[151]

　저본과 「보시국왕전」의 전체 서사 단락은 거의 대동소이하다. 그러나 특
이한 변이는 「보시국왕전」에서는 삽입 게송이 서사의 분단 기능을 하도록 재
구성됨으로써 갈등을 심화시켜 주고 있다. 저본의 단순한 해탈 게송과는 서
사적 기능이 완전히 다르다. 이제 게송을 대비해 보면 다음과 같다.

---

150) 『찬집백연경』 제4권, 제34화 「선면왕구법연」, 『대정신수대장경』 제4권(하), pp.218 하단-219
　　중단.
151) 『석가여래십지수행기』 제5장 앞 - 제7장 뒤.

    (가) 『현우경』
    一切行無常 모든 현상은 덧없는 것이어서
    生者皆有苦 나는 것은 모두 다 괴로운 것을
    五陰空無相 다섯 쌓임 텅 비어 바탕이 없거니
    無有我我所 '나'도 없고 그리고 '내 것'도 없네.[152]

    『찬집백연경』
    因愛則生憂 은애로 인하여 근심이 생기고
    因愛便有畏 은애로 인하여 두려움이 있기 마련이니
    能離恩愛者 그러므로 은애를 여의는 자라야
    永斷無怖畏 아주 근심과 두려움을 끊을 수 있네.[153]

    (나) 「보시국왕전」
    有愛故生惱 애착이 있기 때문에 괴로움이 생기고
    有愛故生怖 애착이 있기 때문에 두려움이 생기느니라. (전반 게)[154]

    若能離愛者 만일 애착을 능히 떠날 수 있는 자라면
    無惱亦無怖 괴로움도 없고 또한 두려움도 없느니라. (후반 게)[155]

이와 같이 게송의 분단은 서사 기능에 있어서 상당한 변화를 일으킨다. 저본에서는 귀신이 왕비와 왕자를 먹고 왕의 몸까지 요구하는 중에 왕의 신심을 알아차리고 4구게를 설해 준다. 그러므로 저본에서의 게송의 기능은 서사 내용을 종결짓는 역할 뿐이다. 그런데 「보시국왕전」에서는 서사 갈등을 증폭시키는 삽입 운문 기능을 발휘하도록 재구성되어 있다. 야차는 왕자와 왕비를 먹고 2구게를 설한 후에 다시 나머지 2구게를 설해 주는 조건으로 왕의 몸을 요구하고 있기 때문이다.

다시 말하면 「보시국왕전」에서는 사건의 중심 기능을 하는 4구게 삽입 시가를 전반게와 후반게로 나누어 처자 보시 부분, 왕 자신의 보시 부분에서 각각 기능하게 함으로써 사건의 전개와 갈등 증폭을 일으키는 분단 기능을 하도록 배치되어 있다는 점이다. 따라서 이는 단순한 삽입 가요가 아니라 사

---

152) 『현우경』 권1 범천청법육사품 제1, 『대정신수대장경』 제4권(하), p.349 중단.
153) 『찬집백연경』 제4권 제34화, 선면왕구법연, 위의 책, p.219 하단.
154) 『석가여래십지수행기』, 제6장 앞.
155) 위의 책, 제7장 앞.

건의 간박감 조성은 물론 서사 전개에 변화를 줌으로써 강창구조의 변문으로 발전했다. 이는 수행자들에게는 보시의 당위성과 필연성을 촉발시키고, 독자들에게는 긴장감과 흥미감을 유발시키는 극적 효과를 노리기 위해 찬술자가 구사한 변문화 수법으로 이해된다. 게다가 저본의 단순한 갈등 을 단계적이고 복선적으로 분규화시켜서 장면을 확장시킨 것은 설화문학적 관점에서 볼 때, 대립을 지속시키고 갈등을 구조화하는 서사 기법의 일면을 보여주는 기발한 착상이다.

또 「보시국왕전」이 얼마나 변문화되었는가는 저본의 종결부와 대비해 보아도 알 수 있다.

> 이때 나찰이 게송을 읊고 나서 제석천의 본래 모습으로 돌아가니 태자와 부인도 홀연히 앞에 나타났다. 왕은 법을 듣고 더욱더 신심과 공경심을 내었다. 그리고 태자와 부인이 그대로 존재함을 보고 기쁨에 넘쳐 어쩔 줄을 몰랐다. 비구들아, 알아두거라. 그때의 선면왕은 나의 전신이었고, 그때의 태자는 바로 지금 아난의 전신이었고, 그때의 부인은 지금 야수다라의 전신이었느니라. (爾時羅刹 說此偈 還復釋身 太子夫人 忽然在前 王聞法已 倍生信敬 復見夫人及太子 猶故存在 心懷歡喜 不能自勝 佛告諸比丘 欲知爾善面王者 則我身是 時太子者 今阿難是 王夫人者 耶輸陀羅是)[156]

이처럼 저본은 석가의 보시 바라밀행의 게송에서 이야기가 끝나고 육성취로 결말을 맺지만, 「보시국왕전」은 액자를 제거함으로써 불경 전래설화의 육성취로부터 벗어났으며, 행복한 일생이란 고소설의 보편적 결말 양상을 잘 보여준다.

> 나는 본래 하늘 제석으로 33천의 주인인데 인간에 내려와 너를 시험하여 보았더니, 과연 출세할 뜻과 해탈할 마음이 있으니 다음 세상에는 반드시 보리를 증득하여 중생을 제도하리라. 하고 금색광명을 놓으며 공중으로 변해 가거늘, 돌아보니 황후와 태자가 모두 뜰앞에 있는데 단정하여 옛날과 같았다. 곧 대왕이 아침 일찍 일어나 태자를 임금에 세우고 문무양반과 여러 대신들과 하직하고 궁비채녀들을 뒤로 하며 곧바로 백운산 속으로 들어가서 초막을 짓고 심신을 단련하였다. 마음을 닦고 도를 기르다가 끝내는 앉아서 죽었다.(원문 생략)[157]

---

156) 『찬집백연경』 제4권 제34화, 선면왕구법연, 『대정신수대장경』 제4권(하), p.219 하단.

이러한 결말 양상은 조선조 고소설의 결말에 견주어 손색 없는 수준이다. '옛날에'란 설화적 도입부로부터 '왕위를 물려주고 산속으로 들어가 수도하다가 다른 세상으로 갔다.'는 설화적 결말은 서술자가 석가의 행적을 흥미롭고 감동적으로 전달하기 위해 경전적 액자 형태를 탈피하여, 부분적으로 혹은 대폭적으로 변문화시켰기 때문에 나타날 수 있는 현상이다. 특히 불경 속의 소종래를 밝히는 종결액자까지 탈락시킴으로써 내부 이야기는 완전히 통속적으로 넘나드는 설화문학적 성격을 확보하였다.

발단부의 구체적인 공간과 인물 제시로부터 일생의 종결에 이르는 서사 양식은 이른바 불경 전래설화의 서사 방식을 따른 것이고, 완전한 전기적 일생으로 변문화시켜 낸 점은 서술자의 창작 안목에 기인한다. 또 보살행이 보여주는 전기성(傳奇性)은 인물의 영웅성을 자연스럽게 부각시킬 수 있는 서술 유형이기 때문에 사전류, 열전류보다도 오히려 독자나 청중들에게 자극적인 흥미소를 갖춘 서사물로써 자연스럽게 받아들여졌을 것이다. 그러나 이런 변문화에도 불구하고 「보시국왕전」은 갈등의 지속성이 약하고 현실성이 결여되었다는 점에서 보면 그 변문화의 정도는 여전히 설화문학적 성격에서 벗어나지 못했다.

(4) 제4지 「사신태자전」

「사신태자전」은 석가의 전생인 마하살타 태자담으로 저본은 『현우경』 제1권 제2화 「마아살타이신시호품」과 『보살본생만론』 제1권 「투신사호연기」에 보인다. 이 두 저본의 내용은 대동소이하다. 마하살타는 자비심이 많아 일체 중생을 가엾이 여겼는데 부모와 두 형과 함께 동산 구경을 갔다가, 자기 새끼를 먹으려는 굶주린 범을 보고 가엾이 여겨 두 형을 먼저 보내고는 자기 몸을 범에게 준다. 부모가 태자의 죽음을 괴로워하는데 마하살타가 도솔천에 재생하여 오히려 부모의 고뇌를 깨우친다는 내용이다. 저본인 「투신사호연기」 설화를 들면 다음과 같다.

(서분) 부처가 아난다에게 옛적 고행을 연기담으로 설한다.

---

157) 『석가여래십지수행기』, 제7장 앞-뒤.

가. 한 국왕이 있어 세 아들을 두었다.

나. 대왕의 아들들이 산골짜기를 구경하다가 새끼를 낳고 굶주린 범을 목격한다.

다. 살타왕자가 자비심을 내어 두 왕자를 궁으로 돌려보내고 자신을 범에게 던진다.

라. 없음.

마. 없음.

바. 굶주린 범은 왕자를 다 먹고 뼈만 남겨 놓았다.

사. 모후가 세 비둘기 중 한 마리를 매에게 빼앗기는 꿈을 꾼다.

아. 부모는 살타의 죽음을 듣고 혼절했다가 유골을 거두어 공양해 준다.

(결분) 석가가 인연을 설하고 아난다를 일깨운다.[158]

「사신태자전」의 서사 단락을 순차적으로 배열하면 다음과 같다.

(도입액자) 여래께서 금광국 마하살타 태자가 되었다.

가. 태자가 왕궁에서 출가하여 산속에서 수행한다.

나. 하루는 주린 범이 토굴에 이르러 태자의 보시를 요구한다.

다. 태자가 허락하자 범이 포효하며 태자를 위협한다.

라. 태자가 태연 자재하자 높은 바위 위에서 몸을 던지라고 한다.

마. 태자가 벼랑에서 몸을 던지자 구름이 에워싸 곱게 내려 앉는다.

바. 범이 제석으로 변하여 수행이 견고하여 중생을 제도할 것이라고 말한다.

사. 없음.

아. 태자가 더욱 수행 정진하다가 앉아서 죽는다.

(종결액자) 없음.[159]

이 작품의 변문화 특징도 제3지 「보시국왕전」과 마찬가지로 서사적 확대를 시도하고 있다는 데 있다. 저본은 산골짜기를 유람하다가 범에게 몸을 보시하여 뼈만 남게 되는데 부모가 이를 수습하여 공양탑을 만들었다는 골탑연기설화에 지나지 않는다. 그러나 「사신태자전」은 범과 태자의 갈등을 부각

---

158) 『보살본생만론』 제1권 「투신사호연기」, 『대정신수대장경』 제3권(상), pp.332 중단-333 중단.
159) 『석가여래십지수행기』, 제7장 뒤 - 제8장 앞.

시키고 초월계의 개입을 통해 사건의 극적 전환을 시도하고 있다. 태자는 왕궁의 부귀를 버리고 산속에서 초암을 짓고 수행에 전념하던 중 굶주린 범의 시험을 받는다. 갈등 양상은 태자의 육신에 대한 집착과 무외시에 대한 결심의 정도가 범의 위협과 벼랑 위의 투신이란 두 단계의 시험으로 확대 되어 장면이 설정되고 있다.

범의 시험은 상당히 위협적이다. 먼저 입을 벌리고 발톱을 드러내며 부르짖는다. 산악도 흔들렸지만 태자는 끄떡도 하지 않는다. 다음 단계로 범은 태자에게 높은 절벽 위에 올라가 뛰어내리라고 요구한다. 태자는 그것이 자신의 죽음을 요구하는 것인 줄 알면서도 두려움 없이 태연하게 벼랑에서 뛰어내린다.

> 태자 즉시 높은 산위에 올라가서 공중으로 몸을 던지니 별안간 한 줄기 황운이 에워싸 땅에 내려 놓았다. 상서로운 바람이 불어오고 서기가 가득하여 대지와 만물이 크게 진동하는지라. 잠깐 사이 공중을 보니 한 선인이 있어 큰 소리로 "태자는 스스로 뛰어내리지 말라."고 소리치는데, 머리를 들어 아득히 바라보니 한 사람이 보이는데 머리가 이상하여 마치 천인의 모양 같았다. (원문 생략)160)

이처럼 선인의 도움으로 주인공은 회운을 맞고 위기에서 벗어나 계속 수행하다가 앉아서 죽는다. 그리고 저본에 있는 부모와 형제 삽화는 모두 제거되었다. 이는 태자의 영웅적 고행의 삶을 부각시키려는 찬술자의 의도가 강하게 작용한 변문화 양상이라 하겠다. 따라서 분량은 짧지만 서사 기법상의 변문화 양상은 완결된 일대기적 서사 구조를 잘 갖추고 있다.

(5) 제5지 「인욕선인전」

「인욕선인전」의 저본은 『육도집경』 제5권 제3장 「인욕도무극장」 제44화에 실려 있다. 우선 저본의 서사 단락을 들어보면 다음과 같다.

> (서분) 석가가 인욕바라밀에 대해 설파한다.
> 　　가. 옛날에 여래가 바라문이 되었다.

---

160) 위의 책, 제8장 앞.

나. 찬제화 바라문이 산속에서 수행하여 이름이 사방에 퍼졌다.

다. 가리왕이 사슴을 놓쳐 바라문에게 행방을 묻자 머리를 숙이고 대답치 않았다.

라. 국왕이 노하여 바라문의 팔을 차례로 자른다.

마. 사천대왕들이 내려와 왕의 악행을 벌주려 하나 바라문은 전생의 업보임을 말한다.

바. 백성들이 달려와 왕을 원망하며 보살의 믿음에 감화를 받는다.

사. 보살의 신심으로 신체가 회복되고 높은 수행을 계속한다.

아. 나라는 피폐해지고 백성들은 날로 왕을 원망한다.

(결분) 석가가 비구들에게 인욕에 대해 설파한다.[161]

「인욕선인전」의 서사 단락을 순차적으로 배열하면 다음과 같다.

(도입액자) 여래가 옛날에 사위국의 인욕선인이었다.

가. 도입 액자임.

나. 인욕선인이 산속에서 수행하여 도덕이 산처럼 높았다.

다. 국왕이 산밑에 이르러 선인을 만나 보고자 하나 꼼짝하지 않는다.

라. 국왕이 진노하여 초막에 이르러 인욕을 시험하고자 칼로 코, 귀, 손을 자른다.

마. 없음.

바. 없음.

사. 선인이 서원을 발하니 신체 수족이 전처럼 회복되어 인욕행을 증명한다.

아-1. 국왕이 도병의 난과 윤회의 고를 해탈함을 알고 광제선인이라 칭한다.

아-2. 국왕이 부귀를 생각지 않고 태자에게 양위하고 광제선인의 제자가 된다.

아-3. 국왕이 묘법을 구하다가 광제선인을 따라 앉아서 열반한다.

(종결액자) 불경 속의 인물과 결부시킨다.[162]

---

161) 『육도집경』 제5권 「인욕도무극장 제3」 제44화, 『대정신수대장경』 제3권(상), pp.115 상단 -115 하단.

162) 『석가여래십지수행기』, 제8장 뒤 - 제10장 뒤.

「인욕선인전」도 서사 구조는 저본과 대동소이하다. 그러나 내용 구조는 완전히 변모되어 있다. 저본은 보살의 인욕 바라밀행을 설하고자 왕의 악행과 대조시키면서 서사를 종결짓는다. 보살이 예전에 바라문이었는데 가리국왕이 사슴의 행방을 말하지 않았다는 이유로 팔을 잘라 버린다. 그러나 바라문은 원망하지 않고, 백성들이 그 넓은 믿음에 감화를 받아서 서로 권하고 인도하여 높은 수행에 뜻을 두자 모두가 보살을 칭송하였다. 그렇지만 왕의 악함으로 나라가 피폐해지자 백성들은 왕을 원망하였다. 이러한 결말은 민중을 착취하는 기존 통치질서와 권력에 대한 풍자와 비판의식을 담으면서 어디까지나 대결 양상으로 끝나고 있다. 이 사실은 결분에 "찬제화는 나였고 아우는 미륵이었으며 왕은 나한 구린이었다."는 종결 액자의 인물 대립으로도 확인된다.

　　예전에 보살이 찬제화란 바라문이었는데 가리국왕이 사슴 사냥을 하다가 사슴의 행방을 찬제화가 말하지 않자 칼로 팔을 잘라도 원망하지 않으니 백성들이 그 넓은 믿음에 감화를 받았다. 찬제화의 아우가 천신, 귀신, 용들이 왕의 악함을 말하는 것을 듣고 와서 형의 팔을 붙이니 곧 회복되었다. 서로 권하고 인도하여 높은 수행에 뜻을 두니 모두가 선을 칭송하였지만 왕의 악함으로 나라가 피폐해져 백성이 왕을 원망하였다.(원문 생략)[163]

그런데 저본의 이러한 대립 결말이 「인욕선인전」에서는 주인공 인욕선인의 완전한 승리로 끝난다. 악한 왕은 선인의 인욕행에 감복하고 착한 인물로 변모하여 개과천선한다. 저본은 국왕과 선인의 대결 구조로 종결지어 시종 갈등양상의 변화가 없는데, 「인욕선인전」에서는 인욕선인의 영웅상에 악한 왕이 스스로 감복함으로써 선인으로 변모되고 종결 양상이 인욕선인의 승리로 완전히 바뀌어 버린다. 즉 보살의 인욕행은 단순히 이적을 보여주는 설화적 행위로 끝나는 것이 아니라 악행을 저지르는 국왕을 불법에 귀의하는 선인으로 환골탈태시키고 있다. 국왕은 자신의 과오를 인정하고 나라를 태자에게 양위한 후 선인의 제자가 되어 선근을 닦는다.

악행의 상징적 인물인 국왕이 인욕행의 제자로 귀의하는 인물로 그려지

---

163) 『육도집경』 제5권 「인욕도무극장　제3」 제44화, 앞의 책, p.115 하단.

고 있다. 그래서 인욕선인은 왕까지 교화시킨 보살행의 완성자로 부각되게
된다. 「인욕선인전」의 종결 액자는 경전적 육성취를 갖추지만, "옛날 광제선
인은 지금의 석가요 사위국 가리왕은 비가나국에서 처음으로 사제법을 듣고
해탈한 교진여 비구이다."라는 식의 화해 결말 양식으로 종결된다.

이러한 결말 구조의 변화는 인욕행의 의미를 강조하면서, 한 나라의 국왕
으로서의 수행 자세도 서사하여 원만한 불국토 이상 국가를 건설하고자 한
찬술 의도가 반영된 것이라 생각된다. 저본은 국왕과 선인의 대결 구조상 갈
등의 변화가 없는데, 「인욕선인전」에서는 국왕이 오히려 선인의 제자가 됨으
로써 상하의 수직관계를 해체하고 있다. 이는 기존 질서에 대한 강한 비판의
성격도 갖는다. 특히 「인욕선인전」 '아-1, 2, 3' 단락은 저본과는 달리 새롭게
변형·확대된 단락이다. 이러한 변형은 불교 중심기에서 국가 지도자의 정신
적 지주와 사회 안녕, 중생제도의 유일한 방편으로서 보살행을 선택하고자
했기 때문에 확대·구사된 변문화 양상으로 보인다.

이 이야기는 액자를 빼면 상당히 비불교적인 이야기이다. 사위국왕이 인
욕선인의 손, 발, 귀를 자르지만 다시 원상회복되는 것은 초현실의 세계, 상
상의 세계를 보여준다. 따라서 종결액자의 삽입은 비불교적인 과거 회상담을
불교적 현실로 끌어들이는 장치이다.

서사 단락에서도 확인할 수 있듯이, 다른 작품과는 달리 「인욕선인전」은
표면적인 주인공이 보살이 아니고 국왕이라 할 만큼 서사의 비중이 국왕의
행위에 집중되고 있다. 종결 방식이 국왕의 회개와 광제선인으로부터 가르침
을 받다가 앉아서 죽는다고 되어 있어, 국왕의 일생을 비중 있게 다루고 있
다. 이처럼 국왕 중심의 서사구성을 유지한 것으로 보아 왕실 종친 또는 중앙
관료들을 대상으로 하는 강경 법석에서 활용하고자 형성된 변문으로 추정된다.

(6) 제6지 「선우태자전」

「선우태자전」은 『보은경』 제4권 「악우품」과 『현우경』 제9권 「선사태자입
해품」, 『생경』 제1권 제8 「불설타주저해중경」, 『대지도론』 초품 「단바라밀법
시지여」, 『경률이상』 제32권 「선우호시구주상안환명」, 그리고 『사분률』 제46
권 제3분 등 많은 경전에서 매우 다양하게 나타난다. 그 만큼 이 이야기는 중

국 한역 경전 찬술 당시에도 관심의 대상이 된 설화였다.

각 저본들의 서사는 대동소이하지만, 가장 두드러지는 차이라면 기러기 전언과 부모의 안맹 주지, 그리고 결말 양상이다. 우선 기러기 전언과 부모의 안맹 주지가 시기적으로 선행하는 불경에는 없고 비교적 후대적으로 전개된 『현우경』, 『보은경』, 『경률이상』 등에 나타나는 점으로 보아, 이 주지들은 설화 발생 초기에는 없다가 점차 발전·진화됨에 따라 추가되었다.[164] 이렇게 볼 때 제6지 「선우태자전」에는 기러기 전언과 부모 안맹 주지가 없기 때문에, 『생경』, 『대지도론』, 『사분률』 등 선행하는 계열의 불경 전래설화가 저본에 가깝다고 하겠다.

이들 중 『사분률』은 일찍부터 한국에 수입되었고 다른 어느 불경 전래설 화보다도 설화성이 풍부하여 민간설화들을 많이 담고 있다. 특히 「선색녹왕 전」과 「선우태자전」이 종결 액자를 붙인 이유는 내용이 비불교적이기 때문 이다. 따라서 평범한 민간 설화로서의 흥미가 제외된 채 불교적 윤색이 철저 히 가해진 『현우경』, 『보은경』 설화보다는 종교적 윤색이 덜하고 어느 정도 민간 설화성이 풍부한 『사분률』의 설화가 저본에 보다 가까운 형태이다.

「선우태자전」이 『사분률』 설화의 발달로 보여지는 구체적인 이유는 다른 불경 저본과는 또다른 몇 가지 내용상의 공통점에 기인한다. 첫째 주인공의 형인 악행의 해상 표류가 보이지 않는 것, 주인공이 거문고를 타며 방황하다 가 본국에 돌아와 약혼녀를 만난다는 것, 조류의 전언 모티브가 없다는 것 등 인데, 이런 점은 다른 불경 전래설화에서는 찾아볼 수 없는 현상이다.

이제 「선우태자전」의 저본으로 『사분률』의 설화를 서사 단락으로 배열하 면 다음과 같다.

> (서분) 석가가 비구들에게 화합을 파괴한 아우에 대해 설파한다.
> 　　가. 남섬부주에 월왕과 월익왕이 있었는데 자녀의 혼약을 약속한다.
> 　　나. 월익왕이 자식 낳기를 빌어 첫째부인이 선행, 둘째부인이 악행
> 　　　을 낳는다.
> 　　다. 월왕이 사신을 보내 딸을 선행왕자와 혼약한다.
> 　　라. 선행이 남섬부주 중생들의 빈곤구제를 위해 여의주를 구하러

---

164) 인권환, 「적성의전」의 근원설화 연구, 앞의 논문, pp.306~307.

　　　　용궁으로 떠난다.
　　마. 악행이 보물을 싣고 떠나려다 파선하여 표류하고 선우는 보주
　　　　를 구해 돌아온다.
　　바. 악행이 형의 두 눈을 찌르고 여의주를 빼앗아 돌아와 상을 받
　　　　는다.
　　사. 악행이 월왕에게 딸을 배필로 달라고 요구한다.
　　아. 선행이 월왕 딸의 과원에 머물면서 거문고를 타며 소일한다.
　　자. 왕녀가 부왕에게 고하고 선행을 남편으로 삼는다.
　　차. 선행이 진실을 서원하자 두 눈이 떠지고 왕녀와 함께 본국으로
　　　　돌아간다.
　　카. 부왕은 악행을 나라 밖으로 내쫓고 선행에게 여의주를 내어준다.
　　타. 선행이 나라를 복되게 만들고 왕위를 이어받는다.
　　파. 악행이 돌아와 선행을 죽이려 하다가 오히려 자신이 화를 당한다.
　(결분) 석가가 대중을 파괴하는 과보에 대해 설파한다.[165]

다음으로「선우태자전」의 서사 단락을 순차적으로 배열하면 다음과 같다.

　　(도입액자) 여래가 옛날에 바라나국 선우태자였다.
　　　　가. 없음.
　　　　나. 선우는 심성이 평등하고 도덕이 높으나 악우는 질투하며
　　　　　　살생을 좋아한다.
　　　　다. 없음.
　　　　라. 선우태자가 중생을 구제하고자 국왕의 허락을 얻어 보주
　　　　　　를 얻으러 바다로 떠난다.
　　　　마. 선우와 악우가 보주를 구하러 가다가 풍랑을 만나 악우는
　　　　　　무서워 중도에 내리고 선우는 용왕에게 가서 보주를 얻는다.
　　　　바. 선우가 도중에 악우를 만나 보주를 맡기고 자다가 악우에
　　　　　　게 두 눈을 찔리고 보주를 빼앗긴다.
　　　　사. 없음.
　　　　아. 선우가 선인의 도움으로 거문고를 타면서 길을 더듬어 고
　　　　　　국으로 돌아온다.
　　　　자. 선우태자비가 누상에 있다가 거문고 소리를 듣고 태자와
　　　　　　상봉한다.

---

165)『사분률』제46권 제3분,『대정신수대장경』제3권(상), p.120 중단.

> 차. 선우가 자세한 사정을 말하자, 부인의 서원과 눈 밝음으로
> 개안한다.
> 카. 악우는 두려워서 타국으로 달아나고 선우는 여의주로 중
> 생을 구제하여 나라가 평안해진다.
> 타. 선우가 부인과 함께 산중에 들어가 수행 정진하다가 함께
> 앉아서 죽는다.
> 파. 없음.
> (종결액자) 대장경을 살핀다.[166]

「선우태자전」의 변문화에 있어서 가장 두드러지는 특징은 서사 형태가 불경 전래설화에서 독립된 불교계 전기문학으로 변모되었다는 점이다. 저본의 경우 서분, 결분이 완전한 육성취로 결구되어 이야기가 '대중을 파괴하는 설법'의 한 삽입 설화로 기능하고 있지만 「선우태자전」은 독자적이고 완결된 서사 형태를 갖추고 있다. 서분이 "옛날에 석가가 선우태자였다."는 식의 3인칭 서술 관점의 도입 액자로 바뀌면서 내부 이야기는 석가 시대 이후의 현재적으로 기술되고 있다. 다시 말하면 서술자는 주인공 선우태자의 영웅적 일대기를 그려내는 과정에서 초월적 존재의 개입으로 '도량, 염불, 삼보' 등의 요소[167]를 활용하고 있다.

따라서 석가 시대의 보살들은 주인공 선우에게는 초월 세계로서 기능할 뿐이다. 즉 석가가 자기 이야기를 하는 1인칭 시점에서 벗어나 3인칭 시점에서 새로운 인물 형상화에 개입함으로써 영웅적 면모를 의도적으로 부각시키고자 하였다. 선우는 더 이상 초월적, 관념적인 보살이 아니라 인간적이면서도 처절한 생의 고난을 체험하는 주인공일 뿐이며, 선우의 영웅성은 타고난 자아의 우월이 아니라 세계의 원조에 의해 달성되도록 서사되고 있다.

결말 구조 양상도 악우가 타국으로 도망치는 대립 종결로 처리되어 형제 간의 화해보다는 권선징악에 초점을 맞추고 있다. 즉 선우와 악우란 형제 갈등 주지가 지속적인 대립 구조를 유지하도록 변문화되고 있다. 『현우경』 계

---

166) 『석가여래십지수행기』, 제10장 앞-제14장 앞.
167) 그 예는 "귀의삼보(歸依三寶), 도고삼보(禱告三寶), 초고승건치도량(召高僧建置道場), 건치
　　도량공양삼보(建置道場供養三寶), 태자수로탄금염불(太子隨路彈琴念佛), 부인분향망공기
　　도삼세제불(夫人焚香望空祈禱三世諸佛)" 등과 같은 구절에서 알 수 있다. 또 이러한 용어
　　는 제3지, 제5지 등에도 나타난다.

통은 형제 화해를 내세우는 데 비해,『사분률』계통은 선악응보적 결말로 끝맺는 점에서「선우태자전」과 흡사하다. 오히려『사분률』에서 동생이 형의 은혜를 모르고 형이 자는 중에 다시 죽이려 하다가 도리어 자신의 목이 떨어지는 과보를 당하는 '파' 단락의 결말 장면은 선인선과, 악인악과의 윤회 업보를 생생하게 보여주고자 인과응보의 면모를 강조한 결구 양상이다.

 악행이 형이 자는 동안 생각하되 '이제야 저의 목숨을 끊을 때구나.' 하고 칼로 내리쳤으나 도리어 악행의 팔이 떨어져 나가니 그는 혼자서 '재앙을 만났구나.' 하였다. 왕(선행)이 놀라 깨어나 묻되 "왜 재앙을 만났다고 하느냐?" 하니 "하늘이 그런 업을 지었소."라고 대답하였다. 왕이 다시 그 연유를 물었다. 악행이 자세히 이야기하니 왕은 "네가 스스로 그런 업을 지은 것이다."라고 하였다. 부처님께서 말씀하셨다.(원문 생략)168)

이처럼 저본은 악행을 저지르는 자에게 내려지는 재앙이란 스스로가 지은 업보에 따는 인과율임을 보여주고자 했다. 다시 말하면 자신이 저지른 재앙은 반드시 그만큼의 업보로 내세 과보가 되어 나타나게 된다는 것을 강조했다.

그러나「선우태자전」은 이와 같은 저본의 결말을 자연스럽게 변형하여 형제 갈등 주지를 권선 징악의 화복 논리로 승화시키면서 현실적인 사건으로 변문화시켰다.

 그때 악우는 그 형 선우가 살아 돌아왔다는 말을 듣고 부왕이 죄줌을 두려워 하여 다른 나라로 도망쳤다.(원문 생략)169)

이에 비해「선우태자전」은 악우가 두려워하여 타국으로 도망했다는 현실적 사건으로 '카' 단락을 처리하였다. 이러한 결말은 불교적 교리인 인과응보보다는 인간 사회의 규범인 권선징악적 면모를 강조한 양상이다. 따라서「선우태자전」의 종결 양상은 우애가 아니라 권선징악에 비중이 실려 있다. 부왕의 죄줌을 두려워 하여 악우가 다른 나라로 도망쳤다는 것은 권선징악의 전형적 서사 방식이기 때문이다.

---

168)『사분률』제46권 제3분, 앞의 책, 같은 곳.
169)『석가여래십지수행기』, 제13장 뒤.

선을 쌓으면 그것이 인이 되어 복을 받고 악을 쌓으면 그것이 인이 되어 화를 입는다는 인과응보의 논리는 어느덧 고려, 조선조 문화권에서는 보편적으로 통용되던 삶의 논리였다. 결국 「선우태자전」의 결말은 이러한 불경의 인과응보적 윤회 논리를 넘어서서 자연스럽게 권선징악을 강조하는 화복 논리로까지 변문화되면서 자연스럽게 조선조 고소설의 일반화된 주제 사상이 되는[170] 변모 양상을 잘 보여 준다.

다음으로 「선우태자전」에 나타나는 주인공의 개안 모티브도 매우 독창적이다.

> 부인이 일장 설화를 듣고 슬피 울어 엎어지며 궁비채녀까지도 태자 앞에 엎어져 통곡하니 그 슬픈 소리에 누각이 움직였다. 급히 부왕과 국모에게 알려 탑전에 도착하니 부자의 정은 산악보다 중한지라. 태자의 사연을 자세히 들으시고 슬픔을 것잡지 못하는 중에 어의를 불러 태자의 눈을 고치게 하되 백약이 무효라. 이때 부왕과 부인이 향을 사루고 허공을 향하여 삼세제불과 천선지지와 수부영신께 기도하되, '원컨대 우리 태자의 보배 얻어온 일이 과연 성의가 있었다면 두 눈이 전과 같이 밝아지게 하여 주소서.' 하며 태자비를 시켜 두 눈을 핥아주라 하신대 태자부인이 일단 정성으로 두 눈을 세 번 핥으니 곧바로 두 눈이 밝아져서 일월을 다시 보게 되니 궁중에 기뻐하는 소리가 진동하였다.(원문 생략)[171]

이처럼 태자비가 눈을 세 번 핥음으로써 선우가 개안하는 것은 불경 전래 설화에서는 볼 수 없는 장면이다. 이 부분은 구성 단계상 극적 장면에 해당한다. 지금까지의 고난이 일시에 소멸되고 선우는 영웅적 면모를 갖추게 된다. 그리고 과장법을 적절히 사용한 장면 묘사는 고소설의 문체 수준에 도달하고 있다.

또한 인물의 성격 제시에 있어서도, 저본들은 주로 열거법과 과장법에 의해 신적 면모를 부각시키는 데 주력하였지만 「선우태자전」에서는 인물의 성격을 성품과 관련시켜 요약적으로 제시하고 있다. 특히 「선우태자전」에서는 인물을 그 내면 성품과 관련지어 선인과 악인으로 구분하였는데, 이처럼 성

---

170) 강재철, 권선징악 이론의 전통과 고전소설, 앞의 논문, p.135.
171) 『석가여래십지수행기』, 제13장 뒤.

품을 바탕으로 인간을 묘사한 것은 고소설의 투식적인 인물 외형 묘사 수법에 비길 때 오히려 이 작품의 소설적 가치를 높여주는 발달된 수법이라 하겠다. 소설은 바로 인간 삶의 탐구이고 그 인간은 현실성을 갖는 사실적 인간상이어야 하기 때문이다.

성품이 착한 사람이 선인이고 성품이 악한 사람이 악인이란 것은 현재도 인정되는 사실이다. 얼굴 외형이 선풍도골이라 해서 그가 꼭 선인이라고 본 조선조 소설의 통속적 인물 묘사법이 오히려 참신성을 인정받기 어려운, 천편 일률적으로 도식화된 단정이다.

「선우태자전」의 변문적 문체와 구성이 가장 잘 구사된 부분은 결연담 장면이다. 이 부분은 과수원 동산에서 우연히 태자를 만나는 간단한 저본의 결연담과는 달리, 선우가 아내와 만나는 부부 상봉담으로서 공간적 구조와 예술적 배경, 인물의 형상과 기법 측면에서 고소설의 정형성을 잘 보여 준다.

> 이때 선행왕자가 거문고 줄을 잘 고른 뒤에 튕기어 아름다운 소리를 내면서 과일 밭에 있으니 왕녀가 가서 보고 왕에게 여쭙되 "부왕이시여, 저는 이 사람으로 남편을 삼겠습니다." 하니 왕이 "그는 소경이다."하고 거절하였다. 그러나 왕녀는 걱정 말라고 대답하였다.
>
> 신선이 그 용모 단정함을 보고 범인이 아니라 생각하고 묻되 "일찍이 거문고를 타보았는가?" "예. 탈 줄 압니다." 하니 신선이 장차 거문고 한 척을 가져다가 태자에게 주거늘 그럭저럭 본국에 있는 강가에 다다르니 그때가 오월 단오절이어서 백성들이 모여들어 뱃놀이를 하고 있었다.
>
> 그때 궁비 채녀와 태자 부인이 모두 나와 구경하는데 강가에 누각을 세우고 일제히 누상에 올라갔는데 선우 태자비가 문득 누 밑에서 거문고 소리가 들려오는 것을 들었다. 그 음운이 청아하여 흡사 태자가 계실 때처럼 음조가 똑 같았다. 사람에게 시켜 누 아래로 내려가 그 사람을 인도해서 누상으로 올라오게 하였다. 자세히 보니 선우 태자가 누 위로 거문고 중간을 안고 올라왔다. 그 부인이 곧 태자임을 알고 눈물을 흘리며 여쭈었다. "형 선우는 해상에서 풍랑을 만나 그곳에서 죽었다고 하거늘 어찌하여 살아서 목숨을 보전하여 돌아오시게 되었나요." 태자는 아내에게 그 연유를 설명했다. (중략) 부인이 그 말을 듣고 목이 매어 기절했다가 한참 후에야 깨어났다. 그때 궁비 채녀까지도 태자를 에워싸고 일장 통곡을 하니 그 슬픈 소리에 누각이 움직였다.(원문 생략)[172]

「선우태자전」은 저본을 대부분 축소하여 서사하였는데 이 부부상봉 부분만은 저본을 확대하였다. 그만큼 찬술자는 전체 서사 중에서 이 부부상봉 주지를 비중있게 다루고 있다. 이 부분은 서사 구성상 선우와 악우의 처지가 뒤바뀌는 극적 전환에 해당하며 서사적으로는 주인공이 회운을 맞는 극적 상승 단락이다.

우선 인물과 사건, 배경이 유기적으로 기능하도록 잘 배치되어 있다. 단오절을 배경으로 궁비채녀와 태자비가 누상에 올라 구경하는 가운데 태자가 거문고를 타면서 아래로 지나가도록 한 장면 구성은 문예 미감이 돋보인다. 그 공간 구성도 적절할 뿐만 아니라 너무도 낭만적인 장면을 연출시켜 준다.

저본에서는 악기가 동산에서 소일거리하는 소품의 단순한 기능밖에 못하지만, 「선우태자전」에서는 육안으로는 볼 수 없는 맹인과, 동떨어진 누상의 공간에 있는 두 인물이 거문고 음률을 듣고 상봉하도록 만드는 매개물이다. 선우는 눈이 멀어 부인을 볼 수 없고 부인은 너무도 변해버린 선우를 알아볼 수 없지만, 선우가 타는 거문고 음률로 남편임을 확신한다. 이처럼 상봉주지의 음악적 기능은 매우 주목할만한 독창적인 서사 기법이 아닐 수 없다.

음악을 통해 주인공이 상봉하거나 마음을 주고 받는 이러한 수법은 오랫동안 서로 분리되었던 두 사람의 상봉에 낭만성과 필연성을 부여하는 매우 참신한 서사 기법이다. 더욱이 조선조 고소설에서 이러한 수법이 많이 활용된다는 사실로 보아도 「선우태자전」의 부부 상봉 주지에서 음악이 활용되는 수법은 큰 의미를 갖는다.

이처럼 「선우태자전」은 『사분률』의 불경 전래설화를 완전히 소설적으로 변문화시키는 데 성공하고 있다. 용궁 체험, 형제 갈등, 개안, 결연을 중심으로 한 사건 구성과 발달된 대화체, 그리고 배경과 인물제시 기법 등에서 허구적 상상력과 극적인 흥미를 자아내도록 짜여져 있기 때문이다. 특히 인간 세계인 바라나국과 그 백성들을 현실계로 그리면서 인간이 꿈꾸는 설화적, 신화적 세계로 용궁을 대입시켜 상상의 세계를 마음껏 펼치되 선과 악의 대립 구조를 끝까지 유지하여 악인이 패하게 만든 것도 권선징악의 주제를 표면적

---

172) 위의 책, 제13장 뒤.

으로 부각시킨 성과라 하겠다. 이러한 서사 구조와 결말 양상으로 볼 때 「선우태자전」은 변문계 전기소설(傳奇小說) 작품으로 인정받을 수 있는 조건을 충분히 갖춘 작품이다.

(7) 제7지 「금우태자전」

「금우태자전」은 윤회 전생 주지 중에서 동물변신담에 해당하는데, 불경 가운데 『본생경』의 전래설화들이 주로 이러한 변신 주지를 다루고 있다. 그러나 『본생경』에서는 단순한 변신 주지만 찾아질 뿐, 「금우태자전」의 저본이 될 만한 서사성을 갖춘 이야기 형태는 확인되지 않는다. 따라서 경전의 동물변신담 중에서 「금우태자전」처럼 소의 변신 주지를 다룬 설화를 『본생경』에서 찾아보면, 제1권 제29화에 「검은 소 전생 이야기」 정도가 있을 뿐이다. 하지만 「검은 소 전생 이야기」는 「금우태자전」의 저본이라기에는 너무도 단순하다.

> 석가가 전생에 소로 태어나 어느 가난한 노파의 집에서 아들처럼 길러졌는데 '우리 어머니는 구차한 중에도 나를 아들처럼 생각하여 고생하면서 길러주셨다. 나는 돈을 벌어 우리 어머니를 편하게 해 드려야 하겠다.'고 결심하고 강에서 대상의 짐을 날라 주고 천금의 뭉치를 목에 달고 오니 노모가 "내가 어찌 네가 번 돈으로 살아가려고 했겠느냐? 왜 그런 괴로운 일을 했느냐?" 하고 소를 목욕시켜 온 몸에 기름을 바르고 갖가지 맛있는 음식을 먹였다.[173)

이 정도는 단편적인 삽화일 뿐 서사 문학성이 전혀 없는 이야기이다. 따라서 제7지 「금우태자전」은 불타의 본생 중 동물 변신담에 제재의 근원을 두었을 테지만, 그 변문화된 양상은 토착화되고 자생된 불교설화에 연원하거나, 『본생경』의 소재를 취해서 완전히 창작된 작품이라 하겠다. 특히 이 작품의 남녀 주인공이 고려국에서 주로 활동하도록 설정된 것을 보면 근원 설화로서 동물변신주지 설화는 강창설법 현장에서 창작 · 형성되었을 가능성이 크다. 신라 · 고려대는 윤회와 인연 사상이 만연하던 때이므로 이러한 육도윤회와

---

173) 『본생경』 Ⅰ 영양품, 제29화, "검은 소 전생 이야기", 『한글대장경』202, 동국역경원, 1972, pp.224-226.

인연의 연기를 서사한 「금우태자전」과 같은 작품이 형성될 조건은 충분했다. 이제 「금우태자전」의 서사 단락을 순차적으로 배열하면 다음과 같다.

> (도입액자) 여래께서 옛날에 파리국의 태자였다.
> 가. 파리국왕의 보만부인이 국왕의 태몽을 얻고 태자를 낳는다.
> 나. 수승과 정덕부인이 시기하여 태자를 죽지 못해 어미 소에게 먹인다.
> 다. 보만부인이 두 부인의 모해로 말 방앗간을 돌리는 모진 형벌을 받는다.
> 라. 태자가 금송아지로 태어나 왕의 사랑을 받으며 인가장군에 봉해진다.
> 마. 금우는 신장의 도움으로 어머니와 상봉하고 어머니를 돕는다.
> 바. 두 부인이 이 사실을 알고 묘계를 꾸며 금우를 죽이려 한다.
> 사. 금우가 백정의 도움으로 죽음을 면하고 고려국으로 도망간다.
> 아. 고려국 공주가 금우를 배필로 간택하나 국왕의 반대로 쫓겨난다.
> 자. 금우는 신선이 준 묘약을 먹고 인간 몸을 회복하여 금륜국왕이 된다.
> 차. 국왕이 부왕을 찾아가 그간 사정을 알리고 어머니를 구하여 두 눈을 띄운다.
> 카. 국왕이 죄인들을 용서하고 어머니와 함께 금륜국으로 돌아온다.
> 타. 국왕이 어머니와 함께 태평성세를 누리다가 앉아서 죽었다.
> (종결액자) 없음.174)

제7지 「금우태자전」은 금우가 시련을 겪고 나서 인생 역전을 통해 행복을 성취해내는 위대한 영웅의 일생을 그려낸 단계적 구성과 장면을 확대하는 강창 교직적 문체를 구비한 완벽한 변문계 전기소설이다. 다만 출생 부분에서 고소설에서는 일반적으로 나타나는 기자상황 정도가 없을 뿐이다. 이는 각 단편들이 실달태자의 전생 이야기이기 때문에 나타나는 현상으로 보인다.

---

174) 『석가여래십지수행기』, 제14장 앞-제24장 앞.

즉 삼세 육도를 윤회한 석가의 전생 이야기이므로 특별히 기자 상황을 중복해서 설정할 필요가 없었다. 다시 말하면 전생담 부분에서 서술자의 관심은 수행 과정에 있었음을 말해 준다. 그러나 후대 소설 전개본인 「적성의전」에서 기자 상황이 첨가되는 현상은 작품이 독립되어 유통되는 과정에서 가족 문제가 중시되는 부계 사회로 가면서 기자 상황이 점차 심각하게 인식되는 현실적인 문제를 소설 속에 수용하였기 때문이다.

이러한 「금우태자전」의 변문소설적 특징은 가장 발달된 강창 구조를 갖추었다는 데 있다. 작품 속에는 7언 게송 7편과, 7언 시가 6편 등 총 13편이나 되는 창작 운문이 삽입되어 있다. 이처럼 많은 창작 운문이 삽입되어 있다는 사실은 이 작품의 참신성과 창작성을 뒷받침하는 뚜렷한 증거이다. 이 삽입 운문들은 서사의 중간중간에 끼어들어 주로 인물의 성격 제시, 심리 묘사, 대화, 사건의 전개를 암시하는 등, 다양한 서사적, 극적 기능을 한다.

다음의 삽입 운문은 도입부에 배치되어 금우의 세 어머니인 수승, 정덕, 보만 부인의 성격을 제시하면서 사건 분규의 단초를 제시하는 기능을 한다.

(제일 수승부인)
我王異日還京駕 우리 임금이 어가를 타고 궁궐로 오시는 날
簇簇粧嚴百寶車 백가지 보배로 수레를 장엄하게 꾸미고
仙苑多栽殊勝果 선원에는 맛 나는 과일을 많이 심고
園中廣種四時花 정원에는 네 계절 꽃을 피우리라.
皇宮大內多修整 궁중 큰 뜰안을 깨끗이 정리하여
鳳閣龍樓錦繡遮 봉각 봉루에다 수놓은 비단을 둘러치고
若是我王回鳳闕 우리 임금님께서 궁궐로 돌아오시면
天香馥蒲接官家 천향이 풍기는 자리를 깔고 행차를 맞으리라.

(제이 정덕부인)
小臣接駕事多般 소신은 어가를 영접한 일이 다반사기에
袞服龍衣獻萬端 곤룡포 의복을 갖가지로 바치리라.
錦綉鮮花驚彩鳳 비단에 수놓아진 꽃은 채봉을 놀라게 하고
金針玉線總龍蟠 뛰어난 바느질 솜씨는 용이 서린 듯
坡時致使乾坤闊 펼칠 때마다 천지가 광활함을 이루고
着處能令世界觀 걸어두는 곳마다 세계가 화평함을 이루리라.

若是我王回鳳闕 이 때 우리 임금께서 궁궐로 돌아오신다면
光輝布地駕前觀 광명이 땅에 퍼지는 것을 어가 앞에서 보실지라.

(제삼 보만부인)
小妾今朝奏我主 소첩이 오늘 아침 우리 임금께 아뢰오니
千般巧計未爲奇 천 가지 교묘한 계책도 기특하다 못하리라.
錦衣豈用扶皇社 비단 옷으로 어찌 종묘사직을 붙들며
花果焉能壯帝基 화초와 과일로 어찌 제왕의 기틀을 굳힐까
賤體妊娠懷聖子 비천한 몸이지만 왕자를 회임하여
秋來決定降金枝 가을이 되면 반드시 귀한 자손을 낳으리라.
大王一日回鸞駕 대왕께서 어가를 타고 돌아오시는 날
我在御前獻子兒 나는 임금 앞에다 아들을 바치리라.[175]

제일 부인은 맛있는 화과, 제이 부인은 아름다운 옷, 제삼 부인은 귀한 자손으로 각각 임금을 맞이하겠다고 한다. 여기서 제일, 제이 부인은 외형적인 사치에 관심이 있고 제삼 부인은 여자로서의 본분인 자손에 관심을 두고 있음을 알 수 있다. 따라서 탐욕적 인물과 부덕을 겸비한 두 유형의 인물이 설정되게 되고 이들간의 갈등으로 사건의 분규가 일어나게 된다. 이 삽입시로 보면 제일, 제이 부인은 왕의 총애를 희구하는 탐욕적 인물이고, 제삼 부인은 후사를 걱정하여 국가의 기틀을 유지하는 왕비로서의 소임을 다하는 부덕을 겸비한 인물이다. 제일, 제이 부인의 간계와 모해로 금우와 보만 부인은 절망적 상황에 처하게 되고 처참한 고통을 감내해야만 한다.

또 주인공 금우의 성격을 나타내는 데도 삽입시가 활용된다. 금우는 사지에서 간신히 모면하여 길을 떠나며 억제할 수 없는 슬픔을 토로하는 시 한 수를 짓는다.

今朝得命在途中 오늘 아침 목숨 살아서 길을 떠나려 하니
抆涓傷悲流落胸 슬픔의 눈물이 온 가슴을 적시는구나.
前世寃家難躲避 전세의 원수를 피하기가 어려우니
此生之內却相逢 이 세상에서 살아가다가 언제라도 만나는도다.
夫人害我千般苦 부인이 나를 해쳐 천 가지 괴로움을 겪었고

---

175) 위의 책, 제14장 앞-제15장 앞.

> 牛母呑之在肚中 어미 소가 나를 삼켜 뱃속에서 있었지만
> 一日運登尊貴位 하루 아침 운명이 달라져 귀한 지위에 오르면
> 公然報德萬千重 베풀어 준 은덕을 만천 배로 갚으리라.[176]

금우는 자신에게 닥치는 모든 시련을 윤회의 업보라고 받아들이며 언젠가는 운명이 달라져 자기에게 베풀어 준 지은에 대해 꼭 보은할 것을 다짐한다. 이처럼 삽입 시가는 주인공의 심리 묘사와 후반부 사건 전개의 흐름을 암시하는 기능도 하게 된다.

고려국 공주는 부왕과 대립하면서까지 금우를 회운시키는 인물이다. 금우를 부마로 간택하고 부왕에게 동물 모습인 금우를 부마로 삼아줄 것을 간절히 아뢰는 게송은 인연을 소중히 여기며 끝까지 여필종부하겠다는 유교 사회의 가정 윤리에서 벗어나지 않는 전형적인 인물 성격을 나타낸다.

> 莫謂披毛帶四蹄 털로 덮이고 네 발을 가졌다고 말하지 마오.
> 休言牛子醜容儀 송아지 용의가 추하다고 말하지 마오.
> 男兒貌好非爲貴 남자의 빼어난 겉모습이 귀하게 될 것도 아니고
> 女子嬌資未足奇 여자의 아름다운 자태가 족히 기이할 것도 없도다.
> 休笑你兒招畜類 송아지가 부마됨을 비웃지 마소서.
> 何須直待嫁金枝 어찌 금지옥엽을 혼인시킬 배필을 기다릴까.
> 因緣旣就難相捨 인연은 이미 이루어져 서로 버리기가 어려우니
> 願免金牛我向之 원컨대 금우를 놓아주면 나는 그를 따르리라.[177]

이처럼 「금우태자전」의 삽입 운문은 사건의 중간중간에 적절히 끼어 들어 여러 가지 기능을 함으로써『석가여래십지수행기』에 실린 10편의 단편 중에서 변문계 강창문학의 형식이 가장 잘 발달된 작품을 만들어냈다. 특히 금우의 결연 부분은 표현 문체와 서사 구성상 완전한 소설적 면모를 보여주는 대표적인 장면이다.

이 때에 금우가 한없이 걸음걸어 배고프면 부드러운 풀을 뜯고 목 마르면 맑게 흐르는 물을 마시면서 첩첩 산중의 험준한 길을 홀로 걸어가다가 드디어 지치려 하는데 길에서 한 노인을 만났다. 그 노인이 금우를 가리키면서

---

176) 위의 책, 제20장 앞.
177) 위의 책, 제19장 앞.

"길이 고려국 땅으로 통하여 났으니 그대와 함께 같이 가겠노라." 하니 금우가 기뻐하며 노인을 따라 동쪽으로 따라 갔다. 홀연히 고려국성에 이르러 노인이 당부하기를 "성중을 지나갈 때 놀라지 말라."고 했다. 성중에 이르르니 사람들이 시끌시끌하고 시장이 떠들썩했다. 문득 보니 공중에서 한 장의 첩지가 내려와 정확하게 금우의 몸위에 떨어졌는데 그 종이에 4구의 시가 씌어 있었다.

> 東君鼓動劫前春 동풍이 불어와서 전세의 봄소식을 전하니
> 曠大猶來各有姻 광대함이 오히려 각기 인연이 되어 오도다.
> 高麗國中招駙馬 고려국 안에서 부마를 초빙할새
> 金牛時下必成親 금우태자 지금에는 혼약을 이루리라.

노인이 보기를 마치고 앞으로 계속가니 한 높은 누각이 있어서 절묘하게 아름다운 공주가 위에서 부마를 간택하는데 누 아래를 보니 한 노인이 한 마리 예쁜 금우를 끌고 지나갔다. 공주는 자기도 몰래 비단공을 아래로 던져 금우의 몸에 맞췄다. 이때 좌우 신하들이 금우에 맞았다고 아뢰니 공주가 기뻐하면서 금우를 데리고 함께 궁중으로 들어갔다.(원문 생략)[178]

이는 고려국 공주가 공을 던져 배필을 택하는 데 마침 그 아래로 지나던 금우를 맞추게 되고 금우를 부마로 간택하는 장면이다. 남녀 결연 장면이 「선우태자전」에서는 음악이 사용되는데 「금우태자전」에서는 특이하게 공이 사용되고 있다. 이는 금우가 짐승이기 때문에 설정된 서사적 장치이기도 하다. 수많은 선남들이 성안에 있지만 공주는 한낱 짐승인 금우를 선택한다. 이것은 윤회전생을 서사하려고 한 서술자의 의도였을지라도 너무도 극적이다.

결연의 과정은 금우의 축생 때문에 시련을 겪게 된다. 결국 윤회전생을 믿지 않는 부왕의 진노로 금우는 공주와 함께 쫓겨나 길을 떠나게 되고 선인의 도움을 받아 선과를 먹고 탈각 변신을 한다. 금우의 탈각 변신은 결연을 성공시키고 지금까지의 고난을 행복으로 바꾸는 서사적 절정 단계이면서 윤회전생을 보여주는 종교적 주지도 드러낸다.

이러한 일련의 서사는 초월계의 개입으로 인해 상당히 비현실적이지만, 주인공을 더욱 인간적으로 변모시킬 뿐만 아니라 적어도 당시인들에게 있어

---

178) 위의 책, 제20장 앞·뒤.

축생도는 윤회전생의 엄연한 관념적 체험으로 감응될 수 있었던 정서적, 문화적 환경을 갖고 있었기 때문에[179] 이 정도의 비현실적 요소는 오히려 감동적인 현실 문제로 받아들여졌다고 본다.

「금우태자전」의 전체 서사 구성도 다양한 주지들이 윤회전생 사상의 배경 위에서 복합적으로 결구되어 있다. 탈각변신 주지, 혼사장애 주지, 효행 주지, 신분상승 주지, 윤회전생 주지, 개안 주지 등은 서사를 극적으로 전개시키는데 적절히 기능하도록 조직되어 있다. 금우는 축생 업보의 어려운 시련을 겪고 공주와 결혼하여 탈각 변신하게 되고 어머니를 구하여 부귀영화를 누리고, 태평성세를 이룩하게 되는 영웅이다. 신화적 영웅처럼 그에게 어려운 임무가 구체화되어 제시되지는 않지만, 갇혀 있는 모친을 구해야 하는 과제는 철저한 인욕행을 실천하는 보살의 자격을 시험하기 위해 주어진다.

금우의 인욕행은 축생 과보를 겪어내는 고난의 삶으로써 달성된다. 그래서 공주가 던진 수구(공의 일종)로 간택이 되고 신선이 준 과자로 탈각이 되고, 신선의 도움으로 왕이 되는 반전의 계기를 맞게 된다. 모자 상봉과 모후의 개안은 인욕행의 고난 끝에 얻어진 행복을 강조하는 극적 표현이며, 정토 세계의 성취라는 강한 상징성을 갖는다. 따라서 「금우태자전」은 불타의 인욕행을 전기소설로 변용시키는 데 성공한 작품이라 할 수 있다.

게다가 「선우태자전」과는 달리 종결 액자를[180] 제거함으로써 작품이 보다 대중적으로 유통될 수 있도록 세속화시키는 데도 성공하고 있다. 변신과 탈갑, 응보, 이인의 원조 등 신성 문학성을 유지하면서도 처처 갈등으로 위기가 조성되고 제일, 제이 부인의 모해로 고난에 처한 어머니를 구해서 모자가 행복하게 산다는 내용은 상당히 현실적인 삶의 문제를 다룬 것이다. 고난에 처한 어머니를 구하여 후반부에 무상복락을 누리도록 만든 것은 가족 관계를

---

179) "다분히 윤회전생적 발상이 근저에 깔렸을 법한 축생변신 주지는 「금방울전」, 「김원전」 등에서도 발견되고, 또 추물변신 주지를 수용하고 있는 「박씨부인전」도 동계에 포함시킬 수 있을 것 같다." (이상택, 낙선재본소설 연구, 정규복, 소재영, 김광순 편, 한국고소설연구, 이우출판사, 1983, p.237.)

180) 「금송아지전」의 필사본 중에는 종결 액자가 다시 결부된 것도 있다.(사재동, 「금송아지전」의 유통양상, 앞의 논문.) 이는 필사자가 불경을 기준하여 그 서두와 결미에다 신앙적 의도를 강조하기 위해 불교적 액자를 결부시켰다. 「금무전」(나손본 필사본 고소설자료총서 제2권, p.518.)의 경우는 '부처' 앞에 반드시 한 칸을 띄어서 신앙심을 표현하고 있다.

중시하는 유교 사회의 규범에 적절하게 대응한 결말 양상이다.

그리고 금우가 어머니를 구하는 과정도 숱한 인욕과 혼사 장애를 극복하고 왕으로서의 지위를 획득한 후에 자연스럽게 이루어지고 있다.[181] 한 마디로 주인공 금우태자는 자신의 고난과 갈등을 극복하고 보다 나은 삶을 성취하는 현실 세계의 욕망을 추구하여 성취해 낸 인물이다. 이러한 면은 「금우태자전」이 쉽게 대중적인 인기를 확보하고 후대 소설로 생명력 있게 유통될 수 있었던 가장 큰 요인이라 하겠다.

(8) 제8지 「선혜선인전」

「선혜선인전」의 저본 불경은 『과거현재인과경』 제1권이다. 이 저본은 불타의 전생인 선혜보살이 보광 여래의 법을 듣고 수행 정진하여 공과 행이 가득 차서 십지의 자리에 오르기까지의 이야기이다. 저본의 서사 단락을 순차적으로 제시하면 다음과 같다.

> (서분) 석가가 비구들에게 과거 인연에 대해 설파한다.
> 가. 선혜 선인이 윤회 해탈의 법을 구하며 자재한 수행을 닦았다.
> 나-1. 등조대왕의 아들 보광불이 도를 이루어 모두가 법을 듣기를 원한다.
> 나-2. 등조왕이 모든 꽃들을 먼저 자신에게 바치라고 칙령을 내린다.
> 다. 선혜선인이 다섯 가지 꿈을 꾸고 선지식을 구하러 길을 떠난다.
> 라. 없음
> 마-1. 선혜선인이 보광불에게 공양할 꽃을 구한다.
> 마-2. 꽃파는 여인이 꽃 파는 조건으로 결혼을 요구한다.
> 바-1. 선혜가 결혼을 승낙하고 꽃을 사서 공양한다.
> 바-2. 등조왕의 꽃은 땅에 떨어졌는데 선혜의 꽃은 공중에 떠서 花臺로 변한다.
> 사. 선혜는 장차 석가가 될 것을 수기받고 보광불을 찬탄하는 게송을 읊는다.
> 아. 선혜는 꿈이 부처를 이루는 형상임을 해몽받고 기뻐한다.

---

181) 이런 점에서 「금우태자전」은 신성성과 세속성을 동시에 지닌 작품이라 할 수 있겠다. 이상택, 고대소설의 세속화과정 시론, (이상택, 성현경 편, 한국고전소설연구, 새문사, 1983) 참조.

　　　자. 선혜는 헤아릴 수 없이 변화 수행하여 십지에 올라 一生補處가
　　　　　된다.
　　(실달태자 이야기가 이어진다.)[182]

「선혜선인전」의 서사 단락을 순차적으로 배열하면 다음과 같다.

　(도입액자) 여래께서 옛날에 설산에 동자였다.
　　　　　가. 선혜동자가 산속에서 아사타라 선사의 제자가 되어 수행
　　　　　　　에 힘쓴다.
　　　　　나. 없음.
　　　　　다. 선혜동자가 꿈을 꾸는데 혼인할 징조임을 해몽한다.
　　　　　라-1. 선혜동자가 연화국성 소타리장자의 사위가 되기 위해
　　　　　　　찾아간다.
　　　　　라-2. 장자가 딸과 담론하여 이기면 사위도 삼고 보시도 하겠
　　　　　　　다고 약속한다.
　　　　　라-3. 선혜동자가 딸과 학문을 강론하여 이긴다.
　　　　　라-4. 선혜는 수행에 방해되므로 딸과의 결연을 사양하고 법
　　　　　　　물만 보시 받는다.
　　　　　마. 선혜가 부처께 꽃을 드리기 위해 꽃파는 묘화를 만난다.
　　　　　바. 선혜가 묘화와 결혼할 것을 승락하고 꽃을 사서 부처님께
　　　　　　　바친다.
　　　　　사. 부처는 선혜동자가 장차 중생을 제도하는 석가가 될 것을
　　　　　　　예언한다.
　　　　　아. 없음.
　　　　　자. 선혜가 설산으로 들어가서 수행정진하니 몸이 변화하여
　　　　　　　공중으로 갔다.
　　(종결액자) 없음.[183]

　저본은 일관된 서사성이 없이 보광불의 이야기, 선혜가 꽃 사는 이야기,
선혜가 다섯 가지 꿈을 보광에게 묻고 수기를 받는 이야기 등 삽화를 중심으
로 전개된다. 곧 실달태자로 태어나기 전의 인연을 서사하고 있는데 등조왕
과 선혜의 대립 구조로 되어 있다. 등조왕은 칙령으로 보광불에게 공양할 꽃

---

182) 『과거현재인과경』 제1권, 『대정신수대장경』 제3권(상), pp.620 하단-623 상단.
183) 『석가여래십지수행기』, 제24장 앞-제27장 앞.

을 독점하지만 수행의 효과를 보지 못하고, 오히려 선혜가 공양한 꽃은 공중에 떠서 화대로 변함으로써 원만한 수행이 증명되고 십지위에 오르게 된다. 이처럼 저본은 실달의 전생 인물인 선혜가 원만한 꽃 공양 보살행을 실천하기 위해 애쓴 여러 가지 정업행을 중심 주지로 서사하고 있다.

이에 비해 「선혜동자전」은 저본의 복잡한 설화들을 모두 축약해 버리고 주인공 선혜동자의 일생담으로 재구성하면서 선혜선인이란 장년 주인공을 선혜동자란 청년으로, 구이란 여주인공을 소다란 장자의 딸로 바꾸고 이들의 결연을 중심으로 서사하고 있다. 저본에서의 출가는 불타가 되기 위한 것이었지만 「선혜동자전」에서는 혼인할 꿈을 꾸고 결연할 배필을 찾아 수행 장소인 산 속을 떠나 속세인 성내로 내려가는 것으로 되어 있다. 선혜는 그곳에서 장자의 딸과 간택의 힘 겨루기를 벌이고 당당히 승리한다.

> 장자가 말하기를 "집에 16세된 딸이 있는데 천성이 날래고 지혜가 출중하여 문무를 갖추었으니 그대가 만약 기예가 높아 딸을 이기면 그대에게 아내로 삼게 하고 일곱 가지 법물을 주겠네." 하였다. 동자가 듣고 나서 장자에게 고하기를 "따님을 한 번 만나보았으면 합니다." 하니 장자가 곧바로 "소다야, 소다야."하고 부르니 즉시 소다가 나와서 아버지께 "소녀를 부르시니 무슨 일인지오?"라고 여쭈었다. 장자가 "이 선동이 재주가 많고 빼어날 뿐 아니라 담론이 문무를 겸비하여 공교 기예를 함께 논할만 하니 그 승부를 시험하여 고저를 가려보라." 소녀가 대답하기를 "아버지, 걱정 마세요. 자신 있어요. 먼저 고금조화와 전교전장을 논하고 그 후에 무예를 겨루겠습니다."하니 장자가 기뻐서 담론장에 장막을 세우고 높은 단을 설치하였다. 남자는 동쪽에 여자는 서쪽에 앉았는데 남자는 비녀로 머리를 두 가닥으로 꽂았고, 여자는 길게 땋아 늘어뜨렸다. 천지시종과 고금조화와 성인 교법과 수행 궤칙과 전도종규에 대해 문답을 시작하였다. 문답의 빠르기가 마치 우레와 같아서 대담 강론이 7회에 이르자 여자는 얼굴이 붉어지고 점점 알 수 없는데 선동을 보니 얼굴이 단정하고 학문이 더욱 심오하여 곧 항복하였다.(원문 생략)184)

이처럼 결연담은 '라-1~4'와 같이 완전히 새롭게 창작되어 삽입·부연되고 있다. 이 장면에서 선혜동자의 뛰어난 능력은 탁월하게 묘사되고 있다. 특히 이러한 선혜의 결연담은 영웅이 겪는 신화적 모험의 '입문'에 해당한다.

---

184) 위의 책, 제24장 뒤.

그는 새로훈 힘, 수행의 시험을 위해 새로운 상황에 도전하여 결연의 자격을 획득한다. 선혜동자에게 제시된 일차적인 세계와의 대립은 소다와의 결연이었다. 그러나 소다와의 결연은 선혜에게 주어진 일종의 트릭(속임수)일 수도 있다. 그가 만약 딸과 결연을 선택하면 그는 보살행을 포기하게 되고 일반적인 평범한 영웅이 되고 만다. 그래서 선혜동자는 결혼의 관문을 통과하고도 결혼을 거절한다.

일반적인 영웅은 결혼을 지향하지만 선혜동자는 법물만 보시받고 결혼을 거부함으로써 현상을 넘어 존재하는 초월자이자, 해탈도를 지향하는 구도자적 모습에서 조금도 흔들리지 않았다. 결국 결혼은 인연에 얽매이는 한 사람에 대한 집착이면서 사바 세계에 대법륜을 굴려서 중생을 제도해야 하는 보살행에 심각한 장애가 되기 때문이다.

「선혜동자전」에서 꽃 파는 소다와의 만남은 선혜에게 주어진 두 번째의 시험이다. 선혜는 전반부에서는 결연을 거부했지만 부처께 공양할 꽃을 구하기 위해서는 결혼을 허락할 수밖에 없다. 그렇지만 여기서의 결혼 승낙은 환락과 세속적 행복을 추구하는 결연이 아니다. 그것은 오직 불법을 구하는 공양 꽃을 구하기 위한 보살행의 방편일 뿐이다. 바로 이 점이 주인공의 보살적 성격을 결정짓는 두 번째 요소이다.185) 이처럼 내면에 보살의 일생과 윤회 사상을 깔면서도 표면적으로는 남녀의 결연담을 단계적으로 흥미롭게 배치하였다.

선혜동자는 결혼을 승낙하고 부처께 꽃을 공양함으로써 삼세를 윤회하는 우주적 질서를 통찰하는 안목을 획득하게 된다. 소다란 여인도 구제했지만 장차 석가가 될 것을 수기 받기 때문이다. 따라서 이제 그는 소우주가 아닌 대우주적 승리를 목표하는 영웅이 된다. 이것은 일반적인 영웅이 흉내낼 수 없는 바로 석가의 위대성이다. 그래서 선혜는 장차 깨달은 자가 되기 위해 더욱 정진하여 다른 세상, 곧 도솔천에 나게 되며 그 다음 세계에서 열반에 이르게 된다.

외부 세계에 대한 갈등이라고는 찾아볼 수 없는 보살행을 실천하는 이야

---

185) 「보시국왕전」에 삽입된 '이애가(離愛歌)'는 보살이 집착에서 벗어나야 함을 단적으로 보여 주는 삽입 운문이다. "若能離愛者 無惱亦無怖"(『석가여래십지수행기』, 제7장 앞.)

기이므로 종결 액자를 사용하지 않았다. 내부 이야기 자체가 갈등의 지속이 없고 구도를 위해 결연을 파기하는 초월자적 삶을 보여주기 때문이다. 따라서 「선혜동자전」의 변문화 양상은 여전히 불경 전래설화의 범주를 벗어나지 않는 설화적 취의에 머물러 있는 정도이다.

(9) 제9지 「보시태자전」

「보시태자전」의 저본은 『육도집경』 제2권 보시도무극장의 「수대나경」과 『보살본연경』 제1~2권 제3화 「일체지왕자품」, 『경률이상』 제31권 태자부 제7설화, 『태자수대나경』 등 여러 곳에 산재해 있다. 이들의 내용은 모두 보시 공덕담이지만 서사 형태로 보면 『보살본연경』에만 게송이 삽입되어 있고 나머지 경전은 산문 중심으로 서사되고 있다.

이들 저본 중 『태자수대나경』의 내용이 가장 자세하고 방대하며, 『육도집경』은 『태자수대나경』보다 약간 간결하다. 두 경전은 거의 대동소이하다. 다만 수대나태자의 부왕명이 『태자수대나경』에는 습파(濕波)인데 『육도집경』에는 습수(濕隋)로 되어 있는 정도이다. 그리고 『경률이상』은 『육도집경』을 중심으로 다시 요약·정리한 후대 경전이다.

인물이 『보살본연경』에는 그냥 '왕'으로 설정되고 『태자수대나경』은 '일체지' 왕자로, 『육도집경』은 '수대나' 태자로 바뀐다. 『보살본연경』에는 처, 자식(아들, 딸)을 보시하는 공통 삽화에 자신의 논을 보시하는 삽화가 추가되어 있고, 게송이 여러 편 들어 있는 점이 특이하나 서사성은 가장 약하다. 『보살본연경』에서는 아이들을 데려간 노인(바라문)이 곧바로 왕궁에 가서 팔게 되고 왕은 아이들을 사는 데서 서사가 종결되어 버리지만, 『육도집경』에서는 서사성이 강하며 태자가 보시한 아이들을 구한 후 태자 있는 곳을 알게 되고 왕이 후회하면서 가족 구성원 모두와 상봉하는 것으로 되어 있다.

따라서 서사 구성상 「보시태자전」과 가장 유사한 서사성과 종결 양상을 보이는 『육도집경』의 「수대나경」을 중심 저본으로 하여 그 서사 단락을 살펴보겠다.

(서분) 석가가 보살들에게 보시에 대해 설파한다.
　　가. 태자가 나라의 보물을 보시하고 부왕의 노여움을 사서 쫓겨난다.

    나. 태자가 아내와 두 아이를 데리고 설산으로 들어가 도사에게 법
       을 배운다.
    다. 구류손 바라문이 태자의 아이를 종으로 달라고 요구한다.
    라. 태자의 아내가 아이를 숨겨 놓고 과일을 구하러 산 속으로 간다.
    마. 태자가 숨어 있는 아이들을 찾아내 바라문에게 보시한다.
    바. 부인이 늦게 당도하여 아이들이 없어진 것을 알고 슬퍼한다.
    사. 제석이 태자에게 아내를 보시할 것을 요구한다.
    아. 태자가 아내를 내어주자 태자의 수행에 감동한다.
    자. 구류손 바라문이 성중에서 아이들을 팔려고 하는데 국왕이 알
       고 데려 간다.
    차. 왕이 잘못을 깨닫고 태자를 불러 나라의 보배를 보시하게 한다.
    카. 모든 원한이 사라지고 적도 무기를 거두어 태자는 독보적인 왕
       이 되었다.
  (결분) 석가가 비구들에게 단 바라밀에 힘쓸 것을 설파한다.186)

「보시태자전」의 서사 단락을 순차적으로 배열하면 다음과 같다.

  (도입액자) 석가가 옛날에 섬파국 태자였다.
    가. 수달라 태자가 빈민을 구제하려고 부왕의 보물을 쓰고 쫓
       겨난다.
    나. 태자가 처자를 데리고 산중에 들어가 토굴을 파고 수행한다.
    다. 부인이 산과일을 따러 산속으로 간다.
    라. 부인이 나간 사이 노인이 나타나 두 아이를 달라고 한다.
    마-1. 태자가 중생 제도를 약속하며 두 아이에게 노인을 잘 모
       시라고 당부한다.
    마-2. 노인이 어린 두 아이를 회초리로 치면서 끌고 간다.
    마-3. 부인이 늦게서야 알고 아이들을 좇아가 찾으려고 애쓴다.
    바. 부인이 슬퍼하며 아이들과 애절한 작별을 한다.
    사. 제석이 노인으로 변하여 부인의 보시를 요구한다.
    아. 태자가 아내의 호소에도 움직이지 않고 보시한다.
    자. 노인이 두 아이를 팔려고 하자 천신의 도움으로 국왕에게
       팔리게 한다.
    차. 국왕이 태자 부부를 쫓은 것을 뉘우치고 다시 불러들여 왕
       위를 잇게 한다.

---

186)『육도집경』제2권 보시도무극장,「수대나경」,『대정신수대장경』제3권(상), pp.7 하단-11 상단.

카. 태자가 태평성세를 누리다가 양위하고 다시 입산 수도하
여 앉아서 죽었다.
(종결액자) 없음.187)

　출가담 부분을 대비해 보면 「수대나경」에서는 흰 코끼리를 적국에 보시
하는 주지가 나오고 모후와의 애절한 이별 장면이 장황하게 전개되는 데 비
해, 「보시태자전」에서는 부왕의 보물을 보시에 무한정 써서 궐밖으로 내쫓기
는 것으로 간단하게 되어 있다. 그리고 종결부에서 저본들은 한결같이 수대
나태자의 중생 제도를 찬양하고 보리 증득을 설하는 것으로 끝나지만, 「보시
태자전」에서는 보시 태자의 왕위 복귀, 태평 성대, 입산 수도, 열반 등 한 인
물의 전기적 일생을 시종 갖추어 서사하고 있다. 또한 삽입 운문을 상당수 창
작하여 적절히 배치하는 등 전형적인 강창구조 양식을 잘 갖추고 있다.
　저본 「수대나경」에는 단 한 편의 삽입 운문도 없는데 「보시태자전」에는
무려 8편의 운문이 창작되어 적재적소에 삽입되는 강창 구성은 가장 두드러진
변문화 양상이다. 태자가 아이들을 보시하기로 하고 아이들을 달래는 말과
아이들이 아버지께 애원하는 장면이 삽입 운문으로 적절히 처리되고 있다.

拏延耶利嬌兒女 나연, 야리 귀여운 우리 아이들아
叉乎向前聽我語 앞을 향해 두 손 모으고 내 말을 들으렴.
恩愛從來有別離 은애란 본래부터 이별이 있고
因緣盡處難留住 인연이 다한 곳에 머무르기 어렵구나.
我曾立願救衆生 내가 일찍 서원 세워 중생들을 구원코자
凡我所求皆施與 내가 구하는 바는 모든 것을 다 베푸는 것이니
你可隨公滿我心 너희들이 노인을 따라 가도록 나의 마음을 채우는 것은
爲求無上菩提路 무상의 보리도를 구하기 위함이네.188)

上告父親聽我語 아버지께 아뢰오니 저의 말씀 들으세요.
山中受了惜惶苦 산속에 들어와서 고생만 한 것이 애석합니다.
阿娘十月懷耽胎 불쌍하신 어머니는 10달 동안 수태하고
生下三年幷乳哺 낳은지 3년까지 젖을 먹여 키워 주셨도다.
女子未酬悲母恩 딸로서 희생한 어머니 은혜를 갚을 길 없고

---

187) 『석가여래십지수행기』, 제27장 앞-제32장 뒤.
188) 위의 책, 제29장 앞.

男兒豈報親慈父 남자로서 자상한 아버지의 은혜를 끊을 길 없다.
暫時等待我娘來 잠시라도 기다리면 우리 어머니 오실 텐데
怎肯將吾便捨去 어찌 장차 우리를 버리려고만 하시나요.189)

이 외에도 노인이 아이를 보시할 것을 요구하는 장면, 아내가 길을 막는 범에게 애원하는 장면, 아내가 아이들을 끌고 가는 노인에게 간청하는 장면, 아내가 자신을 보시하는 태자를 원망하는 장면 등에는 어김없이 창작 운문이 삽입되어 장면을 확대시키며 인물간의 갈등을 선명하게 드러내 준다. 특히 「보시태자전」의 마-1, 2, 3단락은 자식과의 은애를 끊어야 하는 애절한 모성 때문에 극적으로 장면이 확장된 대표적인 예이다.

「보시태자전」의 중심 갈등은 부자와 부부 간의 갈등이다. 부왕과 태자 사이에 빚어진 갈등은 태자와 아이들, 태자와 부인의 갈등으로 전개되면서 서사적 긴장이 지속적으로 발전해 간다. 그러다가 부왕은 손자가 팔려온 것을 보고 자신의 과오를 깨닫게 되고 태자와의 화해를 이룬다. 그러므로 태자가 행한 내부 이야기의 모든 사건은 부왕에게 보시의 당위성을 깨닫게 하는 방편이었고, 바로 국가 통치의 근원이 보시행에 있음을 보여주고자 하는 데 있다.

문득 한 사람이 '이 아이들은 국가 황손이 분명한데 어찌하여 이 노인에게 끌려 팔리게 되었을까?' 하고 소속 관청에 알려서 부왕에게 주달하니, 곧 노인과 두 아이들을 궁궐 앞으로 불렀다. 부왕이 보니 곧 자손이었다. 용안이 크게 기뻐하며 희비가 교차했다. 노인에게 재물을 주어 보내고 나연과 야리를 황궁의 쾌락을 받게 하였다. 태자와 부인도 조정으로 돌아오게 하여 부왕의 왕위를 잇게 하니 풍조 우순하여 나라가 평안하고 백성들은 쾌락을 누렸다.(원문 생략)190)

태자의 보시행은 부왕의 마음을 움직이고 가족의 재회는 물론 나라의 평안과 백성의 쾌락이란 행복한 결말을 이끌어내게 된다. 이처럼 도입과 결말부의 서사적 변형은 불경을 설화문학적으로 변모시키는데 가장 중요한 기능을 하고 있음을 알 수 있다. 또 아이들 보시를 놓고 벌이는 태자와 아내의 갈등 장면은 저본을 완전히 변문화하여 인물을 사실적으로 형상화하는 데도 성공하였다. 그

---

189) 위의 책, 제29장 앞·뒤.
190) 위의 책, 제31장 앞·뒤.

자세한 내용은 다음 장의 '서사 기법'에서 자세하게 살피기로 한다.

결론적으로 섬세한 문체 표현과 적절한 대화, 삽입 운문의 활용, 부부 갈등을 극적으로 처리한 장면 기법들은 「보시태자전」이 이미 소설 수준에 어느 정도 도달했다고 볼 수 있는 요건들이다.

(10) 제10지 「실달태자전」

「실달태자전」의 대표적인 저본은 『과거현재인과경』과 『불본행집경』이다. 과거세에 보광여래가 교화하는 세계에 선혜선인으로 태어나 보시공덕을 베풀었는데 그러한 인업이 영겁을 지나면서도 없어지지 않고 현재세에 실달태자로 태어나는 과보를 얻는다는 내용에 이어 실달태자의 일생이 장황하게 서사되고 있다. 그 서사 내용은 이른바 팔상으로 널리 알려진 가장 전형적인 불경 전래설화이다.

『불본행집경』의 경우 자세하게 장절이 나뉘어져 있고 내용이 자세하여 너무 방대하므로 본고에서는 『과거현재인과경』을 중심 저본으로 하여 검토하겠다. 우선 『과거현재인과경』의 서사 단락을 순차적으로 배열하면 다음과 같다.

(서분) 석가가 비구들에게 과거 인연을 설파한다.
가. 선혜선인이 수행이 원만하여 십지에 오른다.
나. 성선백 보살이 중생제도를 위해 도솔천에서 강생하여 마야부인의 몸에 든다.
다. 마야부인이 현몽하여 옆구리로 태자를 낳고 죽어서 이모가 양육한다.
라. 태자가 성장하면서 천신과 통하고 학문과 용력이 뛰어났다.
마. 백정왕은 실달다를 태자로 책봉한다.
바. 태자가 장성하여 마하나마 장자의 딸과 결혼한다.
사. 태자가 쾌락을 멀리하고 세상의 애욕에 물들지 않는다.
아. 태자가 성 밖에서 생사병로를 목격하고 생사윤회를 벗어나고자 한다.
자. 태자가 정거천인의 도움으로 출궁하여 산 속에서 삭발 수행한다.
차-1. 백정왕이 왕사와 대신들을 보내 설득한다.
차-2. 그 중 다섯 사람은 태자의 제자가 된다.

차-3. 백정왕이 많은 재물을 태자에게 보낸다.

카. 태자가 참 해탈에 대해 신선과 논박한다.

타. 태자가 6년 동안 수행한 끝에 불과를 증득하여 석가가 된다.

파. 석가가 악마를 퇴치하고 전법륜을 굴린다.

하. 없음.

(결분) 석가가 비구들에게 수행에 힘 쓸 것을 설파한다.[191]

「실달태자전」의 서사 단락을 순차적으로 배열하면 다음과 같다.

(도입액자) 부처가 옛날에 도솔천에서 보처존이 되었다.

가. 없음.

나. 호명보살이 중생을 제도하려고 인간 세계에 내려와 마야 부인의 몸에 잉태한다.

다. 마야부인이 현몽하여 옆구리로 태자를 낳고 죽어서 이모 가 양육한다.

라-1. 칠향산 신선이 찾아와 태자가 비범한 인물임을 예견한다.

라-2. 태자가 성장함에 천신과 통하고 학문과 용력에 뛰어나다.

마. 없음.

바. 태자가 장성하여 용력으로 쇠북을 뚫고 비람국 야수라 공 주와 결혼한다.

사. 태자가 쾌락을 멀리하고 세상의 애욕에 물들지 않는다.

아. 태자가 성 밖에서 생사병로를 목격하고 출궁을 결심한다.

자. 태자가 정거천인의 도움으로 출궁하여 산속에서 삭발 수 행한다.

차. 정반왕이 태자의 교우 5명을 보내 설득하지만 돌아오지 않는다.

카. 없음.

타. 태자가 6년 동안 수행한 끝에 불과를 증득하여 부처가 된다.

파. 없음.

하. 석가가 대중을 제도하고 말후사라 쌍림에서 열반에 든다.

(종결액자) 없음.

(이어서 석가의 생몰과 『석가여래십지수행기』를 저술하기까지의 연대를 추산한다.)[192]

---

191) 『과거현재인과경』 제1권-제4권, 『대정신수대장경』 제3권(상), pp.623 상단-653 중단.

192) 『석가여래십지수행기』, 제32장 뒤-제44장 앞.

『과거현재인과경』의 내용은 선혜선인이 보광여래의 예언으로 도솔천에 다시 태어나고 이어 이 세상에 적강하여 태어나 아사타 선인에게서 상을 보게 되고, 생모가 하늘에서 태어난 일, 학예 자득, 제바달다 등과 무예 겨룬 일, 태자가 된 일, 결혼, 사문유관, 출가, 부왕의 태자 찾는 일, 빈비사라왕과의 문답, 스승에게 구도, 고행, 마군(魔軍)을 누르고 성도, 범천의 교화, 녹야원의 초법전륜, 여러 수행자들에 대한 교화 등 매우 상세하게 되어 있다.

이렇게 방대한 불타의 전기를 「실달태자전」은 성장·결연·성도 과정을 요령있게 축약하여 짧으면서도 일생을 압축하여 문학성을 담은 단편으로 변문화시켰다. 이제 불경 저본과 대비하여 「실달태자전」에서 두드러진 변문적 특징을 몇 가지 찾아낼 수 있다.

첫째, 완벽한 영웅의 일생으로 서사되고 있다. 저본의 전법륜 부분이 상당한 분량인데 「실달태자전」에서는 단 한 줄로 압축해 버리고, 결연담에서 쇠북뚫기 시험 과정을 넣음으로써 태자의 결연 영웅적 면모를 강화하였다. 쇠북뚫기는 일종의 영웅 시험 모티브인데 저본에서는 형제간의 용력 시험에 등장하지만 「실달태자전」에서는 태자와 공주의 결연담에 설정되어 결연 장면을 극대화하여 태자의 영웅성을 부각시켜 준다. 또 장황한 도입부와 수식적인 반복을 과감히 제거하고 태자의 일생에서 겪는 사건을 중심으로 서사함으로써 소설 문체 수준에 도달하고 있다. 결연 장면을 대비해 보면 그 변문성을 확인할 수 있겠다.

> 이 때에 마가나마는 왕의 사신에게 "삼가 칙명을 받들겠습니다."라 대답하므로 왕은 즉시 신하들에게 길일을 가려서 수레 만 개를 보내어 가서 영접해 궁중에 닿은 뒤 태자의 혼인 예식을 잘 갖추었다.(時摩訶那摩 答王使言 謹奉勅旨 王卽令諸臣 擇採吉日 遣車萬乘 而往迎之 旣至宮已 具足太子婚姻之禮)193)

이처럼 저본은 개괄적이고 간단하다. 그러나 「실달태자전」은 공주와의 결연담에 태자의 위엄을 과시하며 이웃나라로 입국하는 장면, 용력을 시험하여 쇠북을 뚫는 장면, 공주와의 화려한 결연 장면, 결연 후 귀국하는 장면 등

---

193) 『과거현재인과경』 제2권, 『대정신수대장경』 제3권(상), P.629 중단.

이 상세하게 묘사되면서 상당히 비중 있게 서사되고 있다. 전체 장면은 장황하므로 여기서는 결연을 위해 떠나는 첫 장면만을 예로 들어 변문화 정도를 확인해 보겠다.

> 즉시 태자가 부왕과 이별하고 군마와 장수와 관원을 거느려 비람국으로 들어가는데 바야흐로 동방갑자가 시작되고 봄기운이 완연하여 만물이 생동하니 화합의 징조가 분명한 때였다. 길게 들어선 수레에 청인들이 청마를 타고 청기를 휘날리며 들어가니 그 위의가 당당하고 늠름하였다.(원문 생략)194)

이처럼 태자가 당당하고 늠름한 위의를 과시하며 입국하는 광경은 영웅소설의 한 장면을 보는 듯하다. 봄을 배경으로 한다든가, 수레의 행차를 청인, 청기, 청마로 구체화하는 등의 장면 표현은 고소설의 서사와 비교하여 조금도 손색이 없다. 태자의 화려한 결연을 강조한 것은 이어지는 태자의 사문유관과 해탈을 향한 고뇌를 강조하기 위해서였다.

태자는 늙고 병들고 굶주리는 인간의 병고를 목도한 후 가장 안온한 삶과 가장 비참한 삶의 양극단을 놓고 고민하게 된다. 태자는 왕궁의 쾌락과 부귀는 일신에는 이롭지만 백성들에게 고루 베풀 수 없는 것임을 깨닫는다. 그래서 태자는 수행을 결심한다. 「선혜동자전」과 마찬가지로 세계를 개혁하려는 이러한 비범성이 주인공의 위대성이다. 곧 그는 일신과 왕실의 행복보다는 중생과 대중의 행복을 얻는 원력을 품고 깨달음을 향해 나아가는 인물이다.

그러므로 성도는 주인공이 목표하는 도달점이다. 따라서 경전에서 중시되는 그 이후의 항마와 전교 등은 「실달태자전」에서는 중요하지 않게 된다. 결국 「실달태자전」에서는 팔상의 구조 중에서 성도 이후의 항마와 전교 부분을 일체 생략하고 그 이전인 성장·결연·고행·성도에 초점을 맞춤으로써 자기보다는 남을 생각하는 보살의 삶의 방식을 보여주고자 했음을 알 수 있다. 그것은 자기의 입신양명과는 거리가 먼, 대중·세계를 향한 자기 희생이란 점에서 '보살의 영웅'상을 잘 구현해 주고 있다. 바로 이점이 신화적 영웅의 서사유형과는 다른 불경 전래설화의 전기적 유형으로서 '보살의 일생'이란 자기희생담 구조를 형성해 내었다.

---

194) 『석가여래십지수행기』, 제35장 뒤-제36장 앞.

둘째, 사건의 줄거리는 유지하되 완전히 새로운 문체와 구성 방식을 취하고 있다. 불경의 체재인 서분과 결분을 완전히 벗어버렸고, 경전적 문체에서 탈피하여 구어체적인 대화 형식을 갖추었다. 또한 장면의 확대를 위해 새로운 삽화를 끼워 넣기도 했는데 예를 들면 다음과 같다.

「태몽 부분」

부인이 침전에서 꿈을 꾸니 보살이 큰 코끼리를 타고 복중으로 들어오거늘 부인이 꿈을 깨어 대왕에게 여쭈되 "신첩이 여차 여차한 꿈을 얻음으로써 심신이 쾌락하니 반드시 성태가 몸에 있는 듯합니다." 하였다.

「태자가 유관하다가 중과 대화하는 장면」

태자가 중을 보고 급히 말에서 내려 합장하고 묻되
"생사에 일이 크고 무상함이 빠르니 어찌하여야 죽음을 면하겠습니까?"
하니 중이 대답하되
"살고 죽는 것이 원래 인연이 있사옵고 부귀 영화도 꿈과 같사오니 오직 도를 닦아 윤회를 면할 수 있습니다."
하자 태자 듣고 중에게 일러 가로되
"나는 제왕의 자손이다. 아버지는 정반왕이요, 어머니는 마야부인이니 명부에선들 어찌 체면과 인정이 없으리오"
중이 듣고 빙그레 웃으며 말하되
"어찌 듣지 못하였습니까? 옛적에 한 부호 장자가 있었는데 죽기를 싫어하여 예수재를 준비하는데 비단 바탕에 염라 천자를 그려 모시고 일체 보물로써 정성껏 공양드려 죽지 않게 해달라고 기도 하였더니 어느날은 장자가 병이 들어 죽게 됨에 명부에 들어가서 염라대왕에게 여쭙되 내가 세상에서 죽지 않게 해 달라고 성상에게 많은 정성을 드렸거늘 어찌 소식을 끊고 면해 주지 못하십니까?"
하니 염왕이 대답하되
"그대에게 세 번이나 소식을 통지하지 않던가? 첫째는 털이 희어짐이요, 둘째는 늙는 상이요, 셋째는 병든 상이라. 그대는 어찌 깨닫지 못하는가? 세상에 있어 수한이 차게 되면 자연히 떠나는 것이라 피할 사람이 누구이겠는가? 하더랍니다."
하고는 태자를 향해 게를 읊었다.(원문 생략)

光陰易邁景難論 세월이 더디게 흘러간다고 부디 말하지 마오.

亘古迄今有幾存 옛부터 지금까지 존재하는 것이 있는가.
若用面情陰府斷 사사로운 정으로 명부길을 막는다면
世間都作壽長人 장수하는 사람들이 온 세상에 가득하리.195)

셋째, 사건을 전개시키는 부분 부분에 게송을 새롭게 창작하여 배치시킴으로써 불경 전래설화의 강창변문 구조를 정립하고 있다. 「실달태자전」의 강창 구조는 전체적으로 산문 서사의 중간에 고루 창작 운문을 삽입하여 산문 서사와 운문이 유기적으로 조직되어 있다. 특히 주인공의 성격을 부각시키는 사문유관의 성장부에 집중적으로 삽입·배치되고 있다.

구 분	『과거현재인과경』	「실달태자전」
탄강부	(1) 호명보살이 천신에게 주는 게 (2) 마야부인의 현몽 게	없음
성장부	없음	(1) 노인의 늙음에 대한 게 (2) 노인의 병에 대한 게 (3) 노인의 죽음에 대한 게 (4) 고승의 생사에 대한 게 (5) 고승의 해탈 방편 게
출가부	없음	(6) 태자가 부왕께 올리는 게
고행부	없음	(7) 태자가 수행이 견고함을 밝히는 게 (8) 교우들이 태자를 찬탄하는 게
득도부	(3) 용의 찬양 게 (4) 태자의 득도 게	(9) 사천왕의 찬양 게

표의 대비에서 보듯이 저본 불경에는 4편의 게송만이 삽입된다. 게송은 각각 도입(탄강)과 결말(득도) 부분에서 각각 2편씩 삽입되어 있을 뿐, 성장, 출가, 고행 부분에서는 삽입된 운문이 단 한 편도 없이 산문 대화체로만 되어 있다. 이에 비해 「실달태자전」에서는 창작된 운문이 성장, 출가, 고행 부분에 골고루 배치·삽입되어 완전한 산·운 교직형 강창 구조로 결구되고 있다. 특히 출가 부분에서 생로병사를 고민하는 주인공에게 노인이 등장하여 선문

---

195) 위의 책, 제39장 뒤-제40장 앞.

답식 게송으로 일깨워 줌으로로써 인물의 심금을 울리는 극적 효과를 차아내며, 나머지 서사 단락 중간 중간에 개입된 게송은 사건을 이완, 긴장시킴으로써 문예적 미감과 서사적 흥미를 한층 높여 주는 기능을 한다.

2. 서사문학적 심상

1) 팔상의 변형

영웅은 원래 신화 속의 주인공이지만, 일반 서사문학 속에서도 뛰어난 인물을 영웅 또는 이인이라고 말한다. 그 중 이인은 남다른 능력은 지녔으되 그 능력을 사회의 변혁에 쓰지 못하고 오히려 자신을 감추어 버린다. 이에 비해 영웅은 남다른 능력으로 표면에 나서서 사회 변혁을 주도하는 인물이다. 그러므로 영웅은 갈등을 다루는 서사문학의 가장 주된 주인공상이다.

특정 집단은 대개 그 체재와의 대립과 갈등을 겪게 마련이다. 특히 고대 사회에 있어서 상하간, 이념간의 대립과 갈등은 매우 심했다. 그러므로 사회 체재로부터 소외된 계층과 집단은 그들의 욕구를 대리 충족시켜 줄 수 있는 영웅이 필요했다. 다시 말하면 복종을 당하는 집단은 그들을 대변하고 그들의 욕망을 분출시켜 주는 영웅을 갖기 마련이다. 불교, 도교, 유교, 민간신앙 등 집단의 성격에 따라 제 각각의 영웅상을 지니고 있는 것이 그 예이다.

무속의 영웅은 주로 풍요와 치병의 주술성을, 도교적 영웅은 장생 불사를, 유교적 영웅은 수신제가치국평천하 내지 사회 개혁을, 불교적 영웅은 중생 제도와 극락왕생을 주도하는 인물로 그려지고 있다. 이들은 대체로 현세의 삶의 문제를 다루고 있는데 비해, 불교적 영웅은 윤회적 사고의 틀을 유지하면서 현세는 물론 내세의 삶까지를 비중있게 다룬다. 따라서 민간과 유교, 도교적 영웅이 사회적인 개혁자라면 불교적 영웅은 우주적인 구원자라고 하겠다.

불교의 가장 위대한 영웅은 석가이다. 석가는 인간의 생로병사에 대해 골똘하게 생각하다가 모든 것을 버리고 고행을 하여 깨달음을 얻은 자이다. 석가는 맹목적으로 가족으로부터 이탈하여 초인간적인 고행을 겪으며 최고의 괴로움을 맛보며 지혜(깨달음)를 얻어 돌아온다. 이는 이른바 세계의 보편적인 영웅 행적에서 드러나는 핵 단위 유형인, "세계로부터의 분리, 힘의 원천에 대한 통찰, 황홀한 귀향"에 부합된다.[196] 그러나 일반적인 무사적 영웅과는 달리 석가에게는 세계와의 대결에서 용맹을 떨치며 가시적 힘을 과시하는 대신, 그 스스로와의 내부적 싸움에 한정된다.[197] 이를 상징적인 표현을 빌려 말한다면 석가는 자신이 속한 문화권의 소우주적 승리에서 나아가 우주적 승리를 쟁취한 인물 그 이상[198]이다.

석가가 출가와 고행을 통해 획득한 유아독존적 대우주는 독룡, 나찰, 오백 군적 등 모든 악을 차례로 굴복시키고, 용궁과 도리천, 즉 지하 천상의 세계까지 포용하는 일생보처 보살이 상주하는 공간이다. 이렇게 볼 때, 성도(成道) 이전의 과정이 개인 완성을 위한 삶이라면 성도 이후의 부분은 우주 완성을 위한 삶이다.

그런데『석보상절』이나「팔상록」등 불경계 전래설화 문학에 나타나는 이처럼 화려한 귀향, 즉 성도 후의 교화는『석가여래십지수행기』에서는 관심 밖으로 밀려나 있으며, 오히려 출가와 고행에 관심이 집중되어 있다. 이처럼『석가여래십지수행기』는 불경 전래설화의 팔상 구조를 변형시키는 새로운 시도를 하고 있다. 즉 성도 이전 부분을 확대하고 성도 이후 부분, 곧 항마(降魔)와 전도, 교화 부분을 대폭 삭제·축소한다. 사실 성도 이후의 삶은 영웅의 화려한 귀향으로써 석가의 영웅적 면모가 가장 잘 부각될 수 있는 부분이다. 또한 독자 입장에서도 가장 흥미진진하고 통쾌한 감동을 줄 수 있는 영웅의 활약 부분이다. 그럼에도 찬술자에게는 관심 밖으로 밀려났다. 이는 찬술자의 의도가 불경 전래설화의 온전한 서술에 있었던 것이 아니라 석가의 구도자적 면모, 곧 성도에 이르는 고행의 삶을 부각시키려는 데 있었음을 알 수 있다.

이러한 변이는『석가여래십지수행기』의 생성 배경인 고려대의 사회와 민중 의식, 그리고『석가여래십지수행기』찬술자의 문학관에서 그 동인을 찾아

---

196) 조셉 캠벨, 이윤기 역, 세계의 영웅신화, 대원사, 1989, p.45.
197) 김승호, 고려승전의 서술방식 연구, 앞의 논문, p.60.
198) 한용운, 이원섭 역, 불교대전, 현암사, 1980, p.363.

볼 수 있다. 세속적 삶을 살아가는 왕실과 신불대중들의 대다수는 석가의 위대한 고행과 수행 과정을 자기 삶의 귀감으로 삼고자 한다. 그들은 청정한 생활, 고행하는 수행승을 공양하는 공덕을 쌓아 그 공덕으로 미래에는 현재보다 더 안락하고 행복한 삶을 할 수 있게 되기를 바라기 때문이다. 이처럼 그들의 관심은 현세적이고 세속적이었다.[199] 이러한 점은 고려시대의 이른바 복전사상에도 잘 나타난다. 석가의 맹목적 출가는 반윤리적이고 반사회적으로 비춰질 수도 있다. 그러나 그의 출가는 가족을 부정한 것이 아니라 우주적인 깨달음과 중생제도를 위한 방편이었다. 그의 행위는 궁극적으로 가족 뿐 아니라 대중과 중생들을 다 구제해내는 데 있었다.

불경이 성도 이후의 교화를 오히려 자세하게 그림으로써 종교적, 홍교적 가치가 부각되는 데 비해,『석가여래십지수행기』는 성도 이전의 통과의례적 행위에 촛점을 맞추었다.『석가여래십지수행기』의 이러한 팔상 변형은 신불대중에게 석가의 구도자적 영웅상을 부각시켜 주고 보살에 의지하여 내세의 구원을 얻고자 한 바람을 반영하고 있다.

인간이 삼세육도의 인과 윤회로부터 벗어나기 위해 구도자의 개입은 필수적이다. 즉 청정 출가가 어려운 민중들은 자신의 처지를 현세의 업보로 삼아 긍정적으로 받아들이게 함으로써 복종심을 높였으며, 업보의 굴레에서 벗어나 내세에 향상된 응보를 받기 위해서는 끊임없는 보시행을 통하여 불법승에 귀의해야 했다. 고려 후기로 가면서 결사 중심으로 확산된 민중 불교는 남녀, 빈부, 신분 고하를 막론하고 승속을 초월한 신앙 생활로 확산되었기 때문에, 수행 화본으로서『석가여래십지수행기』의 찬술 안목은 매우 현실적이고 적절했다고 하겠다.

성도 이후의 축약이 주는 또 하나의 의미는 석가의 인간적인 삶을 부각시킨다는 점이다. 석가의 신적 면모를 강조하는 성도 이후에 비해 성도 이전은 실달태자의 역사적, 인간적 면모이기 때문이다. 왕실의 태자로서 화려한 궁중생활, 아름다운 아내와 시녀들에 둘러싸인 인간 환락을 모두 뿌리치고 인생의 본질적 의미에 깊이 고뇌하는 성자로서의 영웅의 모습이다. 모든 부귀

---

199) 류제동, 초기불교의 출가에 대한 종교학적 이해, 서강대대학원 석사학위논문, 1991, p.37.

영화를 만끽할 수 있는 위치에서 그 부귀 영화를 부운같이 여기고, 버리려고 하지만 버려지지 않는 세속적인 욕망과 그것을 초극하려는 의지 사이에 일어나는 내적 갈등은 주인공을 처절하리만치 고행하게 만든다. 석가가 "나는 실로 고행자였다. 가장 격렬한 고행자였다."[200]라고 회고하는 것만 봐도 석가의 고행기는 무사적 영웅성과 근본적으로 다를 수 있는, 팔상의 가장 핵심적이고 기능적인 서사[201]라 하겠다. 따라서 이러한 고행을 감내하여 현세적 욕망을 초극하는 모습은 전형적인 불경 전래설화 문학의 틀로 정착될 수 있었다.

　　이러한 팔상의 변형은 서문의 취지와 이부가 간행한 의도로 추정컨대, 왕실과 신불문사·대중들에게 자기 수행과 경계의 자료를 제공하기 위한 작의적 시도에서 이루어진 변문 양상으로 생각된다.

2) 삼세의 시공 관념

　　일반적인 서사물에서의 시간은 현세를 기준으로 하고 있는 것이 보통이다. 이것은 일반적으로 생전과 사후의 세계가 현실적인 인간 세계와는 단절된 공간이라고 인식하는 일원적 세계관에 기인한다. 그러나 불교에서는 인간 세계인 현세는 생전과 사후의 세계와 연결되어 서로 오고 갈 수 있다는 세계관에 따른다. 이른바 삼세가 윤회한다는 이원론적 세계관을 가지고 있다. 곧 과거가 현재의 삶을 만들고 현재의 삶이 미래를 결정짓는다고 생각하는 윤회 관념은 무한한 상상과 환상의 공간 사유를 마음대로 서사에 끌어들이게 된다.

　　삼라만상 모든 존재는 이 삼세 윤회의 테두리를 벗어날 수 없다고 말한다. 따라서 불교적 서사물들은 모두 현세적 삶의 테두리를 벗어나 이 윤회적 사고의 범주를 왕래하는 입체적 구성을 띨 수밖에 없다. 전세에 지은 인, 즉 과거를 알고자 하면 현세에서 그가 받고 있는 삶을 보고 판단하며, 후세의 과보를 알고자 하면 현세에서의 자신의 행동을 살피면 된다. 이것은 곧 인과응보의에 따른 윤회전생 원리로 이원론적 사유 체계의 근간을 이루게 된다.

　　이처럼 원형적 순환을 쉴새없이 거듭하는 연기 속에서, 현실은 독립된 의

---

200) 대한불교진흥원, 불교성전, 방문사, 1988, p.21.
201) 김승호, 고려승전의 서술방식 연구, 앞의 논문, p.61.

미와 특별한 애착의 대상이 되지 못한다. 그 이유는 현재와 마찬가지로 또다른 삶과 죽음이 유사한 과정을 거치며 반복되기[202] 때문이다. 그러므로 현실적 삶은 또다른 과거와 미래의 삶을 조명해 주기 위한 시험대이다. 악한 사람은 착한 일을 해야 좋은 내세에 갈 수가 있고, 착한 사람은 더 착한 일을 하면 극락에 왕생하게 된다.

『석가여래십지수행기』는 바로 이러한 시공관념 속에서 석가의 수행기를 십지 계위로 엮어 불경 전래설화를 읽기 쉽게 서사한 변문이다. 그러므로 이 책은 가장 대중적이고 통속적인 화본 내지는 독본에 해당한다. 누구든지 육도의 세계에 끝없이 순환하며 고통스런 삶을 맛본다는 것은 정말 괴로운 일이다. 그렇다고 괴로운 현세에서 벗어나 윤회로부터 해탈하여 행복을 성취하는 일도 쉽지 않다. 해탈은 모든 보살이 지향하듯, 간절한 원력과 엄청난 고행의 결과로 얻어지기 때문이다. 신불대중이 이와 같은 보살행을 실천하기는 어렵다. 따라서 『석가여래십지수행기』와 같은 화본을 읽거나 삽입 운문을 염송하거나, 보살로부터 설법을 들음으로써 공덕을 쌓아갈 뿐이다.

임신한 사슴을 대신하여 자신의 몸을 희생하는 선색녹왕, 쫓기는 토끼를 구하고 대신 자신의 몸을 매에게 주는 인욕태자, 무상법을 듣고자 처자와 자신을 희생하는 보시국왕, 가난한 사람에게 자식과 아내는 물론 자신까지 보시하는 보시태자, 송아지로 환생하여 어머니와 함께 갖은 고행을 하는 금우태자 등, 이들은 한결같이 육도 윤회에서 벗어나기 위해 여러 시공에서 행한 석가의 전생담이다.『석가여래십지수행기』는 이처럼 다양한 시공 속에서 이루어진 극적인 이야기를 옴니버스식으로 반복 배치하여 윤회전생의 삶을 생생하게 보여 준다. 이처럼 한 인물의 이야기를 시공을 초월하여 폭넓게 서사할 수 있는 것은 천상과 지하 등 무한히 확대된 시간과 세계로의 여행이 가능한 삼세의 시공관념 때문이다. 그리고 인과윤회 사상을 보여주려고 한 종교적 취의에서 전생담을 연결·배치하였지만, 설화문학적 관점으로 보면 이는 전생과 현생, 지상과 천상을 넘나드는 시간·공간의 확대가 가능한 고소설의 환상성을 확보하게 되었다.

---

202) 준지로 타카쿠수, 정승석 역, 불교철학의 정수, 대원정사, 1983, p.42.

3) 다양한 갈등 양상

『석가여래십지수행기』는 석가의 수행을 다루고 있다. 보살이 수행하는 계위는 모두 52위인데 이 중 41위부터 제50위까지를 지(地)라 한다. 이는 불지를 생성하고 능히 주지하여 움직이지 않으며 온갖 중생을 짊어지고 교화·이익하는 것이 마치 대지가 만물을 싣고 이를 윤익함과 같다는 뜻[203]에서 이르는 말이다. 곧 불타도 보살의 한 사람으로서 누구보다도 철저히 십지를 수행하여 보살의 지위[204]에 오른 영웅이다.

그래서 석가의 행적, 특히 위대한 수행의 여정을 대중들에게 감명깊고 절실하게 전달하기 위해 9편의 전생담을 나란히 배열하고 있다. 그 전생담 속에는 인간 세계에서 겪는 갖가지 갈등을 제시하고 그것을 극복해 나가는 보살행이 전생담으로 서사되어 있다. 『석가여래십지수행기』의 이런 구성은 여타의 어느 불경 전래문학보다도 창작성과 독창성이 돋보이는 문학적 형상화 기법이다.

『석가여래십지수행기』에 나타난 갈등 양상은 매우 다양하다. 이처럼 다양한 갈등 양상을 보여주는 이유는 석가의 인간적 고뇌와 갈등을 폭넓게 그려냄으로써 출가와 고행의 원인을 분명하게 제시하고 출세간의 해탈을 지향한 그의 삶에 당위성을 부여하려는 데 있다. 그 결과 『석가여래십지수행기』의 전 편에서 강조되고 있는 석가의 "고행"은 바로 재세의 범부들이 겪는 윤회의 고통을 뛰어 넘으려는 성인적 면모를 부각시켰고, 아울러 포교 문학적 효과를 십분 거둬들일 수 있었다.

실제 『석가여래십지수행기』에 나타난 석가의 고행은 다양한 인간적 갈등 양상 속에서 빚어지고 있나. 이러한 갈등 양상은 인간세계가 연기의 공간이고 만물이 갈등 속에서 윤회한다는 것을 보여주고자 했다.

첫째, 형제 갈등을 들 수 있다. 선우 태자의 이야기는 형제 갈등을 다룬

---

203) 운허 용하, 불교사전, 앞의 책, p.542.
204) 『수행본기경』 제1 「현매품」, "通十地行 在一生補處." (『대정신수대장경』 제3권, p.463 상단.)

원류적인 이야기로 잘 알려져 있다.205) 표면적으로는 동기간인 형제이지만 그 내면을 보면 선과 악이 뚜렷하게 대립하는 갈등담으로, 석가와 아우 조달(제바달다)의 다툼을 서사적으로 형상화하고 있다.

> 선우는 심성이 평등하고 도덕이 외외하며 삼보에 귀의하여 오직 보시로 써 빈궁한 자의 구제함을 좋아하되 그 아우인 악우는 간탐하고 질투심이 많으며 성미가 살생을 좋아하였다.(원문 생략)206)

이처럼 선우는 뛰어난 인품을 가진 착한 인물, 악우는 간특한 악한 인물로 전형화시켜서 대립시키고 있다. 형제간의 갈등은 계기적으로 복잡하게 연속된다. 형은 항상 보시를 좋아하여 빈궁에 허덕이는 백성들을 구제하려고 왕실 곳간의 재물을 나누어 주지만 이에 한계를 느끼자 무한 보시를 할 수 있는 여의주를 구하려고 용궁으로 가게 된다. 악우도 따라 나서지만 타계인 용궁까지는 따라 가지 못한다. 용궁은 수중 세계로서 영웅들만이 드나들 수 있는 타계, 곧 신비체험의 공간이기 때문이다.

악우의 동행은 형을 고난에 빠뜨리고 용궁 여의주를 가로채려는 의도에서 나온 계획된 행동이다. 결국 악우는 악한 마음으로 형의 눈을 멀게 하고 여의주를 가로챈 뒤 집으로 돌아와서는 부모께 자신이 구했노라고 거짓을 고한다. 여기서 여의주는 용궁 왕래를 통해 획득된 신물로써 선우에게 영웅성을 부여하는 동시에 악우의 악행을 구체화시키는 매개물로써 서사의 갈등을 증폭시키고 동시에 해결시키는 중심 기능을 한다.

주인공인 선우는 눈을 잃고 타국에 버려져서도 여의주를 탈취한 사람을 원망하지 않고 오로지 집(왕궁)을 찾아가는 처절한 고행자로 서사된다. 이는 보시 바라밀행의 진실된 모습으로 내세의 복락을 얻기 위해 고행의 수도자가 걸여야 할 보살행임을 절실하게 보여 준다. 이 때 초월자는 주인공을 도와 무사하게 복귀할 수 있도록 도와 준다. 가족과 상봉하고 선우가 개안하면서 갈등 양상은 선우의 우위로 바뀐다. 결국 개안은 악우의 위선적 영웅 행각이 노출되면서 선우가 진정한 영웅으로 탈바꿈되는 계기를 마련하는 반전 모티브이다.

---

205) 조춘호, 우애소설의 구조와 의미, 경북대대학원 박사학위논문, 1990 참조.
206) 『석가여래십지수행기』, 제11장 앞.

이때 부왕과 국태부인이 향을 사루고 허공을 향해 삼세 제불과 천선지지
와 수부영신께 기도하되 '원컨대 우리 태자가 보배를 얻어온 일이 진실된 마
음이었다면 두 눈이 예전같이 밝아지기를 바라나이다.' 하고 부인이 세 번 핥
으니 두 눈이 옛날과 같아져서 밝기가 이전과 똑 같았다.(원문 생략)[207]

이 부분에서 진실된 마음, 곧 청정심은 결국 고난을 극복하고 장애를 완
전히 없애 주는 선근으로 작용한다. 선우가 개안하고 귀가함으로써 두 형제
의 갈등은 새로운 국면으로 표면화된다. 그런데 저본 불경의 전래설화들은
한결같이 우애를 강조하며 화합하는 보살의 자질을 보여주는 장면으로 결말
짓고 있다.

태자는 악우를 껴안고 마음을 위로하고 나서야 입궐했다. 그 때에 그 부
모와 여러 왕과 신민과 남녀노소들은 태자가 원수보기를 갓난 아기 보는 것
과 같이 함을 보았다. (太子抱持 慰撫其意 然後爾乃 入城至宮 爾時 父母諸王
臣民 男女大小 見於太子 視於怨家 如視赤子)[208]

태자가 부모께 아뢰어 아우의 형틀을 벗기게 하고 곧 아아가 얼싸 안고
좋은 말로 달래고 부드러운 말로써 문안하였다.(上白父母 爲弟脫於架鎖 脫架
鎖已 卽前抱持 善言誘喩 軟語問訊)[209]

이는 주인공이 원수도 곧 친구로 받아들이는 불경의 보살적 면모에서 한
치도 변화되지 않았다. 이처럼 저본들의 결말 양식은 다분히 경전설화의 교
리적 수준에서 벗어나지 않는다. 그러나 「선우태자전」에서는 선우와 악우의
갈등이 이러한 동화적인 교리 요소로 끝나지 않고, 현실 삶의 사회적 가치 기
준인 권선징악의 결말로 끝낸다.

그 때 악우는 그 형 선우태자가 살아서 돌아왔다는 말을 듣고 부왕이 죄
줄 것을 두려워하여 타국으로 도망갔다.(원문 생략)[210]

이처럼 악행이 드러나 도망하는 「선우태자전」의 종결 방식은 저본의 화

---

207) 위의 책, 제13장 뒤.
208) 『현우경』제19권, 「선사태자입해품」 제37화.
209) 『대방편불보은경』 제4권, 「악우품」 제6설화.
210) 『석가여래십지수행기』, 제12장 앞.

합과 우애를 강조하는 경전적 주지에서 벗어나 선의 승리, 악의 패배로 결말 양상으로 변문화, 세속화시키고 있다. 어쨌든「선우태자전」에서 선우와 악우의 대립은 무조건적 용서와 화해를 지향하기보다는 인과응보를 바탕으로 하되 권선징악의 화복 논리를 지향하고 있다. 서술자는 형제 갈등 구조를 통해 선우의 개안이 사악한 마음을 내지 않고 보시를 향한 구조적 진실 맹세로 얻어진 과보요, 악우의 유랑 걸식은 나쁜 말로 화합을 파괴하는 거짓된 자의 업보임을[211] 드러내는 경전 주지 이상으로 권선징악의 주제 사상을 선명하게 강조해 낸 것이다.

결국「선우태자전」의 형제 갈등은 업보의 윤회를 보여주고 일방적인 용서를 베푸는 경전적 취의에 머물지 않고 선행과 악행에 대한 분명한 권선징악의 지속적인 상승 단계를 밟는다. 즉 진실로 보시를 행하려는 구도자의 모습과, 현실 삶에 얽매여 거짓과 악행을 일삼는 무리의 모습을 극명하게 대비시켜서 석가의 "희생적 보살행"을 강조하고 있다.

둘째, 처처(첩) 갈등 구조가 나타난다. 금우태자는 처처갈등 구조 속에서 축생으로 윤회하여 인욕행과 효행을 실천하는 인물로 서사된다.「금우태자전」은 그 저본이 확인되지 않는 창작품인 만큼 갈등 구조도 복잡다단하다. 파리국왕에게는 세 부인이 있었다. 세 부인들은 저마다 왕의 총애를 받으려고 애쓰는데 두 부인은 화과와 의복으로 약속하고 보만부인은 후사로서 약속한다.

어느날 왕이 흉몽을 꾸고 피신하기 위해 집을 떠나있는 동안 갈등은 구체화되기 시작한다. 화과와 화려한 의복을 약속하는 두 부인이 탐욕에 물든 사람을 상징한다면 후사를 낳겠다는 보만부인의 경우는 진성(眞性)을 잃지 않은 사람에 해당한다. 그런데 이 부분에서 천편일률적으로 인물 성격을 정형화시키는 고소설의 직접적 인물 묘사가 없다는 사실이 주목된다. 즉 인물의 성격은 대화나 게송을 통해 간접적으로 묘사될 뿐 아니라, 두 부인과 보만부인의 갈등은 보만부인이 아들을 낳게 됨으로써 급격하게 상승되며 극적 대립으로 치닫게 된다.

수승 정덕 두 부인이 의논하여 말하되

---

211)『사분률』제32권,「선우호시구주상안환명(善友好施求珠喪眼還明)」제2설화.

　　"황제가 떠나실 때 보만에게 여차여차 당부하셨으니만일 태자가 탄생하고 그를 정궁황후로 봉하게 되면 나와 너 두 사람은 어찌 버림을 당하지 않겠느냐?"
하였다. 두 사람이 상의하되
　　"장차 많은 재물을 가지고 산파를 매수하였다가 보만이 태자를 낳을 때 고양이의 껍질을 벗기고 금동이에 목욕시켜서 태자와 바꿔치기하여 모름지기 보만이 정궁왕후가 될 수 없게 하자."
하였다. 산파가 두 부인에게 매수당하여 장차 고양이 새끼로 바꿔치려고 하는데 수승 부인이 좋아서 게를 읊었다.(원문 생략)

思量這件事如何	이번 일을 생각함에 무엇이 목적인가.
我主偏心惡意多	우리 인군의 편애가 나쁜 마음이 많구나.
普滿一朝生太子	보만이 하루 아침에 태자를 낳게 되면
猫兒換却利刀搓	고양이 새끼로 바꿔치고 예리한 칼로 죽이리라.
令人送出皇門去	사람을 시켜 성문 밖으로 갖고 나가
盡在深山狼虎拖	깊은 산 중에 버려서 산짐승 밥이 되게 하리라.
御駕偶然回鳳闕	임금 행차 그때 마침 궁궐로 돌아오면
必將普滿上干戈	보만 부인 반드시 모진 형벌을 받게 되리.[212]

　　이처럼 두 부인의 악행이 노출되면서 보만 부인과 아들의 비극은 암시된다. 두 부인은 태자의 용모 단정함이 빼어난 것을 보고 궁인을 시켜 칼로 찌르고, 끈으로 목을 조르고 산에 버리고, 소가 밟게 하는 등 갖은 능욕을 다했다. 하지만 죽이지 못하고 버리자 소가 삼킨다. 두 부인은 태자가 제거된 것으로 알고, 보만 부인은 이로 인해 말방앗간에서 사역당하는 고초를 겪게 됨으로써 두 부인이 원하는 대로 사건이 진척된다.

　　그러나 태자는 뛰어나게 아름답고 비범한 금우로 태어나 왕의 사랑을 독차지함으로써 다시 두 부인과 갈등을 일으킨다. 이에 두 부인은 금우마저 없애려고 하지만 백정 때문에 실패하고 금우는 목숨을 부지하여 도망하게 된다. 보만과 금우의 처절하리만치 혹독한 인욕의 고행이 시작된다. 말방앗간 사역과 축생으로의 업보가 그것이다.

　　갈등의 역전은 탈각에서 이루어진다. 금우는 고려국을 가다가 고려국 공

---

212) 『석가여래십지수행기』, 제15장 뒤-제16장 앞.

주와 결혼하고 신선이 준 선과를 먹고 탈각하여 진신을 회복하고 전륜국 국왕의 지위에 오른다. 그리고 모친을 구하고 모든 죄인을 용서해 주며, 모친을 모시고 고국인 전륜국으로 돌아가 태평성세를 누린다. 따라서 처처 갈등은 금우에게 처절한 고행과 인욕의 삶을 걷게 하고 그에게 주어진 현세의 시련인 축생보와 업보를 참아내고 마침으로써 마침내 새로운 삶을 얻게 만든다.

셋째, 부자 갈등이 나타난다. 실달태자는 불타의 현생 이야기이다. 「실달태자전」은 석가의 일생을 다루지만 주로 성도 이전인 전반부가 서사의 핵심이 된다. 전반부는 주로 부자간의 갈등을 중심으로 서사되고 있다. 실달은 중인도 가비라국 태자로 태어난다. 그는 신이한 출생, 뛰어난 용모, 비범한 재능을 겸비한 영웅적 면모를 고루 갖춘 인물이다. 부왕은 태자가 대견하고 지혜와 용력가 뛰어나서 매우 흡족해 한다. 부왕은 태자가 17세가 되자 이웃나라 비람국 공주와 결연시키고 태자는 행복한 궁중 생활을 누린다. 그러다가 태자는 궁궐 밖의 세계를 보게 되고 거기서 태자는 병들고 늙고 죽어가는 사람들을 목격하게 된다. 자신만의 복락이 아니라 가난하고 굶주린 백성에 대해 목도한 것이다. 여기서 태자는 번민과 고뇌를 하게 되고 부왕과의 갈등은 점점 고조된다.

태자는 출가를 원하지만 보살행의 원력을 모르는 국왕이 태자의 출가 요청을 받아들여질 리 만무하다. 태자는 왕실의 후사이기 때문이다. 그래서 감시가 더욱 심해진다. 그러나 태자의 생각은 이런 현실적인 목전의 문제를 훨씬 뛰어넘는 데 있었다. 그것은 중생들의 고뇌인 생로병사의 해탈법을 깨우쳐 모든 사람을 제도하는 일이다.

한편 태자의 출궁 의도가 강해지자 부왕은 모든 군사들에게 성문을 더욱 굳게 지키고 태자를 잘 감시하라고 이른다.

> 부왕이 "그 네 가지를 면할 자 누가 있겠는가? 출가하는 것은 허락할 수 없다."하시고 곧 군신에게 칙령을 내려 사대문을 단속하되 각각 날랜 병사들을 추가 배치하고 밤에는 등불과 종고와 방울을 설치해 두고 외부를 굳게 지켰다. 또 안으로는 야수 부인과 상궁, 비빈들에게 신칙하여 채녀들로 둘러싸 오락을 가까이 더하게 하였다.(원문 생략)213)

　　부왕의 제지에 태자는 불가항력적이지만 태자의 출가를 돕는 초월자의 적극적인 개입이 작용한다. 정거천인은 태자에게 윤회 해탈을 각성시키고 그 수행 방법을 일러주며 부왕의 감시로부터 무사히 출궁할 수 있도록 신통력을 발휘한다. 출가하면서 태자는 부인에게는 신향 한 봉을 주면서 위로하고 부왕에게는 득도 후 돌아와 은혜를 갚겠다는 것을 맹세하는 편지글을 남긴다. 태자가 출가한 후에도 부왕은 근심으로 나날을 보내며 교진녀 등 태자의 교우들을 보내 환궁을 재차 종용한다. 그렇지만 태자는 구도를 향한 확고한 의지를 굽히지 않는다.

> 棄却皇宮富貴鄕 황궁의 온갖 부귀를 미련없이 다 버리고
> 雪山深處務眞常 설산 깊은 곳에서 수행에 힘쓰노라.
> 當初曾發堅牢願 애시당초 떠나 올 때 굳은 서원 세웠는데
> 不證菩提怎見王 보리도를 증득 않고 어찌 부왕을 뵈리오.[214]

　　부왕과의 갈등은 태자의 출가와 수행이 더욱 고행이 되도록 하며 결국에는 출가가 가정의 문제나 왕실의 문제가 아니라 사회 내지 인류 구원의 문제란 대승적 차원의 당위성을 부여받게 된다. 그러므로 궁극적으로 태자가 성취하는 영웅상은 소아적 우주가 아니라, 세계와 인류를 포용하는 대아적 우주를 획득하게 된다.

　　넷째, 부부 갈등 양상이 나타난다. 제9지「보시태자전」은 두 자식을 놓고 태자와 아내가 겪는 갈등 양상이 잘 드러난다. 왕의 노여움을 사서 산 속에 쫓겨나 살고 있는 태자에게 노인이 나타나 자신의 수족으로 부리게 두 자식을 달라고 한다. 아이들의 애원에 태자는 일시적으로 마음이 괴롭지만 중생 제도를 향한 서원을 상기하며 기꺼이 허락한다. 이에 비해 아내는 자식이 없어진 것을 알고 혼비백산한다. 자식을 잃은 아내는 뒤를 쫓아가 애원하며 노인과 밀고 당기는 힘겨루기까지 하면서 자식을 구하려고 애쓴다. 그러나 결국 힘이 부족하고 남편의 뜻을 생각하여 포기하고 말지만 허탈한 심정은 가눌 수 없다.

---

213) 위의 책, 제20장 앞.
214) 위의 책, 제43장 앞.

부부 갈등은 여기서 끝나지 않는다. 며칠 후 태자에게 또 다른 노인이 나타나 아내까지 요구하게 된다. 애착의 산물인 아내, 자식과의 관계를 끊으려는 태자의 원력이 얼마나 견고한지를 초월자가 시험하는 것이다. 수행자에게는 단단한 원력의 시험이지만 그러나 가족인 아내에게는 견디기 힘든 엄청난 시련과 고통일 수밖에 없다.

太子擡眸聽告訴	태자께서는 눈을 들어 나의 호소 들어보오.
如何今日只胡做	지금 어찌하여 그런 생각을 낸단 말인가요.
你求無上菩提因	임자는 위 없는 보리도를 구하고
却把妻兒別丈夫	처자식은 버려져서 장부와 이별이라.
世上無恩是你身	세상에 은혜를 모르는 사람이 곧 당신이라.
鴛鴦當下各分路	원앙같은 부부가 지금 다른 길로 헤어지네.
山中寧死作孤魂	산 속에서 죽어 차라리 고혼이 될지언정
怎肯隨他老子去	어찌 저 늙은이를 따라 가겠소.215)

태자는 아내의 애절한 호소에 부귀 영화가 바람 같고 신체는 무상하며 전생의 인연이 윤회한 것을 일깨워 주며 결국 노인을 따라 나서도록 설득한다. 태자는 주변의 애착을 끊기 위해 지속적으로 자식과 아내를 폭력 분리시키고 있다. 이러한 분리는 단순한 부부 관계의 부정이 아니라 가족 범주를 넘어 서서 삶을 구제하려는 것이며, 인과 윤회의 인연을 초월하려는 초인적인 보살의 수행 의지에 따른 것이다. 그러나 이러한 갈등 양상은 표면적으로 보면 남편의 일방적 횡포로 가정이 폭력 분리되므로 사회 윤리 규범에는 크게 어긋난다. 때문에 보살 수행의 교리적으로는 완벽한 변문이지만 대중들의 사유를 반영하는 서사물로써 통속적, 대중적으로 유행하기는 어려운 설화이다.

다섯째, 인간 대 짐승의 갈등이 나타난다. 제1지 선색녹왕의 경우 왕은 사슴 무리의 일방적인 가해자이다. 어느날 왕은 군사를 이끌고 선색과 악색의 무리들이 놀고 있는 사슴 동산에 침입하여 사슴을 사냥하게 된다. 이 금파국왕의 폭력에 모든 사슴은 굴복하여 스스로 차례를 정해 왕의 희생물이 될 것을 약속한다.

그런데 악색녹왕 무리의 아기 밴 사슴이 뱃속의 생명에 대한 애착심 때문

---

215) 위의 책, 제31장 앞.

에 희생 차례를 지키기 어렵게 되고 아무도 그 자리를 대신하지 못한다. 이에 선색녹왕이 그 생명을 대신하여 자기 몸을 바치기로 하고 무상 게송을 읊어 이번 희생으로 자신은 생사 윤회를 초월할 것임을 밝힌다.

인간 왕은 사슴의 당도가 늦어져 화를 내지만 선색녹왕의 말을 듣고 들짐승도 남의 목숨을 구제하는 불성(佛性)을 지녔다는 것을 깨닫는다. 그리고 이후로 사슴 사냥을 일체 하지 않을 것을 약속한다. 인간 왕이 일체 윤회를 깨닫는 순간이다. 결국 선색녹왕의 희생심은 인간 왕을 감화시켜 일체 생명이 윤회전생하는 인과응보의 논리 속에 들어 있다는 것을 깨닫게 하고, 인간의 일방적인 폭력으로부터 사슴 무리들을 해방시켜 준다. 결국 선색녹왕은 비폭력으로 화해와 공존이란 궁극적인 승리를 거두어낸 '성자로서의 영웅'이다.

여섯째, 군신 갈등도 나타난다. 인욕선인이 사위국에서 수행하고 있었는데 국왕의 행차에 선인이 영접을 하지 않자 국왕의 진노를 사게 된다. 국왕은 선인이 인욕법을 수행한다는 말을 듣고 자신을 영접하지 않았다는 이유로 인욕을 시험하기 위해 날카로운 칼로 선인의 코와 두 귀, 두 손을 끊어 버린다. 그래도 선인은 원수로 여기지 않고 인욕한다. 왕은 그 인욕이 진실인지 알 수 없다고 하자 공중에서 변괴가 일어나며 선인의 서원대로 온몸이 회복된다. 이에 인군은 자신의 과오를 깨달아 참회하며 선인에게서 인욕법을 배우게 된다.

여섯째, 인간 대 귀신의 갈등이다. 다보국 보시 국왕은 보시를 좋아하여 늘 행하였다. 하루는 공중에 귀신이 나타나 인군을 위협하여 청법을 조건으로 처자를 보시할 것을 요구한다. 국왕은 왕후와 태자를 불러 자초지종을 말하자 중생을 제도하고 불과를 구하는 일에 자신들의 몸을 버리겠다고 동의한다. 왕의 칙령을 어길 수 없을 뿐만 아니라 자신들을 희생하여 중생을 제도할 수 있는 법을 구하도록 비장한 결심을 내렸다. 이에 귀신이 한 입에 들이삼키고 법을 반만 설해 준다.

해탈에 목마른 군왕은 귀신에게 나머지 법을 요구하자 귀신이 또다시 왕자신의 몸을 보시할 것을 요구한다. 이에 많은 백관과 신하들이 달려들어 오래도록 보위를 지키고 백성을 거느려 줄 것을 호소하지만, 왕은 수미산도 무너질 때가 있고 일월도 마모될 때가 있다는 무상관을 말하면서 자신의 몸을 버려 후반게를 듣기를 원한다. 신하와 인군의 갈등, 수행 왕과 귀신의 극적 긴장이 고조되는 부분이다.

왕의 무외심을 확인한 귀신은 자신이 제석임을 밝히고 후반게를 설해 준다. 왕은 해탈심의 견고함을 시험받고 왕비와 태자까지 온전히 되돌려 받는다. 이처럼 인군이 다양한 갈등 양상의 중심에서 다루어지고 있는 현상에서 국가 통치자, 목민관 또는 수행자로서 보리심과 이타행의 실천이 중요하다는 종교적 교리를 근거한 통치원리를 보여주고자 한 의도를 읽어낼 수 있다.

4) 종결 양상

『석가여래십지수행기』의 저본이 된 불경 본연부의 본생담 구조는 모두 서분, 정종분, 결분의 액자 구조를 취하고 있다. 즉 본생담들은 한결같이 경전의 전형적인 육성취를 갖추고 있다. 그러나 『석가여래십지수행기』는 이러한 경전의 육성취로부터 이탈을 시도하여 다양한 종결 구조 양상을 띠고 있다.

저본이 된 경전 설화들의 경우는 내부 이야기가 반드시 서분과 결분이란 육성취 속에 들어 있어서 설화는 석가의 설법이란 종교적 취의에서만 기능하도록 짜여져 있다. 그러나 『석가여래십지수행기』는 종교적 취의를 살리는 육성취를 갖춘 구조와 이를 탈락시킨 구조로 양분된다. 전자는 폐쇄 액자이고, 후자는 개방 액자 구조라 부른다. 폐쇄 액자는 비불교적인 설화를 불교적 화본으로 수용하기 위해서 붙는 장치이다. 실례로 그 형태를 상당히 유지하고 있는 단편으로 제1지, 제5지, 제6지 3편이 있다. 이들은 한결같이 등장 인물들이 선·악의 뚜렷한 대립을 보이는 작품들이다.

제1지 「선색녹왕전」의 경우는 악색녹왕과 선색녹왕의 대립이 두드러진다. 선색녹왕은 악색녹왕의 무리를 대신하여 자신이 희생된다. 제5지 「인욕선인전」의 경우도 마찬가지다. 인욕선인이 악독한 국왕의 포악을 견디며 인욕을 행함으로써 모든 백성들의 본보기가 되고 국왕도 결국 감동하여 인욕의 행을 수행한다. 제6지 「선우태자전」도 선우와 악우의 대립 구조로 되어 있는 이야기다. 선우는 국가와 백성을 위해 여의보주를 구해오지만 악우에게 이를 탈취당하고 온갖 시련을 겪는다.

　이처럼 선악의 대결 구조가 뚜렷한 이야기의 종결 양상은 반드시 액자가 결부되어 있다. 선색녹왕의 일화가 비록 우화적인 내용이기는 하지만, 초월적인 것이 아니라 현실적인 것으로 인식될 수 있는 것은 바로 이러한 액자 기능 때문이다. 이러한 액자의 기능은 독자와 청중들이 관념적이고 초월적인 전생의 수행담을 경험적이고 현실적인 시공 속에서 접촉하게 만들어 준다. 따라서 각 단편들의 이야기 종결 방식을 보면 제1지부터 제9지까지는 한결같이 '좌화이거'함으로써 끊임없이 윤회를 반복하면서 처절한 인욕의 수행을 해 온 보살의 삶을 그려내고 있고, 마지막 제10지에서는 보살이 시멸함으로써 윤회에서 해탈하는 불타의 이야기를 완성시키고 있다.

　각 작품의 종결어를 통해 종결 양상을 유형화하면 다음과 같다.

제 1 지 : 於磐陀石上 <u>臥化而逝</u>
제 2 지 : 愈加精進 未及一月 <u>坐化而去</u>
제 3 지 : 練磨身形 攝心養道 末後 <u>坐化而逝</u>
제 4 지 : 太子 轉生欣歡 轉加精進 道果成熟 一日 <u>坐化而去</u>
제 5 지 : 嗟嘆 光陰易邁 生死難逃 一日 隨普濟仙人 <u>坐化</u>
제 6 지 : 結草爲庵 修行亦道 然後 功成行滿 二人亦同 <u>坐化</u>
제 7 지 : 自嘆光陰弗久 四大非堅 辭別公卿 就龍床上 <u>坐化</u>
제 8 지 : 爾時 共大仙修行樂道 功成德就 末後於磐陀石上 <u>回化而去</u>
제 9 지 : 末後 退位 還向山中 息心達本 嘆世非堅 <u>順逝而矣</u>

↓

제10지 : 爾時 大梵天請佛轉法輪 詣於靈山會上 (中略) 末後詣雙林 <u>示滅</u>

　이처럼 서사 종결어는 크게 전생담은 化, 逝, 去로, 현생담은 滅로 나뉘어진다. 즉 주인공이 죽지 않고 다른 세상으로 가기도 하고, 시작도 끝도 없이 멸해지기도 한다. 전자가 윤회전생을 그린 것이라면 후자는 윤회로부터의 해탈을 그리고 있다. 따라서 보살이 십지 수행의 경지에 이르기까지는 수도 없이 '좌화이거'를 반복하게 된다. 이 말은 생명으로는 죽었다는 의미지만 변신하여 다른 세상에서 다른 몸으로 새롭게 태어난다는 육도 윤회를 의미하기도 한다.

이러한 사건 전개는 호기심에 자극받는 독자나 청중의 관심을 윤회관으로 끌어들이는 데 기여하게 된다. 게다가 보살이 겪은 갖가지 시련과 위기는 현세적인 삶의 고난으로 종결되는 것이 아니라 다른 세계에서 살아가는 선근이 된다는 사실을 보여 주게 된다.

> 그때 선혜비구는 거기에서 목숨을 마치자 곧 올라가 나서 사천왕이 되어 삼승의 법으로써 중생을 교화하였으며 그 하늘의 수명이 다하자 내려와 인간에 태어나서 전륜성왕이 되어 사천하를 다스렸다. (중략) 여기에 목숨이 다하자 도리천에 나서 거기의 천주가 되었다가 목숨이 끝나자 내려와 태어나서 전륜성왕이 되었다. 그 수명이 끝나자 (중략) 혹은 신선이 되기도 하고 혹은 외도 六師가 되기도 하고 혹은 바라문이 되기도 하고 혹은 작은 왕이 되기도 하면서 이렇게 변화하여 나타난 것이 헤아릴 수조차 없었다. 그때 선혜보살은 공과 행이 가득차서 자리는 십지에 올랐고 일생 보처에 있으면서 일체 종지에 가까웠는데 도솔천에 나서 이름이 성선백이었다.[216]

이처럼 逝, 去, 化로 종결되는 서사는 주인공이 현세에서 삶을 다하여 다른 세상으로 가는 육신의 종결이고,[217] 滅은 일생보처 보살, 즉 석가 이야기의 종결로써 주인공의 삶이 시작도 끝도 없이 멸해지는 해탈을 의미한다. 결국 전자가 우주적 질서 속에서 끊임없이 반복되는 윤회를 그린 것이라면 후자는 윤회로부터의 벗어나 해탈을 성취한 일생보처 보살의 면모를 그리고 있다.

오랜 세상을 윤회하면서 겪은 시련과 갖은 위기를 극복하고 구현된 이러한 불타의 일생은 일반적인 전기문학의 일생과는 상당히 다른 면모를 갖는다. 일반적으로 전기문학의 형식을 갖춘 설화문학에 있어서 주인공의 일생은 "출생 → 결연 → 고행 → 회운 → 출세 → 행복" 등 단일한 시공간 속에서 현세적 삶을 다루는 단선 구조로 되어 있다.[218] 이러한 일반 유형에서 영웅성이 강조되는 경우, 그 단락 기능은 "고귀한 혈통 → 비정상적 출생 → 탁월한 능

---

216) 『과거현재인과경』 제1권, 『대정신수대장경』 제3권(상), p.623 상단.
217) 보살의 일생에서 사용되는 '좌화이거(坐化而去)'의 서사 종결법은 신라·고려대의 불교설화 내지 고승전기의 종결 양상으로 일반화되어 있는 수법이다.
218) 박성의, 한국고대소설사, 일신사, 1958. p.35.
　　　김기동, 이조시대 소설론, 정연사, 1959, pp.51-53.

력→기아와 죽음→죽음의 극복→위기→투쟁에서 승리→행복한 결혼"219)
으로 유형화 되기도 한다. 이러한 영웅 유형에서 탄생 이전의 삶과 사후담은
거의 관심 밖에 밀려나 있지만, 불경 전래문학에서는 가장 중요하게 다루어
지는 주지가 된다. 전생담과 사후담의 결부는 이른바 권선징악의 인과 원리
를 드러내려는 불경 전래문학의 유형적 특징이기 때문이다.

　　일례로「금우태자전」에서 두 부인의 모해를 받고 갖은 고통을 당하는 보
만부인이 그 괴로움을 감내해 낼 수 있는 힘은 바로 인과응보의 윤회전생 관
념에 있었다.

> (前略)
> 前世惡因宲難逃　전세의 악인은 피하기 어렵거늘
> 今來教我如何話　지금 와서 나에게 무슨 말을 하란 말인가.
> 二人嫉妬奏君王　두 여인이 질투하여 군왕께 상소하여
> 把我終朝遭打罵　나를 모함하여 아침이 되어 임금의 내침을 당했네.
> 磨麨推輪多苦辛　돌바퀴를 밀어 밀가루를 찧는 괴로움은 말할 수 없고
> 告天天遠如何話　하늘에 호소해도 하늘이 머니 무슨 말을 하리오.
> 空中萬象作証盟　공중의 만성들이 증명을 해주고
> 日月輪回相照曜　일월이 윤회하여 변함없이 비춰주네.
> 只願我兒性命存　다만 우리 아이 목숨 보존을 바라노니
> 惡人自有惡人報　악인은 스스로 악인의 과보를 받으리라.220)

　　이는 불교적 생명관인 이원론적 세계관에 근거한다. 불교적 생명관은 자
식으로 이어지는 유교관과는 달리 자신의 삶이 다생다겁의 인연에 따라 윤회
전생한다. 그리고 그 윤회는 단순한 반복이 아니라 선악에 따라 화복을 받는
인과의 계기적 반복이다. 당시인들은 당장에는 그 응보가 안 나타나더라도
언젠가는 그 과보가 나타난다고 믿고 있으며,221) 이러한 사유 체계는 조선조
서사문학에도 자주 등장하는 권선징악 또는 화복 논리의 바탕을 이룬다.

---

219) 조동일, 한국소설의 이론, 지식산업사, 1977, p.256.
220) 『석가여래십지수행기』, 제17장 앞 - 뒤.
221) "大藏經云 善若無報 其善未熟 其善熟時 必受其福 惡若無報 其惡未熟 其惡熟時 必受其苦."
　　 (이규경, 『오주연문장전산고』권42.)

3. 소설문학적 실상

1) 서사 구조

(1) 액자 구조

『석가여래십지수행기』는 현생담 1편에 전생담 9편이 결부되어 있는 이야기이다. 이 각각의 단편들은 불경 전래설화의 액자 형태를 그대로 수용하여 제1지부터 제9지까지의 전생담을 제10지의 실달태자 이야기에 연결시키고 있다. 이러한 액자 구조는 모두 대장경에서 나온 것들이다. 실제로 저본으로 수용된 불경 본연부의 본생담 구조는 한결같이 모두 서분, 정종분, 결분의 액자식 구조를 갖추고 있다. 이는 경전의 정형화된 구조 양식이다.

서분은 석가가 어떤 인연에 의하여 과거세의 일을 이야기하게 되었는가의 유래를 현재세에 마주하고 있는 제자들에게 이야기하는 도입 부분이고, 정종분은 현재세의 일이 연유한 과거세의 석가 본생담을 이야기하는 중심 부분이며, 결분은 과거세의 이야기를 현재세의 인물과 결부하여 그 인과 관계를 밝히는 종결 부분에 해당한다. 그러므로 액자는 정종분, 즉 중심 이야기를 인연담으로 연결시켜 인과 관계를 밝혀주는 기능을 한다. 그 내부 이야기는 석가가 실제 행한 것이든 아니든 간에 액자 속에만 결부되면 모두 석가의 인연담이 되고 만다. 이러한 액자는 능대능소한 기능을 하는 설화문학의 구조적 장치라고 할 수 있다.[222]

현대문학 이론에서도 액자는 소설의 원형으로 규정되기도 하며 서술의 예술적 의도의 본질적인 도구로, 혹은 특별히 예술적으로 발전된 소설 문예의 중요한 구성 요소를 이루는 것으로 평가되어지고 있다.[223] 그런데 이러한 액자소설의 원초적 형식은 이미 불경에서 시작되었다.[224] 서분이 도입액자,

---

222) 사재동, 불교계 국문소설의 형성과정 연구, 앞의 책, p.19.
223) 이재선, 한국단편소설 연구, 일조각, 1986, pp.95-96 요약.
224) 위의 책, p.97.

결분이 종결액자에 해당하는 셈이다. 그렇다면 불경의 본생담은 이러한 도입과 종결액자를 모두 구비한 것이 전형적인 형태일 것이다. 그래야만 그 액자는 설법에 필요한 대로 갖가지 허구담을 포괄하게 되고 모두 불교적으로 용해·승화시켜낼 수 있기 때문이다.

따라서 내부 액자 이야기인 허구담은 반드시 불교적일 필요가 없었다. 그것은 불교적인 것이라면 고작 과거불세의 이야기를 내세우는 정도에 머무르고, 나머지는 비불교적이거나 반불교적인 사건까지 자유자재로 꾸며 낼 수 있다. 그 사건 속에는 모든 존재의 성속간 제반사가 다 동원되는데, 그것이 한결같이 인간의 고통과 갈등을 해소시키고 그들의 대소간 소망과 이상을 흡족히 달성시켜 주는 방향으로 다양하게 전개되고 있다.225) 한마디로 설법 현장의 액자는 이처럼 능소능대한 기능을 가지고 변문화에 활용되고 있는 구성양식의 대표적인 형태라 하겠다.

전생담은 액자 구조 속에 9편에 해당하는 내부 이야기로 들어 있는데, 앞에서 언급했듯이 실제 허구적인 것으로부터 비불교적인 것까지 다양하다.

우선 전형적인 폐쇄 액자 구조를 취하고 있는 작품은 제1지, 제5지, 제6지가 있다. 이들의 내부 이야기는 한결같이 선악의 대립이 뚜렷한 반불교적 사건을 다룬다.

제1지 「선색녹왕전」

(도입액자) 按大藏經云 余時如來

(종결액자) 余時九色善鹿王者 豈異人乎 即釋迦佛是 五百眷屬者 今五百羅
漢是也 惡鹿王及 五百眷屬者 即調達并徒衆是也

제5지 「인욕선인전」

(도입액자) 昔日如來

(종결액자) 按經中說 昔日普濟大仙人者 今釋迦佛是也 舍衛國歌利王者 即
波奈國 初受四諦 法輪 嬌陳如比丘是也

제6지 「선우태자전」

(도입액자) 昔日如來

---

225) 사재동, 불교계 국문소설의 형성과정 연구, 앞의 책, p.19.

(종결액자) 昔日善友太子者 卽釋迦佛是 惡友者 提婆達多是 其父母者 卽
淨飯王 摩耶夫人是 妻是耶輸夫人是也

　　이러한 액자의 기능은 이야기의 앞뒤에 불교적 육성취를 결부시켜서 내부 이야기를 석가의 전생 수행담으로 연결시키고 있다. 저본 경전의 설화는 모두 폐쇄액자인 서분과 결분 속에 들어 있어서 삽화는 석가의 설법에 활용되는 종교적 취의에서만 기능하도록 짜여져 있다. 이들은 한결같이 선악의 뚜렷한 대립을 보이는 서사들이다. 제1지 「선색녹왕전」에 대한 악색녹왕과 선색녹왕의 대립구조 분석은 이미 되어 있으므로,226) 제5지, 제6지의 액자 구조를 살펴 보겠다.

　　제5지 「인욕선인전」의 내부 이야기도 「선색녹왕전」과 마찬가지로 포악한 국왕과 인욕선인의 대립 구조로 되어 있다.

　　도입액자 : 여래께서 옛날에 사위국의 인욕선인이었다.
　　내부설화 : (1) 인욕선인이 산속에서 수행하여 도덕이 산처럼 높았다.
　　　　　　　(2) 국왕이 선인의 도덕을 듣고 산밑에 이르러 만나 보고자 하나 꼼짝하지 않는다.
　　　　　　　(3) 국왕이 크게 진노하여 초막에 이르러 인욕을 시험하고자 코, 귀, 손을 자른다.
　　　　　　　(4) 선인이 서원을 발하니 구름이 걷히고 신체 수족이 전처럼 회복되어 인욕행을 증명한다.
　　　　　　　(5) 국왕이 참회하여 선인이 도병의 난과 윤회의 고를 해탈함을 알고 광제선인이라 칭한다.
　　　　　　　(6) 국왕이 부귀를 생각지 않고 태자에게 양위하고 광제선인의 제자가 된다.
　　　　　　　(7) 국왕이 묘법을 구하다가 광제선인을 따라 앉아서 열반한다.
　　종결액자 : 불경 가운데 말씀한 것을 살핀다.

　　인욕선인이 악독한 국왕의 포악을 견디며 인욕을 행함으로써 모든 백성들의 본보기가 되고 국왕도 결국 감동하여 인욕의 행을 수행한다는 이야기이다.

---

226) 경일남, 고려조 강창문학 연구, 앞의 논문, pp.54-55 참조.

제6지 「선우태자전」도 선우와 악우의 대립 구조로 되어 있는 이야기다.

도입액자 : 여래께서 옛날에 바라나국 선우태자였다.
내부설화 : (1) 선우는 심성이 평등하고 도덕이 높으나 악우는 질투하며
　　　　　　　　살생을 좋아한다.
　　　　　　(2) 선우태자가 만민의 고통을 구제하고자 국왕의 허락을 얻
　　　　　　　　어 국고를 보시하나 부족하여 마니보주를 얻으러 바다로
　　　　　　　　떠난다.
　　　　　　(3) 선우와 악우가 보주를 구하러 가다가 풍랑을 만나 악우는
　　　　　　　　무서워 중도에 내리고 선우는 용왕에게 가서 보주를 얻는다.
　　　　　　(4) 선우가 도중에 악우를 만나 보주를 맡기고 자다가 악우에
　　　　　　　　게 두 눈을 찔리고 보주를 빼앗긴다.
　　　　　　(5) 선우가 선인의 도움으로 거문고를 타면서 길을 더듬어 고
　　　　　　　　국으로 돌아온다.
　　　　　　(6) 선우태자비가 누상에 있다가 거문고 소리를 듣고 태자와
　　　　　　　　상봉한다.
　　　　　　(7) 선우가 자세한 사정을 말하고, 부인의 서원과 눈을 핥음으
　　　　　　　　로 개안하게 된다.
　　　　　　(8) 악우는 두려워서 타국으로 달아나고 선우는 여의주로 중
　　　　　　　　생을 구제하여 나라가 평안해진다.
　　　　　　(9) 선우가 부인과 함께 산중에 들어가 수행 정진하다가 함께
　　　　　　　　앉아서 죽는다.
종결액자 : 대장경을 살핀다.

잘 알려져 있다시피 선우는 국가와 백성을 위해 여의보주를 구해오지만 악우에게 이를 탈취당하고 온갖 시련을 겪는 왕실과 백성을 구제하여 태평성세를 이루는 영웅이 된다는 이야기다.

이처럼 선악의 대결 구조가 뚜렷하다는 것은 이 이야기들의 내부 설화가 민간의 설화로부터 취택된 비불경 전래설화들로, 완벽한 액자 구조를 통해 석가의 전생담으로 수용되었음을 말해 준다. 실제 민간 설화의 기본 구조가 선악의 대결 후에 선의 승리로 귀착되는 서사 형태를 취하는데 비해, 제2지, 제3지 등과 같이 본래적인 불경 전래설화는 보살의 바라밀행으로 되어 있어서 선·악 대립 구조가 거의 불가능하기 때문이다. 그러므로 민간 설화를 중

심으로 한 석가의 전생담을 속강의 화본인 십지 수행의 단편으로 변문화시키는 틀로써 그 액자를 완전하게 유지시켰다.

결국 액자에 의해 파생되는 이러한 이원적 성격은 종교성과 비종교성과의 대립이다. 이로 인하여 외부와 내부는 시공의 차원에서도 이질적인 양상을 보여주게 된다. 즉 불교적인 외부 액자는 초월적, 관념적인 것에 기반을 두고 있지만, 비불교적인 내부의 허구담은 현실적, 경험적인 것에 기반을 두고 있다는 사실이다. 선색녹왕의 일화가 비록 초현실적이고 우화적인 내용이기는 하지만, 관념적인 것이 아니라 현실적인 것으로 인식될 수 있는 이유는 바로 이러한 액자 기능 때문이다.

이러한 기능을 통해 독자와 청중은 관념적이고 초월적인 전생 수행의 석가를 경험적이고 현실적인 시공 속에서 접촉하게 된다.[227] 이는 현대 소설의 액자 구조가 "경험담의 고백(도입액자) → 고백담(내부소설) → 사회적 배경 논의(결말액자)"로 되는 것과 무관하지 않겠다.

나머지 다른 단편들은 모두 종결액자를 벗어버리고 불경 전래설화의 결구 방식에서 상당히 탈피한 개방액자 형태를 유지하고 있다. 다시 말하면 종결액자는 내부에 삽입·부연된 허구적이고 초현실적인 세계의 이야기에서 주인공의 출가 수행하는 보살적 면모가 뚜렷하고, 서사 구조가 표면적으로도 불교 사상을 분명하게 드러낼 때 변문화 과정에서 탈락되는 경향을 보인다. 제2지, 제3지, 제4지, 제7지, 제8지, 제9지 등의 작품이 이 경우에 해당한다.

이들의 갈등은 사회적 갈등이 아니라 한결같이 초월자 내지 주인공의 내면적, 또는 가족간의 갈등을 주로 다루고 있다. 제2지는 인욕태자가 매에게 갖가지로 위협 당하는 이야기이고, 제3지는 국왕이 귀신의 위협에 두려움 없이 대하는 이야기이고, 제4지는 사신태자가 범의 위협에 대응하는 이야기이고, 제7지는 금독태자의 효행에 대한 이야기이고, 제8지는 선혜선인의 결연담이고, 제9지는 보시태자와 아내와의 갈등을 다루고 있는 이야기이다.

이러한 유형의 개방액자 구조는 내부 액자 이야기가 그 자체로 상당히 불교적 주지를 유지하므로 종결액자 내지 육성취가 필요없기 때문에 생략된 경

---

227) 경일남, 위의 논문, pp.54-55.

우이다. 이러한 사실은『석가여래십지수행기』의 단편들이 더 이상 경전 설화의 삽화가 아니라 독립된 서사 작품으로 변용·유통된 변문문학이란 점과, 불경 전래설화가 대중적인 서사문학으로 변문화되는 과정에서 각 단편들이 설화, 소설 수준으로 발달하는 다양한 변모 양상을 여실히 보여 준다는 점에서 확인된다.

종결 액자와 함께 도입 액자도 자연스럽게 변모되고 있다. 일례로 제1지「선색녹왕전」의 도입 액자와 불경 저본『대장엄론경』의 도입 액자를 간단하게 대비해 보면 아래와 같이 달라졌다는 것을 알 수 있다. 이러한 액자의 변형을 통해 불경 전래설화가 변문화·토착화되면서, 경전적 육성취를 벗어버리고 석가의 전생을 다루는 전기문학적 서사 형태로 자연스럽게 발전해 갔다는 사실을 확인할 수 있다.

> 『대장엄론경』: 내가 일찍이 이렇게 들었다.(我昔曾聞)
> 「선색녹왕전」: 그 때 여래가 조달과 함께(你時如來與調達)

저본 불경은 이른바 "내가 이와 같이 들었다." 형태의 1인칭 자기 경험적 고백체인데 「선색녹왕전」에서는 "석가(여래)가"라는 3인칭 전지적 서술체로 바뀌고 있다. 이러한 개방액자 형태는 내부 액자를 경전의 틀에 얽어매는 것이 아니라 석가의 일생을 자연스럽게 드러내는 서사문학의 도입부 기능을 할 뿐이다. 즉 육성취를 갖춘 경전의 서분이 「선색녹왕전」에서는 자연스런 서사 도입부로 바뀌었다.

> 소설 구조론이나 소설사론에 있어서 액자의 문제는 매우 소중한 논의 대상이 될 수밖에 없다. 그 액자의 유무 상황이 소설 형태의 특성과 소설사의 시대적 층위를 시사하는 바가 적지 않기 때문이다. 일반적으로 소설의 액자 형태는 고금을 통하여 매우 효율적이고 수준 높은 구조 요건으로 알려져 왔다. 대체로 동양권 고금 소설의 액자 구조는 불경의 전형적인 서사 구조와 직·간접의 관계를 가지고 있다고 보인다.[228]

이처럼 액자 구조의 변모와 발달은 자연스럽게 독자층의 변화도 초래한

---

228) 사재동, 안락국태자경의 연구, 앞의 논문, 1986, p.34.

다. 초기 독자층은 신불 대중 내지 왕실 문사로 매우 제한적이지만, 점차 널리 유통되면서 독자층이 신불 대중은 물론 일반 대중에게로 확대된다. 그리고 『석가여래십지수행기』의 액자 구조의 형태로 볼 때는 불경 전래설화는 제1지, 제5지, 제6지와 같이 비불교적인 변문을 다루는 폐쇄 액자와, 제2지, 제3지, 제4지, 제7지, 제8지, 제9지와 같이 불교적인 변문을 다루는 개방 액자 구조로 나뉘어져 서사화·소설화에 활용되었음을 알 수 있다.

(2) 강창 구조

『석가여래십지수행기』가 변문의 형태로 승속 간에 유통되던 불경 전래설화를 속강 화본으로 활용하고자 결집되었다는 추정은 정교한 강창 구조의 발달로 미루어 볼 때 분명하다. 이미 학계에 잘 알려져 있다시피, 강창은 불경 전래설화를 대중들에게 재미있게 부연·설창하는 변문의 대표적인 양식이기 때문이다. 그렇다면 『석가여래십지수행기』의 변문화 양상은 적어도 신라·고려대에 유행한 속강과 변문의 강창 양식에서 상당한 영향을 입었다고 보아야 한다.

신라·고려대 속강과 변문의 실상에 대해서는 이미 앞에서 언급하였고, 한국적 변문의 강창 구조에 대해서도 어느 정도 연구되어 있다. 실제 변문의 문체 구성 방식에는 '有講無唱', '有唱無講'의 형태도 있지만 '강창 교직'된 형태[229]가 가장 일반적인 구조이다. 강창 교직이란 서사 구조상 산문과 운문의 반복·종결을 의미한다.[230] 실제 『석가여래십지수행기』 중에서 최소한 이러한 강창 서사구조를 갖추고 있는 작품은 제1지, 제3지, 제7지, 제9지, 제10지 등 5편이 있다.

먼저 제1지 「선색녹왕전」의 강창 서사구조를 보면

> (도입액자) 여래께서 옛날에 조달과 더불어 칠향산에서 녹왕이 되었다.
> > (1) 금파 국왕이 칠향산에 사슴 사냥을 나온다.
> > (2) 선색녹왕이 두 무리 중에서 차례로 스스로 나아가 희생될
> > 것을 약속한다.

---

229) 숙등복, 돈황속문학논총, 대만 : 상무인서관, 민국77, p.68 참조.
230) 사재동, 불교계 서사문학의 연구, 앞의 논문, p.149.

    (3) 8일째 임신한 사슴이 연기를 요구하나 악색 녹왕이 거절한다.
    (4) 금파국왕이 약속이 지켜지지 않아서 대노한다.
    (5) 선색녹왕이 임신한 사슴을 대신하여 희생되기로 한다.(게송)
    (6) 금파국왕이 선색녹왕이 성현임을 깨닫고 일체 수렵을 금한다.
  (종결액자) 이 이야기가 석가의 과거 인연임을 밝힌다.

와 같이 단락(5)에 게송이 한 편 삽입된 산주운종형의 강창 구조로 되어 있다.
이 강창 구조를 저본과 대비해 보면

저 본	산문-운문-산문-운문-산문-운문-산문- ① ② ③	운문 ④	-산문-운문-산문-운문-산문-운문-산문 ⑤ ⑥ ⑦
제1지	산 문 -	운문 ①	- 산 문

와 같이 저본의 운문은 대폭 축소되어 산문화되었다. 이러한 변문화는 저본
의 선문답식 운문 중심의 경전 체제로서는 서사성을 확장할 수 없기 때문에,
인물 행위 중심의 산주운종형 서사 구조로 변형시켰음을 보여 준다. 즉 서사
성을 강화하면서 주인공의 영웅적 면모를 압축해 내는 핵심 부분에서만 창작
운문을 활용하는 강창 기법을 적절히 구사하고 있다.

    萬像光中誰是主 만상의 빛 가운데 누가 주인이던가
    天堂地獄總心王 천당과 지옥이 모두 마음에 있을 뿐.
    衆生造下輪回路 중생이 지어낸 윤회의 길이건만
    死至頭來誰肯當 죽음이 다가오니 누가 누가 기꺼이 당할 손가.
    母愛兒身兒愛母 어미는 아이를 사랑하고 아이는 어미를 사랑하지만
    今朝子母合雙亡 오늘 아침 자식과 어미가 함께 죽게 되었구나.
    吾今替汝歸泉路 내 이제 너를 대신하여 황천길로 돌아갈 것이니
    明朝清晨見帝王 내일 아침 이른 새벽 제왕을 뵈리라.[231]

    7언 율시격을 갖춘 선색녹왕의 이 게송은 사물과 세계가 모두 연기에 의
해 존재되고 생성·소멸한다는 것을 속어적으로 곡진하게 표현해 내고 있다.

---

231) 『석가여래십지수행기』, 제3장 앞.

선색녹왕은 기꺼이 임신한 사슴을 대신하여 황천길을 가겠다고 연기의 소멸을 자청함으로써 해탈과 진여(眞如)의 세계를 지향하는 보살도의 실천 의지를 표현하고 있다.

이 게송은 저본 불경에서 나열되는 7편의 많은 삽입 운문을 다 산문화하고 한 편의 운문으로 압축시켜냄으로써 주인공의 영웅성을 드러내는 데 효과적으로 기여하고 있다. 또한 운문의 배치도 서사 구조상 극적 고조 부분인 상승점에 놓여서 보시행의 의미를 강조해 주도록 배치되었다.

제3지 「보시국왕전」의 경우는 1편의 운문을 활용했다는 점에서 제1지와 비슷한데, 저본의 운문을 둘로 쪼개서 극적 긴장감을 상승시키도록 분단 배치된 점이 특이하다.

저 본	산 문 -	---- 운문 ---- ①	- 산 문
제3지	산 문 -	- 운문 ---- 산문 ---- 운문 - ①　　　　　②	- 산 문

저본 『찬집백연경』이 '산문 - 운문 - 산문'으로 되어 있는데 「보시국왕전」은 운문 게송 1수를 다시 전반·후반부로 나누어 '산문-운문-산문-운문-산문' 형태로 강창 교직 배치하여 서사 구조를 확대시키고 있다. 즉 5언 4구체의 게송을 전반부와 후반부로 나누어 '1차(가족) 보시 요구 → 전반부 게송 → 2차(본인) 보시 요구 → 후반부 게송'으로 분산·분단 결구시켜서 갈등 구조를 지속시키고 확대하는 서사적 기능을 하도록 운문을 활용하였다.

> 有愛故生惱 애착이 있으므로 괴로움이 생기고
> 有愛故生怖 애착이 있으므로 두려움이 생긴다.[232]

국왕이 악귀의 요구에 맞서지 않고 실제로 아내와 자식을 보시하자 악귀는 해탈게의 반만을 들려 준다. 하지만 이것만으로는 국왕은 흡족하지 못했다. 국왕은 나머지 해탈게를 듣고 싶어 하지만 또다른 장애가 기다리고 있다.

---

232) 위의 책, 제6장 앞.

그것은 왕 자신의 몸을 요구한 것이다. 그렇다고 자신의 몸을 먼저 주면 게를 들을 수도 없다. 왕은 게를 먼저 들려주면 몸을 보시하겠다고 약속한다. 악귀는 갖가지 무서운 형상으로 위협하여 공포심을 자극하면서 국왕의 보시 바라밀행이 진실되고 견고한 마음인지를 시험한다. 그리고 나서 후반게를 읊어준다.

> 若能離愛者 애착을 능히 떠날 수 있는 자는
> 無惱亦無怖 괴로움도 없고 두려움도 없으리라.[233]

후반게는 인간 삶의 고뇌로부터 해탈하는 방편인 보시 바라밀행을 구체화시켜 주고 있다. 그러므로 이러한 분단 수법은 삽입 운문의 단순한 분산이 아니라 사건의 단계적 상승과 긴장감을 조성하는 극적인 분단 서사 기법이다.

다음으로 산운교직형은 산문과 운문이 서로 밀접하게 연관되면서 교차되는 강창 구조 형태를 말한다. 이러한 경우 삽입 운문은 산문의 서사 문맥과 유기적으로 결합되면서 사건의 전개 암시, 인물의 심리, 대화 등 다양한 기능을 하게 된다. 제7지, 제9지, 제10지 작품이 이에 해당한다.

제7지 「금우태자전」은 강창 서사구조의 완결편이라 할만하다. 제7지는 저본 경전 설화가 단편적인 변신담 수준인데도 삽입 운문이 무려 13편이나 삽입·교직되고 있다.

저 본	산 문		
제7지	산문-운문-산문-운문-산문-운문-산문-운문-산문-운문-산문-운문-산문-운문-산문		
	① ② ③ ~ ⑪ ⑫ ⑬		

이 작품의 산문과 운문은 그야말로 유기적으로 연결되어 긴장과 이완의 상호 작용 속에서 독자나 청중을 몰입시키는 분위기를 연출하도록 잘 교직되어 있다. 이를 통해 청중과 독자는 강창 구조가 빚어내는 긴장과 이완의 변문 문학적 구조 원리를 체험하게 된다.

---

233) 위의 책, 제7장 앞.

우선 왕은 청량산으로 피난하면서 세 부인에게 시를 지어 올리게 한다. 이는 서술자가 직접 인물을 설명하는 것보다 훨씬 흥미와 긴장감을 가질 수 있다. 즉 장면의 극적 설정과 인물의 성격 제시에서 적절한 삽입 게송이 교직되어 극적 효과를 십분 발휘할 수 있다.

> 小妾今朝奏我主 소첩이 오늘 아침 우리 임금께 아뢰오니
> 千般巧計未爲奇 천 가지 교묘한 계책도 기특하다 못하리라.
> 錦衣豈用扶皇社 비단 옷으로 어찌 종묘 사직을 붙들며
> 花果焉能壯帝基 화초와 과일로 어찌 제왕의 기틀을 굳힐까.
> 賤體妊娠懷聖子 비천한 몸이지만 왕자를 회임하여
> 秋來決定降金枝 가을이 되면 반드시 귀한 자손을 낳으리라.
> 大王一日回鸞駕 대왕께서 어가를 타고 돌아오시는 날
> 我在御前獻子兒 나는 임금 앞에다 아들을 바치리라.[234]

보만 부인은 화과와 곤룡포를 바치겠다는 다른 부인과 달리 왕자를 낳겠다고 말하여 처처간의 갈등을 심화시킨다. 이러한 인물 제시 방법은 제9지「보시태자전」과 제10지「실달태자전」에서도 그대로 활용된다.

> 太子擡眸聽告訴 태자는 눈을 들어 나의 호소를 들어주오.
> 如何今日只胡做 어찌하여 오늘날 단지 그리 생각하오.
> 你求無上菩提因 위없는 보리도를 구하겠다는 핑계로
> 却把妻兒別丈夫 자기 아내 버려서 남편과 이별하게 만들고
> 世上無恩是你身 세상 은혜 모르기는 바로 당신이 그러하오.
> 鴛鴦當下各分路 원앙이 각기 다른 길을 가게 되었네.
> 山中寧死作孤魂 산속에서 차라리 죽어 외로운 넋이 될지언정
> 怎肯隨他老子去 어찌 저 노인을 따라 이별하여 갈 수 있을까.[235]

> 太子前來辭父母 태자가 앞으로 나가 부모님께 아뢰기를
> 年登十九正靑春 내 나이 십구 세이니 꼭 청춘이라.
> 三千婇女非矛眷 삼천의 채녀들은 나의 권속이 아니요
> 八百嬌娥豈我親 팔백의 교아들도 어찌 나의 친척이리오.
> 浮世榮華終匪久 이 세상의 영화는 오래 가지 못할지니

---

234) 위의 책, 제15장 앞.
235) 위의 책, 제31장 앞.

　　山河社稷總休論 국토와 사직을 모두다 말하지 마십시오.
　　若人得免輪回苦 사람이 윤회의 고통에서 벗어날 수 있다면
　　除是出家外道眞 대궐에서 출가하여 불도 수행에 정진하리.[236]

　　제9지 「보시태자전」의 게송은 태자 아내의 인간적 면모를, 제10지 「실달태자전」의 게송은 태자의 보살적 성격을 잘 드러내 주고 있다. 이들은 각 작품의 서사 성격을 결정짓는 인물 성격 제시 역할을 한다. 이처럼 산운교직형은 장면 또는 사건마다 삽입시가 중요한 기능을 하도록 짜여짐으로써 감동과 흥미를 강화하는 강창 서사양식을 정착시키게 된다.

　　강창 구조는 조선조 소설의 산운 결합 양상에도 그대로 적용되고, 강창 구조의 서사적 효과는 아니리와 창으로 교직되어 있는 판소리에서도 나타난다. 초기 소설 「금오신화」를 비롯한 후대 고소설 「창선감의록」 등에 이르기까지 인물 심리나 성격을 드러내는 데 삽입시를 활용하는 경우는 허다하다.

　　판소리의 경우 창은 청중에게 강한 정서적 관련을 일으켜 긴장감을 조성시키고, 아니리는 창에서 이루어진 극적 환상을 가라앉히면서 청중의 긴장을 해소시키는 이완 작용을 하여 긴장과 이완의 연속된 구조가 확인된다.[237] 이러한 긴장과 이완의 산운교직 서사구조는 바로 변문의 강창구조와 동일한 것임을 알 수 있다. 강창 서사구조는 바로 변문의 가장 전형적인 서사구조였기 때문이다.

　　이처럼 변문의 강창 구조는 단순한 강창 결구 방식에 머물지 않고 고소설의 전형적인 문체 양식으로 전개되었을 뿐만 아니라, 상황적 의미와 정서를 확대하기 위해 창을 활용함으로써 비장과 골계라는 독특한 입체적 미학을 표출하는 판소리 문체 양식의 완성에도 상당한 영향을 미쳤을 것으로 추정된다.

(3) 팔상 구조

　　『석가여래십지수행기』는 불타의 전생과 현세 이야기를 십지 형태로 결구한 불경 전래설화 문학이며, 어떤 사람의 일대기를 기록한 글이란 점에서는 불교 전래설화의 일반적 성격과 일치하지만 결구 양식과 구조는 상당히 다르

---

236) 위의 책, 제40장 뒤-제41장 앞.
237) 김흥규, 판소리의 서사적 구조, 판소리의 이해, 창작과 비평사, 1978, p.117.

다. 일반적으로 전기는 출생에서 죽음까지를 다루는데 비해 불경 전래설화는 출생 이전의 과거담으로부터 죽음 이후의 사후담까지를 폭넓게 수용하기 때문이다. 즉 불경 전래설화는 석가의 행적이 인과 윤회 사상으로 설명되고 있으며 전세와 현세의 시공간, 그것도 무수한 겁 이전으로부터 보살로서의 수행을 계속하여 쌓아온 결과로서 전생의 이야기가 서술된다. 실제로 경전의 불교 전래문학은 크게 전생의 이야기, 도솔천에서 강림하여 성도하기까지의 이야기, 성도 후의 교화와 전법, 그리고 열반과 열반 후의 이야기 등 크게 네 부분으로 나뉘어진다.

제1부는 불타의 전생에 있어서의 삶을 다룬 이야기로 되어 있다. 불타는 전생에 삼지 구십일겁 동안 보살로서 계속 수행을 했다. 제1아승지겁의 처음 시기가 연등불의 시대이고, 이 때 불타는 선혜도인이었으며, 연등불 부처를 만나 공양을 올리고 장차 석가모니 부처가 될 것을 수기(授記)받는다. 그는 그 다음에 무수한 부처님의 출현을 만나 육바라밀의 수행을 닦는다. 그리고 최후에 일생보처의 보살로서 도솔천에 오르게 된다. 도솔천은 부처가 이 세상에 사람으로 강탄하게 되는 공간이다.

이와 같이 석가로 인간 세계에 태어나기 전까지가 제1부에 들어가는 여러 가지 이야기인 본생담이다. 그러므로 본생담은 그 보살의 원력이 크고 수행의 지위가 높을수록 극적이고 불가사의하며 신화적일 수밖에 없다. 결과적으로 수행자의 성도 수준에 맞게 본생담은 미화되고 강조되어 덧붙여진다. 이른바 영웅 만들기 방식이다.

따라서 석가의 본생담도 순수한 불타의 실제 전기라고 하기는 어렵고, 상당한 정도로 창작되어 덧붙여진다. 당시의 불제자들에게 있어서 목격하거나 듣기 어려운 성도 이전의 과거세의 수행 이야기는 문제였다. 이러한 문제에 대한 신자들의 요구에 의해 당시의 신화, 전설, 민담 중에서 석가의 행적에 걸맞는 여러 가지 신이담들이 인연담의 형태로 끼어 들게 되었다. 그러므로 불경 전래설화의 체제면에서 보면 본생담 부분이 가장 오래 전에 형성되었으며, 문학성도 비교적 풍부하다고 볼 수 있다.

제2부는 불타가 도솔천으로부터 아인도의 가비라성 마야부인의 모태에 들고 실달태자로 태어나 궁으로부터 출가하여 보리수 아래서 성도하기까지

의 이야기로 되어 있다. 이 부분은 석가의 일생 중 인간적인 비속한 삶과 보살적인 숭고한 삶이 교차 서술되면서 어떠한 인연에 의하여 삼계의 독존인 불타가 될 수 있었는지를 보여주는 인연담이 주가 된다.

즉 신이한 탄생담, 중생 제도와 생로병사의 철학적 문제로 고민하는 성장담, 일신의 부귀와 환락을 모두 버리고 고행의 길을 선택하는 출가담, 숱한 유혹과 방해로 성도에 이르기까지의 시련을 보여주는 고행담, 제행 무상의 법을 깨닫고 일생보처가 되는 성도담·등이 그 내용이다. 그러므로 1부와 2부는 석가가 어떠한 인연에 의하여 삼계의 독존인 불타가 될 수 있었는가를 서술하는 전생 인연담이다.

제3부는 성도 후 45년 동안 불타로서 여러 곳을 돌며 교화 설법한 이야기이다. 이 부분은 통일된 기술과 정리가 미흡한데 대체로 성도 후의 초법전륜, 야사 출가, 세 가섭의 귀의, 사리불과 목건련의 귀의, 불타의 가비라성 방문 등 몇 가지 중요한 사건을 제외하고는 별로 통일된 것이 없다.

제4부는 불멸과 불멸 후의 이야기이며『열반경』등 독립된 많은 경전이 성립되어 있다. 경전에 따라 다소 차이는 있지만, 대체로 전생 인연담이 주가 되고 3부와 4부는 거기에 추가된 형식을 취하고 있다.

불경 전래설화는 단편적으로 형성·유통되어 오다가, 이렇게 4부를 포함하는 팔상 형태의 완전한 불경 전래문학이 성립된 것은 석가가 열반한 훨씬 후대인『불본행경』,『승가나찰소집경』,『불소행찬』등에 이르러서였다. 이는 역사 그 자체를 그리 문제시 삼지 않았던 석가의 생존 또는 열반 후의 당시 인도 불교도들의 태도 때문이었다.

이 경전들은 148~1078년 사이에 중국으로 수입·번역됨으로써『석가보』,『석가씨보』,『석가여래성도기』,『태자서응본기경』,『과거현재인과경』등 정돈된 형태의 많은 불경 전래문학이 등장하게 되었다.[238] 특히 이 시기 보창의『경률이상』과 도세의『법원주림』은 중국적으로 토착화된 새로운 불경 전래문학으로 자리잡았다. 그리고 돈황에서 발견된『팔상변』,『실달태자수도변』,『태자성도변문』,『불본행경변문』등은 대중화, 통속화를 지향한 속강 변

---

238) 김운학, 불교문학의 이론, 일지사, 1981, p.41 참조.

문의 성격에 비추어 볼 때 널리 유통된 화본임을 짐작할 수 있다.

이처럼 중국에서 불경 전래설화는 이른바 속강과 불교 재의를 통해 광포되는 가운데 시공을 초월하는 상상력과 낭만성, 그리고 가공성과 영웅적 면모는 설화문학의 상상력과 낭만적 요소를 확대시키는데 기여하였으며, 문체도 경전의 수식체에서 벗어나 강창 중심의 변문 서사양식으로 변모되면서 소설적인 산문체의 발달을 촉진하여 후대 속문학과 소설문학 출현의 동인이 되었다.

우리 나라에서도 불경 전래설화는 더 말할 필요도 없이 완벽한 이상형 내지 종교적 숭앙의 대상으로 받아들여졌다. 각종 한역 불경 전래설화의 수입은 물론 한국적으로 새롭게 찬술된 「석가여래행적송」, 『석가여래십지수행기』, 「월인천강지곡」, 『석보상절』, 『월인석보』, 「팔상록」 등은 불경 전래문학의 한국적 전개를 촉진시킨 직접적인 근거가 되는 작품들이다. 이 한국적 불경 전래문학은 전체적인 구조는 저 중국의 한역 불경 전래설화와 마찬가지로 팔상 구조는 유지하지만, 그 구성과 표현 문체에 있어서는 참신성과 독자성을 확보하고 있다. 이것은 그 불경 전래설화가 유통되는 공간, 사상, 향유자의 인식에 따라 새롭게 찬술되기 때문이다.

이런 점에서 『석가여래십지수행기』의 서사 구조는 대체적으로 불경의 "전생(강생) - 탄생 - 성장 - 출가 - 고행 - 성도 - 교화 - 열반"이란 팔상의 구조를 따르고는 있지만, 그 구성과 내용, 표현의 참신성과 변문화된 독자적 변모 양상에 주목할 필요가 있다.

가. 전생

전생은 현세 인간으로 태어나기 이전 세계의 삶을 말한다. 다시 말하면 전생은 삶의 순환이 끊임없이 반복된다는 윤회의 사실과, 석가의 탄강이 인욕행을 실천한 과거세의 결과라는 인과의 원리를 보여주는 부분이다. 그 속에는 석가가 옛날 과거세 각각의 세상에 여러 인연으로 태어나 갖가지 처절한 정업을 닦은 설화들이 들어 있다. 전생담에 해당하는 작품으로 「선색녹왕전」, 「인욕태자전」, 「보시국왕전」, 「사신태자전」, 「인욕선인전」, 「선우태자전」, 「금우태자전」, 「선혜선인전」, 「보시태자전」 등 9편의 변문들이 윤회와 인과의 원리를 보여주기 위해 반복·교차되고 있다.

그런데 이들은 불경 전래설화로부터 상당히 변문화되었거나 창작된 변문에 해당한다. 그리고 그 배경은 한결같이 '귀환-머무름-이동'을 반복하는 영겁의 기간 위에 놓인다. 바로 이점은 '탄생-재세-죽음'으로 처리되는 유교적 전기문학과 판이한 차이[239]를 보여주는 것으로, 불경 전래설화 문학이 갖는 서사 구조상의 중요한 특징이다.

즉 유교적 삶은 일회성으로서 끝나는데 비해 불교적 삶은 계기성으로 반복되고 있다. 이와 같은 계기적 삶의 서술은 인간의 삶이 인연의 윤회를 반복한다고 보는 불교적 시간 관념 속에서만 이해될 수 있는 요소이다. 그리고 윤회는 계기적으로 일어나는 인과의 원리상에 놓이기 때문에 현세의 노력 여하에 따라 내세가 결정되며 현세는 과거세의 업보에 상응하여 나타나게 된다.

불타가 전세에 사슴으로, 태자로, 소로 태어난 것은 각각 그 이전 세의 원인에 따른 과보인데 그 과보로부터 벗어나기 위해 부지런히 보시와 인욕행을 실천하였다. 새끼 밴 사슴을 위해 자신을 희생하는 선색녹왕, 매에게 쫓기는 토끼를 구하고 자신을 매에게 희생하는 인욕태자, 굶주린 범에게 자기 육신을 던져버리는 사신태자, 귀신에게 처자는 물론 자신까지도 보시하는 보시국왕과 보시태자, 이들은 모두 大喜大捨의 자비심을 일으켜 현세보다 나은 도솔천에 나기 위한 보살의 수행이었다. 그야말로 애욕과 집착에서 벗어나고 중생을 제도하기 위해 애쓴 위대한 수행자의 초인간적 모습이다.

또다른 하나는 인욕행의 모습이다. 불교적 성자의 모습은 깨달음을 얻기 위해 철저한 고행을 실천하는 인욕 바라밀행에 잘 나타난다. 일반적인 영웅들은 무사적인 힘으로 적과의 투쟁에서 승리하는 것이 궁극적인 목표이다. 그러나 보살에게는 그러한 외면적 힘은 무의미하며 결정적인 우주적 승리를 가져오는 철저한 인욕행만이 시험으로 부여된다. 악우에게 두 눈을 찔리고 거문고 하나에 몸을 의지한 채 타국을 전전하며 유랑걸식하는 선우태자, 송아지로 태어나 죽을 고비를 넘기고 타국으로 도망하여 전전하는 인고의 세월을 겪는 금우태자, 임금에게 자신의 코, 두 귀, 두 팔을 잘리는 고통을 겪으면

---

239) 김승호, 불교적 영웅고, 한국문학연구 제12집, 동국대 한국문학연구소, 1989, p.334.

서 인욕을 보여주는 인욕선인, 아름다운 여인의 유혹을 뿌리치고 부처님께 공양할 꽃을 구하는 선혜동자, 이들은 모두 인욕의 보살행 실천을 보여주는 인물이다.

이러한 보시와 인욕은 불타가 되기 위해 닦아온 전생의 보살행으로서 석가가 삼세의 독존이 될 수 있었던 선인을 설명해 주는 모티브이다. 삼세의 독존이 되기 위해서는 그만큼 험하고 힘든 보살행이 있었음을 보여주어야 한다. 그 결과 현세에 가유라국 마야왕비의 모태에 들어가 태자로 탄생하는 생을 받고 성자가 되는 십지의 수행 계위를 완성하는 전형적인 인물인 실달태자로 형상화된다.

나. 강탄

실달태자의 강탄부터 열반에 이르는 일련의 서사 단락은 불타 현세의 일생으로 제10지 「실달태자전」에 해당한다. 태자의 현세 출생은 다분히 신화적 요소와 신이성을 지니되, 전생의 인과에 따른 응보의 윤회로 도솔천에서 인간 세계로 탄강한다는 점에서 매우 독특한 양상을 띤다.

> 옛날에 여래께서 도솔천에 계셔 보처존이 되시니 호명왕 보살이었다. 제천왕에게 말씀하시기를 "내가 무량겁 동안 보살도를 행하여 중생을 제도하려고 항상 사무량심과 육바라밀을 가지고 수행하는 도법을 닦았더니 이제 인과가 원만하고 중생이 제도를 받을 만하도다. 인간 세계에 내려가 대법륜을 굴리고자 하니 어떤 나라로 가야 부모로 삼아서 여래가 태어날만 하겠느냐." 하니 즉시 제천왕이 열여섯 대국을 골라 보살이 의탁할만 하다고 하였으나 모두 응하지 않았다. 한 대범천왕이 말하기를 "중인도 가유라국의 왕의 이름은 정반(원문에는 飯淨임)이요 부인은 마야인데 찰제리 종족으로 부모로 삼을 만합니다." 하니, 보살이 "좋도다 좋도다. 바로 때가 되었다."라고 말했다. 보살이 그때 하얀 코끼리를 타고 둥근 광채 속에서 전단 누각에 앉아 인간 세상에 강생하여 마야부인의 복중에 잉태하였다. 부인이 침전에서 둥근 광채를 띤 보살이 하얀 코끼리를 타고 복중에 들어오는 꿈을 꾸었다. 꿈에서 깨어 대왕에게 고하기를 "아이를 가진 것 같은데 마음이 쾌락하니 성태임에 틀림없습니다."라고 하자 이에 정반왕(원문에는 반왕임)이 매우 기뻐하였다.(원문 생략)240)

---

240) 『석가여래십지수행기』, 제32장 뒤-제33장 앞.

　태자의 출생담을 살펴보면, 태자의 탄생은 천상으로부터의 하강으로 되어 있다. 그 하강은 단순한 하강이 아니라 보다 높은 차원으로 해탈하기 위한 윤회 공간의 선택이다. 그래서 호명보살은 제천왕이 추천하는 여섯 나라를 제쳐 두고 가유라성을 선택하게 된다. 인간계는 윤회로부터 해탈할 수 있는 보살행의 마지막 실천 공간이다. 이는 색계를 초월하여 삼세의 최고 불타가 되려는 석가의 탁월한 영웅성을 드러내기 위한 공간 설정이다.

　따라서 보살이 도솔천으로부터 인간계로 탄강하는 것은 인간계를 제도하는 방편을 보여주기 위한 공간 이동으로 이해할 수 있다. 즉 인간계를 살아가는 중생은 누구든 석가의 삶을 지향함으로써 윤회에서 해탈할 수 있다는 것을 보여주고자 했다. 이러한 공간 이동은 신화적 영웅도 마찬가지겠지만 주인공에게 비범성과 신이한 능력을 부여하는 문학적 장치가 되기도 한다.

　불교의 공간은 크게 욕계, 색계, 무색계로 나뉘어진다. 욕계는 육욕천과 지옥계를 중심으로 욕망과 육도의 윤회가 끊임없이 반복되는 세계이고, 색계는 변화하고 파괴되며 일정한 공간을 점유하는 형태가 있는 세계인데, 욕망을 벗어나 육체만을 남긴 상태로써 선을 닦는 자만이 들어갈 수 있는 세계이다. 마지막으로 무색계는 완전 해탈의 공간으로 방향성과 공간성을 초월해 존재하는 세계이다. 불교적 우주관의 일부이면서도 공간 개념을 초월하여 정신만이 존재하는 삼매의 경지를 일컫는다.

　이와 같은 공간 관념으로 볼 때 태자의 탄강은 색계에서 욕계로의 이동이고, 열반은 욕계에서 무색계로의 이동이다. 호명보살이 전생에서 인욕과 자비의 보시행을 실천하였기에 현세에서는 완전한 정각을 이룰 수 있었다. 따라서 강탄은 출가하여 오로지 고독한 수행을 실천하는 불타의 삶에, 인과윤회의 원리를 부여하게 된다.

　또한 호명 보살이 하얀 코끼리를 타고 둥근 광채 속에서 전단 누각에 앉아 인간 세상에 강생하는 장면은 가히 신화적이다. 이러한 신화성은 구십구억 제천의 무리가 보살을 따라 강생함으로써 더욱 강조된다. 이는 조선조 소설의 이른바 적강 모티브의 전형이라 할 수 있다. 게다가 출생도 비정상적이고 신비롭다. 마야부인이 동산을 거니는데 옆구리로 태어나고 태어나자마자 걸었으며, 여러 신들이 에워싸 목욕시키고 허공에는 묘한 음악이 흐르며 상서로운 기운이 가득찬 신비경으로 묘사되고 있다.

이러한 탄강 서술은 성도한 보살의 신비한 출생을 강조하면서 『석가여래 십지수행기』가 단순한 전기적 사실을 넘어서서 허구화된 서사 양식으로 발전된 것임을 말해 준다. 태자의 신이한 탄생은 주인공이 단순히 비범한 인물이 아니라 우주적 질서와 세상을 바꾸어 놓을 영웅임을 제시하려는 전조이다. 그리고 인물의 이러한 천상 하강 출생담은 현재 사건 중심의 일화성에서 벗어나 한 인물의 전생까지 아울러 서술하는 고소설의 도입부 형식을 일찍이 마련해 준 셈이다.

다. 성장·결연

태자는 강탄한지 7일만에 모친을 잃고 이모에게 양육된다. 이는 신화의 일반적 서사 형태로 등장하는 주인공의 첫시련에 해당한다. 이른바 영웅 만들기 과정에 닥치는 시련이다. 태자의 뛰어난 영웅성은 성장과 결연에서 두드러지며 매우 설화적이고 동화적이다. 설화적 영웅 만들기의 일반적인 서사 형태에서 나타나듯이 뛰어난 능력과 용기를 갖추고 공주와 결혼하게 된다. 태자가 어려서 천신묘에 예배를 했더니 천신이 향응·현신하여 오히려 태자에게 천신들이 몸을 구부려 예를 올리는 이적이 일어난다. 그리고 7살이 되자 천문지리와 공교기예에 통달해 버리고, 15세에는 조달과 힘 겨루기를 하여 승리하며 탁월한 용력을 과시한다. 그래서 드디어 태자는 문무를 겸비한 완전한 능력을 갖춘 인물이 된다.

이때 마침 이웃 비람국에 예쁜 공주가 있었다. 그러나 아무나 공주와 결혼할 수 있는 게 아니라 그 나라에 있는 아홉 겹으로 된 쇠북을 뚫어야 공주와 결연할 수가 있다. 그런데 아직 아무도 그 아홉 겹 쇠북을 뚫지 못했다. 이에 태자가 위풍 당당한 모습으로 비람국으로 들어가 지금까지 아무도 뚫지 못한 아홉겹 쇠북을 단번에 뚫어버리고 공주와의 결연에 성공한다.

> 즉시 태자가 부왕과 이별하고 군마와 장수와 관원들을 거느려 바람국으로 들어가는데 바야흐로 동방갑자가 시작되고 봄기운이 완연하여 만물이 생동하니 화합의 징조가 분명한 때였다. 길게 늘어선 수레에 청인들이 청마를 타고 청기를 휘날리며 들어가니 그 위의가 당당하고 늠름하였다.(원문 생략)241)

공주는 부왕에게 "이는 천지 조화로 음양이 배합됨이니 인륜의 떳떳한 도리"라고 하면서 태자와 결혼시켜 줄 것을 부왕에게 요청한다. 이 부분은 태자의 영웅적 면모가 잘 묘사되고 있으며, 특히 음양의 화합으로 남녀의 결연을 암시하는 서사는 상당히 대중화·통속화된 표현 문장이다. 그리고 다음의 삽입 운문은 두 사람의 만남이 우연이 아님을 보여 준다. 태자와 공주의 결연이 단순한 시험 통과자에게 주어진 승리의 보답이 아니라 윤회, 곧 전생 인연에 따른 현세의 과보임을 분명하게 제시해 준다.

東風擺綻劫前春	동풍이 문득 불어 왕겁의 봄을 부르니
五百生中有誓因	오백의 전생 중에 혼인 맹서 있었네.
善惠仙童來托化	선혜 동자가 몸을 나투어 오기를
蘇多女子又番身	수없이 여자도 되고 또 태자가 되었네.
九重鐵鼓輕穿透	아홉 겹 쇠북을 가볍게 뚫고서
百萬精兵作敗軍	백만 정병을 패군으로 만들었네.
太子今朝爲駙馬	태자 오늘날 부마로 간택되니
耶輪原是賣花人	야수공주는 원래 꽃파는 여인이었네.242)

바람국왕은 두 사람의 결연을 축하하며 한바탕 잔치를 벌인다. 용봉고를 울리며 금양종을 치며 생황의 가느다란 음악을 연주하는 가운데 태자는 비람국 황궁에 들어가 부마로 결연을 치르고 날마다 풍성한 음식과 부부의 기쁨에 취해 즐거움을 마음껏 누리게 된다. 이제 태자가 공주를 데리고 본국으로 돌아가는 길은 고소설의 한 장면을 보는 듯, 더욱 낭만적으로 묘사되고 있다.

> 태자가 공주와 함께 수레에 올라 말을 몰아서 집으로 돌아가는데 산에는 붉은 반죽이 드리워져 있고 푸르스름한 비취색 기운이 오락가락하는데, 늘어선 물버들 사이로 살구꽃 향기가 계곡의 시냇물에 잠겨 흐르는 속에 누런 꾀꼬리가 소리 높여 지저귀고 백련 속에서 원앙이 마주 보고 노니는데 봉황은 아름답구나. 난로와 나비들이 쌍쌍히 어울어졌구나.(원문 생략)243)

이 장면은 행복에 도취해 있는 결연 부부의 흥취를 북돋아 주기에 적절하

---

241) 위의 책, 제35장 뒤-제36장 앞.
242) 위의 책, 제36장 뒤-제37장 앞.
243) 위의 책, 제37장 앞.

도록 환상적으로 묘사되고 있다. 특히 쌍쌍히 노니는 난로와 나비는 태자와 공주를 비유하면서 두 사람의 행복을 상징하는 낭만적인 분위기를 한층 돋구어 주고 있다. 예로부터 난로는 귀현의 위의를 난새와 백로의 아름답고 고상한 모습에 비유하여 이르는 말이니 태자와 공주의 상징적 모습이고, 원앙과 호접은 남녀의 다정하고 낭만적인 분위기를 비유와 상징적으로 나타내 주는 뛰어난 문체 표현이다.

라. 출가

태자는 장성하면서 개인의 행복 추구보다 남의 고통과 인간 삶의 근본 문제에 골똘하며 생각하는 철학자로 변모한다. 궁중의 화려하고 안온한 삶에서 벗어나 궁 밖의 외부 세계를 목도하게 되고 가난과 병듦, 늙음과 죽음에 대해 깊은 고뇌를 품게 된다. 주위의 삶을 세세히 관찰하면서 왕국의 태자로서도 해결할 수 없는 삶의 근원적인 문제에 부닥치고 그 인간적 고뇌로부터 벗어날 방도를 찾으려고 애쓴다.

시신이 길가에 있는데 남녀가 둘러싸서 "어찌할꼬." 하며 슬피 울자, 태자는 보고 있다가 마음이 통절하여 눈물을 흘리며 "나는 제왕의 자손으로 항상 저와 같은 모습을 면하기 어렵거늘 아들 딸이라도 어느 누가 대신하리." 하고 애닳아 하였다. 태자는 결국 이 문제를 해결하기 위해 모든 부귀 영화를 뒤로 하고 출가를 결심하게 된다.

> 身隨泥土氣隨風　몸은 진흙이 되고 기운은 바람이 되니
> 一片頑皮裏臭膿　한 조각 가죽으로 냄새나는 고름을 가렸구나.
> 四大六根歸故里　사대 육근[244]이 본래의 곳으로 돌아가면
> 就中誰是主人公　그 중에 어느 것으로 주인공을 삼을까.[245]

이처럼 누구보다도 깊은 고뇌와 성찰을 하는 데서 삶의 근원 문제를 파고드는 태자의 구도심과 영웅성을 확인할 수 있다. 태자가 경험하는 갈등과 고민은 외부 세계와의 대결이 아니라 철저한 자기 고민과 존재 성찰의 고행이

---

244) 사대는 세상 만물을 이루는 근본이 되는 地, 水, 火, 風 네 가지(사람의 몸)를 일컫고, 육근은 사람을 미혹하게 하는 眼, 耳, 鼻, 舌, 身, 意 등 번뇌의 여섯 가지 근원을 말한다.
245) 『석가여래십지수행기』, 제39장 앞.

다. 다시 말하면 삶의 근원에 대해 고뇌하는 태자에게 부닥친 문제는 외부 세계와의 대립이나 적대자와의 갈등이 아니라 인간 삶에 대한 깨달음을 얻기 위한 철학적 차원의 갈등이다. 그러므로 석가의 영웅성은 외부 세계와 대립하는 투쟁 전사나 폭군, 구세주로서의 영웅과는 다른 유형이다. 곧 석가는 성자, 고행자, 출가자로서의 영웅이다.246)

태자도 일반적인 영웅처럼 분리의 과정을 거친다. 생사병고의 근원 문제를 해결하기 위해 가정과 궁궐을 버리고 혼자 숲속으로 들어간다. 이러한 태자의 분리는 외부 세계로의 투쟁을 위해 출정하는 행위가 아니라 스스로의 고뇌를 통한 내면적 깨달음을 얻기 위한 고행의 행위이다. 여기서 일반 영웅과 확연히 구분되는 보살적 영웅성이 드러난다. 즉 입신양명을 위한 화려한 세계로의 진출이 아니라 이타행을 실천하기 위해 구도의 자기 고행을 선택한다.

출가는 대체로 화평하던 세계의 분위기를 깨면서 주인공에게 슬프고 어둡고 절망적이며 고통과 괴로움을 함께 부여하는 단절된 세계로의 이행을 강요한다. 그것은 고행이란 핵심 화소로 전개되는데 태자의 고행을 통해 생로병사의 문제가 해결될 수 있게 된다. 그리고 불타의 출가는 선험성·영험성을 내세워 당위적 절차로, 자발적 행위로 감동있게 처리되기도 한다.247)

일반적으로 영웅이 출가하면 스승이나 원조자를 만나게 된다. 태자의 출가도 여러 스승과 원조자를 만나서 이루어진다. 태자가 청익하는 대상은 정거천과 연등불이다. 이들은 모두 자유자재로 변신하여 몸을 나투고 생사가 윤회하는 것이며 부귀 영화도 꿈과 같다는 것을 태자에게 일깨워 준다. 게다가 사천왕들은 수많은 병사들이 굳게 지키는 성문을 태자가 무사히 빠져 나가도록 도와 준다.

> 光陰易邁景難留 세월이 흘러가서 멈추기가 어렵거늘
> 戀酒貪花色未休 술 생각과 꽃 탐하기가 쉼이 없었도다.
> 只管今生不顧後 다만 지금의 세상만 알뿐 뒷일을 알 수 없으니
> 濤濤不覺老臨頭 도도히 깨닫지 못하는 사이에 늙음이 이르렀네.248)

---

246) 조셉 캠벨, 앞의 책, p.345.
247) 김승호, 불교적 영웅고, 앞의 논문, pp.338.
248) 『석가여래십지수행기』, 제38장 앞.

貪名貪利逞儇儸 명리를 탐하는 데는 날래더라도
百病臨身沒奈何 백 가지 병이 몸에 들면 꼼짝할 도리가 없도다.
造罪如山誰替得 산과 같이 지은 죄 누가 대신 값으리오.
看看不免見閻羅 염라대왕과 대면하기를 면하기가 어렵다오.[249]

태자의 출가를 염려하는 부왕은 군사를 시켜 성문을 굳게 지키며 태자의 마음이 흔들리지 않도록 오락을 더하게 하지만 태자의 굳은 결심과 원조자들의 신이한 능력을 당하지 못한다. 태자는 부인에게 진정한 스승을 찾았으며 출가하여 중생을 제도하겠다고 설득한다. 부인도 그 큰 뜻을 알고 더이상 만류하지 못한다.

棄却皇宮富貴鄕 황궁의 온갖 부귀 모두다 버리고서
雪山深處務眞常 설산 깊은 곳에서 참된 도를 배우리라.
當初曾發堅牢願 애당초 견고하게 금강 발원하였으니
不證菩提怎見王 보리도를 증득 않고 어찌 부왕을 다시 뵈리.[250]

태자는 부인에게 어려움이 생기면 극복할 수 있는 신비한 신향(信香) 한 봉지를 주고, 득도한 후 돌아오겠다는 게송을 남기고는 부왕 몰래 출가에 성공한다. 태자가 부인에게 남긴 '신향'은 일종의 신물 모티브이지만 이 작품에서는 폭력 분리로 끝나기 때문에 상봉의 매개물로 작용하지 못한다. 태자는 깨달음을 얻고 집으로 귀환하는 것이 아니라 중생을 제도하고 해탈의 삶을 보여 주기 위해 열반하기 때문이다.

마. 고행 · 성도

고행은 불타적 방법으로 행해지는 성도를 향한 수도 정진이며, 일종의 영웅으로의 입사 의식에 해당한다. 설산에 도착한 태자는 크게 두 가지의 고행을 겪는다. 하나는 생사윤회를 해탈하는 깨달음을 향한 고독한 선정(禪定)이요, 하나는 외부 세계와의 끊임없는 유혹의 단절이다. 특히 부왕이 아들의 환궁을 끝없이 요구하며 교진여 등의 교우를 보내 설득하지만 성도를 향한 태자의 정진은 멈춤이 없었다.

---

249) 위의 책, 제38장 뒤.
250) 위의 책, 제43장 앞.

　　태자가 설산 중에 있어 날마다 마와 보리를 먹으며 까치가 이마 위에 집을 짓고 띠뿌리가 무릎을 꿰뚫어서 마른 모습이 학과 같았다. 수행이 원만히 이루어져 과일이 익고 향기가 떠다니는데 섣달 초파일 밝은 별이 출현할 때에 문득 돈오하여 불과를 증득하니 곧 경사스런 구름이 에워싸고 상서로운 기운이 주위를 빙빙 돌았다.(원문 생략)251)

　　이러한 고행이야말로 불타의 영웅성을 단적으로 드러내는 핵심 화소라 할 수 있다. 민담, 설화, 유교 열전에서 채택하고 있는 것과 같은 외부 세계와의 갈등 주지, 곧 항마 부분은 모두 삭제된 대신에, 태자에게는 내부적 세계와의 대결 의식만이 고취되고 있다. 섣달 초파일에 태자는 지금까지 아무도 행하지 못한 철저한 자기 고행의 단계를 극복하고 완벽한 영웅의 세계에 들어섰다. 태자는 갖가지 유혹과 번민을 떨쳐버리고 삶의 의미를 궁구한 끝에 완벽한 세계에 도달한 고행의 달인이요, 오도의 선구자이다.

　　그 성도의 순간은 더이상의 통과 의례, 즉 윤회가 없는 상태로 전이되는 시점이다. 결국 태자는 외부 세계뿐만 아니라 자기와의 대결에서도 승리하고 완전한 정각의 상태에 들어갔다. 이 단계는 태자가 자신이 속한 문화권의 소우주적 승리 뿐 아니라 신화의 영웅 이상으로 인류적, 대우주적 승리를 획득한 영웅이 되는 순간이다.

　　시련과 고행을 따져보면 새삼 그의 위대함에 경외심을 품게 되고 인간으로서, 신이 된 자로서 전형적인 상을 지니게 되었음을 알게 된다. 석가는 공포와 전율을 제압했고 그 자신이 고백했듯이 그의 고행은 우주 만물 가운데 최고의 지경에 올라 있었음252)을 자부하게 된다. 그러므로 우리는 고행의 과정에서 고난을 딛고 일어서는 인간적 승리가 영웅화로의 문을 열게 되었다고 믿는다. 따라서 고행과 성도 부분은 석가의 생애 중에서 보살로서의 영웅적 면모가 가장 두드러진다. 따라서 고행과 성도는 곧 '성자로서의 영웅', '수행자로서의 영웅'으로 석가의 영웅적 유형을 특징지을 수 있는 핵심 화소이다.

바. 교화 · 열반

불타의 교화 주지는 저본 불경에는 매우 방대하게 서술되어 있지만, 『석

---

251) 위의 책, 제43장 뒤.
252) 김승호, 불교적 영웅고, 앞의 논문, p.335.

가여래십지수행기』에서는 단 몇 줄로 축약되어 버렸다.

> 이때 대범천이 부처께 법륜을 굴릴 것을 청하니 영산회상에서 천이백 성
> 문과 한량없는 인천 대중을 제도하여 법을 듣게 하였다. 49년간 교화를 펴며
> 300여회의 법문을 말씀하고 꽃을 들어 대중에게 보이니 가섭이 환한 미소를
> 짓고 도를 깨우치게 한 후에 쌍림에서 열반에 들었다.(원문 생략)[253]

이처럼 불타가 성도 후에 행한 숱한 이적을 행하고 마귀를 항복시키며,
교화한 방대한 이야기는 관심 밖으로 밀려나 있다. 즉 팔상의 구조적 변형을
시도한 핵심 부분이다. 그러므로 전체적으로 『석가여래십지수행기』는 성장,
출가, 고행 등 성도 전반부의 인간적 삶에 서사의 초점이 맞추어져 있고, 항
마, 전법, 교화 부분은 거의 모두 생략되어 있다.

또 하나 우리가 여기서 주목하게 되는 것은 종결 방식이다. 각 단편들의
이야기 종결 방식은 흥미롭다. 전생담의 경우 제1지부터 제9지까지는 모두가
한결같이 '좌화이거'함으로써 윤회를 반복하는 보살의 삶을 순환적으로 반복
하여 그려내고 있다. 이는 보살의 궁극적 관심이 윤회로부터 벗어나는 내세
에 있음을 알 수 있다. 이를테면 내세는 육도를 윤회하거나, 높은 차원의 도
솔천 공간에 나거나, 윤회로부터 완전 해탈하거나 하는 세 가지 길로 열려 있
고 그 길은 현세의 인과로 결정되기 때문에 보살의 삶은 그만큼 절실할 수밖
에 없다.

이러한 내세 관념은 자연스럽게 '전생 → 현세 → 내세'라는 순환적 시공
관념을 만들어 내게 되었다. 특히 인간이 경험하고 상상할 수도 없는 현실 이
외의 세계에 대한 이야기는 문학적 상상력과 독자의 관심을 끌어내기에 충분
한 모티브가 될 수 있다. 그만큼 주인공의 삶은 내세를 보장받을 수 있는 감
동적이고 이타적인 영웅행을 그려낼 수밖에 없다. 그러한 '보살의 삶'을 완성
시키기 위해 실달태자의 결말은 시멸함으로써 종결된다. 이러한 시멸은 끊임
없이 윤회 전생해 온 인물들의 이야기를 보살행의 십지위로 종결·완성시켰
음을 보여주는 극적 결말이다.

---

253) 『석가여래십지수행기』, 제44장 앞.

2) 서술 유형

『석가여래십지수행기』에 실린 10편의 단편들은 모두 불경 전래설화를 변문화하여 석가의 일생을 새롭게 조명한 변문들이다. 그러나 각 변문들은 보살의 수행 과정에서 석가가 경험한 여러 가지 이야기를 고정된 관점으로 서술하고 있지는 않다. 그 이야기들은 소위 액자의 틀 속에 석가의 직접적인 수행담은 물론 당시 사회에 널리 유행되고 회자되던 설화나 전설과 같은 단위설화들을 다양하게 수용하여 형성되었다.

따라서 대부분의 이야기들은 석가가 전생에 겪고 수행한 보시와 인욕의 보살행을 보여주기 위해 초월계와의 교섭을 많이 다루고 있다. 잘린 팔이 다시 회복된다든가, 호랑이에게 몸을 던졌는데 다시 살아난다든가, 눈을 찔렸는데 다시 떠진다든가, 소로 태어나 고생하다가 인간으로 변신한다든가, 용궁에 들어가 보주를 구해 온다든가 하는 모든 이야기는 석가의 보살적 위대성을 설명하기 위해 동원된 비현실적인 화소들이다.

그런데 비현실적인 화소들조차 신불 대중들에겐 석가의 위대성에 대한 숭배적 자세로 말마암아 진실처럼 받아들여졌던 것이다. 따라서 『석가여래십지수행기』의 신이하고 조화로운 이적은 평범한 사람으로서 행할 수 없는 석가의 영웅성을 강조해 주게 되는데, 이런 요소들이 문학적으로는 전기성(傳奇性)에 해당된다.

이러한 전기적 성격은 허구성과 상상력으로 인해 상당히 소설 수준의 문학성을 갖춘 작품들을 생산하게 되었다. 「선우태자전」, 「금우태자전」, 「보시태자전」, 「실달태자전」 등이 대표적이다. 이들 작품은 『삼국유사』 소재 「최치원전」이나 「조신전」, 「노힐부득달달박박전」, 「김현전」 등이나, 「부설전」, 「왕랑반혼전」 등의 초기소설과 견주어 손색없는 작품들이다.

따라서 본장에서는 『석가여래십지수행기』의 서술 유형을 본생계 불경 전래설화 문학과, 변문계 전기문학(傳奇文學)으로 나누어 살핌으로써 설화문학사 내지 소설사에서 다루어질 『석가여래십지수행기』 단편들의 갈래를 실험적으로 검토하고자 한다.

(1) 불경 전래설화 문학

불경 전래설화는 초기의 단편적인 전기로서 신화적, 전설적인 바탕 위에 역사적 사실성을 부각하는 율장과 별전 형태로 유통되어 오다가, 불타의 인간적 위대성과 초인간적 영웅성을 부각시키는 창작 시대로 들어가게 된다. 대표적인 불경 전래설화로는 인도의 경우 마명이 저술한『불소행찬』이 있고, 중국의 경우 승우가 지은『석가보』와 도선의『석가씨보』가 있으며, 한국의 경우『석가여래십지수행기』와 무기의「석가여래행적송」, 그리고『석보상절』, 『월인천강지곡』 등의 변문을 들 수 있다.

특히 중국의 경우 당대에 불교 전성기를 이루면서『수행본기경』,『태자서응본기경』,『과거현재인과경』,『중본기경』,『승가나찰소집경』 등 인도 불경 전래설화의 계맥조차 확인할 수 없는 중국의 불경 전래설화가 쏟아져 나왔고,『석가여래성도기』,『석가여래응화록』,『석가방지』,『법멸진경』 등 새롭게 찬술된 불경 전래설화들이 등장하였다.

이들은 속강이란 독특한 방편을 타고 구비 문헌적으로 새로운 불경 전래설화 작품을 형성·유통시키면서 많은 창작된 불경 전래설화를 창출해 냈다. 그 요인으로 인쇄술의 발달, 사전체의 정착, 전기문학의 유행의 영향도 있었겠지만, 무엇보다도 불경 전래설화가 갖는 풍부한 문학적 허구성과 경전을 쉽고 재미있게 민간대중들에게 연설하는 속강의 유행이 가장 직접적인 요인이었다. 그것은 돈황 변문에서도 확인된다. 대략「태자성도경」,「실달태자수도인연」,「태자성도변문」,「불본행경변문」,「팔상변」 등의 변문은 모두 중국문학사에서 비중있게 다루어지는 본생계 불경 전래설화 문학들이다.

우리의 경우도 한·중 교류가 활발했던 신라·고려대에 많은 창작적인 불경 전래설화가 형성·유통되었다.『석가여래십지수행기』는 이러한 과정에서 형성되고 조선조에 목판으로 유통된 대표적인 창작 불경 전래설화인 셈이다. 그 체제도 각 단편들이 완전한 전기문학 유형을 갖추고 있을 뿐만 아니라, 전체적으로도「실달태자전」을 중심으로 9편의 전생담이 결구되어 전형적인 장편 전기문학 형태를 갖추고 있다. 불경 전래설화의 내용은 불타의 초인간적인 보살행에 맞춰지면서도 효행을 강조하고 현실적으로 당대의 이념적인 조화를 꾀하려고 애쓴 저술 의도가 어느 정도 드러나고 있다. 본생계 불교 전래문학 중에서 특히 효행 주지를 부각시킨 작품이 많은 이유도 이런 측면에서 이해된다.

이밖에도 널리 유통된 「목련경」, 「안락국태자경」, 「유광불경」, 「섬효자경」, 「수달기정사품」, 「선우입해구주경」, 「수천제태자전」 등의 불경 전래설화 작품들은 모두가 보살행과 효행을 강조하는 불타의 면모를 부각시키고 있는 변문들이다.

이러한 본생계 불교 전래문학들은 삼세윤회의 허구적 시공 관념 위에서 주인공의 일생을 서술해 나가는 서사 양식을 열어 주었다. 이는 유교적 전문학의 양상과 변별되는 양식으로 전세의 개입, 인과적 윤회로 나타나는 강생, 용궁과 같은 타계의 신비 체험, 변신과 개안을 통한 주인공의 변모, 초월자의 개입과 이원론적 세계관 등은 본생계 불경 전래설화가 갖는 독특한 서사 양식으로 특히 많은 승전에서 끊임없이 시도되고 모방되어 왔다.[254] 이처럼 본생계 불경 전래설화 문학은 허구 양식의 발달에 커다란 동인을 제공하면서, 「선우태자전」, 「금우태자전」과 같은 일부 작품은 그 계통을 잃지 않고 꾸준하게 고소설로 형성·변모·유통되어 왔다.

가. 보시와 인욕행

유교는 과거와 내세가 중시되는 불교에 비해 현세의 삶, 현실의 가치를 소중히 여긴다. 그러므로 전문학은 탄생에서 죽음까지의 평면적이고 단선적인 서사 양식을 벗어나지 못하는데 비해, 불경 전래설화는 죽음 전후까지를 다루는 삼세 육도의 시공관념 속에서 인물의 삶을 입체적이고 순환적으로 그려낸다.

> 인연을 좇아서 과보를 얻으며 세세에 공을 세우며 내세의 과보는 과거의 인연에 의해 이루어지니 영원히 수행하여 인과가 뚜렷함을 증명하도다.(원문 생략)[255]

---

254) 『삼국유사』에만도 37편에 달하는 변문계 승전이 확인된다.
　　사재동, 불교계 서사문학의 연구, 앞의 논문, pp.179~180.
255) 『석가여래십지수행기』, 서문, 제1장 앞.

이처럼 불경 전래설화는 '과보'를 중심 모티브로 하는 다양한 공간과 복합된 시간 속에 서사되는 이야기다.『석가여래십지수행기』만 해도 10편의 단편들이 모두 석가란 한 인물의 이야기이면서 각기 다른 세상에 태어나 겪은 입체적이고 환상적인 이야기로 짜여져 있다. 다시 말하면 그 각기의 수행이 선인이 되어 도솔천에 오르고 다시 도솔천에서 강생하여 드디어 일생보처 보살인 부처가 되어 열반에 드는 과정의 서사이다.

그러므로 석가의 본생담이 보여주는 서사구조는 '전생 - 탄강 - 성장 - 출가 - 고행 - 성도 - 교화 - 열반'의 이른바 팔상의 환상적 윤회전생을 기술한다. 그럼으로써 단선적인 현실만을 그려내는데 그치는 전문학에 비해, 불경 전래설화는 과거와 미래까지를 포괄하는 환상적이고 입체적인 영웅의 삶을 그려내고 있다.『석가여래십지수행기』의 단편들은 이러한 구조 속에서 한결같이 윤회전생을 주지로 하는 불경 또는 민간 전래설화까지 액자에 수용하여 인과응보의 주제를 부각시킴으로써 신불 대중들의 감동을 자아내기에 충분하였다.

서문에 밝혔듯이『석가여래십지수행기』는 곧, 의지 · 수행한 자에게는 한 나라도 가볍고, 깨달은 자에게는 선한 데로 나아가게 해주는 반야의 경지였다.[256] 그러니 이러한 취의를 드러내기 위한『석가여래십지수행기』의 공통된 핵심 서사 모형은 자연히 석가의 본생 고행담에 맞춰질 수밖에 없다. 실제로 그 고행의 성격은 자기 희생의 보시행과 고난 극복의 인욕행으로 나뉘어진다.

우선 보시행의 경우, 자비심을 일으켜 임신한 부녀자를 대신한 선색녹왕, 즐거운 마음으로 토끼를 대신해 몸을 던진 보시태자, 나라와 지위, 처자, 그리고 자신의 몸을 던져 윤회의 해탈을 얻는 보시국왕 · 사신태자 · 인욕선인 · 선혜선인 등, 다양한 인물의 행위로 서사되고 있다. 그러나 석가의 보시행은 현실적인 차원을 넘어서는 경이롭고 불가사의한 것이므로 초월계의 개입이 자연스럽게 이루어진다. 그래서 석가는 숱한 모습으로 변신하기도 하고 되살아나기도 하며, 다시 회복되기도 한다.

아무튼 보시행은 탁월한 영웅으로서의 구도자가 되기 위한 입사식과 같은 것으로 일종의 신화적 모험담[257]과 흡사하다. 그런데 보시행에서는 깨달

---

256) 위의 책, 같은 곳.
257) 조셉 캠벨, 앞의 책, pp.37-38 참조.

음, 곧 오도의 실천행이 중시되기 때문에 선·악의 대립과 갈등이란 서사적 긴장 요소가 약화될 수밖에 없다. 게다가 현실적 삶의 대부분을 거부하고 있다. 집을 떠나고, 가족을 보시하고, 신체를 돌보지 않는다. 그렇다고 이것을 조선조 소설의 영웅성에 대비시키거나 당시인들의 사고관에 견주어 가족질서의 파괴요 지속적 갈등과 대결 구조가 없는 서사라고만 간단히 말한다면258) 이 작품의 전체 구조는 물론 진실된 의미 구조를 파악하지 못한 것이 되고 만다.

석가의 출가는 궁극적으로 현상적 차원을 벗어나 가족과 국가와 세계와 우주를 구원하는 중생 제도에 있었다. 그리고 그 제도의 힘은 현실적 차원을 넘어서는 새로운 질서를 세우는데 쓰인다. 그것은 이른바 중생 해탈의 세계요, 수행 열반의 경지이다. 따라서 출가는 표면적인 가족 질서의 파괴지만, 수행하여 해탈한 이후는 가족의 질서를 넘어서서 궁극적인 우주에의 귀환이므로 가족 질서의 회복은 물론, 더 나아가 우주적, 세계적 질서를 회복하는데 이르는 대승적 영웅상을 보여준다.

보시행을 다룬 불경 전래설화 문학은 조선조의 사회적 변동과 유학 사상의 심화로 인해 더 이상 발전될 수 있는 문예사회적, 사회사상적 방편을 잃었음에도 다행히 '희생효' 주지를 다룬 「심청전」류에서 그 단편적인 전승 양상을 찾을 수 있다. 심청이 행하는 자기 희생과 안맹한 부모의 구원은 인욕과 보시 바라밀행259)의 서사적 진술이라 하겠다. 그러므로 보시행을 주지로 하는 문학의 성격은 외형적 투쟁을 통한 흥미보다는 내면적 갈등과 화해를 통한 감동을 자아내는 데에 초점이 맞추어진다.

다음으로 인욕행이 두드러진 작품을 살펴볼 때, 인욕 과정은 일종의 신이담으로부터 탐색담 형태에 이르기까지 다양하게 서사되어진다. 그러니 자연 주인공의 행위를 중심으로 원조자가 등장하고 사건이 복잡화되면서 갈등과 대립이 점차 표면화된다. 신이담의 경우 초월자는 주인공의 수행을 시험하는 존재로 개입된다. 따라서 서사는 대체로 짤막하고 주인공의 비범성을 부각시키는 데서 종결된다. 그러나 탐색담의 경우 초월자는 주인공의 수행을 도와

---

258) 이강옥, 앞의 논문, p.146.
259) 김영만, 경판심청전의 불교적 고구, 부산대대학원 석사학위논문, 1979, pp.20-29.

주는 원조자로 기능한다. 그래서 탐색 주인공은 현실적 문제의 해결을 위해 고민하게 되고, 수행을 방해하는 인물에 의해 갈등이 심화·지속될 수밖에 없다.

제6지 「선우태자전」과 제7지 「금우태자전」은 각기 여의주 획득과 모친 구출을 향한 인욕 보살행을 탐색담으로 서사해 내고 있는 작품이다. 백성들의 안락을 위한 한량없는 보시를 행하기 위해 여의주를 구해 오는 선우태자, 두 부인의 모해로 죽을 고비를 넘기고 소로 변하며 신선의 도움으로 왕이 되어 어머니를 구하게 되는 금우태자, 이들은 모두 이른바 탐색과 인욕의 영웅이며, 이들이 겪는 갈등과 대립은 투쟁이 아니라 자기 희생이란 방편을 통해 갈등을 해소하고 세계를 화합으로 이끌어간다. 이러한 행위는 이른바 희생 효행과 맞닿아 있다. 선우태자가 부친을 위해, 금우태자가 모친을 위해 자기 스스로를 희생하며 모든 고통을 감내한 서사 유형은 희생 효행으로서, 보살의 인욕행이 가정 윤리의 범주 안에서 문학적으로 변용된 경우이다.

선우는 왕인 부친을 도와 나라의 백성을 규휼하다가 영원한 방편을 얻기 위해 용궁으로 가서 여의주를 얻어 오나 악우의 모해로 갖은 고난을 겪게 된다. 여기서 악우의 등장은 선우의 영웅화와 인과응보란 두 가지 의미를 충족시켜 준다. 결국 선우는 부귀가 무상함을 깨닫고 부모와 이별하고[260] 수행하여 성도하고 해탈하는 신적 존재로 열반에 든다.

그런데 여기서 신적 존재란 의미는 현세의 부귀만이 아니라 윤회전생과 인과응보를 주재하는 존재로서 해탈한 구원자를 의미한다. 그가 일차적으로 추구한 것은 한량없는 보시지만, 궁극적 추구는 성도였다. 금우태자의 영웅 성도 이와 마찬가지다. 일차적 추구는 어머니의 구출이지만 궁극적 추구는 성도에 있었다. 성도는 내세의 과보가 과거의 인연에 의해 이루어지지만, 수행하면 개인마다 반야의 경지에 오르게 됨[261]을 구체적으로 보여 준다.

결국, 보시행은 상구보리를 근간으로 하여 일체의 보시와 순간의 깨달음

---

260) 「선우태자전」이 가족 관계의 테두리를 넘어서지 못했다고 본 이강옥(앞의 논문, p.146)의 논지는 비판(최호석, 앞의 논문, p.35 주 참조)"될 수밖에 없다. 왜냐하면 출가와 해탈은 일상적 가족 개념을 넘어서서 중생 제도, 우주 자재를 지향하는 불교적 연기관과 보살의 영웅성으로 이해해야 하기 때문이다.

261) 「석가여래십지수행기」, 서문, 제1장 앞.

을 얻는 주인공의 이타행을 통해 구도자로서의 탁월한 영웅성을 강조해 내고, 지계행은 하화중생을 근간으로 하여 자기 희생을 통해 세계를 수용하며 대중성과 흥미성을 한껏 확대·부연해 낸다는 점에서, 본생계 불교 전래문학의 성격은 일종의 보시와 인욕행을 중심 주지로 하여 서사되는 자기 희생적 영웅담이다.

그러므로 향촌 사회의 가족 중심에서 파괴된 가족 질서의 회복과 그 과정에서 세속적 부귀 영달을 이루는 서사가 조선조 통속 국문소설의 패턴262)이라면, 세계적, 우주적 구원과 화해를 위해 자신을 희생하고 대립자를 선으로 이끌어가는 장엄하고 오묘한 구도자적 모습을 보여주는 서사는 본생계 불경 전래설화 문학의 패턴이다.

따라서 일반적인 영웅소설의 일생에서 드러나는 세계와의 투쟁과 갈등은 본생계 불경 전래설화 문학에서는 거의 찾아지지 않는다. 이는 불교 문학의 주인공인 보살의 영웅성이 주로 심리적, 내면적 갈등 구조를 갖기 때문에 나타나는 현상이라 하겠다. 보시와 인욕이 성취되기까지는 처절하고 처참한 고초를 맛보게 되지만 그것을 감내하여 성도한 이후에는 중생을 교화·제도하는 '성자적 영웅'의 위치를 확보하게 된다.

나. 보살의 일생

「실달태자전」은 윤회전생담의 연장선에 놓이면서 현세의 한 인물의 일대기 형식을 취한 점이 다르다. 이 작품은『과거현재인과경』에 설해져 있는 석가의 일생을 간략히 축약하여, 그 영웅적 일생을 찬술하면서, 경전의 방대하고 산만하리만치 장황하게 부연된 비유와 상징, 인용과 열거를 다 빼버렸다. 대신에 실달태자의 일생은 탄생, 성장, 결연 등 일생의 전기적 행위와 사건을 중심으로 서사하되 주인공은 투쟁과 승리 대신 철저한 자기 고행을 선택한다. 이는 이른바 "보살의 일생"으로써 오도와 구원을 지향하는 불교적 영웅담의 전형을 보여준다.

① 하강 : 호명보살이 도솔천에서 하강하여 가비라국왕의 아들로 태어난다.
② 탄생 : 실달은 출생한지 7일만에 어머니를 잃고 이모에게 양육된다.

---

262) 이강옥, 앞의 논문, p.145.

③ 성장·결연 : 태자는 비범하여 활쏘기로 쇠북을 뚫고 바람국 공주와
　　　　　　 결혼한다.
④ 출가 : 생로병사의 윤회를 생각하고 출가, 입산수도한다.
⑤ 고행 : 왕이 보낸 교우의 회유도 거절하고 수행에 정진한다.
⑥ 성도 : 6년의 고행 끝에 불과를 증득한다.
⑦ 교화 : 사바세계에 대법륜을 전하고 인천 대중을 제도한다.
⑧ 열반 : 49년간 대중을 교화하다가 쌍림에서 시멸한다.

팔상의 구조를 갖는 보살의 일생은 천상 세계로부터의 하강으로 시작해서 철저한 자기 고행을 통해 영웅성을 획득하고 해탈하는 것으로 되어 있다. 사회적 영웅담의 핵심인 투쟁과 승리는 불교적 영웅인 석가의 전생담에서는 찾아보기 어렵고 오히려 고행을 통한 교화와 시멸이 최종 목표인 구도자로서 그려진다. 그러므로 사회학적, 신화학적 영웅관으로는 이러한 보살의 일생을 설명하기 어렵다. 인욕태자는 구원을 요청하는 토끼를 구하고 대신 자신의 몸을 매에게 희생한다. 더 나아가 보시태자, 보시국왕은 자신의 몸은 물론 처자까지 희생시킨다. 또 인욕선인의 경우는 코, 귀, 수족까지 차례로 잘려 나가는 고통을 참아내기까지에 이른다.

『석가여래십지수행기』의 주인공들은 한결같이 이러한 희생을 통해 결국 대상을 교화시키고 무상의 세계를 획득함으로써 그 영웅성을 드러낸다. 그래서 부처의 자비심은 곧 윤회전생의 업력을 해탈하고, 자신은 물론 세계, 악과의 대결에서 승리를 거두며 완전한 정각 상태에 들게 만든다. 이렇게 보면 적어도 본생계 불경 전래설화의 보살들은 철저한 자기 희생과 고행을 통해 세계를 획득하는 '희생적 영웅담'[263]의 주인공에 가깝다.

인욕태자, 보시국왕, 사신태자, 선우태자, 선혜선인, 보시태자 등도 모두 평범한 인간으로는 행할 수 없는 한량없는 보시 보살행을 실천해, 이러한 선근으로 실달태자가 윤회전생에서 벗어나 해탈을 이루어내게 된다. 즉 이들은

---

263) 불교적 영웅이 현시적 쟁취와 더불어 화려한 전과가 드러나지 않는다고 해서, 자신이 속한 문화권의 소우주적 승리뿐만 아니라 신화적 영웅 이상으로 세계사적, 대우주적 승리를 획득한 그를 '실패한 영웅'이라 경솔히 평가할 수 없다.(김승호, 불교적 영웅고, 앞의 논문, p.335 참조.)

한결같이 인간도, 축생도를 반복한 윤회전생담의 주인공들이다. 이들은 대개가 고귀한 신분, 부귀와 복락이 보장된 태자, 왕, 선인의 지위를 타고 난다. 그러나 자아의 도취에 머물지 않고 항상 중생의 교화와 제도를 위해 선근을 닦기를 게을리 하지 않을 뿐 아니라 자신의 육신은 물론, 가족, 부귀와 같은 모든 현실적 요소들에 머물지 않는다. 그래서 이들은 곧 만족한 현실의 밖에 기다리고 있는 윤회전생의 고뇌에서 벗어나려고 애쓰며 가난한 자, 고통받는 자들을 향해 자기 몸을 내던지는 이타와 자기 희생의 영웅적 면모를 유감없이 보여주게 된다. 그래서『석가여래십지수행기』에서도 출가와 성장, 고행이 가장 중점적으로 부각·강조되고 있다.

실달태자의 일생은 주인공이 이 세상에 나기 전인 아득한 전세의 선색녹왕부터 보시태자까지의 윤회전생을 보여 준다. 윤회전생에서 행한 일들은 실달태자의 전생 선인으로 작용하여 해탈이란 선과를 무리없이 전개시키도록 구성되어 있다. 이는 '천상-지상-천상'으로 이동하면서 주인공의 삶이 서술되는 일종의 순환 구조라 하겠다. 도입부의 호명보살 탄강 모티브는 천상과 지상, 과거와 현재, 미래란 삼세윤회 시공관념을 적강 서사 기법으로 적용하는 데 있어 성공하고 있다. 게다가 이는 실달태자가 수행 성도하는 보살의 삶을 전생담의 적강식 개입으로 합리화, 구체화시켜 주는 역할도 하고 있다.

전생담의 결부는 불경 전래설화의 전형적인 순환 서사구조를 형성해 냈고 결국 시공을 초월한 석가의 영웅행적담을 자유자재로 삽입할 수 있게 한다. 특히 과거·현재·미래가 연결된 인과윤회의 시공 관념과 이러한 시공 속에서 벌어지는 사건들을 상승과 하강의 액자 속에 유기적으로 연결시키는 순환 서사구조는 조선조 소설의 전개에서도 중요한 기능으로 작용하는 구조 기법[264]이다. 특히 과거, 현재, 미래가 연결된 이러한 시공 관념과 이러한 시공 속에 벌어지는 사건들을 유기적으로 연결시키는 순환 서사구조는 고소설에서 중요한 기능으로 작용한다.

이러한 본생계 불교 전래문학의 구조는 이른바 조선조 소설의 적강 유형과 맥이 닿아 있다. 이들은 모두 삼세윤회를 바탕으로 한 인과 사상에 기초하

---

264) 사재동, 「구운몽」 연구서설, 어문연구 제14집, 어문연구회, 1985, pp.51-54 참조.

고 있다.265) 특히 고전소설인 「구운몽」은 불경의 '상승-하강' 구조를 계승하되 고소설의 전형적인 '하강-상승'의 적강 구조로 발전되어 있는 대표적인 작품이다.266) 그러나 고소설의 적강 유형은 삼세윤회가 온전히 표현되면서 현실과의 갈등과 투쟁이 소중하게 그려지는데 비해, 『석가여래십지수행기』의 강탄 유형은 삼세의 시간 개념이 철저히 부정되고 있다는 점이 큰 차이이다.

즉 고소설은 보상과 행복이 주어지지만 『석가여래십지수행기』에서의 최종 결말부는 해탈로 종결되어 버린다. 다시 말하면 적강 유형은 승천과 천상질서의 회복이란 행복한 결말로 현실적 고통을 보상받으려 하는데, 불경계 강탄 유형은 시멸함으로써 일상적 질서를 완전히 부정해 버린다. 이는 『석가여래십지수행기』의 비현실성이면서 성자적 삶을 사는 신성 문학성을 유지하는 요소가 된다. 곧 생성과 소멸, 인간의 한계, 시간과 공간 상의 일체 변화를 일상의 분별력으로 부정하려는 데 석가의 진정한 뜻이 있었다. 이것이 바로 해탈를 지향하는 석가의 위대한 삶이면서 그만큼 작품의 신성성267)을 유지시켜주는 일면이기도 하다.

(2) 변문계 전기문학

불타의 본생담은 인도의 초기 형성기부터 전기적(傳奇的) 요소가 다분했다. 불타가 살아 있던 시대는 경험했지만 그가 설법한 윤회의 세계는 초경험적인 신화적 상상의 세계였기 때문에 현실계와 비현실계의 교섭을 다루는 전기성을 띨 수밖에 없었다. 본생이란 말은 범어 자아타카(jataka)에서 온 것으로 부처를 초인격화 하기 위해 당시에 유행되고 있던 전설과 전기적 민간 설화

---

265) 적강화소와 적강소설에 대한 연구는 성현경 교수의 아래 논문이 대표적이다. 그는 이조소설의 주류를 적강소설이라고 보고, 「숙향전」, 「숙영낭자전」, 「구운몽」, 「옥루몽」 등 18개 작품의 구조를 분석하여 적강유형이 불교계 인과윤회 사상에 기저하여 형성된 구조임을 밝혔다.
성현경, 이조소설의 적강유형과 그 작품구조, 동양문화 제18집, 영남대 동양문화연구소, 1977. pp.1~23.
성현경, 이조적강소설과 종교사상, 동양문화 제20·21합집, 영남대 동양문화연구소, 1981, pp.17~111.
266) 사재동, 「구운몽」 연구서설, 위의 논문, pp.53-54.
267) 보살의 일생이 변용된 삼세윤회의 적강소설은 모두 신성소설에 포함될 수 있다. (이상택, 고대소설의 세속화과정 시론, 앞의 책, pp.75-76 참조.)

를 전생담으로 탈바꿈시켰다. 그러면서 교리적인 철학성과 교훈성, 흥미성을 고루 갖춘 가장 훌륭한 형태의 변문계 전기문학(傳奇文學)을 탄생시켰다.『육도집경』,『보살본연경』,『생경』,『보살본행경』,『보살본생만론』 등은 부처의 전생담을 중심으로 성립된 가장 대표적인 변문계 전기문학이다.

이러한 불경의 유통 과정에서 다양한 전기문학들이 형성될 수 있었고 당시 세계의 갈등과 고민을 자연스럽게 담아냈다. 그래서 고려 초기에서 조선 전기에 이르는 소설사의 주류가 대부분 현실계와 비현실계의 교섭을 중심으로 하고 있는 점도[268] 이러한 변문계 전기문학의 영향이 컸다는 측면에서도 이해될 수 있다.

가. 초월적 시공 관념

불경 전래설화 문학의 주인공들은 석가의 전생 보살들인데 그 출현 양상이 매우 다양하고 역동적이다. 주인공들은 원력에 의해 자유자재의 형상으로 태어나고 시공을 넘나들며 행동하고 현상에 얽매이지 않고 중생을 구제하는 천의 얼굴을 가진 독특한 인물이다. 이들은 이른바 지계, 인욕, 보시의 바라밀을 실천하는 불경 전래설화의 주인공들이다. 이들의 초월적이며 상상적인 이야기는 신화적 상상력을 바탕으로 하여 교조인 석가의 이적을 새롭게 창작한 것이기 때문에 삼계 육도를 넘나드는 서사 체계는 자연히 전기적 성격을 띨 수밖에 없다.

신화나 설화 영역에서의 전기성은 괴기나 이적이지만 본생계 문학에서의 전기성은 불타의 위대성과 불법의 영험성으로 연결되기 때문에 놀라움이 아니라 감동으로 받아들여지는 초월적 세계의 환상성에 닿아 있다. 굶주린 호랑이나 매, 귀신에게 자신의 몸을 던져 줌으로써 모든 생명있는 만물의 구제를 실천으로 보이고, 용궁에서 여의주를 구해 와서 중생을 구하고, 소의 몸으로도 인욕을 실천하고 왕자로 변신하여 모친을 구하는 것은 보살 수행의 영험으로 나타나는 현상들이다.

---

268) 김종철, 고려 전기소설의 발생과 그 행방에 대한 재론, 사재동 편, 한국서사문학사의 연구, 중앙문화사, 1995. pp.879-912 참조.
　　김종철, 서사문학사에서 본 초기소설의 성립문제, 다곡이수봉선생 화갑기념 고소설연구논총, 논총간행위원회, 1988, p.207.

그래서 범인으로서는 이해하기 어려운 초월 세계에 대한 허구적 상상과 신비 체험은 불경 전래설화의 가장 두드러지는 특징이다. 선인·도사·제석·노인·정거천인·토지신 등 초월적 존재와 파격적인 배경과 허구의 공간인 천궁, 용궁, 지하 세계까지도 주인공은 쉽게 교통하는 것으로 그려진다. 이것이 바로 전기성이다. 『석가여래십지수행기』의 경우 초월계와 교통하는 화소는 주로 출가와 고행 부분에 집중되는데 이는 성도 과정을 장엄하게 돌출시켜 인간적 한계를 극복하도록 하는데 요긴하게 기능하도록 하기 위해서이다.

『석가여래십지수행기』의 전기문학성은 주로 초월적 존재의 개입으로 이루어지는데 주인공의 능력과 원력의 견고성을 시험하거나 삽입 게송을 통해 주인공을 일깨워주는 형태로 나타난다. 즉 삽입 시가의 상당 기능이 초월자와 주인공과의 매개 역할을 하고 있다는 점인데 이는 후대 전기소설에서도 일반적으로 나타나는 현상이다.

석가도 전생에서는 윤회를 반복하는 색계의 인물이었다. 그가 수행을 원만히 하고 드디어 윤회를 벗어나 불타로 완성되기 위해 도솔천에 난 것은 수겁의 세월이 흐른 후였다. 그 동안 도솔천의 세계에서는 석가 본생의 수행에 관심을 갖고 지속적으로 개입하여 그의 삶을 조정해 주었다. 제3지 「보시국왕전」의 경우 천상 신인으로부터 해탈게를 듣기 위해 자식과 처를 보시하고 게송을 듣게 된다. 제7지 「금우태자전」의 경우도 남녀 결연을 암시받기도 한다.

> (가) 有愛故生惱 애착이 있는 고로 괴로움이 생기고
> 有愛故生怖 애착이 있는 고로 두려움이 생기느니라. (제3지)

> (나) 東君鼓動劫前春 동풍이 불어와서 봄소식을 전함이여.
> 曠大猶來各有姻 꽃피고 열매 맺어 왕겁 인연 분명하다.
> 高麗國中招駙馬 고려국 공주가 부마를 간택할 때
> 金牛時下必成親 금송아지 오늘날 결연을 맺을지라. (제7지)

이들은 모두 천상계의 초월자가 주인공에게 내려주는 계시이다.

이와 반대로 인간이 천상에 연결을 호소하는 경우도 있다. 『석가여래십지수행기』 부록으로 실려 있는 변문인 「안락국태자경」의 경우 안락국이 장자

의 칼에 잘린 모친의 시신을 수습하여 얼싸안고 눈물을 흘리며 서천을 향해
게송을 읊는다.

> 願我臨欲命終時 원컨대 내 목숨 마칠 때면
> 盡除一切諸障碍 일체의 장애를 벗어버리고
> 面見彼佛阿彌陀 아미타불을 만나 뵙고
> 卽得往生安樂刹 극락 왕생을 얻으리라.[269]

48용선이 진여 대해에 떠서 태자 앞에 나타나 모든 보살들이 태자를 호위
하며 어머니가 극락왕생하였음을 일러주고 태자도 극락으로 태워 간다. 이처
럼 인간과 천상의 매개로서 시가의 기능은 주인공의 갈등을 해소시켜 주는
역할을 하는 게송으로 확인된다. 『석가여래십지수행기』에 삽입된 시가의 이
러한 전기적 기능은 일화 속에서 천상적 초월 세계와 지상적 현실 세계를 이
어주는 원초적 기능이[270] 수용·발전된 형태라 할 수 있다.

아무튼 『석가여래십지수행기』의 주인공들은 영웅의 일생을 통해, 성도
이전에는 다분히 인간적이다가 초월계와 교통하면서 성도 이후엔 신적 존재
로 변모해 간다. 특히 실달태자는 열반함으로써 찰나와 영원이 동일한 것임
을 우리에게 일깨워 주고 있다. 이것을 시간의 부정[271]이라고 말할 수도 있지
만, 엄격히 말하면 보살들의 위대한 인간적 삶과 경이로운 신적 모습을 표현
하기 위해 시공을 초월하는 보살의 양성 구유적 성격[272]을 보여주는 것이기
도 하다. 이것은 곧 불경 전래문학의 전기문학적 특징을 단적으로 보여 준다.
그리고 이처럼 인간과 신적 경계를 넘나드는 양성 구유적 현상은 보살의 비
범성을 부각시키면서 신불대중과 독자들에게 찰나와 영원이 동질성임을 일

---

269) 「지림고적」, 『석가여래십지수행기』, 부록.
270) 이승복, 고전소설의 서술구조와 삽입시가의 기능, 서울대 석사학위논문, 1986, p.17.
271) 김승호, 고려승전의 서술방식 연구, 앞의 논문, p.56 참조.
272) 조셉 캠벨, 앞의 책, p.150 참조.
   관음이 세운 맹세에는 세상을 구제하고 세상을 버티는 심오한 직관이 포함되어 있다. 시
   간이 끝나는 순간까지 앞서서 잔잔한 영원의 강으로 뛰어 들겠다는 각오로 열반의 문턱에
   서 걸음을 멈추었다는 것은 겁과 찰라의 구별에 대한 자각을 표상한다. 이때 체득되는 것
   은 찰라와 영원이 같은 경험에 대한 두 가지 측면들, 곧 동일의 비이원적이고 표현할 수
   없는 것에 대한 두 가지 층면들이다. 곧 남성인 관세음과 여성인 관음의 성격을 동시에 갖
   추고 있다는 것이 양성구유적(兩姓具有的) 성격이다.

깨워 주는 데 기여하고 있다.

나. 자유 자재한 변신

『석가여래십지수행기』에 나타난 또 하나의 전기문학성은 인물들의 다양한 변신성에 있다. 본생담은 석가가 출생하기 이전 삼아승지겁 동안 여러 몸으로 태어나 수행한 이야기므로 그 자체가 거대한 전기문학집이다. 이런 점에서 불교는 변신 주지가 가장 발달한 종교라 할 수 있다. 특히 보살은 33가지 형태로 변신할 수 있는 자재한 신통력을 가지고 있다.

원래 변신은 인간이 변화하는 과정을 통해 인간이 아닌 다른 존재의 두 영역을 서로 넘나들 수 있는 수단이 된다. 그러므로 원래는 상당히 원시적인 사고 방식의 산물이지만 이러한 변신 사고는 불가시한 삶의 현상을 상상하고 이해시키는 방편으로써 어느새 인류 보편적인 것이 되고 말았다. 그러나 역사 발달과 더불어 고대 사유가 퇴화하면서 점차 부정되어 왔지만 삼세 윤회전생 사고를 바탕으로 하는 불교적 사유에서는 자연스럽게 보다 더 발달될 수 있었다.

그간 문학에 표현된 변신 주지에 대한 연구는 상당히 진척되어 있다. 그러나 여기서 관심을 갖는 것은 불교계 설화문학에 반영된 변신 주지이다. 특히 변문계 전기문학에 표현된 변신은 모두 인과응보, 삼세윤회 사상에 따라 나타나는 현상들이다. 따라서 보살의 변신은 중생이 지옥·귀신·짐승·아수라·사람·하늘의 육도를 선악응보에 따라 상승과 하락, 과거와 현재의 연기, 현세와 내세 사이의 오르내림, 부단한 고해의 부침이 전생한다는 것을 보여준다.

일례로 「금우태자전」에서 금우가 축생으로 변신되어 겪는 고난은 전생죄에 대한 악과로서 주어진 과보이며, 철저한 고행을 통해 미남자로의 진신을 회복하고 파사국의 왕이 되는 인간 변신을 통해 신분 상승과 욕망의 성취를 달성하고 인과응보의 윤회전생을 생생하게 보여 준다. 이처럼 전체적인 틀은 불교적이지만 그 중간중간에 개입되는 원조자의 변신은 비불교적인 면도 많다. 하지만 전체적인 변신 구조가 삼세윤회란 불교적 사유에서 벗어나는 경우는 거의 찾아볼 수 없다.273)

---

273) 고소설의 경우도 초월자의 개입이 도사, 신선, 제석, 옥황 등 제종교적으로 다양하지만 전

특히 원조자들은 초월적인 존재로서 보살의 수행을 돕거나 시험하여 성
도를 통해변신하도록 도와 주는데 이들은 특별한 변신 과정 없이 자유자재로
변한다.

작 품	본 신	변신 형태	기 능
「인욕태자전」	청의동자	토끼, 매	태자의 수행 정도를 시험함
「보시국왕전」	제석	신인(귀신)	태자의 수행 정도를 시험함
「사신태자전」	제석	범	아내의 귀가를 막아 지연시킴
「선우태자전」	천신	해문선인	태자를 용궁까지 안내함
	토지신	노인	본국까지 태자의 길을 인도함
	?	신선	거문고를 주어 아내와 상봉케 함
「금우태자전」	태자	송아지	태자가 축생 과보를 받아 고행을 행함
	?	신선	태자에게 선과를 주어 탈각시킴
	?	노인	태자가 부마로 간택되게 함
「보시태자전」	제석	노인	자식 보시를 요구하여 수행을 시험함
	제석	범	태자의 수행을 도와 줌
	제석	노인	태자에게 아내 보시를 요구하여 시험함
「실달태자전」	정거천인	노인, 승려	태자가 생로병사로 고뇌하고 출가하게 함

이와 같이 주인공이 직접 변신하는 경우는 「선우태자전」밖에 없고, 나머
지 여섯 작품은 모두 초월자들이 주인공의 능력이나 수행 정도를 시험하거나
주인공을 원조하는 기능을 위해 변신 주지를 사용하고 있다. 그런데 「금우태
자전」과 「선우태자전」의 경우 불교적인 변신이 매우 약화되어 있음을 알 수
있다. 특히 「선우태자전」에서 아우에게 두 눈을 찔려 앞을 볼 수 없는 선우에
게 거문고를 주어 아내와 상봉하게 만드는 노인이든가, 「금우태자전」에서 금

____

체적인 변신구조가 삼세윤회란 불교적 사유에서 벗어나는 작품은 거의 찾아볼 수 없다.
(성현경, 이조 적강소설과 종교사상, 앞의 논문, pp.98-101 참조.)

우가 소의 몸으로 공주와 내쫓기자 '선과'를 먹여 탈각하게 하는 노인 등은 서사 반전의 중요한 기능을 하고 있는데, 이들은 모두 불교적 성격보다는 오히려 도교적 성격에 가까운 원조자들이다.

이러한 변신 주지는 두 작품의 전체 구조가 불교적 삼세윤회 관념에서 벗어나지 않았지만 내용과 제재적인 면에서는 그만큼 민중적, 세속적으로 통속화되었기 때문에 나타나는 현상으로 생각된다. 특히 「금우태자전」과 「선우태자전」에 등장하는 신선이나 노인은 고소설에 자주 등장하는 통속화된 원조자의 원형이라 보아진다.

이처럼 변문계 전기문학은 변신 주지를 수용하여 보살의 자재한 수행을 실감나게 그려내고, 주인공의 고행을 극적으로 반전시켜 행복한 결말에 이르도록 결구된다. 따라서 변신 주지는 인간 삶의 육도 윤회를 보여주기 위해 변문계 전기문학에 자연스럽게 반영되어 온 가장 일반적인 서사 형태이다.

다. 윤회 전생의 이원적 세계관

윤회란 인간의 육체가 멸하더라도 몸, 입, 마음에서 발생하는 업력은 멸하지 않고, 그에 상응하는 인과 응보로 모태에 의탁하여 태어나게 되고, 성장하면서 다시 미혹과 업을 지으면 다시 내세, 차내세에 왕생함으로써 삼계 육도를 전생[274]함을 말한다. 이처럼 각자가 지은 업력에 따라 일체 만물이 서로 연기되어 과보를 초래한다는 업보 연기 윤회설은 신불 대중뿐만 아니라 유한 인간 삶을 인식한 민중들의 의식을 사로잡기에 충분했다.

『석가여래십지수행기』에 서사되어 있는 9편의 이야기는 모두 윤회전생을 보여주는 단편들이다. 곧 실달태자가 왜 그토록 고생을 하면서 수행해야만 했는가의 이유를 전생담으로 제시해 주고 있다. 전생담은 모든 생명이 삼세 육도를 끊임없이 윤회하고 있고, 그 윤회가 현실 삶의 고뇌로 나타난다는 것을 보여주는 이야기들이다. 그러므로 윤회전생은 전기문학(傳奇文學)의 중요한 주지인 셈이다. 선색녹왕·인욕태자·보시태자·금우태자·선우태자 등은 모두 대중 세계의 중생을 제도하기 위해 삼세에 몸을 나투어 불타가 윤회 전생한 세상의 주인공들이다.

---

274) 김동화, 앞의 책, pp.145-147 참조.

이러한 윤회 전생은 서사 주지로 일찍부터 나타나는데『삼국유사』에 보면 사복이 모친상을 당하여 어머니를 업고서 우주의 핵심인 띠풀 줄기를 뽑고 지하의 연화장계관에 드는 극락 왕생의 장관은 불법으로 인해 비속한 인간 삶을 벗어나는 내세연을 생생하게 보여 준다.[275) 그의 어머니가 전생에서는 암소였으나 불경을 나른 선과 공덕으로 금생에 여자 몸으로 태어나 사복 같은 성인을 자식으로 두게 되고, 또한 이 인연으로 연화장계에 들게 된다는 그 장엄하고 감동적인 장면은 축생도에서 인간도를 거쳐 천상도에 태어나는 윤회전생담을 압축·서사한 가장 대표적인 형태이다. 이러한 윤회 주지는 현세적 삶의 갈등을 융해시켜 새로운 세계에 대한 인식을 구체화시켜 낸다는 데 의미가 있다.

『석가여래십지수행기』에 실린 단편들도 모두 인간의 윤회 전생을 문제로 다루고 있다. 윤회는 생사의 연속이 삼계 육도를 수레바퀴처럼 순환한다는 의미이다. 주인공이 살아가는 인간계는 죽음을 초극하는 영생계로 돌아가 극락 왕생하느냐, 아니면 선업의 미비로 윤회의 미로를 거듭하느냐 하는 분기점이다. 그러므로 전생담에서 보여 준 윤회는 현세에서 성도에 이르지 못한 중생들이 고뇌의 윤회를 반복할 수밖에 없음을 암시한다.

불교에서 흔히 말하는 육도 윤회는 천상도, 인간도, 아수라도, 축생도, 아귀도, 지옥도[276)를 의미하는데, 본생담은 바로 이 육도 윤회 전생에서 벗어나기 위해 노력하는 이야기이다. 일기 무상의 존재, 인연 생성의 인과율에 따른 윤회는 비록 불교의 전유물은 아니라 하더라도[277)『석가여래십지수행기』는 그 전생에 지어놓은 업력의 응보를 어떻게 초월할 수 있는가의 문제를 보살행으로 풀고자 한다.

「선색녹왕전」의 선색녹왕은 애기 밴 사슴을 보고 자비심을 일으켜 자신의 몸을 대신 희생시킴으로써 사슴을 사냥하는 왕을 감동시키고 사슴 무리와 왕을 중심한 인간 무리와의 업장을 소멸시킨다. 이처럼 큰 보살이라면 모든

---

275)『삼국유사』권4, 의해 제5, 사복불언조.

276) 김동화, 불교학개론, 보련각, 1984, p.146.

277) 인과응보, 윤회전생은 인도, 희랍, 그밖의 각 민족 사이에 이미 오래전부터 영혼불멸의 신앙과 함께 있어왔고, 우리나라에서도 일찍부터 윤회사상의 전개를 볼 수 있다. (황패강, 신라불교설화의 연구, 일지사, 1980, p.59 참조.)

중생을 위해 그 몸과 목숨을 아끼지 않는 법이다. 오히려 자신을 희생하여 일체 중생의 보리를 증득케 하고 중생으로 하여금 윤회에서 벗어날 방도를 일깨워 준다.

「선색녹왕전」의 저본278)을 보면 사슴을 사냥하던 범바달다왕은 녹왕의 보시행에 감동하여 "나는 사람 형용의 사슴이고 / 그대는 사슴 형용의 사람이라 / 공덕 갖춘 이가 바로 사람이고 / 잔악한 것이 이 축생이라네" 라는 게송을 읊는다. 결국 선색녹왕은 인간 왕의 악인을 깨닫게 함으로써 그를 윤회에서 제도하고자 한다. 그러므로 녹왕의 대립 인물은 궁극적으로 악색녹왕이 아니라 인간 왕이며, 인간도와 축생도가 윤회하는 세계에서 인간 왕이 짐승을 잡아먹는 것은 윤회 전생의 악인 악과란 업장이 됨을 암시적으로 드러낸다.

그래서 『석가여래십지수행기』에 나타난 업보 윤회는 근본적으로 현재의 모든 사람의 상태가 한결같이 과거의 과보요, 현재의 업인으로 내세의 과보가 뒤따름을 말하고 있다. 이는 곧 내세의 선과를 위한 현세의 선업을 고취하는279) 취의를 내포하고 있다. 조선조 소설에서의 적강과 재생, 환생 모티브는 이러한 윤회 전생이 후대적으로 전개되는 가운데 나타난 변이 양상이라 하겠다.

윤회 전생 주지를 다룬 조선조 소설 「만복사저포기」는 주인공 양생이 삼세의 인연으로 여인을 만나 업보로 이별하지만 양생의 은덕으로 다른 나라에 인간도로 환생하고 양생 자신도 정업을 닦아 악업에서 벗어난다는 이야기다. 또 「남염부주지」같은 경우도 주인공 박생이 표면적으로는 불교의 윤회를 부정하고 있지만 결말에 가서 결국 자신이 죽은 후 염라국에서 다시 만날 것을 말함으로써 결국 주인공의 삶은 윤회전생이란 틀 속에서 벗어나지 않았다. 불교를 배척한 왕광은 죽은 아내의 계시에 따라 미타불을 지극 염송하여 죽은 후 전생죄를 염왕으로부터 용서받고 월씨국 옹주의 몸에 의탁하여 인간도에 환생하였다가 극락 왕생하게 된다. 특히 「왕랑반혼전」의 경우는 윤회 전생을 더욱 생동감있게 표현하기 위해 지옥담까지 끌어들이고 있다.

조선조 후기 소설인 「당태종전」에도 윤회 주지가 잘 형상화되어 있다. 당

---

278) 『육도집경』 권3, 「보시도무극장」.
279) 황패강, 앞의 책, p.63.

태종이 최판관의 안내를 받아 지옥과 극락 세계를 두루 살펴보고, 업보 윤회 전생을 깨닫고 불국토를 이룬다. 특히 이 작품의 지옥은 전율을 느낄 정도로 생생하게 묘사되며 극락으로 왕생하기 위해서는 임금에 충성하고, 어버이에 지효하고, 형제간에 우애하고, 빈곤한 자를 구제하고, 부처를 공양하고, 불경을 지성 염송해야 한다고 방법을 구체적으로 제시해 주고 있다.

이러한 취의는 「삼한습유」에서도 잘 형상화되고 있다. 주인공 향랑이 불행했던 전세의 결혼 생활에서 벗어나 윤회를 통해 재결연하면서, 삼국 통일을 이루는 무용담을 첨가하여 유교적 충효사상을 드러내는 한편, 신선이 되어 올라갔다는 결구로 도선사상까지 가미시킴으로써 약화된다. 그러나 이 작품의 윤회 전생280) 구조가 어디까지나 이러한 부분적인 성격을 전체적으로 결합하는 근간 구조로 기능한다는 점은 분명하다.

이렇게 보면 『석가여래십지수행기』에서 형상화된 윤회 전생 주지는 단순한 재생·환생이라기보다는 순환적 삶, 다시 말하면 존재의 죽음이 단순한 끝이 아니라 또 다른 새로운 삶으로의 출생임을 보여 준다. 그리고 이런 윤회 전생은 불교적인 이원론적 세계관에서 가능한 서사 형태이다. 일원론적 세계관은 천상적, 초경험적 질서를 부정하고 지상적, 경험적 질서에 입각하여 전개되기 때문에 현실 사회와의 갈등과 그 변화를 주로 다루게 된다. 그러나 이원론적 세계관은 현세에 천상적, 초경험적 질서가 부합되어 상호 연계되고, 윤회하는 유기적인 우주 질서에 입각하기 때문에 인물의 행위는 모두 인과적 질서 속에 놓여진다. 즉 천상계(전생)의 악인이 현실계(현생)의 적강과 고난으로, 현실계에서의 고난과 역경은 내세(천상계)의 행복과 승천을 가능케 하는 원인281)이 된다.

---

280) 작가는 윤회에 대한 바른 지식을 가지고 가능한 환생, 탁생이 아닌 불교의 윤회전생을 표현하려고 한 것임을 알 수 있다.(김의숙, 국문학에 나타난 불교윤회사상 시비고, 한국불교학 제6집, 한국불교학회, 1981, p.140.)

281) 김일렬, 조선조소설의 구조와 의미, 형설출판사, 1987, p.144 참조.

4. 소설적 면모

불타의 이적과 사상을 감동적으로 표현해 내는 변문의 허구 지향상은 마침내 석가의 인격을 문학적 영웅으로 변모시키는 데 성공하고 있다. 특히 『석가여래십지수행기』의 단편들은 '보살의 일생'을 다룬 불경 전래설화와 비현실적, 초월주의적 세계를 수용한 전기문학(傳奇文學) 형태를 취하고 있기 때문에 서사성과 주제 사상만을 약간 가미하기만 하면 그대로 소설로 발전할 수 있는 여지를 지니고 있었다. 여기서 말하는 서사성은 갈등의 지속적 상승을 의미하며 주제 사상은 있을 법한 허구성을 현실적인 인간 삶과 인간 사회의 문제에서 구한다는 의미이다.

초기 경전이 지니는 불타의 비인간적, 초월적 모습은 변문화 과정을 겪으면서 신비 체험과 환상성이란 흥미 요소로 작용하면서, 자기 희생 내지 이타적 영웅, 사실적 존재로의 변모를 겪게 된다. 즉 독존적인 영웅상 구현을 위해 주변과 격리되는 것이 아니라, 주변의 삶에 관심을 갖고 민중을 구원하려고 하고, 애절한 인간 삶의 비극을 목도하고 도와주려고 하며, 자기 희생을 통해 보주를 구해오기도 하고, 고행을 통해 가족 관계의 회복을 위해 노력하기도 한다.

특히 변문화 정도가 심한 불경 전래설화 문학의 경우 이러한 성격이 특히 강하다. 이는 불경 설화의 세속화라고 할 수도 있는데, 이러한 작품들은 효행, 구원, 영험, 보은 등 당시의 사회적 통념 요소를 표면에 내세우면서 불교의 무상, 인연, 윤회, 자비, 정토, 내세 등의 제반 사상을 함축적으로 묘사하고 허구적으로 구조해내는 데 성공하고 있다.

이러한 형성기 변문소설 작품으로는 「목련전」, 「안락국태자전」, 「선우태자전」, 「금우태자전」, 「보시태자전」, 「왕랑반혼전」 등을 들 수 있다. 이들은 모두 고려대에 형성된 변문소설로 인정되고 있다. 그 중 『석가여래십지수행기』에 실려 있는 「선우태자전」, 「금우태자전」, 「보시태자전」은 적어도 고려시대 이전에 형성되어 유통된 작품이고, 「목련전」은 예종 원년(1106)을 전후

하여 형성되었으며,282) 「안락국태자전」은 안락태자 변상도를 통해 볼 때283) 고려시대 작품으로 확인되며, 「왕랑반혼전」도 이미 고려 충렬왕 30년에 간행된 『불설아미타경』 권말에 수록되어 있었다.284) 이렇게 보면 고려대는 변문소설들이 본격적으로 형성·전개된 융성기이면서 어느 정도 활발하게 유통·전개된 시기임을 확인할 수 있겠다. 이 장에서는 『석가여래십지수행기』에 실린 「선우태자전」, 「금우태자전」, 「보시태자전」, 「실달태자전」을 중심으로 변문소설적 면모를 살펴보고자 한다.

1) 일대기 형식과 갈등의 지속

「선우태자전」, 「금우태자전」, 「보시태자전」, 「실달태자전」은 모두 완벽한 일대기 형식을 갖추고 있다. 석가의 신비롭고 위대한 보살행을 수행자 내지 신불대중들에게 감명깊게 보여주기 위해서는 사건을 중심으로 한 일화적 구성보다는 자연 일대기 형식을 취하는 전기적 구성을 선호하게 되었다. 서술자는 석가가 전생에 겪었던 신비롭고 초현실적인 세계에 대한 설화들을 변문화하면서 일대기로 구성함으로써 주인공의 탁월한 면모를 감동적으로 드러내고자 했다. 이런 단편들이 속강에서 재미있고 감동적인 변문으로 행세하면서 비록 청중과 독자가 제한적이기는 하지만 어떤 것은 점차 문학성을 가미하여 변문소설의 면모를 갖추었다.

고소설의 전형적 유형이 대개 전기적 일생을 지니고 있다는 점에서도 이 작품들의 일대기 형식은 소설에 접근하는 양식으로 볼 수 있다. 고소설이 한 인물의 일생에 걸친 일대기 형식을 선호하는 이유는 신화로부터 사전체, 설화로 전개되어 온 강한 설화문학적 전통일 뿐만 아니라, 주인공의 완벽한 삶을 통해 독자들의 욕구 충족과 대리 만족을 거두어 들이기에 가장 효과적인

---

282) 『고려사』 세가 예종 원년 7월조에 "癸卯 設盂蘭盆齋 于長齡殿 以薦肅宗冥祐 甲辰 又召名僧講 目連經"이란 기록으로 미루어 한국적으로 변문화된 「목련전」으로 파악된다.
　　서병윤, 불설목련경의 서사문학적 고찰, 충남대교육대학원 석사학위논문, 1982.
　　사재동, 불교계 서사문학의 연구, 앞의 책, pp.56-58.
283) 熊谷宣夫, 청산문고장 안락국태자경변상, 이재원박사회갑기념논총, 1969.
284) 사재동, 「왕랑반혼전」의 몇가지 문제, 한국언어문학 제13집, 한국언어문학회, 1977, pp.171-172.

서사 방식이기 때문이다.

소설의 일대기 형식은 허구를 근간으로 하여 지속되는 갈등이 흥미를 유발하도록 구성되어 있어야 한다. 이는 한 작품이 한 인물의 출생에서 죽음에 이르는 일대기를 다루되[285] 여러 가지 사건을 유기적으로 다루고 있다는 의미이다. 다시 말하면 어느 정도의 탄탄한 서사 구조와 인과적 구성, 적절한 분량을 유지해야 한다는 뜻이기도 하다. 「금우태자전」, 「선우태자전」, 「보시태자전」, 「실달태자전」은 이런 점에서 소설 요건을 충족하는 작품이다.

이들은 모두 일대기 형식은 물론이고 적절한 길이를 갖추고 있고, 갈등이 지속적으로 상승되며 주제 사상이 다른 작품에 비해 훨씬 현실적이다. 다시 말하면 이들 작품들은 주인공의 초인적 탁월성보다는 인간적 고뇌와 갈등을 표면에 내세우면서 대립과 반전이 점진적으로 서사되는 구조와 사상을 갖추고 있다.

우선 「선우태자전」의 경우 심성이 곱고 도덕이 높은 선우 왕자는 보시를 좋아하여 백성들에게 무한정 보시를 해주고 싶어서 용궁으로 보주를 구하러 떠난다. 이에 마음이 간탐하고 질투가 많은 아우 악우가 형을 따라가 보주를 빼앗고 형의 눈을 멀게 만든다. 선우는 무인도에 버려져 온갖 고행을 겪으면서 고국을 찾아온다. 한편 보주를 빼앗아 온 악우는 백성과 부모의 사랑을 받으니 독자들은 얼마나 안타까울 것인가? 그러나 선인의 도움으로 거문고를 타게 된다. 아내는 남편의 거문고 소리를 알아채고 상봉하여 혀로 핥아 두 눈을 띄운다.

개안으로 사건은 극적 반전을 이룬다. 악우는 겁이나 다른 나라로 도망을 가고 선우는 보주를 되찾아 백성들과 함께 행복하게 산다. 특히 악우가 도망가는 것으로 결말을 맺음으로써 저본 불경의 인과응보 논리를 넘어서서 완전한 권선 징악적인 주제 사상을 부각시키고 있다. 이러한 주제 사상의 부각은 올바른 인간 삶과 사회 가치관을 제시했다는 점에서, 권선 징악은 완전한 소설적 결말 구조 방식으로 고정되었다.

---

285) 일대기 형식은 소설의 가장 기본적인 순차 구조를 의미한다. 정주동 교수는 이것을 동적 구조라 하고 백여종의 고소설을 분해하여 '출생-성장-비운-역경-회운-행운(결말)'의 서사구조를 제시하였다.(정주동, 고대소설론, 앞의 책, p.181 참조.)

「금우태자전」의 경우도 갈등은 지속적으로 상승되고 금우의 탈각을 계기로 극적 반전을 맞게 된다. 특히 악인의 용서와 어머니에 대한 효행, 모자간의 행복한 결말에서 보여지듯이, 이 소설의 주제 사상이 가족의 상봉과 행복을 추구하는 사회적 원리와 대중적 소망을 잘 담아내고 있다.

이상에서 살핀 두 작품은 주인공의 행위가 종교적 탁월성보다는 인간적 행위와 세속적인 고행에 집중되고 있다. 즉 주인공의 희생과 효행의 가치관이 지속적으로 상승되고 있고, 극적 반전에 의한 권선 징악의 주제, 가정으로 복귀하여 부모를 위함으로써 가족의 행복을 추구하는 윤리 사상 등으로 볼 때, 이들은 소설의 요건을 충분히 갖춘 작품들이다.

이에 비해 「보시태자전」과 「실달태자전」은 종교성과 신성성을 상당히 유지하고 있는 작품이다. 다시 말하면 갈등이 지속되고 일대기 형식을 갖추었으되 주인공의 종교적 탁월성이 무엇보다도 중요하게 부각된다는 의미이다.

「보시태자전」의 경우 주인공 수달라 태자는 궁중 재물을 빈민들에게 나누어 주고 국고가 비게 되어 궐 밖으로 쫓겨난다. 태자는 아이들과 아내를 데리고 단계산에 들어가 수행하게 된다. 태자는 가난한 노인에게 아이들과 아내를 모두 보시해 준다. 가족 질서의 파괴로 보면 이 부분은 너무도 충격적이다. 그러나 고려·조선조를 생각할 때 당시인들에게 있어 석가의 보시행은 진실성 있는 허구로 받아들여졌다고 봐야 한다.

또한 출가의 문제도 권위를 유지하려는 국왕과 보시를 베푸려는 태자와의 대립이다. 국왕은 태자를 내쫓음으로써 빈민 구제를 기피한다. 그러나 얼마 후 태자가 보시한 손자 손녀가 궁궐로 팔려오자 왕은 그제야 자신의 과오를 깨닫고 태자를 다시 불러들여 왕위를 물려준다. 부왕이 태자에게 양위하는 행위는 태자의 삶의 방식이 존중되어야 할 사회적 가치임을 뚜렷하게 형상화한다. 따라서 태자가 곳간을 비운 행위는 긍정되고 백성들에게 베푸는 무한 보시가 이 작품의 주제 사상이 되는 순간이다. 이러한 극적 반전을 통해 찬술자는 당시의 현실을 반영하면서 암암리에 국가 통치자의 빈민 구제 정신과 불국토적인 국가 경영관을 여실히 보여주고 있다.

이렇게 볼 때 부왕과 태자의 갈등 구조는 노인과 두 아이의 중재로, 빈민 구제를 위해 곳간 재물을 보시한 주인공의 행위가 정당한 것으로 반전이 되면서, 이상적인 국가 경영 모델을 제시함과 동시에 당시의 현실적 사회 문제에 일침을 가하는 핍진성을 드러내고 있다.[286]

「실달태자전」도 태자의 출가와 부왕의 만류가 갈등의 중심을 이루면서 전개된다는 점은 「보시태자전」과 흡사하다. 실달은 하늘로부터의 탄강, 비범한 능력, 화려한 결연 등을 통해 최고의 행복을 맛본다. 그러나 최고의 행복은 성밖에 넘치는 인간 고통과 마주치면서 고뇌로 바뀐다. 드디어 태자는 그 문제를 해결하기 위해 출가를 결심하지만 부왕은 허락하지 않는다.

아름다운 채녀들, 맛나는 음식, 가족의 애원, 친구의 만류, 심지어는 군사들의 위협까지 있지만 태자의 결심을 꺾지 못한다. 태자는 초월자의 도움으로 출가하여 모든 문제를 해결할 수 있는 방도를 구한다. 그것은 뼈를 깎는 6년간의 고행이었다. 여기서 주인공의 영웅성은 가족과 사회의 범주까지 넘어서서 우주적 진리를 구하는 데 맞춰진다. 이것이 바로 보살이 지향하는 대우주적 삶이다. 태자는 드디어 깨달음을 얻고 생사병로의 해탈법을 인천 대중에게 교화함으로써 새로운 세계를 획득한 영웅으로 인식되게 된다.

이렇게 볼 때 「실달태자전」과 「보시태자전」은 「선우태자전」과 「금우태자전」에 비해 비교적 종교성과 신성성을 많이 유지하고 있어서 가족질서 회복과 행복 성취를 지향하는 조선조 소설의 패턴과는 어느 정도 거리가 있는 게 사실이다. 그러나 이러한 사실이 소설 요건의 결여라고 보는 데는 무리가 있다. 왜냐하면 소설은 그 시대의 논리나 사유 체계, 미학 개념에 근거해야 하고, 또한 독자들이 작품에서 받은 감명도나 심미적인 체험 정도도 오늘날과 다르기 때문이다.[287] 다시 말하면 소재는 공통되더라도 주제 사상은 그 시대 독자의 사상과 관점에 따라 달라진다. 그렇다면 불경 설화를 변문화한 본생계 불교 전래설화 문학 중에서 완전한 서사성을 구비하여 유통된 이들 몇몇 작품들은 앞으로 초기소설, 변문소설의 범주에서 다루어져야 한다.

---

286) 소설적 진실성은 삶의 현실적인 조건에 근거를 둔 가치관이다. 유충렬과 정한담의 싸움은 힘의 우열로 결판에 이르기보다 둘이 지닌 가치관의 타당성으로 (결말의) 승패가 나누어 진다.(조동일, 한국소설의 이론, 앞의 책, pp.129 참조.)

287) 이상택, 고대소설의 세속화과정 시론, 이상택, 성현경 편, 한국고전소설연구, 새문사, 1983, p.68 참조.

2) 현실을 반영한 가정 윤리

효는 중국이나 우리 나라를 막론하고 국가와 사회, 가족과 개인의 안녕과 질서를 유지하는 근본으로 여겨졌다. 특히 부모에 대한 효는 절대시되어 마침내 사회적 원리로 정착되었다. 일반적으로 불경 전래설화는 가정 윤리로부터 이탈하는 것으로 끝나지만, 「선우태자전」과 「금우태자전」에서는 가정 귀환은 물론 효행 실천으로 종결된다. 이런 점에서 선우태자와 금우태자가 보여주는 불교의 효행은 유교적 효의 의미를 포용하면서 출가의 원력을 정당화시켜 준다.

> 출가라고 하는 것은 안으로는 부모의 사랑을 사양하고 밖으로는 관직의 영예를 버리고, 뜻으로는 무상보리를 구하여 생사의 고해를 벗어날 수 있기를 바란다. 그러므로 조정의 의복을 버리고 복전의 옷을 입는다. 도를 행하여 사은에 보답하고 덕을 세워 三有에 이바지한다. 이것이 출가의 대의이다.[288]

이처럼, 도를 행하고 사은에 보답하여 모든 사람을 구제하기 위한 출가야말로 출세간의 대효라는 의미이다. 그러므로 유교의 효가 재가의 효라면 불교의 효는 출가의 효이다. 출가의 효는 도를 쌓아 자비심으로써 모든 것을 구한다. 눈앞의 효가 아니라 내세에까지 미치는 효로, 일시적으로 집을 버리는 것은 현상적인 불효이지만 수행이 원만하게 되면 결국에는 부모를 육도 윤회에서 구하고 모든 사람까지 구제하게 된다.

유교의『효경』에 대응되는 불교의『보은경』은 일찍부터 우리 나라에 들어왔다. 신라 경흥(京興)이 저술한 『무량수경연의술문선(無量壽經演儀述文撰)』에『보은경』을 인용한 사실로 보아, 적어도 7세기경부터 불교 효행 주지가 한국에 널리 유통, 전개된 것은 분명하다. 이는 불교의 한국적 토착화를 위해서도 유교의 효 관념을 대적할 불교의 사상 체계를 일찍부터 갖출 필요가 있었기 때문이다.

유교의 효는 신체의 털 하나라도 훼손하지 않고, 입신하여 부모의 이름을

---

288) 법림, 「파사론」 권상, (道端良秀, 목정배 역, 불교의 효 유교의 효, 불교시대사, 1994, p.197에서 재인용.)

빛내는 것임에 비해, 불교는 부모 봉양을 위해 자신의 몸까지 희생하기 때문에 효 관념은 유·불이 대립되는 것 같이 보인다. 표면적으로 유교의 후사, 측전 봉양과 불교의 출가, 부모 절리(絶離)는 서로 정면 배치되는 것처럼 생각되나, 본질적으로는 서로 같다. 중국에서 유·불이 대립하던 시기에 법림(法琳)은 효가 곧 보살의 계이며 효행이 보살행의 지계 바라밀행임을 밝혔다. 그는 유교가 최고 덕목으로 삼고 있는 효와, 불교의 필수적인 수행 행위인 계가 동일함을 설명함으로써 불교와 유교가 조화·융합될 수 있는 공통 분모가 바로 '효'라는 점289)을 인정하였다. 이러한 유·불의 효 관념은 문화적, 사상적으로 동질성에 놓여 있던 우리에게도 그대로 적용될 수 있었다.

불교의 효에는 재가자와 출가자의 효가 있다. 재가자의 효는 어버이의 생전 효도와 사후 천도요, 출가자의 효는 출가하여 개인을 완성(깨달음)하고 부모의 업을 소멸시켜 업보 윤회 전생에서 구하고 선을 권면하여 삼보에 귀의케 하는 효이다. 이런 효와 관련한 『우란분경』, 『대방편불보은경』, 『무량수경』, 『부모보은경』 등 수많은 경전이 한국에 유통되었고, 신불 대중들의 관심과 흥미를 유발하기 위해 많은 변문들이 생성되었다. 그 중에 『석가여래십지수행기』 뒤에 붙어 있는 『안락국태자경』은 한국에서 재창작되어 유통된 소설 수준의 대표적인 변문이라 할 만하다. 또 『우란분경』은 쉽고 평이한 문체를 유지하고 있어서 우란분재일과 관련하여 상당히 널리 유통되면서 「목련전」과 같이 속강에 활용되는 많은 변문들을 형성시켰다.

「목련전」은 『석가여래십지수행기』와 같은 시기에 형성된 불교적 효행의 모범적 작품으로, 중국은 물론이고 한국에서도 널리 유통되었다. 더욱이 조선 시대까지 뚜렷이 유통·전개되면서 조선조의 배불 정책에도 불구하고 우란분재를 기반으로 비교적 성행했다. 이러한 작품은 유·불간에 효행을 표현하는 추선재의(追善齋儀)를 통하여 별다른 제한없이 대체로 『불설대목련경』이란 위경으로 유통290)되었기 때문이다. 그래서 한문본과 국문본의 양면성을 가지고 각각 10종이 넘는 이본을 형성291)해 내었다. 결국 목련의 구모설화가

---

289) 『대정신수대장경』, 권6, 변정론, p.529 참조.
290) 사재동, 「목련경」의 유전관계, 한국언어문학 제22집, 한국언어문학회, 1983, pp.79-86 참조.
291) 사재동, 한·중 불교설화의 유전관계, 학산조종업박사 화갑기념논총, 동간행위원회, 1990,

말해주듯, 이들 경전에서 볼 수 있는 불교적 효의 특색은 효의 궁극적 가치를 불법에의 귀의에 두고 있다[292]는 사실이다.

이처럼 불교계 서사물이 효를 많이 다루는 이유는 전통적으로 효를 중시하는 한·중 사회 현실 때문이다.『석가여래십지수행기』의 주인공들이 겉으로는 가족 관계를 끊고 출가하는 것처럼 보이지만, 이는 불교적 관점에서 보면 오히려 효행의 실천을 위한 출가이다. 금우가 어머니를 구하기 위해 떠나는 것은 물론이거니와 선우가 부왕이 다스리는 나라의 태평을 위해 여의주를 구하려고 떠났으며, 실달태자는 나라 안에 생로병사에 시달리는 윤회 중생을 구하는 방편을 얻기 위해 떠났다.

불교에서의 삼세 육도 윤회 관념으로 보면 인간은 서로 각기 부친도 되고 자식도 되며 친구도 되고 원수도 된다. 그러므로 보살의 출가는 궁극적으로 가족 모두를 위하는 우주적 구원자의 일시 분리이다. 이는 존재론적, 당위론적인 유교의 효 관념으로는 설명할 수 없는 연기론적인 불교의 효 관념이다. 불교적 보살행에서 보면 가족도 곧 중생이기 때문이다. 윤회 전생의 이치에 따른다면 모두가 나의 부모인 고로 중생 제도는 곧 부모를 구제하는 궁극적 효행[293]이라 볼 수 있다.

「금우태자전」의 경우 윤회 전생은 효와 결부되면서 완벽한 갈등 구조를 갖춘 탐색담으로 그려진다. 악인(수승, 정덕부인)의 간계로 금독으로 태어난 주인공이 말방앗간에 떨어진 어머니를 구하는 과정은 「목련전」과 흡사한 지계 보살행의 서사 작품이다.

> 모부인을 구해 금륜국으로 돌아와 국모로 봉하고 자신은 왕위에 올라 모자의 그리는 징서를 마음껏 베풀며 모든 환락을 받게 했다.(원문 생략)[294]

이처럼 「금우태자전」의 결말 구조는 전형적인 효행 주지로 결구되고 있다. 이러한 주제 사상은 더욱이 부자 관계와 달리 아들과 모친이 행복하게 일생을 살아가는 경우가 드물었던 고려·조선조 사회에서 행복한 모자 재회,

---

p.339.

292) 소순자, 불교계 효윤리의 중국적 전개, 동국대대학원 석사학위논문, 1978, p.20.
293) 종 밀,『불설우란분경』설소(說疏), p.505. "戒雖萬行 以孝爲宗."
294)『석가여래십지수행기』, 제23장 뒤.

죽어서 함께 극락 왕생하는 것은 당시 모든 부녀자층이 소망하는 꿈의 세계였기에 감동적으로 받아들여졌다.

조선조 소설 중에서 「심청전」은 이러한 불교적 효행 주지가 서사된 대표적인 작품이다. 한 때 「심청전」을 일반 영웅소설[295]로 다루어 왔지만 유교적 영웅과 비교할 때 드러나는 판이한 성격, 곧 심청의 자기 희생적 효행은 불경 전래설화에서 변문소설로 발전한 「선우태자전」이나 「금우태자전」과 같은 효행 주지에서 그 연원이 찾아질 수밖에 없다. 「심청전」의 근원 설화로써 "관음사사적기"가 주목받는 것도 심청의 일생이 불교적 효 관념에 부합하고 있기 때문이다. 또한 「심청전」의 이러한 불교적 성격[296]과 그 속강화본으로서 재의적 성격[297] 등에 주목할 때 유교적 효행으로서는 설명되기 어려운 가족과의 절리는 불경 전래설화에 보이는 '출가' 주지와 맞닿아 있으면서 가족과의 결합을 중시하는 현실 문제를 도외시하지 않았음을 알 수 있다. 따라서 「선우태자전」, 「금우태자전」과 같은 작품은 한결같이 일체 중생을 제도하는 보살도의 실천을 행하는 보시행과 종국에 가서는 효를 완성하는 지계행을 보여주는 변문소설로써, 가족 윤리를 벗어나지 않았기 때문에 대중 독자를 확보하여 조선조 가정소설로 발달하는 데 성공하고 있다.

3) 표현 문체의 참신성과 투식성

고소설은 인간 삶의 다양한 양상을 서사적으로 그려내는 문체 양식으로서 묘사, 서사, 그리고 대화 중심으로 전개된다. 특히 묘사는 배경이나 인물의 성격을 드러내는데 주로 활용되고, 서사와 대화는 사건을 전개시키는데 주로 사용되는 진술 방식이다. 이들은 여러 가지 문체 표현 방식으로 진술되는데, 인물의 갈등을 얼마나 선명하게 부각시키는가, 얼마나 참신한 구성 방식을 시도했는가 등에 따라 그 소설의 문체 수준을 가늠할 수 있다.

『석가여래십지수행기』의 전반적인 문체만 하더라도 경전의 수식적이고

---

295) 조동일, 한국소설의 이론, 앞의 책, pp.285-326.
296) 사재동, 심청전 연구서설, 어문연구 제7집, 어문연구회, 1971.
　　　 김영만, 앞의 논문.
297) 박병동, 심청전의 재의적 성격, 충남대대학원 석사학위논문, 1985 참조.

반복적인 형태에서 완전히 벗어나 간결하면서도 인물과 배경을 형상화하고 사건을 밀도 있게 전개시키는 서사와 묘사, 대화가 잘 발달되어 있다.

　먼저 『석가여래십지수행기』에 나타난 문체 표현의 참신성으로 강창 양식의 자유로운 구사와 뛰어난 배경 묘사를 들 수 있다. 강창 문체의 참신성은 이미 앞장에서 자세히 살폈기 때문에 여기서는 참신한 배경 묘사가 뛰어난 예를 구체적으로 들어 보겠다. 다음의 「실달태자전」에서 분위기와 인물의 서사 기능을 강조하는 배경 묘사는 변문소설의 문체 수준이 이미 고소설의 문체에 완전히 도달한 정도임을 확인할 수 있다.

　　태자가 공주와 함께 수레에 올라 말을 몰아서 집으로 돌아가는데 산에는 붉은 반죽이 드리워져 있고 푸르스름한 비취색 기운이 오락가락하는데, 늘어선 물버들 사이로 살구꽃 향기가 계곡의 시냇물에 잠겨 흐르는 속에 누런 꾀꼬리가 소리 높여 지저귀고 백련 속에서 원앙이 마주 보고 노니는데 봉황은 아름답구나. 난로와 나비들이 쌍쌍히 어울어졌구나.(將太子同宮主　上了駟馬金車　御輅還家　映山紅斑竹　翠嵐風偃偃　沿河柳　杏花香　澗水潺湲　黃鶯唱脫　白蓮鴛鴦對對　鸞鳥兒玉　鷺鷥蝴蝶雙雙)298)

　장성한 실달태자가 이웃 나라의 일곱 겹으로 된 쇠북을 뚫고 공주와 결혼하여 행복하게 지내다가 다시 본국으로 귀환하는 장면이다. 살구꽃 향기가 흐르는 계곡과 꾀꼬리, 백련, 원앙, 난로, 나비 등 부부의 행복을 낭만적으로 표현하는데 적절한 모든 제재들이 총동원되고 있다. 특히 난로와 나비로 비유된 마지막 구절의 표현은 행복에 도취된 태자 부부의 심경을 잘 형상화해 주고 있어, 이 정도라면 이미 고소설의 문체 표현 기법을 능가하는 장면 묘사를 보여 준다.

　　즉시 태자가 부왕과 이별하고 군마와 장수와 관원들을 거느려 바람국으로 들어가는데 바야흐로 동방갑자가 시작되고 봄기운이 완연하여 만물이 생동하니 화합의 징조가 분명한 때였다. 길게 늘어선 수레에 청인들이 청마를 타고 청기를 휘날리며 들어가니 그 위의가 당당하고 늠름하였다.(卽時　太子拜別父王　領其軍馬將帥官員　前去毘藍國　時按東方甲乙爲首　春令爲母　發生萬物和合之兆　排一張翠藍之駕　青人青馬青旗號幢幢　幨盖幠幠)299)

---

298)『석가여래십지수행기』, 제37장 앞.

뿐만 아니라, 주인공의 대범성과 늠름한 기상을 표현하는 부분에서는 한껏 기개와 용모를 과시하는 묘사를 하는데, '청인, 청마, 청기'를 적절히 활용하여 태자의 활달한 성품과 당당한 분위기를 고조시켜 영웅다운 면모를 잘 표현하고 있다.

다음으로 「금우태자전」에서 태자가 어머니를 구해 금륜국으로 귀환하는 부분에서도 변문소설의 문체 표현 수준이 돋보이는 장면을 들 수 있다.

　　곧 태자가 부왕과 두 부인에게 숙배를 드리고 공경 대부들과 하직을 한 후 장차 어머니를 수레에 모시고 귀국길에 올랐다. 때는 깊은 가을이었다. 오동잎이 높은 가을 바람을 타고 공중에서 춤을 추고 들국화가 산기슭에 피어 있는 길을 따라 수레가 아득히 나아간다. 잔잔한 바람이 솔솔 불고 밝은 달이 돌아가는 곳을 비추는데, 남쪽에서 온 기러기는 옛 둥지에 깃들인다. 백성들이 일을 즐기고, 훈풍이 불어와 경계마저 없어지며 옥같은 이슬은 바퀴로 인해 흔들거렸다. 이렇게 얼마를 가니 곧 본국에 당도하였다.((卽時 太子拜罷父王并二夫人 辭別公卿 將娘娘 付載寶輦 登程上路 時値深秋 梧葉兒늠弄름高하 風空中亂舞 野菊花山相子 往輅飄飄 風順耳 明月照返本還源 南來鷹栖舊巢 万民樂業 金風扇敗境 玉露戰紅輪 行行直造本國)300)

이와 같이 금우태자가 어머니를 모시고 귀국하는 장면은 단순한 배경 묘사가 아니라 모자 재회의 행복과 태평 성세의 분위기, 그리고 서정성이 짙고 행복한 결말의 함축성까지 아울러 보여주는 뛰어난 문장 표현 기교가 구사되었다. 특히 기러기가 둥지에 깃들이고 만 백성들이 평안하게 자기의 일을 다하는 국태 민안의 분위기를 비유적이고 상징적인 단 두 구절에 고스란히 담아내고 있다. 또한 들국화, 오동잎, 명월, 이슬, 그리고 기러기 등등 어느 하나 가을의 분위기를 제시하는데 지나침도 모자람도 없다. 결국 「금우태자전」의 이와 같은 표현 기교는 후대 고소설의 문체 구사의 한 전범이 되었다고 할 만큼 섬세한 묘사와 참신한 문체 표현을 구사하는 데 성공하고 있다.

다음으로 『석가여래십지수행기』에는 조선조 고소설의 문체 표현에서도 자주 쓰이는 투식적인 어투가 상당수 확인된다. 첫째, 인물과 시간, 공간 배

---

299) 위의 책, 제35장 뒤-제36장 앞.
300) 위의 책, 제24장 뒤.

경 제시가 고소설처럼 구체적으로 제시된다.

> ① 옛날(昔日)에 여래가 바라나국의 태자였는데 이름이 선우였다.(선우태자전)
> ② 화셜 됴선국 세죵됴 시졀의 훈 지샹이 이시니 셩은 홍이오 명은 뫼라. (홍길동전)
> ③ 당시절에 서역 종이 천축국으로부터 중국에 들어와 형산의 빼어난 줄을 사랑하여 연화봉 아래 초암을 짓고 대승법을 강론하여(구운몽)
> ④ 話說 上帝臨御 白玉京十二(옥루몽)

화설은 이야기의 도입부 발어사로 내부 이야기가 독립된 단편임을 강조해 준다. 우리 나라 대부분의 산문체 소설은 화두나 화중에 화설(話說), 각설(却說), 선설(先說), 이때 등 장면 전환 용어를 사용하고 있는데301) 『석가여래십지수행기』에서 화두에 사용한 '석일(昔日)'은 위에 든 '화셜, 당시절에, 話說' 등 고소설의 도입부에 해당하는 발어사의 기능에 해당하겠다. 이는 정주동 교수의 견해에 따른다면 '말하자면' 내지 '옛날에'의 뜻으로 이야기를 시작하는 일종의 화두인 셈이다.

둘째, 장면 전환어가 시도되고 있다. 각셜, 선설, 선시 등은 이야기가 과거로 소급되어 장면이 바뀔 때마다 쓰는 어투이고, 차셜, 차시, 이때는 한 장면이 일어난 사건의 이야기와 동시에 일어난 딴 장면의 이야기를 가져올 때 주로 쓰는 어투이다. 지시어나 장면 전환어가 고소설의 문체상의 중요한 특징이라 할 때, 이러한 어투가 『석가여래십지수행기』에서 이미 잘 구사되고 있다는 점302)을 주목할 필요가 있다.

장면 전환어는 이미 경전 문체에서 잘 발달되어 있는 기법이다. 이시(你

---

301) 정주동, 고대소설론, 앞의 책, pp.243-244 참조.
302) 『석가여래십지수행기』에 나타나는 장면 전환어를 찾아보면 다음 표와 같다.

구분	제1지	제2지	제3지	제4지	제5지	제6지	제7지	제8지	제9지	제10지	계
你時	3				1	4	5	1	2	5	21
是時	1	1	2			1					5
時						1	1				2
却說									2		2

時), 시시(是時), 시(時) 등 한 장면의 사건이 다른 장면으로 자연스럽게 이어
지거나 인물의 행위가 바뀌어 서사될 때 사용된다.『석가여래십지수행기』에
서 보면 모든 단편에서 고루 장면 전환어가 사용되고 있는데, 일례로 제7지
「금우태자전」의 경우를 보면

① 양궁부인이 태자를 없앰 - <u>의때(你時)</u> 양궁부인이 또다시 의논하되 태
　자는 벌써 없앴거니와 어미까지 그져 둘수 없다 하고 상소하는 글을
　만들어
② 금우가 백정 도움으로 사경에서 벗어남 - <u>의때(你時)</u> 금우가 자유로이
　걸어서 배고프면 풀을 먹고 목마르면 물을 마셔
③ 공주의 부마간택 요청 - <u>의때(你時)</u> 고려국왕이 공주의 미운 거동을 볼
　수 없어
④ 금우가 선과를 삼킴 - <u>의때(你時)</u> 금우가 가죽을 벗고

와 같이 인물이나 장면의 자연스러운 연결과 전환에 '이시'을 많이 사용하고
있다. 특히 제9지 「보시태자전」에서 '각설(却說)'을 사용한 것은 저본 경전이
나 고려시대 변문들에서도 볼 수 없는 새로운 장면 전환어로 이야기가 완전
히 다른 공간으로 이동하거나 과거 시간의 다른 장면으로 옮아갈 때 사용되고
있다.

『석가여래십지수행기』
① 夫人忽然有惺 識破劫前之事 辭別太子 隨老人去 行路多時 只鳥雲靉靆
　紫霧朦朧 老人忽 然不見 <u>却說</u> 太子菴中正座 (「보시태자전」 제31장 뒤)
② 太子尋見 夫人回庵 蒙天助化 各加精爽山中外道 <u>却說</u> 先次老人 化得男
　女二人 將到家中 婆婆看見 (「보시태자전」 제32장 앞)

「고전소설」
① <u>각설</u> 길동이 부모롤 니별ᄒ고 문을 나믹 일신이 표박ᄒ여(「홍길동전」)
② <u>却說</u> 南方 有一座名山 (「옥루몽」)

　　이처럼 '각설'은 인물과 사건 장면이 모두 바뀔 때 사용되는 전환어로써
고전소설의 경우 일반화되어 널리 쓰이고 있는 장면 전환 어투이다.303) 이로

____

303) 「옥루몽」의 경우 64장회 중 '화설'로 시작되는 제1회만 빼고 2회부터 64회까지는 모두 '각

보아 '각설'은 경전 설화를『석가여래십지수행기』와 같이 독립된 서사문학으로 변문화하는 과정에서 자연스럽게 변문소설의 장면 전환어로 사용되었고, 이런 투식어가 후대 고소설에서 일반화된 문장 표현 기법으로 정착되었다는 것은 변문소설의 영향이 분명하다.

넷째, 앞에서 나온 내용을 요약하여 '如此如此', '如是如是' 등으로 제시하는 경우도 상당히 소설적인 문체 기능을 염두에 둔 서술자의 개입임을 알 수 있다. 장면 요약은『석가여래십지수행기』소재 소설 수준의 작품뿐만 아니라 그밖의 설화체 단편에서도 폭넓게 사용되고 있다.

> ① 國王大怒 昨日 何不差一鹿來 今朝如何自至 善鹿王 告說 母鹿緣由 如
>   是如是 因此自來(「선색녹왕전」 제3장 뒤)
> ② 仙人 全然不動 亦無應答 回臣說 此仙人 如此如此 大王聞之大怒 御駕
>   菴前(「사신태자전」 제8장 뒤)
> ③ 朕 昨夜三更 勿得一夢 如此如此 是何祥瑞(「금우태자전」 제14장 앞)

이와 같은 내용 요약어는 장황한 사건을 지루하게 반복하지 않고 간략하게 축약하여 사건의 흐름을 명료하게 할 뿐만 아니라 서술자가 개입하여 보다 분명하게 사건의 템포를 조정해 주고 있음을 알게 한다. 특히 내용의 요약적 제시는 문장체 소설에 있어서 화법의 발달된 기법이란 점에서『석가여래십지수행기』의 단편들이 속강화본으로 유통되는 과정에서 상당한 수준으로 변문화되었음을 확인할 수 있다.

실제로 제1지「선색녹왕전」에서 보면 매일 한 마리씩의 사슴을 바치기로 약속했는데 하루는 사슴이 오지 않자 국왕은 진노하게 되고 사슴의 우두머리인 선색녹왕이 직접 나타나자 국왕은 놀라서 그 연유를 묻게 된다. 여기서 선색녹왕이 전후 사정을 지루하게 아뢰게 되면 서사적 긴밀감이 해쳐지고 독자는 극적 흥미를 못느끼게 된다. 따라서 작자는 이 부분의 극적 긴장감을 유지시키기 위해 '여차여차'란 요약어로 압축하여 제시함으로써 이어지는 국왕의 대응을 곧바로 접하게 한다.

설'로 시작된다. 이러한 장면 제시어는 중국 연의소설로부터 모방되었다고 보는 것이 일반적인데,『석가여래십지수행기』처럼 한국적으로 토착화된 고려시대 변문에서 일찍이 자생적으로 시도된 소설 문체란 사실도 주목할 필요가 있다.

즉 요약어는 독자에게 극적 긴장감을 주려고 작가가 의도적으로 개입하고 있는 서술 방법인 셈이다. 이러한 기법도 고소설에서 매우 일반화되어 있는데, 일례로 「옥루몽」의 경우 총 32차례나 '여츳여츳'를 사용하고 있음을 확인할 수 있다.[304] 이러한 투식어의 발달은 쉽고도 참신한 문체 표현을 통해 불경 전래설화를 쉽고 익숙하게 대중에게 전달하려는 '변문 정신' 때문에 가능한 일이다. 이러한 문체 발달은 '권선징악'이란 주제 사상과 함께 초기소설 양식으로서의 변문소설이 본격 고소설로 발달하는 견인차 역할을 하였다고 본다.

---

304) 「옥루몽」, 신문관본.

V. 『석가여래십지수행기』의 소설사적 전개

　『석가여래십지수행기』에 실린 각 단편들은 불경 전래설화를 상당히 변모시킨 것에서부터 완전히 새롭게 창작된 작품에 이르기까지 단편의 변문화 양상이 다양하다. 지금까지 검토한 결과 「선우태자전」, 「금우태자전」, 「보시태자전」, 「실달태자전」은 변문소설 수준이고 나머지 단편들은 변문설화 수준에 해당한다. 따라서 전체적으로 보면 『석가여래십지수행기』는 불경 전래설화 문학과 전기문학(傳奇文學)의 성격을 아우르는 변문설화, 변문소설 수준의 작품이 집약된 변문문학집이라 할 수 있다.

　제3지 「보시국왕전」은 저본 설화와 대비할 때 구조적으로 상당히 확대·변모되어 강창 화본적 성격이 강화된 변문이다. 보시국왕이 귀신에게 사구게를 청하는 장면은 원전의 평면적 구성을 극적 긴장을 가진 구조로 변모시킨 좋은 예다. 또 제7지 「금우태자전」은 그 직접적인 저본이 아직도 발견되지 않으며, 본연부의 축생담 모티브를 갖고 창작성이 뛰어난 새로운 이야기로 부연·확대한305) 서사 기법은 형성기 소설 수준의 작품성으로 인정받을 만하다. 게다가 십지의 각 단편들은 희생(보시), 인욕, 지계 등 부처의 불교적 영웅성과, 효행, 우애 등 인간 삶의 주지들은 대중적인 흥미성을 충분히 갖고 있다.

　『석가여래십지수행기』의 단편들은 애시당초 속강 화본이기 때문에 설화가 고정되어 있지 않고 여러 사람들의 입을 통해 새롭게 변문화되거나 고승이나 신불 문사들에 의해 계속 부연·설화되어 나갔다. 이러한 과정에서 창의성과 한국적 토착성이 어느 정도 가미되면서 『석가여래십지수행기』는 점점 더 신불 대중들에게 유통되는 가운데 크게 인기 있는 작품은 통속화되어

---

305) 사재동, 불교계 국문소설의 연구, 앞의 책, pp.273-329 참조.

후대 소설로 전개되었다.

특히 변문이 중국의 설화문학사에서 설화·소설·희곡 등 다양한 문학 장르 전개의 중추적 역할을 했다는 점에서 볼 때, 『석가여래십지수행기』가 고려대부터 조선조에 이르는 시기에 널리 유통·간행되었던 불경 전래설화 변문집이고, 실제 31개나 되는 창작 시가의 삽입과 강창 교직, 극적인 대화체 등이 매우 발달했다는 점만을 가지고도 한국 시가·소설·서사·희곡문학사 의 발달에 상당한 영향을 끼쳤다고 본다.

따라서, 이 장에서는 『석가여래십지수행기』 소재 「선우태자전」, 「금우태 자전」, 「실달태자전」의 변문소설적 성격에 주목하여, 후대 고소설로 전개된 양상에 대하여 살펴 보겠다.

1. 「선우태자전」 계통

제6지 「선우태자전」의 저본은 『사분률』, 『경률이상』, 『현우경』, 『보은경』 등 비교적 풍부하고 그 뿌리가 깊다. 이들 경전이 대개 400~500년대 한역되 었으므로 한·중 문화 교류가 활발했던 나·여대로 볼 때 한국적 전래·유통 양상도 저 중국적 전개와 그리 동떨어지지는 않았다.[306]고 본다. 특히 『경률 이상』이 여러 경전의 요목을 발췌, 정리하여 편집되는 과정에서 편자의 의도 에 따라 설화를 변문화시키고 있는 점은 불경 전래설화 문학의 전개상 매우 흥미 있는 일[307]이다. 특히 이는 편자의 관점이 종교적 윤색보다 인물의 영웅 화에 초점이 맞추었다는 사실에서 불경 전래설화가 문학적으로 전개되는 한 양상을 확인할 수 있다.

『사분률』, 『경률이상』을 저본으로 한 제6지 「선우태자전」의 경우도 분량 이 축소되면서 강창성보다는 산문 서사성을 강화하고 극적 구성을 치밀하게 하는 방향으로 이른바 "종신교정(從新校正)"된 작품이다. 특히 형제 갈등 주 지를 중심으로 그 주제, 내용, 구성, 문체상 변문화도에 있어 정도는 여말·

---

306) 박광수, 선우태자전승의 계통적 연구, 앞의 논문 참조.
307) 인권환, 『격성의전』의 근원설화 연구, 앞의 논문, p.310.

선초의 전기소설과 비등한 변문소설의 면모를 충분히 갖추고 있다.

　제6지 「선우태자전」은 세종조에 이르러『석보상절』과『월인석보』에 편입되어 국문 소설로 발달하였는데, 이 국문본 선우태자 전승이 형성기 국문 소설308)이라는 사실은 이미 밝혀졌다.

　국문소설 「선우태자전」도『월인석보』의 거듭되는 중간에 따라 불교계와 언문 향유층의 민간에 널리 유통되면서 많은 이본을 남기게 되었다. 그러는 가운데 선우태자 전승의 소설적 제반 요소를 집성하여 창조적으로 형성 전개된 것이 「적성의전」이고, 조선조 후기 서유영에 의해 「육미당기」란 장편 영웅소설이 출현하며, 이들이 다시 「금태자전」, 「보타기문」 등으로 활발하게 전개・유통되었다.『석가여래십지수행기』소재 제6지 「선우태자전」은 그만큼 문예성과 흥미성이 뛰어난 대중소설로서 행세하며, 오랜 기간 널리 유통됨으로 하여 많은 이본을 형성해309) 낸 다양한 이본 계통이 확인된다. 이런 사실로 보아 제6지 「선우태자전」은 국문본, 한문본 계열로 나뉘어져 유통되는 가운데 고소설 「적성의전」으로 발전하고, 개화기 소설 「보타기문」 등 조선조 말기까지 꾸준히 유전되었던 계통의 원형적 작품이 분명하다.

　이제 제6지 「선우태자전」의 계통적 전개에서 드러나는 몇 가지 특징을 살펴 보겠다. 첫째, 제6지 「선우태자전」은 그 형성 과정상 저본 불경의 전래 설화와 대비해 볼 때 주인공의 해상 표류, 기러기의 전언, 거문고를 타면서 본국으로 찾아오는 탐색 모티브 등 새롭게 구성된 주지들로 하여 작품의 창작성이 입증된다. 특히 이 작품의 중심 주지인 형제 갈등은 인간의 가장 보편적인 문제이면서 가정 윤리의 범주에서 벗어나지 않았기 때문에 조선조에서도 폭넓은 대중적 인기를 확보할 수 있었다.

　또한 주인공의 개안 모티브는 한 번에 뜨게 되는 근원 설화와는 달리 태자비가 세 번 눈을 핥아서 개안하게 함으로써 치료적 주술성을 강조하였다. 이와 같은 변화는 그 치병, 주술적 성격에 주목할 때 「선우태자전」이 신불 대중을 위한 사찰이나 야단의 속강에서 신불 대중의 감화를 얻어내는 영험 설

---

308) 사재동, 선우태자전 연구, 어문연구 제9집, 어문연구회, 1976 참조.
　　사재동, 불교계 국문소설의 형성과정 연구, 앞의 책 참조.
309) 사재동, 한・중 불교설화의 유변 관계, 앞의 논문, pp.339-340 요약.

법의 화본으로 활용되면서 통속화되었을 가능성이 크다.

이런 점에서 제6지 「선우태자전」이 적어도 수행자나 신불 대중에게 감화를 주고 흥미를 돋우기 위해 선우의 영웅성을 보다 부각시키고, 경전적 의미보다는 고뇌와 갈등을 딛고 일어서는 인간적인 행위를 부각시킨 점은 자연스런 결과이다. 선우는 왕궁으로 귀환하여 부모를 모시고 나라를 태평스럽게 다스림으로써 가족 관계의 회복과 권선징악의 공리성을 충족해 내고 있다. 특히 결말 구조를 권선징악이란 화복 논리로 종결 지어서 주제 사상을 분명하게 드러낸 작가적 안목은 매우 탁월하다.

둘째, 국문소설로 전개된 「선우태자전」은 한문본에 비해 일반 대중들이 쉽게 접근할 수 있다는 점에서 일단 직접적인 독자층을 많이 의식하였다고 보아진다. 예컨대 제일 부인 아들, 제이 부인 아들과 같이 조선조 가족 구성원 형태에 관심을 쏟았고, 또 부모 개안을 서원을 통해 성취토록 한 것은 조선조 향수층의 관음신앙, 기복불공 성격과 깊이 관련되어 전개된 양상임을 알 수 있다.

셋째, 조선조 가족 제도의 모순을 반영하면서 불교성이 대중화·통속화된 형태가 「적성의전」이다. 특히 불교적 영웅담에 있어 가족 관계는 지엽적이고 부차적인 문제란 점에서 가족 관계만을 중심으로 소설 수준을 해명한 논지[310]는 그 한계를 갖는다. 왜냐하면 불교계에서 볼 때 출가의 의미는 단순한 가족 관계의 절리가 아니라 앞에서 언급했듯이 보살도를 성취하고[311] 이를 통해 가족 관계 이상의 우주적 구원을 실현하기 위한 보살행의 필연적 단계이기 때문이다.

「적성의전」의 핵심적 변모 양상은 바로 선우의 보시적 영웅성을 효행적 영웅성으로 살짝 탈바꿈시킨 데서 찾을 수 있다. 다시 말하면 가족을 버리고 출가하는 우주적 영웅성이 효를 실천하는 가족적 범주의 서사담으로 사실적으로 축소된다. 선우는 나라를 구휼하기 위한 보주를 얻기 위해 집을 나가지만 성의는 모친의 병을 낫게 하는 약을 구하기 위해 집을 나선다. 중생 제도로부터 모친 제도로 그 범위가 축소되었다는 것은 조선조의 가족제도 하에서

---

310) 이강옥, 앞의 논문, p.145 참조.
311) 최호석, 앞의 논문, p.35 (주) 참조.

가족 관념이 중시된 시대성의 반영 양상으로 이해해야지 소설 수준의 요건으로 파악해서는 안 되겠다.

바로 이러한 효행 영웅성은 조선조의 사회 사상을 흡수하여 대중적 기호에 맞게 변개시킨 작가적 의도였다. 그러면서도 항의는 중국에서 자객에 죽게 함으로써 윤회전생의 인과율에 따르는 악인 악과를 철저히 서사하고 있다. 「옹고집전」에서 불도를 능멸한 사람에게 벌을 주는 데서 더 나아가 항의의 생명까지 앗아가는 철저한 징치의 모습을 보여준다는 데에서 그 세속화 정도의 심함을 알 수 있다.[312]

그런데 「육미당기」에 이르면 선·악의 대립이 개과 천선으로 용서된다. 이는 동생 소선이 악형 세징을 용서하는 화해와 공존의 논리가 성립한다. 작가는 선을 바탕으로 한 개과의 원리를 조선조 가족 화합의 방편으로 내세워 적·서의 화해와 유교적 질서의 회복이란 의미를 부여하였다. 그러면서도 끝내는 세징이 눈에 종기가 돋아 눈이 멀게 되는 과보를 받는 권선징악의 결말로 이끌어간다는 점은 공통이다. 이런 점에서 「육미당기」도 조화로운 세계로의 회복[313]을 추구했지만, 결국엔 인과 응보로 징악하는 윤회전생 원리에서 작가 의식이 크게 벗어나지 못하고[314] 있다. 따라서 인과응보의 화복 논리와 윤회전생 구조는 「선우태자전」이 계통적으로 전개되는 데에 고정된 서사 원리로 작용하였다.

2. 「금우태자전」 계통

「금우태자전」은 확실한 저본이 아직 확인되지 않기 때문에 완전한 창작 변문소설로 본다. 이 작품은 석가의 본연부 중에서 주로 축생담 계열에 제재

---

312) 위의 논문, p.53.

313) 위의 논문, p.49.

314) 「창선감의록」에서도 악인을 용서하지만 결국 악인들이 출세하지 않게 되어 있는 것은, 곧 인과응보라는 불교의 징악 섭리가 약화되어 암암리에 작가의식으로 표출된 때문이라 생각한다.(김종철, 19C중반기 장편영웅소설의 한 양상, 한국학보 제40집, 일지사, 1985, pp.88-108 참조.)

의 근원을 두되 완전히 한국적으로 재창작315)된 변문이 분명하다. 그러므로 이 작품은 『석가여래십지수행기』에 수록되어 석가여래의 전생담 형식을 취했으나 저본이 된 불경 전래설화가 없기 때문에 작자의 상상력과 독창성이 다른 어느 작품보다도 돋보이는 소설성을 갖추고 있다.

이 작품은 불교 전래설화의 성격상 액자 형식은 취했지만 일단 무대가 파리국과 고려국으로 설정되어 있고 주로 고려국에서 활동하도록 고려된 것을 보면, 원래부터 한국을 중심으로 불법의 인연을 연설하기 위해 만들어진 자생 변문이 분명하다고 본다. 금독태자는 모든 삼라 만상이 윤회 전생한다는 연기설에 기초하고 인과 응보의 인과율에 따라 인간적 삶이 '인간도-축생도-인간도'로 윤회하는 과정임을 보여 주는 인물이다.

금독태자가 고난과 역경을 헤치고 본신을 회복하여 지위를 획득하고, 종국에는 효를 실천하는 인욕 보살행은 심청의 효행과 비슷하리만큼 극적이고 절실하다. 이처럼 효를 강조함으로써 효는 어느덧 보살 인욕행의 중요한 덕목으로 전개되었다. 결국 효행의 계를 지키지 못할 때는 모든 지위를 잃게 될 뿐만 아니라 아귀, 축생, 지옥에 윤회하여 오랫동안 부모의 이름과 불법을 들을 수 없게 될 것316)이라 했다. 그래서 서사를 통해 효행을 강조하였고, 이 점은 「금우태자전」이 조선조에서도 널리 유통될 수 있는 한 요인317)이 되었다.

「금우태자전」은 한글의 대두를 계기로 한글소설 「금송아지전」으로 전개되면서 그 유통본이 수십 종에 이를 만큼318) 대중의 인기를 누렸다. 내용상 유사한 「목련경」이나 「안락국태자경」319)과 궤를 같이 하여 강독·강담되다가 그 극적인 서사성으로 인하여 신불대중 뿐만 아니라 일반 대중들에게까지 감동을 주게 되었고, 그 결과 많은 국문 필사본들이 방대하게 쏟아져 나오게

---

315) 사재동, 불교계 서사문학의 연구, 앞의 논문, P.186 참조.

316) 『법망경』 권하, (소순자, 앞의 논문에서 재인용.)

317) 효행의 표본인 목련설화가 중국측과 한국측에 널리 유통, 전개된 점은 양국이 갖는 유불 습합적 사회상과 이와 결부된 효행의 강조와 밀접한 관련이 있다고 본다. 그래서 목련의 지극 효행은 유·불신자 모두에게 그 감화력이 크게 미칠 수밖에 없는 제재였다.

318) 「금우태자전」의 유통에 대한 논의는 사재동 교수의 「금송아지전의 유통 양상」(낙은강 전섭선생화갑기념논총, 동간행위원회, 1992, pp.365-386.)이 대표적인데, 현재까지 16종의 이본을 발굴·소개했다.

319) 사재동, 「안락국태자경」의 연구, 논문집 13권 2호, 충남대 인문과학연구소, 1986 참조.

되었다. 그 대표적인 작품이 「금송아지전」인데, 현재 확인되는 필사 이본만도 10여종이 넘는다.

국문본의 경우, 크게 다섯 유형으로 나눌 수 있는데 제1유형(김동욱본 외 1종)은 서두, 결미가 불경적 성향을 보다 강화하고 있다는 점, 시가가 줄어들고 산문성이 강화된 점에서 이 유형은 원본에 가장 가깝다. 제2유형(박영돈본 외 3종)은 불교적 액자인 서분부가 없어지고 불법, 포교적 의도가 시종 일관되어 있는 점이 돋보인다. 특히 삽입가요가 완전히 사라지고 격양가가 새롭게 첨가되어 새로운 면모를 갖추고 고전소설의 전형적 문장에 접근하고 있다.

또한 제3유형(조종업본 외 2종)은 제2유형에서 미비되었던 종결부가 고전소설의 전형에 맞도록 완성되었고 악인을 처형하는 등 사건 진행의 획기적 변화를 보인다. 특히 제2유형까지 유지되던 불교적 색채가 거의 다 배제되고 완전히 고전소설의 전형적 문장으로 정립된 유형이다. 제4유형(김동욱본 B, C 2종)은 불교에다 도교적 요소를 가미하여 흡사 「구운몽」 말미와 같은 왕조소설의 전형적 종결부를 이루었다. 문체는 제3유형보다 진일보하여 고전소설의 전형적 문장 형태를 능가한다. 마지막 제5유형(박순호본 외 5종)은 혁신적인 변화를 겪은 최후 단계의 유통 양상이다. 내용이 상당히 변개, 전개되면서 악인의 보복 처단과 보은 효행을 가장 효율적으로 토로해 냈다. 특히 본신과 내력을 최후 절정 부분에서 선언처럼 터뜨림으로써 이른바 호기심의 유발과 낯설게 하기란 근대적 표현 수법 수준에 이르고 있다.[320]

이러한 「금우태자전」의 후대적 전개는 대개 국문 소설로 유통되었다. 효행에 집중된 서사 구성은 주로 부녀층을 중심한 향수층의 성향에 잘 부합되었음을 짐작할 수 있다. 더구나 효행 주지는 문헌적 유통을 기반으로 구비적으로도 성행하였는데, 「금우태자전」이 필사본, 활판본, 구비 유통(설화)본으로 널리 전파되었다는 것은 대중적 인기에 힘입어 강담사, 강독사들이 즐겨 다룬 소재임을 암시한다. 이 정도면 「금우태자전」은 「심청전」과 나란히 조선조 효행소설의 양대 흐름을 유지해 왔다고 할만하다. 특히 제5유형의 독자, 청중의 호기심을 최대한 유발시키는 극적 토로는 효행 주지의 관심도와 작품의 구비적 유통 과정에서 생겨난 변이 양상으로 이해된다.

---

320) 사재동, 「금송아지전」의 유통양상, 앞의 논문, pp.366-385 요약.

지금까지 살핀 「금우태자전」의 계통적 전개 과정에서 드러나는 몇 가지 특징을 들어 보겠다. 첫째, 원전의 불교적 취의를 그대로 살리되 흥미성을 강조한 제1, 제2, 제4유형에서 그 결말 구조가 효행이 강조되고 선·악 대결 구조로 악인을 용서해 준 점[321]은 이 작품이 선악 대립보다 효행에 보다 주안점을 둔 서사 방식을 취했다는 사실을 말해 준다.

둘째, 통속성을 확대하여 왕조 소설의 전형을 갖춘 제3, 제5유형은 결말 구조가 선·악 대립[322]에 온통 쏠려 있다. 악인은 극형에 처하고 사후담이 상세하게 부연되면서 불교적 색채가 거의 배제되고 있다. 이러한 차이점은 불교성을 살린 제1, 제2, 제4유형이 신불 대중층을 중심으로 한 독자층을, 제3, 제5유형은 통속성과 흥미성을 선호하는 일반 대중층을 각각 겨냥하여 전개되면서 필사되거나 구연되는 이원적 유통 양상에 기인한다고 볼 수 있다. 또한 「금우태자전」의 이러한 유통 양상은 불경계 전래설화 문학이 후대적으로 어떻게 통속화되고 변이·전개되는가를 보여주는 좋은 예가 되겠다.

아무튼 「금우태자전」은 부처의 본생담 형태로 승려들에 의해 속강화본으로 유통되다가, 어느덧 '국문소설'의 모습인 「금송아지전」으로 전개되어 끊임없이 많은 이본을 낳게 되었다. 따라서 「금송아지전」은 불경 전래설화가 우리 나라에서 변용·재창작되어, 불교 색채가 음성화되고 유교·도교적 요소가 가미되면서 통속화되는 고전소설의 전반적 추세[323]를 단계적, 계통적으로 여실히 보여준다는 점에서 앞으로 깊이 연구되고 주목해야 할 작품군이다.

3. 「실달태자전」 계통

「실달태자전」은 '전생 → 탄생 → 출가 → 고행 → 성도 → 교화 → 열반' 등 보살의 일생을 '팔상'으로 보여주는 대표적인 팔상 주지로 구성되어 있다.

---

321) 보살적 화해와 자비를 강조한 서사 계통 : 제1유형(부모, 두 부인 봉양) → 제2유형(부모 봉양) → 제4유형(모 봉양)
322) 인과응보로 응징하는 통속화된 서사 계통 : 제3유형(두 부인 극형, 시비는 훈계) → 제5유형(세 첩을 기름 가마에 끓여 극형, 창두와 무녀는 저자에 효시)
323) 사재동, 위의 논문, p.326 참조.

이러한 실달태자의 서사 유형은 이른바 "영웅의 전기적 유형"에 부합하되 투쟁 대신 고행과 희생을 선택하고 결말부가 내면적 자아 회복을 통해 세계를 획득한다는 점에서 차이가 두드러진다. 불교적 영웅은 자기완성의 해탈을 얻는 내면적 세계가 승리의 목표점이 되는 만큼 인물의 갈등과 시련의 근원도 역시 개별화된 각각의 내면에 주어진다.

자아의 가족, 세계로부터의 절리는 주변의 상에 비친 삶의 해석에 골몰하다가 무한의 생을 찾으려 현실의 안온한 세계를 일방적으로 벗어나며 결국 '성도'와 '교화'를 통해 회복된다. 이는 일반 영웅담에서는 타의적 인간 관계로 행위하는 데 비해, 불교적 영웅담에서는 자의적 깨달음으로 행위한다는 것[324]이 가장 두드러지는 변별성이며 변문문학의 특징이 된다.

「실달태자전」에서 보이는 이러한 불교적 영웅담의 또다른 특징은 주인공 삶의 이원적 구조에 있다. 성도를 중심으로 그 이전의 삶은 이른바 고행으로 설명되는 인간적 인물형이고, 성도 이후의 세계는 정각에 든 신적 존재[325]로 나뉘어진다. 『석가여래십지수행기』의 주인공들은 한결같이 윤회전생의 세계관 위에서 자기 완성과 중생 구원의 불교적 영웅상을 추구하고 있다. 이와 같은 불교적 영웅의 서사 방식은 고려대에 유행한 승전의 서술 방식[326]에서도 잘 드러나는데 「실달태자전」에서는 주로 윤회 전생을 통한 '오도'와 '구원'을 지향하는 영웅상으로 가닥지어 볼 수 있다.

첫째, 석가가 성도 후에 깨달은 바 연기법을 설법함으로써 우주의 참다운 실상을 드러내고자 한 데서 「실달태자전」의 영웅성은 오도를 지향하는 존재임을 알 수 있다. 사실 『화엄경』을 비롯한 모든 대승 경전은 깨달음을 지향하는 보살행을 설하고 있다. 구법 행각을 떠나는 선재동자의 보살행처럼 『석가여래십지수행기』의 주인공들도 한결같이 오도를 목표하는 구도자의 피나는 수련과 고행을, 감동적이며 극적인 드라마로 연출하고 있다.

이러한 오도의 영웅성이 지향하는 궁극 단계는 극락왕생이다. 『관무량수경』이나 『무량수경』에서 극락의 장엄상을 아름다운 형용어들을 동원하여 자

---

324) 김승호, 불교적 영웅고, 앞의 논문, p.336.
325) 박노원, 석보상절의 서사문학적 성격, 동아대대학원 석사학위논문, 1982, p.58 참조.
326) 김승호, 고려승전의 서술방식 연구, 앞의 논문 참조.

세히 묘사하고 있는 것은 결국은 오도를 지향하는 아미타불의 자비한 방편327)을 드러내고자 한 것이다. 그리고 「구운몽」, 「왕랑반혼전」, 「당태종전」 등도 오도를 통한 극락왕생을 그리고 있는 대표적인 고소설이다.『석가여래십지수행기』의 전생담들이 그러하듯, 극락 정토가 의미하는 것은 해탈과 성불에 있기 때문에, 이들 작품은 결국 중생들의 오도를 위한 교화 내지는, 오도 이후의 장엄한 극락 세계를 보여주기 위한 서사 형태를 취한다. 그래서 이 작품들의 주인공은 결국 속세의 덧없음을 깨닫고 수행 정진하든가, 불법에 귀의하는 결말로 끝을 맺게 된다.

둘째, 「실달태자전」에 드러나는 주인공들의 또다른 영웅성은 중생 구원에서 찾을 수 있다. 불교적 영웅의 중생 구원 양상은 영웅화 과정과 그 활약상에서 드러나는 이타적, 희생적 행적에 초점을 맞출 때 명확히 드러난다. 구원의 영웅은 개인적 의미의 영웅화 과정을 성취한 후 사회적, 우주적, 세계적 구원자로서 초월적 위치에 이르게 된다. 그래서 그들은 인간 세계의 고통인 삼재팔난을 소멸하고 불국정토를 이룩하는 영웅상을 보여 준다.

실달태자의 전생인 금우태자는 성도한 후에 자신을 학대하고 오행을 행한 두 부인을 왕이 징벌하고자 했으나 극구 만류하여 용서해 준다. 고소설 「흥부전」, 「옹고집전」 등의 악인 화해에서도 불교적 구원의 영웅상과 관련된 점을 발견할 수 있다. 흥부는 돈에 눈이 멀어 병들어가는 놀부에게 삶의 본질을 깨닫게 함으로써 화해와 아울러 업보윤회에서 구원한다. 특히 19세기 후반의 소설인 「창선감의록」의 경우 악형 화욱을 용서하는데, 가문 소설적 성격으로 말미암아 악인의 용서를 유교적 성선설의 至善으로 파악하기도 하지만, 실상 그 유교적 테두리를 벗기면 곧 화진의 보살행을 통해 악형을 구제하여 윤회를 막고 화해를 지향한 구원의 영웅상으로 파악된다.

반대로 징계를 내린 경우도 많다. 「장화홍련전」에서 흉녀는 능지 처참 당하고, 「콩쥐팥쥐전」에서는 팥쥐를 죽여 젓을 담가 항아리 속에 넣고 팥쥐 어머니가 보고 기절하여 죽게 한다. 또 「사씨남정기」에서는 악인 교씨를 타살시키고, 「적성의전」에서는 항의가 중국에서 제3자에게 살해당하도록 했다.

그런데 이러한 경우도 실상은 영원한 징계가 아니다. 이런 계통의 작품들

---

327) 박찬두, 불교문학의 이론적 연구, 국어국문학논문집 제31집, 동국대, 1986, p.96 참조.

은 모두 통속화되어 죽고 죽이는 흥미성이 보다 강조되고 있지만 그 본질은 어디까지나 불교의 윤회 사상을 바탕에 깔고 있는 인과응보의 화복 논리에 근거한 서사 양상이다. 이런 소설의 주인공들은 표면적으로는 악을 징계해야 한다는 교화적 의미 못지 않게, 한편으로는 연기론에 의한 선인선과·악인악과의 윤회 사상을 독자에게 내험케 함으로써 암암리에 보살이 행한 구원의 영웅성을 드러낸다 하겠다.

곧, 현세의 악인으로 악과를 받듯이, 결국 현세에서 징계를 받아 명부에 갈지라도 이내 선업을 쌓으면 언젠가는 선과를 받게 된다는 화복 논리를 암시해 주고 있다. 다시 말해서 이런 유형은 선인의 연기를 쌓아 복을 받는 윤회전생의 다음 장이 생략된 것[328]이라 보아도 무방하겠다. 그러므로 그 구원의 영웅성은 선인이든 악인이든, 모두가 윤회전생의 업장을 멸하기 위해서는 결국 선을 행해야 한다는 사실을 강조함으로써 인간 구원의 방편을 제시해 주고자 한 데 의의가 있다.

더욱이 이러한 불교계 소설뿐만 아니라 이른바 군담 계통의 소설에까지 그 배경 사상의 핵심이 불교의 윤회전생으로 되어 있다는 점은 주목할만한 사실이다.「유충렬전」의 경우 주인공 유충렬의 일생을 중심으로 적대자 정한담과의 서사가 삼세윤회와 인과응보의 불교적 연기관[329] 속에 짜여져 있기 때문이다.

이처럼 조선조 소설의 주인공의 삶 속에 투영된 '과거세-현재세-미래세'를 넘나드는 시간 구조와 '천상-지상-천상'을 소통·왕래하는 공간 구조가 가능한 열린 시공관념은「실달태자전」과 같은 불경계 전래설화의 서사 구조인 "보살의 일생"에서 비롯된 것이다. 따라서 일찍이 고려대부터 형성·유통되었다고 추정되는「실달태자전」에서 유형화된 오도와 구원의 보살행 서사방식이 이른바 조선조 소설의 "영웅 서사방식"에 끼친 영향 관계는 매우 주목되어야 할 문제이다.

---

328) 강재철, 고대소설의 주제 권선징악의 의의, 앞의 논문, p.186.
329) 군담소설 중에는 주인공이 과거-현재-미래의 삼세에 걸친 일생을 완벽하게 갖추지 못한 작품도 있지만, 이는 어디까지나 삼세의 일부가 생략되거나 변형된 형태로 볼 수 있는 것이다. (전경욱, 군담소설의 전기적 유형과 그 배경사상, 한국어문교육 창간호, 고려대 사대 국어교육연구회, 1986, p.94.)

Ⅵ. 『석가여래십지수행기』의 소설사적 의의

『석가여래십지수행기』는 한국 변문계 작품 중에서도 형성 연원이 오래되고 상당 기간 동안 뚜렷한 계보와 유통 과정을 확보하고 있는 변문집이다. 실제 그 중 「금우태자전」, 「선우태자전」같은 몇 단편은 독자적으로 유통·전개되어 그대로 조선조 소설로 발달해 갔다. 그러므로 이러한 변문소설이 고려 말이나 조선조 설화문학과 고소설의 형성·전개에 끼친 영향 관계는 새롭게 검토되어야 하겠다. 이런 관점에서『석가여래십지수행기』의 소설사적 의의를 짚어 보겠다.

첫째, 삼세의 시공 관념을 바탕으로 하는『석가여래십지수행기』의 서사 유형은 전기문학 발달의 촉매제가 되었다. 「균여전」의 영웅적 일생은 본생담의 일생과 흡사할[330] 뿐만 아니라 「김현전」도 호랑이라는 축생도를 통해 보살의 이타행을 서사하고 있는 인과응보의 윤회전생담이다. 즉 김현과 호랑이의 비극적 결연담은『석가여래십지수행기』전생담들이 보여주는 업보 윤회 구조와 일치한다. 특히 호랑이가 자기 종족을 대신해 목숨을 바침으로써 더 이상의 인간 대 호랑이의 갈등이 없어진다는 결말 구조는 「선색녹왕전」에서 연원이 확인된다. 그러면서도 「김현전」은 호랑이의 불교적 이타행(보시행)으로 종족을 보존하고 김현을 출세시키는 이른바 김현, 호랑이, 둘의 관계를 용납치 않는 인간 세상 간의 "삼각 갈등구조"로 속화·확대되면서[331] 보다 소설에 가까워졌다.

둘째, 『석가여래십지수행기』의 변문계 서사 작품이 소설사에서 갖는 또

---

330) 「균여전」은 고대소설의 전기적 구조와 대비한 결과 고소설의 영웅적 전기 유형 발달과 정상의 초기 형태로 인정되어야 한다. (정하영, 균여전의 전기문학적 성격, 한국언어문학 제20집, 한국언어문학회, 1981, pp.133-145 참조.)
331) 김승호, 고려승전의 서술방식 연구, 앞의 논문, p.164.

하나의 의의는 15세기 국자 제정과 더불어 한문 작품이 번역되는 과정에서 형성, 전개되는 국문 소설의 발판이 되었다는 데 있다. 고려대 왕성하게 찬술된 변문계 위경[332]들은 불경 전래설화를 한국적으로 변용하여 문학성이 짙은 변문설화, 변문소설을 출현시키는 배경이 되었고, 그 유통 과정에서『석가여래십지수행기』와 같은 변문집이 나오게 되었다. 그리고「안락국태자전」,「목련전」,「선우태자전」,「금우태자전」등과 같은 형성기 국문소설은『석가여래십지수행기』와 같은 변문 단편들이 유통·전개되면서 곧바로 형성되는 계기를 맞았다. 그 대표적인 예로『석보상절』에 실린「선우태자전」을 들 수 있다. 『석보상절』이 기존의 상당한 불경을 참고·수용했음이 밝혀졌는데,[333] 그렇다면『석가여래십지수행기』도 그 저본으로 작용한 것[334]이 분명하다. 실제 『석가여래십지수행기』의「선우태자전」이 그대로『월인석보』에 실려 있는데 전체 내용은 비슷하다. 그렇지만『월인석보』본「선우태자전」은『석가여래십지수행기』의 한문본「선우태자전」보다도 가족 관계가 부각된 점, 결연담이 추가된 점, 기러기 전언과 부모 안맹 모티브가 삽입된 점, 선우태자의 개안 방법이 달라진 점 등 서사 전개와 구조상 새롭게 변용·한글화·재창작된 작품이다. 이런 점에서『석가여래십지수행기』는 형성기 국문 고소설의 저본으로서도 그 가치가 있다.

　셋째,『석가여래십지수행기』의 본생담 구조는 군담계 국문소설에서도 영향 관계가 확인된다. 그 일례로「유충렬전」을 비롯한 대부분의 군담 영웅의 일생이 적강 모티브와 업보 인과율에 따른 대립·갈등 양상을 보이는 것은 바로 '과거 → 현재 → 미래' 세계로 윤회전생하는 연기관에 바탕을 둔다. 특히 유충렬의 일생이 불교의 12연기설 구조 속에서 서사되고 있다는 점에서 볼 때,[335]『석가여래십지수행기』의 '보살의 일생' 서사 구조는 조선조 영웅소설 유형의 한 계통에서 적어도 원류적 위치를 점유하고 있다.

　넷째,『석가여래십지수행기』의 결말 처리 방식은 고소설의 '권선 징악'이

---

332)『목련경』,『안락국태자경』,『불설유광불경』,『불설오왕경』,『섬효자경』,『선우입해구주경』 등을 들 수 있다.(사재동, 불교계 국문소설의 형성과정 연구, 앞의 책, p.22 참조.)
333) 이동림,『월인석보』와 관계 불경의 고찰, 백성욱박사송수기념논문집, 동간행위원회, 1959.
334) 최호석, 앞의 논문, p.32.
335) 전경욱, 군담소설의 전기적 유형과 그 배경 사상, 앞의 논문 참조.

란 주제 사상을 구조화시켰다. 「선우태자전」은 윤회 전생하는 인간의 삶을 선우와 악우의 갈등을 통해 인과응보의 논리 구조로 결말지어졌다. 이러한 결말 처리는 경전 체제에서는 불가능한 사회 사상의 반영으로, 착한 사람은 복을 받고 악한 사람은 벌을 받는다는 화복 논리의 구조적 틀을 제공하였으며, "권선 징악"은 후대 고소설에서 천편일률적으로 다루어지는 주제 사상이 되었다.

끝으로 『석가여래십지수행기』는 그 찬자가 확실하고, 서문에 밝혀진 대로 흥미성과 서사성을 살린 대중 교화적 공리주의 문학관을 확인할 수 있으며, 서사 구조가 '영웅의 일생'이란 불경 전래설화 유형의 전형적 구조를 보이고, 각 단편들이 저본 불경 설화와는 서사 성격상 상당한 거리를 벌여 놓았다는 점 등에서 볼 때, 단순한 불경 전래설화 문학집이 아니라 고소설의 모태가 된 본격적인 변문소설집으로서 그 가치가 새롭게 인정되어야 한다.

　　한국 서사문학의 연원에 대한 지금까지의 관심은 설화, 민담, 전설, 무가 등의 구비문학과 유가의 전, 불경 전래설화 문학으로 크게 삼분된다고 볼 수 있다. 그 중에서도 『삼국사기』로부터 한말에 걸쳐 폭넓게 수용·창작되어 온 역사적 배경으로 볼 때, 전문학이 비중있게 연구되는 것은 당연하다 하겠다. 그러나 4세기 이래 도입되어 우리의 정신 세계를 지배해 온 불교도 유교 못지 않게 폭넓은 영향을 끼쳤다. 그 결과가 『삼국유사』를 비롯하여 고려·조선조에 남겨진 숱한 불교계 설화문학들이다. 따라서 유가 문학에 대한 관심 못지 않게 이러한 불경 전래설화 문학도 국문학 연구의 중심 대상이 되어야 마땅하다. 그렇다고 사상의 균형을 고려하면서 문학 연구가 이루어져야 한다는 것을 전제하자는 뜻은 아니다. 적어도 불경 전래설화 문학이 한국 서사문학 형성의 한 단초가 되었고 그 전개에 있어서 상당히 비중 있는 역할을 하였다는 사실을 밝히는 데 있다. 최근 불교 전기에 대한 인식이 새로워지고 문학성이 두드러진 경전, 위경, 변문, 승전 등 불교 전래문학에 대한 연구가 활발히 이루어지고 있는 현상은 매우 바람직한 일이다.

　　한국 서사문학사 내지 고소설사상 불교계 서사문학이 차지하는 비중이 제대로 자리매김 되려면, 우선 불교계 서사문학의 융성기인 고려시대 서사문학에 대한 연구가 구체적이고 실질적으로 이루어져야 한다는 사실이 전제되어야 하겠다. 그러할 때 한국 서사문학의 체계적이고 종합적인 전개 과정이 밝혀질 수 있다. 그리고 고소설의 형성 문제까지도 자연스럽게 풀어나갈 수 있는 실마리도 제공될 것이다. 그러므로 한국 서사문학의 형성·전개에 있어, 불교계 서사문학들이 그 종교성 때문에, 독창적으로 형상화된 예술성까지 감가당한다면 더욱 안 될 일이다. 또한 한국 서사문학은 불교와 도교의 종교적 세계관에 힘입어 보다 빨리 발전할 수 있었다는 사실을 간과해서도 안 된다.

이러한 관점에서, 본고는 한국적으로 형성·유통된 변문집의 하나인『석가여래십지수행기』의 문학적 면모를 고찰해 보았다. 그 결과『석가여래십지수행기』는 인물의 일대기를 지향하는 서사 문학성과 고소설의 기본 구조까지를 두루 갖춘 설화문학, 변문소설 작품집임을 어느 정도 확인할 수 있었다. 이제 불경계 서사물이라는 선입견으로, 또는 고려 시대는 서사문학적 수준의 미숙기라는 인식에 가려져,『석가여래십지수행기』가 경전적 변문 내지 불경 전래설화의 단순한 한국적 토착물인 것처럼 가볍게 인식되어서는 안 되겠다.

지금까지 검토된 주요 내용을 간추려 논의의 결론으로 삼겠다.

제2장에서는 서지 검토를 하였다.

첫째,『석가여래십지수행기』의 이본은 현재까지 목판본 3종, 필사본 1종, 활자본 3종 등 총 7편이 발견된다. 이들 중 목판본 3종은 모두 동일판본인데 이 중 고려대본과 연세대본은 제 45-46장이 낙장된 결본이고, 낙은본만이 유일하게 완질 체제를 갖추고 있는 최선본이다.

둘째, 낙은본의 발문을 참조할 때 1448년 간행된 이부본을 천오가 발문을 붙여 중간해 낸 이본이 현전하는 목판본들이다.

셋째, 필사본과 현토본은 모두 낙은본을 모본으로 하여 유통된 후대본들이다. 필사본은 제7지까지만 베끼고 나머지는 보고 들은 변문들을 23편이나 기록하고 있다. 그리고 현토본은 일반 대중들을 대상으로 대량 생산하기 위해 낙은본의 상당 부분을 합리적으로 변개시켰고, 부록에는 재미있고 서사성이 강한 변문들을 붙였다. 낙은본 부록에서 지극한 효성의 극치를 보여주는「안락국태자경」등을 취택한 것은 그 단적인 예이다.

넷째,『석가여래십지수행기』는 고려 충숙왕 15년(1328)에 조술된 이후, 세종 30년(1448)에 초간되고, 현종 원년(1660)에 중간되었으며, 후대로 필사본, 구활자본, 현대활자본 등으로 폭넓게 유통되었다.

다섯째,『석가여래십지수행기』이본의 계통적 전개 양상은 고려 조술본(1328년) → 이부판본(1448년) → 덕주사판본(1660년, 낙은본, 고려대본, 연세대본) → 필사본(1900년 이전, 동국대본), 한문 현토본(1934년) → 국역 구활자본

(1939년) → 현대역 활자본(1978년) 등으로 파악된다.

여섯째, 낙은본의 서지적 특성은 서·발문을 갖춘 완결본이란 점, 현전하는 이본 중 가장 최고의 선본이란 점, 한국 변문의 불경 전래설화적, 소설적 변모 양상을 복합적으로 보여주는 자료집이란 점, 당시 유통되는 한국적 변문 자료가 부록에 다수 필사·수록되어 있다는 점 등에서 살필 수 있다.

제3장에서는 형성 과정을 살폈다.

첫째, 제1지에서 제9지까지의 작품은 대장경 '본연부'의 여러 경전에서, 또 제10지는 『과거현재인과경』, 『불본행집경』에서 연원한 것이며, 그 형성 배경은 불경 전래설화의 유행과 신편 작업, 왕실의 수행 화본의 필요성, 그리고 윤회화복 사상이 만연한 사회적 요구에서 찾을 수 있겠다.

둘째, 단편들을 형성한 주체는 경전의 내용을 자유자재로 풀이하고 연설할 수 있는 능력을 지닌 신라·고려시대의 속강승들이라 추정된다. 각 단편들은 각종 속강의 화본으로 나·여대에 유통되다가, 독서층 출신의 대덕고승에 의해 고려 충숙왕 15(1328)년에 보살의 십지수행기 형식에 따른 일종의 강창화본 변문집으로 찬집된 것이『석가여래십지수행기』라고 추정된다. 그리고 이는 다시 조선 세종 30(1448)년에 소실산인이 새롭게 고쳤는데, 왕실의 관청으로 추정되는 이부에서 왕실 친인척과 신불문사들을 교화하기 위해 간행·유통시켰고, 1660년(현종 원년)에 충주 월악산 덕주사에서 개판되는 등 각 사찰에서 중간됨으로써, 대중으로 확산·유통되었다.

셋째, 고려후기로 가면서 점차 퇴색해 가는 승려들에게 석가의 고행은 자기 수행적 본보기로서 재구될 필요가 있었다는 점, 그리고 대내외적으로 도탄과 질곡에 빠진 중생들을 구원할 영웅적 상이 필요했다는 측면에서 형성 동기를 찾았다. 실제 『석가여래십지수행기』의 편집 안목이 주로 석가의 출가와 고행을 중심으로 하는 성도 이전 부분을 강조하여, 그 구도적 영웅의 면모를 부각시키고자 한 의도가 혼란한 고려시대의 사회·종교적 상황과 매우 부합되기 때문이다.

넷째, 『석가여래십지수행기』는 「선색녹왕전」, 「인욕태자전」, 「보시국왕전」, 「사신태자전」, 「인욕선인전」, 「선우태자전」, 「금우태자전」, 「선혜선인전」, 「보시태자전」, 「실달태자전」 등 총 10편의 변문을 싣고 있다. 이들은 한결같이 토착적인 사상과 정서를 반영한 구어체적인 문체를 사용하고 있다. 또한 배경은 모두 현세의 시공을 초월하여 천상과 지하를 넘나들고 승속 간의 제반사를 다 다루고 있어 흥미로운 제재를 많이 담고 있다. 특히 저본 불경 설화를 변용·윤색하는 변문의 원리 중에서 이른바 강창 양식은 중국·동양권은 물론이고 한국 서사문학에도 폭넓게 수용되어 참신한 문체 구성 기법으로 정착되었다.

제4장에서는 문학적 실상을 살폈다.

첫째, 서술 체제와 서사 기법, 작품별 변문화 양상을 검토하여 저본 불경이 『석가여래십지수행기』로 변문화된 양상을 검토하였다.

『석가여래십지수행기』의 서술 체재는 제1지로부터 제9지에 이르는 전생담이 윤회전생의 원리로 연결되어 제10의 현생담으로 결구되도록 짜여져 있다. 이는 보살이 십지에 이르는 수행 과정으로 이해된다. 그리고 각 단편들은 불경설화에서 육성취를 벗어버리고 액자구조로 변용되어 서술되고 있다.

서사 기법은 다양하게 나타난다. (1) 창작 의식이 엿보인다. 당시 유행하던 수많은 단편적인 본생담들을 10지 형태로 결집한 찬술 의식, 그리고 저본들의 이야기 형태를 과감히 탈피하여 성도 이전의 출가와 고행에 촛점을 맞춘 새로운 구성은 찬술자의 창작적인 서사문학적 안목에 기인한 것이라 하겠다. (2) 운문을 삽입하는 강창 기법이 매우 발달되었다. 특히 삽입 운문은 통속화되고, 창작되어 삽입되고 있을 뿐만 아니라, 이들이 서사적 갈등과 긴장을 조성하는 데 기여하도록 구조화되었다는 사실을 확인할 수 있다. (3) 서사적 확대는 단순한 변문화를 넘어 서서, 사건을 새롭게 구성하고 장면을 예술적으로 확대시키는 데 성공하고 있다. (4) 대폭적 축약은 단순화·요약화가 아니라 흥미성과 예술성을 고려하여 주인공의 삶을 시대적 요구에 맞게 변이시킨 찬술자의 창작 의도가 작용한 결과이다. (5) 운문은 총 36편 작품이 삽입되어 있는데, 제3지, 제7지의 각 한 편을 제외한 나머지 모든 삽입 운문은 한시의 7언 4구와 8구체 형식의 정형성을 갖춘 창작 운문으로써, 저본 불경의 자유로운 게송 형태에서 완전히 벗어나 한시 양식으로의 정형성과 창작성을 갖추고 있다.

둘째, 서사문학적 실상으로 팔상의 변형, 삼세의 시공관념, 인물의 다양한 갈등 양상, 서사적 종결 양상을 검토하였다. 『석가여래십지수행기』의 공통적 핵심 서사는 석가의 고행담이며 그 과정인 보시와 지계행은 각각 이타행과 흥미성을 부연하는 희생적 영웅담, 신화적 영웅담의 서사 성격을 띤다. 그리고 이들 작품의 서사는 교화와 열반 등 성도 이후의 방대한 내용을 대폭 탈락시킨 팔상의 변형을 시도했다는 점이 특이하다.

『석가여래십지수행기』의 삼세 시공관념을 바탕으로 한 윤회 주지는 이원적 세계관을 형성해 냈고, 영웅적 유형은 깨달음을 통한 극락 왕생을 실현하는 오도의 영웅상과 중생의 구원과 그 활약상을 드러내는 구원의 영웅상으로 파악된다. 그리고 이들이 삼세육도의 시공 속에서 그려내는 주인공의 일생은 이른바 '보살의 일생'이란 불경 전래설화 문학의 유형을 만들어 냈다.

서술 유형은 보시와 인욕의 삶을 보여주는 보살의 일생에서 성도 이후의 항마, 전법 부분이 완전 축소되고 성장, 결연, 고행담이 강조되는 팔상의 변형을 거친 본생계 불경 전래설화 문학과, 시공을 초월하고 자재한 변신 주지를 통한 초월계와의 교섭이 빈번한 변문계 전기문학(傳奇文學)으로 나뉘어진다.

그리고 이들 중 「금우태자전」, 「선우태자전」, 「금우태자전」, 「실달태자전」 등은 일대기 형식을 취하며, 갈등이 지속되고, 가족 관계의 회복을 지향하는 현실성을 어느 정도 반영하고 있으며, 문체 표현이 참신하고 고소설의 투식성이 많이 보인다는 점에서 소설적 면모를 잘 갖춘 변문소설로 규정하였다.

셋째, 소설문학적 실상을 검토하였다. 우선 액자 구조는 종결 액자가 결부된 폐쇄액자 구조와 종결액자가 탈락된 개방액자 구조의 작품으로 나뉘어진다. 폐쇄액자는 제1지, 제5지, 제6지가 해당되는데 이들 작품은 한결 같이 대립이 표면화되는 비불경설화를 내부 이야기로 다루고 있다. 이에 비해 개방 액자는 나머지 작품들이 모두 해당되는데 불교적 취의를 잘 드러내는 성격의 설화를 내부 이야기로 다루는 형태이다. 따라서 『석가여래십지수행기』에서의 액자는 불경설화를 변문화하면서 경전의 육성취를 서사문학적으로 변용하는 과정에서 불교적 취의를 유지하는 문학적 장치로 기능했음을 알 수 있다. 이런 점에서 액자 구조는 불경설화이거나 비불경설화에 관계없이 내부 이야기를 수용하는 장치이기 때문에 변문설화 수준에서부터 변문소설에 이르는 다양한 작품들을 만들어 낼 수 있었다.

또한 제1지, 제3지, 제7지, 제9지, 제10지 등은 강창 구조로 되어 있는 작품이다. 이 중 제1지, 제3지 작품은 산문 위주에 운문이 약간 삽입되는 산주운종형에 해당하고, 제7지, 제9지, 제10지 작품은 산문과 운문이 같은 수준으로 교차·조직되는 산운교직형에 해당한다.

팔상 구조는 '전생 → 탄생 → 성장 → 출가 → 고행 → 성도 → 교화 → 열반'으로 서사되는 보살의 전기적 유형인데, 『석가여래십지수행기』는 이 중의 교화와 열반 부분이 대폭 축약되어 있어 전형적인 팔상 구조로부터 상당히 변형되어 있다. 즉 성도 이전의 성장, 출가, 고행 부분의 서사성을 강조하여 수행자로서의 면모를 부각시켰기 때문에 성자 내지 고행자로서의 영웅적 면모를 강조하고 있다. 이러한 서사 구조는 투쟁과 승리를 핵심 주지로 하는 일반적인 영웅 유형과는 달리 철저한 자기 희생을 통해 세계를 획득하는 '보살의 일생'이란 불교계 영웅 유형을 정립하였다.

단편들 중 「선우태자전」, 「금우태자전」, 「보시태자전」, 「실달태자전」은 일대기 형식으로 갈등이 지속된다는 점, 현실을 반영한 주지를 다룬다는 점, 표현 문체가 고소설의 투식성이 많고 참신한 배경 묘사 기법이 매우 발달되어 있다는 점 등에서 변문소설로 규정하였다.

제5장에서는 후대 소설문학으로 전개된 계통적 전개 양상을 살폈다. 「선우태자전」의 계통은 국문소설 「선우태자전」과, 「적성의전」, 「육미당기」, 「금태자전」 등으로 전개되었다. 그런데 표면적으로는 인과응보, 우애, 유교적 삶이란 작가의 인생관이 복합적으로 반영되는 변모를 겪었지만, 내면적으로는 한결같이 인과응보란 화복 논리와 윤회전생이란 연기 사상이 계통적 전개의 고정된 핵을 이루고 있다.

「금우태자전」의 계통은 「금우태자전」, 「금송아지전」 등으로 전개되면서 구조적 변형보다는 인과응보와 효행을 통한 주제적 의미를 부각시키는 데 초점이 맞추어졌다. 「금송아지전」의 제1, 제2, 제4유형은 효행을 통한 보살적 화해와 자비를 강조하는 불교성을 많이 유지한데 비해, 제3, 제5유형은 통속화된 극적 구성을 통해 흥미와 인과응보의 철저한 응징을 강조하는 보다 통속화된 작품으로 전개되었다.

「실달태자전」의 계통은 「유충렬전」과 같은 군담소설에 나타난 삼세 윤회의 환원 구조와, 「심청전」과 같은 가정소설에 나타나는 자기 희생을 통해 세계를 구원하는 '보살의 일생'이란 서사 유형을 조선조 소설의 한 유형으로 전개시켰다.

제6장에서는 소설사적 의의를 살폈다.

『석가여래십지수행기』는 각 작품의 서사적 수준이 당대의 승전류, 전기류의 소설적 취의를 가능케 했고, 고려대 전기소설(傳奇小說)로 유통되었으며, 15세기 국문소설 형성·전개의 동인이 되었다는 점, 특히 「선우태자전」, 「금우태자전」, 「실달태자전」 등은 그대로 조선조 국문소설의 유통·전개에 깊숙히 관련되었다는 점, 윤회 전생 구조와 자기 희생의 보살행은 조선조 고소설 발달에 영향을 끼쳤다는 점, 권선징악의 화복 논리가 고소설의 일률적인 주제 사상으로 전개되었다는 점 등에 소설사적 의의가 있다.

참고문헌

1 자 료

『釋迦如來十地修行記』, 木版本, 姜銓爕 所藏本, 1660.

『釋迦如來十地修行記』, 木版本, 高麗大 所藏本, 1660.

『釋迦如來十地修行記』, 木版本, 延世大 所藏本, 1660.

『釋迦如來行錄』, 筆寫本, 東國大 所藏本, 年代未詳.

『釋迦如來十地行錄』, 懸吐活字本, 安震湖 編, 法輪社, 1936.

『釋迦如來十地行錄』, 國譯活字本, 安震湖 編, 法輪社, 1939.

『佛陀의 十地行蹟』, 現代譯本, 정서운 譯解, 明文堂, 1978.

『玉樓夢』, 신문관본.

『崇山傳說』, 王鴻鈞 整理. 臺北:中川書畵社, 1983.

『大正新修大藏經』, 第3卷-第4卷(本緣部), 大衆佛教研究院, 1976.

『한글대장경』, 第9, 第10, 第15, 第18卷, 東國大 附設 東國譯經院, 1971-1981.

『韓國古小說選』, 印權煥, 薛重煥, 張孝鉉, 田耕旭 編著, 太學社, 1995.

『羅孫本 筆寫本古小說資料叢書』, 第2卷, 保景文化社, 1991.

『景印 古小說板刻本全集』1~4集, 羅孫書室, 1975.

『京 皇變文』, 楊家駱 編, 台北 : 世界書局, 1977.

『 譜詳節』, 上,下(影印本), 金英培 編譯, 東國大 附設 東國譯經院, 1986.

『月印釋譜』, 21·23合本(影印本), 弘文閣, 1984.

『月印千江之曲』, 影印合本, 弘文閣, 1984.

『釋迦如來行蹟頌』, 現代活字本, 「韓國佛教全書」 第6卷, 東國大出版部, 1984.

『三國遺事』, 李東歡 校勘, 民族文化推進會, 1982.

『韓國佛教全書』, 第4卷-第8卷(現代活字本), 東國大出版部, 1984.

『朝鮮佛教通史』, 李能和 著, 慶熙出版社, 1968.

『高麗史』, 譯註本, 東亞大 古典研究室, 太學社, 1987.

『朝鮮王朝實錄』, 影印本, 國史編纂委員會, 1970.

『八相錄』, 活字本, 寶蓮閣, 1982.

『均如傳』, 崔喆·安大會 譯註, 새문사, 1986.

『韓國民族文化大百科事典』, 韓國精神文化研究院, 1991.

『五洲衍文長箋散藁』, 李圭景, 古典國譯叢書, 民族文化推進會, 1976.
『佛教聖典』, 大韓佛教振興院, 邦文社, 1988.
『佛教辞典』, 耘虛 龍夏, 東國譯經院, 1985.

② 저 서

金起東, 『李朝時代小說論』, 精研社, 1959.
金美蘭, 『古代小說과 變身』, 正音文化社, 1984.
金烈圭, 『韓國民俗과 文學研究』, 一潮閣, 1971.
金雲學, 『佛教文學의 理論』, 一志社, 1981.
金一烈, 『朝鮮朝 小說의 構造와 意味』, 螢雪出版社, 1984.
金台俊, 『增補 朝鮮小說史』, 學藝社, 1939.
金學主, 『中國文學槪論』, 新雅社, 1983.
金興圭, 『판소리의 理解』, 創作과 批評社, 1978.
朴晟義, 『韓國古代小說史』, 日新社, 1958.
朴湧植, 『古小說의 原始宗教思想 研究』, 高麗大 民族文化研究所, 1986.
史在東, 『佛教系 國文小說의 形成過程 研究』, 亞細亞文化社, 1977.
史在東, 『佛教系 國文小說의 研究』, 中央文化社, 1994.
史在東 編, 『韓國敍事文學史의 研究』, 中央文化社, 1995.
徐大錫, 『軍談小說의 構造와 背景』, 梨花女子大學校 出版部, 1985.
成賢慶, 『韓國小說의 構造와 實相』, 嶺南大 出版部, 1981.
安啓賢, 『韓國佛教思想史 研究』, 東國大 出版部, 1983.
柳鐸一, 『韓國文獻學 研究』, 亞細亞文化社, 1989.
李相澤, 成賢慶 編, 『韓國古典小說研究』, 새문사, 1983.
李在銑, 『韓國 短篇小說 研究』, 一潮閣, 1986.
이형기 外編, 『佛教文學이란 무엇인가』, 同和出版社, 1991.
임석래, 『英雄小說의 類型 研究』, 太學社, 1990.
趙東一, 『韓國小說의 理論』, 知識産業社, 1994.
鄭弼模, 『高麗佛典目錄研究』, 亞細亞文化社, 1990.
蔡尙植, 『高麗後期佛教史研究』, 一潮閣, 1991.
韓龍雲, 李元燮 譯, 『佛教大典』, 玄岩社, 1980.
許世旭, 『中國古代文學史』, 法文社, 1986.
黃浿江, 『新羅佛教說話研究』, 一志社, 1976.

許興植, 『高麗佛教史研究』, 一潮閣, 1986.
멀치아 엘리아데, 李東夏 譯, 『聖과 俗』, 서울:學民社, 1983.
조셉 캠벨, 이윤기 譯, 『世界의 英雄神話』, 大原社, 1989.
김치수 編著, 『構造主義와 文學批評』, 弘晟社, 1982.
郭箴一, 『中國小說史』, 臺灣商務印書館, 民國77.
方立天, 유영희 譯, 『佛教哲學槪論』, 民族社, 1989.
唐大圓 等著, 『佛教文學短論』, 臺北:大乘文化出版社, 民國69.
蕭登福, 『敦煌俗文學論叢』, 臺灣:商務印書館, 民國77.
鄭頓, 『中國俗文學史』, 臺北:商務印書館, 1967.
胡適, 『白話文學史』, 臺北:啓明書局, 1987.
道端良秀, 목정배 譯, 『佛教의 孝 儒教의 孝』, 佛教時代社, 1994.
준지로 타카쿠수, 정승석 譯, 『佛教哲學의 精髓』, 大原精舍, 1983.

③ 논 문

姜在哲, 勸善懲惡 理論의 傳統과 古典小說, 仁荷大大學院 博士學位論文, 1993.
景一男, 講唱文學의 小說的 展開 樣相, 語文研究 第19輯, 語文研究會, 1989.
景一男, 高麗朝 講唱文學 研究, 忠南大大學院 博士學位論文, 1989.
權寧文, 韓國講唱文學의 形成考, 韓國文學研究 第3號, 京畿大 韓國文學研究所, 1993.
金相淏, 朝鮮朝 寺刹板 刻手에 관한 研究, 成均館大大學院 博士學位論文, 1993.
金承鎬, 佛教的 英雄考, 韓國文學研究 第12輯, 東國大 韓國文學研究所, 1989.
金承鎬, 高麗僧傳의 敍述方式 研究, 東國大大學院 博士學位論文, 1990.
金榮晩, 京板 「沈淸傳」의 佛教的 考究, 釜山大大學院 碩士學位論文, 1979.
金英培, 『月印釋譜』 第22에 對하여, 韓國文學研究 第8輯, 東國大 韓國文學研究所,
        1985.
金義淑, 國文學에 나타난 佛教輪廻思想 是非考, 韓國佛教學 第6輯, 韓國佛教學會,
        1981.
金鍾澈, 19C 中般期 長篇英雄小說의 한 樣相, 韓國學報 第40輯, 一志社, 1985.
金鍾澈, 敍事文學史에서 본 初期小說의 成立問題, 茶谷李樹鳳先生華甲紀念 古小說研
        究論叢, 第一文化社, 1988.
金鍾澈, 高麗傳奇小說의 發生과 그 行方에 대한 再論, 史在東編, 韓國敍事文學史의
        研究, 中央文化社, 1995.
金鎭榮, 佛教系 講唱文學의 研究, 忠南大大學院 碩士學位論文, 1992.

金漢春, 韓國佛典文學의 研究, 語文研究 第22輯, 語文研究會, 1991.

류제동, 初期佛教의 出家에 대한 宗教學的 理解, 西江大大學院 碩士學位論文, 1991.

閔泳珪, 元高麗俗講僧, 東方學誌 第31輯, 延世大 國學研究院, 1982.

朴魯元, 『釋譜詳節』의 敍事文學的 性格, 東亞大大學院 碩士學位論文, 1982.

朴光洙, 善友太子傳承의 系統的 研究, 忠南大大學院 碩士學位論文, 1990.

朴光洙, 「팔상명힝녹」의 系統과 文學的 實相, 忠南大大學院 博士學位論文, 1997.

朴炳東, 「沈淸傳」의 齋儀的 性格, 忠南大大學院 碩士學位論文, 1985.

朴炳東, 『釋迦如來十地修行記』의 異本 檢討, 古小說研究 第1輯, 韓國古小說學會, 1995.

朴炳東, 『釋迦如來十地修行記』의 形成 經緯, 古小說研究 第2輯, 韓國古小說學會, 1996.

朴讚斗, 佛教文學의 理論的 研究, 國語國文學論文集 第13輯, 東國大, 1986.

朴熙秉, 韓國古典小說의 發生 및 發展段階를 둘러싼 몇몇 問題에 대하여, 冠嶽語文研究 第17輯, 서울大 國文科, 1992.

史在東, 「目連傳」 研究, 韓國言語文學 第3輯, 韓國言語文學會, 1965.

史在東, 「目連經」의 流轉關係, 韓國言語文學 第22輯, 韓國言語文學會, 1983.

史在東, 「安樂國太子傳」 研究, 語文研究 第5輯, 語文研究會, 1967.

史在東, 「沈淸傳」 研究序說, 語文研究 第7輯, 語文研究會, 1971.

史在東, 「善友太子傳」 研究, 語文研究 第9輯, 語文研究會, 1976.

史在東, 「王郎返魂傳」의 몇가지 問題, 韓國言語文學 第13輯, 韓國言語文學會, 1977.

史在東, 「安樂國太子經」 研究, 人文科學研究所 論文集 第13卷2號, 忠南大 人文科學研究所, 1986.

史在東, 「팔상명힝녹」의 研究, 人文科學論文集 第16號, 忠南大 人文科學研究所, 1981.

史在東, 佛教系 敍事文學의 研究, 語文研究 第12輯, 語文研究會, 1983.

史在東, 「安樂國傳」 研究, 語文研究 第13輯, 語文研究會, 1984.

史在東, 「금송아지전」의 流通樣相, 樂隱姜銓燮先生華甲紀念論叢, 創學社, 1992.

史在東, 韓·中佛教故事의 流轉關係, 鶴山趙種業博士華甲紀念論叢, 同刊行委員會, 1990.

徐炳允, 佛說目連經의 敍事文學的 考察, 忠南大教育大學院 碩士學位論文, 1982.

徐仁錫, 古典小說의 結末構造와 그 世界觀, 서울大大學院 碩士學位論文, 1984.

成賢慶, 李朝小說의 謫降類型과 그 作品構造, 東洋文化 第18輯, 嶺南大 東洋文化研究所, 1977.

成賢慶, 謫降小說과 宗教思想 - 作者 및 讀者와 관련하여-, 東洋文化 第20·21合輯, 嶺南大 東洋文化研究所, 1981.

成賢子, 판소리와 中國講唱文學의 對比研究, 震檀學報 第53·54合輯, 震檀學會, 1983.

蘇順子, 佛教系 孝倫理의 中國的 展開, 東國大大學院 碩士學位論文, 1978.

申東鎭, 「金牛太子傳」 研究, 語文研究 第16輯, 語文研究會, 1987.

吳靈錫, 李朝小說의 敍述構造 考察, 國語國文學 第72·73合倂號, 國語國文學會, 1976.

李康沃, 佛經系 說話의 小說化 過程에 대한 考察, 古典文學研究 第4輯, 韓國古典文學
     研究會, 1988.
李東林, 『月印釋譜』와 關係佛經의 考察, 백성욱박사 頌壽紀念論文集, 同刊行委員會,
     1959.
李文奎, 高麗時代 敍事文學의 展開 樣相考, 茶谷 李樹鳳先生華甲紀念 古小說研究論
     叢, 第一文化社, 1988.
李逢春, 朝鮮前期 佛典諺解와 그 思想에 대한 研究, 東國大大學院 碩士學位論文, 1978.
李相澤, 古典小說의 社會와 人間, (李相澤, 徐大錫, 成賢慶編, 韓國古典小說), 啓明大出
     版部, 1974.
李相澤, 古代小說의 世俗化過程 試論, (李相澤, 成賢慶編, 韓國古典小說研究), 새문사,
     1983.
李相澤, 樂善齋小說研究(Ⅰ), (韓國古典文學研究會編, 韓國小說文學의 探究), 一潮閣,
     1978.
李仁澤, 中國 古代神話와 佛法, 人文論叢 第9輯, 蔚山大 人文大, 1995.
李鉉洙, 佛敎說話의 小說文學的 受容, 韓國文學研究 第6·7輯, 東國大 韓國文學研究所,
     1984.
李昇馥, 古典小說의 敍述構造와 揷入詩歌의 機能, 서울大大學院 碩士學位論文, 1986.
印權煥, 「격성의전」의 根源說話 研究, 人文論集 第8輯, 高麗大 人文大, 1967.
印權煥, 佛典說話의 土着化와 韓國的 變容, 文化批評 第1卷3號, 亞漢學會, 1969.
印權煥, 『釋譜詳節』의 文學的 考察, 民族文化研究 第9號, 高麗大 民族文化研究所,
     1975.
林熒澤, 羅末麗初의 傳奇文學, 韓國漢文學研究 5輯, 韓國漢文學會, 1981.
張元圭, 菩薩十地說의 展開에 대한 考察, 佛敎學報 第2輯, 東國大 佛敎文化研究會, 1964.
田耕旭, 軍談小說의 傳記的 類型과 그 背景思想, 韓國語文敎育 創刊號, 高麗大 師範
     大 國語敎育學會, 1986.
全鎭娥, 「금송아지전」 研究, 梨花女大大學院 碩士學位論文, 1995.
丁奎福, 韓國古典文學에 나타난 偈의 役割, 語文論集 第24·25合集, 高麗大 國語國文學
     研究會, 1985.
鄭相珍, 「金牛太子傳」의 變身모티브 研究, 朴智弘先生還甲紀念論叢, 1984.
鄭夏英, 『月印釋譜』의 敍事文學的 性格, 震壇學報 第75輯, 震壇學會, 1993.
鄭夏英, 「均如傳」의 傳記文學的 性格, 韓國言語文學 第20輯, 韓國言語文學會, 1981.
曺壽鶴, 傳文學 研究, 啓明大大學院 博士學位論文, 1986.
趙鍾業, 古代小說의 形成上의 史傳體와 變文, 藏菴池憲英先生古稀紀念論叢, 1980.
趙春浩, 友愛小說의 構造와 意味, 慶北大大學院 博士學位論文, 1990.
崔珍奉, 「금송아지전」의 構造와 意味, 崇實語文 第10輯, 崇實語文研究會, 1993.

崔皓晳, 『釋迦如來十地修行記』의 小說史的 展開, 高麗大大學院 碩士學位論文, 1993.

韓基斗, 高麗佛教의 結社運動, 韓國佛教思想史, 圓光大出版局, 1975.

黃仁德, 佛教系 韓國民譚研究, 語文研究 第17輯, 語文研究會, 1988.

黃浿江, 「釋迦如來行蹟頌」研究, 伽山李智冠스님華甲紀念論叢, 伽山佛教文化振興院, 1992.

熊谷宣夫, 靑山文庫藏 安樂國太子經變相, 李載元博士回甲紀念論叢, 1969.

王有三, 敦煌變文 研究, 敦煌遺書論文集, 台北:明文書局, 民國74.

석가여래십지수행기

(낙은본)

해 제

이 자료는 현전하는 3종의 목판본 중에서 유일한 완질본으로 낙은(樂隱) 강전섭(姜銓燮) 교수 개인 소장본이다. 매면 10행, 매행 20자로 되어 있는 한문 목판본인데, 배접한 두터운 한지 표지에는 크게 '一枝松'이라는 제첨이, 하단의 우측에는 천유(天遊)란 이름이 필사되어 있다.

이 책의 체제는 '釋迦佛十地修行序'로 시작하는 제1장까지의 서문 부분과, 「善色鹿王傳」, 「忍辱太子傳」, 「布施國王傳」, 「捨身太子傳」, 「忍辱仙人傳」, 「善友太子傳」, 「金友太子傳」, 「善慧仙人傳」, 「布施太子傳」, 「悉達太子傳」 등 10지의 불경 전래설화를 옴니버스식으로 배치하여 '釋迦如來十地修行記終'으로 끝나는 제44장까지의 본문 부분, 그리고 제46종장까지의 발문 부분으로 나뉘어진다. 그리고 부록으로 天遊가 필사한 「佛說乳光佛經」, 「佛說五王經」, 「睒孝子經」, 「祇林高蹟」, 「須達起精舍品」, 「擧蓮經七軸大意」, 「善友入海求珠經」, 「國淸寺起文」, 「佛說福田經」, 「靈山法語」 등 10편의 변문이 첨부되어 있다.

이 책은 서문의 말미에 '大明 正統 戊辰 端陽'이란 간기로 미루어 1448년(무진년)에 초간되었고, 발문의 말미에 '順治 十七年 庚子五月日 忠洪道 忠州 月岳山 德周寺 開板'이란 간기로 미루어 1660년(경자년)에 덕주사에서 다시 중간하여 개판되었다.

판 여백에는 여러 군데에 판각자와 시주자로 추정되는 이름이 새겨져 있다. 특히 제45~46장에는 한문 차자음에 대한 반절식 독음토가 해설되어 있고, 본문 敬寫者인 天悟가 쓴 발문과 개판에 관련된 시주, 조역 각질자 등의 명단 등이 고스란히 들어 있어서 책의 출판 경위를 세세하게 살필 수 있는 서지 상황까지 잘 갖추어진 최선본이다.

이 책에는 불경계 전래설화들이 변문화되는 과정에서 우리의 사상과 정서에 맞도록 변형·정착된 변문설화는 물론, 고소설로까지 발전해 간 변문소설 작품들이 다양하게 들어 있어서, 불경 전래설화의 변문화 및 변문의 전개와 소설화 과정을 연구하는 데 있어 없어서는 안 될 귀중한 자료이다.

散準　尚嚴　元宗　叛黿主　安彦龍　金末叱奉　金貴祥　金貴立　金歲玄　崔勝男

散修　懷覽　愿智　貴金　春祥　廣濟　信玄　德森　榮卓　善玉　坦裕　印悟

懷信　威厚吉　勸役　沖卜　沖信　勸募無刾學寶

順治十七年庚子五月日忠洪道忠州月岳山德周寺開板

太子攬畔聽告訴　如何今日只胡做

你求無上菩提因　却把妻兒別丈夫

世上無恩是你身　鴛鴦當下各分路

山中寧死作孤魂　怎肯隨他老子去

太子向前勸夫人曰汝甚癡也世上榮華富貴高堂

大厦嬌妻嫩子堆金積玉皆属有漏之因九之身者

九孔常流四大假借地能堅性水能濕性火之煖性

風之動性會合而成末後敗時各歸本鄉身之體者

安能存在何得恡乎憶昔賣花因緣同在燃燈佛會

下獻上七枝花曾發願否夫人忽然有惺識破劫前

庵前身被襤褸縷弊杖而行太子問曰從何而來老人
荅曰久聞太子今貧賣德大播四方老朽孤㑥身軀
亦無恃怙堪濟㑥為困前少年不作感果如是特來
乞化夫人子家作佛未知允否太子荅曰一雙兒女
被老人化去壹亇老者又來作慌打攪修行老人荅
曰發願往前心口相應要証菩提莫違行愿太子流
遶中間善求教凡老人話如金如玉有妻有子不
過思愛思愛苦斷亦無煩惱怕嘆夫人曰夫妻之事
止當如此難証菩提終有萬別又一老者專來化妝
心中允否夫人大怒面向太子辭偈

尒時天帝釋說此偈已化道玉毫而去太子暴見夫
人囙菴蒙夫助化各如精爽山中外道却說先次老
入化得男女二人將到家中婆婆者見男如金教女
似王葉是誰家孩兒如此嬌態公公曰是國王皇孫皇
女他父太子及妻出國入山修道方般能捨役此訃
得婆婆罵公公曰這个老漢不會思量俗是村居百
尒皇王子孫又不中用豈敢存留便去山村孤管晤
行賣了買个痊家受過苦小的將來使用老公帕婆
婆隨將皇孫出境叟賣怎感天神化作客人引得癡
心老漢行行走走也不見孤村野瞳淼淼茫茫走断

之事辭別太子隨老人去行路多時只見烏雲靉靆
紫霧朦朧老人忽然不見却說太子庵中正坐出邪
伽定撐眸看見雲間一天人威儀梵相叫太子曰吾
是天帝釋化作老人故来試汝能弃妻子在施之心
當来必証佛位汝之夫人在路獨存快便收魂空中
向太子留偈

今朝召語報君知　　眷道休心正是時

還追牛車离火宅　　又如蓮朵出於泥

修行能捨親生子　　布施難為結髮妻

如是道心堅不退　　當来决定証菩提

無量心六波羅蜜助其道法而今果熟香燻衆坐堪
度欲降人間轉大法輪向何方國土堪為父母如來
化身耶即時諸天選至十六大國堪為託化菩薩俱
不然有一大梵王對曰中印迦維羅國王名飯淨夫
人摩耶乃剎帝剎種堪作父母菩薩曰善哉善正
是其時菩薩尒時乘白象於圓光內用栴檀樓閣隆
生人間投胎于摩耶腹中夫人于寢殿中夢其圓光
菩薩乘白象化於腹中夢囬告大王曰子童身中如
意快樂必有聖胎在幽餘王甚喜菩薩在母胎中晨
朝三時與諸天說法夜共鬼神說法利益成就一切

肝腸直至膽沒國地面忽有人認得是國家皇孫如
何被此老來家出賣報知所在官司伸羹父王即怖
老公及童男童女宜召殿前父王見是皇孫龍顏大
悅悲喜交接賜與老公財帛去託挈此耶刹被在皇
宮快樂宣召太子夫人回朝嗣父王位風調雨順海
晏河清人民快樂未後退位還向山中息心達本喫
世非堅順遊而矣

第十地

昔日如來在兜率陀天補處慈尊為護明王菩薩告
諸天曰吾從無量劫來行菩薩道為度眾生常將四

動天娛樂雨天香花天雨万彩地涌千祥所感瑞應
不可勝言群生普濟万類俱露于時入大國王及釋
種諸王皆生太子長者寧舍生奇児宮中五百實
蔵發現遠年海容圓還淨飯王召相師與本子安名
梵語悉達此云聖子摩耶夫人生太子七日命終生
於忉利天中受天快樂大王分付姨母摩訶波闍波
提乳養時香山中有一大仙名阿斯陀具五神通觀
其時世異常必有聖人降生王宮之兆乗一朶黄雲
直至殿前啓大王曰暴其聖人拔山故来省宗飯王
甚喜迎待仙人觀見太子相貌巍巍乃然嘆苦悲泣

衆生於時兜率一會諸天議曰菩薩下生人間淨飯
王宮中投胎于摩耶腹中於世成佛必轉法輪吾等
莫貪欲樂可下人間助佛揚化聽其娛法即時九十
九億諸天仙衆亦同託化人間國王大臣長者居士
隨類投胎按史記周昭王甲寅三十四年四月八日
佛生於西天淨飯王宮中摩耶夫人手攀無憂樹枝
忽然從右脇降誕太子七步蓮花迎足以手指天曰
天上天下唯吾獨尊四天王即以天繒接太子身置
寶盆中帝釋執寶盖梵王執寶拂左右侍立空中九
龍吐水於金盆内沐浴太子身天龍八部蒲虛空中

有梵書佉婁書太子曰書有六十四種何言二書也
師問太子其書何名太子荅曰梵書是婆羅門書佉
婁書是驢脣仙書健達和書香神書修羅書六十四
種一一破之時婆羅門師聞太子諸書深生慚愧羹
飾王曰太子乃具天人師範凡天文地理工巧技藝
筭數之法無不通達自然知之臣何能教乎太子才
年十五父王勅令太子與諸太子難陁調達及五百
勇力童子至戲場僮武試其射塲時調達先出見有
大衆以手搓倒當門次難陁見象攔門以足輕輕撥
在路傍太子見之即將白象擲在虛空中以手接象

王問曰太子有其不祥故為悲耶大仙曰見其太
子有三十二相八十種好在國必登轉輪王位出家
央定成佛轉大法輪吾今年百有餘歲不久命終不
得親聽法音故悲泣耳餝王勑語心中大喜仙人辭
別代雲而去皇宮太子漸漸長成父王勑令衢坊巷
陌羅列香接惏太子乘輦徇廟燒香初到天神廟上
香天神欠身拱手次於百神廟祠悉皆窮身施禮父
王見之朕常告香不得如是我子天中之天聖中之
聖也太子年方七歲父王欲令讀書選一婆羅門國
中最高聰明與太子為師太子問曰書有幾種師曰

某名四乙為首春令母發生萬物和合之兆排一
張擧藍之駕青人金馬青旗號幢幡樹杖懷盖幖標
到於毗藍國即時國王聞太子至眾駕巍巍雄兵禀
盡出城遠接太子直至殿上谷依國法相見已畢毗
藍王谷太子曰因何到於小邦太子谷曰近承父王
命令彼國中有一宮主姿態第一更有九重鐵鼓射
透者贏兵吾為妃是事宗否對曰然即時安排九重
鐵鼓議其勇力顯其豚貧禮請太子到於鼓所太子
見了九重鐵鼓懷才勇藝吾之神力即可當現遂將
常行弓矢用兩支輕輕橫開弓折絃斷毗藍王見已

放地不令傷損文武將相驚咸言太子具聖力父王
大喜叫子勇力未曾有也長年十七姨母奏大王與
太子配妃余時淨飯王宣論諸國有端正宮女進奏
與太子為妃時毗藍國王姜臣奏上淨飯王
子能武會文勇力甚大下國中有一宮主名耶輸
端正弟一更有九重鐵鼓若太子勇力射透
將宮主耶輸進上與太子為妃淨飯王聞奏宣告太
子毗藍國有一宮主名耶輸端正弟一更有九重鐵
鼓若能射透將宮主進為嬪妃遂意下旨即時太
子拜別父王領其軍馬將帥官員前去毗藍

九重鐵鼓輕穿透　百萬精兵作敗軍

太子今朝為駙馬　耶輸原是賣花人

今時太子者羅列前被宮主抛下綵毬附太子身左

右太監請太子分付宮主共同叩宮擊開龍鳳鼓撞

連錦陽鐘笙簫細樂迎入皇宮為駙馬親事已就朝

朝歡醺旦日歡忻一朝太子奏眈藍王曰父王有勅

速當回朝眈藍王當下分付宮主送太子回其本國

將太子同宮主上了駙馬金鞍御輅還家映山紅斑

侍翠嵐風偃偃泛河柳杏花香澗水浮溪黃鶯眥脫

白連鴛鴦對對鸞烏兒玉鶯鴛蝴蝶雙雙至於上國

遂将父祖鎮庫鐵胎寶刀弓太子誠弓堪吾用視其
左右扣箭而搭箭箭前而射透九重太子收弓罷矢
身必踊躍歡忻眈藍王見已回宮與耶輸商議宮主
向父曰天地造化陰陽配合乃人倫之大道也易得
八方四夷耻之欲要成親建起緣樓抛下綵毬打中
太子堪與為妻即時父王於門首建一百尺緣樓際
至於樓上罷藍三請太子曰宮至於樓際脑似樓窗
落下一帖於太子面前預書一偈

東風擺綻劫前春
五百生中有誓因
善惠仙童来托化
蘇多女子又番身

人荅曰昔日敎童求余遷變形枯色褻為老太子又
問唯這一老一切皆欲從後者荅曰人人悉甬太子聞
語心常憂愁我雖富貴豈免此耶即向老人說偈
光陰易邁景難留　戀酒貪花色未休
只幡今運不顧後　濤濤不覺老臨頭
因宮不樂父王復出南門淨居天化為病人面
黃瘠露呻吟氣喘能自持兩人扶腋在於路傍太
子乃問此何人也役者荅曰此病人也太子又問何
普為病左右荅曰四大六根皆不相顧首節疼痛是
名為病太子又問此人獨余凡夫皆然荅曰貴賤咸

浮歸王聞太子射透鐵鼓羸耶翰宮主回還忙排鸞
駕迎接太子到宮大排筵醮宴在東宮嬪妃捧擁嬪
尖相随太子與夫人不免父王配合之禮宣夫人曰
或等昔日同在燃燈佛會下献七枝花結花為誓今
日雖同處深宮豈貪欲樂老戀皇宮快樂豈不違願
束朝朝共談般老同孫生太子年登十九具奏奏
父王宮中日久欲遊觀父王勅令大臣人寺整致傳
直當令清淨太子令車匿鞍朱駿馬四部軍随出東
門觀者時浮居天化作一老人髮白背曲扶杖而行
太子問曰此何人乎左右答曰老人也又問何謂老

念言先現老病今化作一死屍停在路傍兒女圍繞
哭泣崇何太子見已心中痛切雨淚惶惶我是帝王
子孫尚不免這條路親兒熱女誰人肯替捎及嘆曰
身隨泥土氣隨風　一片頑皮裹臭膿
四大六根歇故里　就中誰是主人公
太子見已轉加不悅勒馬還宮父王聞知甚加憂煎
太子復出北門燃燈佛度其太子化作僧人身被火
熖袈裟右手執錫杖左手托龍盂太子見僧人怕下
馬恭身向僧人說偈曰
圓頂方袍相貌奇　身被法服作威儀

太子嘆言云何世人默樂不厭遂說偈言
貪名貪利還儀儷 百病臨身波奈何
造罪如山誰替得 者者不免見閻羅
回宮不喜父王問群臣初出東門逢見老人今出南
門勅令鄉等淨潔街坊病者在此又令見之近臣對
曰謹奉王勅無不撿察病人不知何來父王召婆羅
門子号優陀夷利根智辯囑曰今太子不樂皇宮恐
其出家汝可諍之勿令出家太子復求出遊父皇嚴
勅大臣淨治街道排列香花若有不祥惡逐遠之
時太子與優陀夷宜寧万乘出城西門時淨居天人

何不免閻王答曰報汝三信一者髮白二者老相三
者病生汝何不覺陽挺限滿焉能免乎僧人向太子
道偈云

光陰易邁景難論　亘古迄今有幾存
若用面情陰府斷　世間都作壽長人

仝時太子聽說身毛皆竪兩淚千行告僧曰生死輪
面無常殺鬼如何免脆得證菩提願師指示僧人細
前說偈云

山僧直指報君知　辦道修行莫待遲
弃却皇宮并富貴　雪山六載證菩提

手擎錫杖行方便下 出胎攀籠世上稀亥
太子說罷向前恭手問僧曰生死事大無常迅速如
何免得僧人有擎錫杖手托鉢盂告太子說偈云么
僧人回語告儲君 生死元来各有因人
富貴榮華如幻夢 除非外道免沈淪亥
太子見說告僧人曰我是帝王子孫父是淨飯王母五
是摩耶閻王豈無面目人情僧人見說呵呵笑曰豈
不聞一長者家中大富預修怕死用陰素帛盡一閻
羅天子終日用寶物供獻祭祀禱告不死忽一日長
者病故到閻王前告曰我在世時多曾預告聖上加

三千媒女非才眷　八百嬌娥豈義親
浮世榮華終匪久　山河社稷總休論
苦人得免輪迴苦　隻身出家外道真
父皇聞語投淚悲泣告太子曰實人年老國無後關
生次一子如何捨汝出家太子奏曰若許四願不欲
出家一者不老二者不病三者不死四者不別父曰
朕此四願誰能免者即勅群臣嚴備四門各加精兵
夜置燈光鐘鼓鈴鐸遵守外護仍勅耶輸提調宣祇
婇女圍繞親近娛樂太子在於深宮一心專務修行
觀其五欲如視糞土偶然深更宴坐之隙婇女圍繞

尒時僧人與太子說已化道金光而去太子念言甚
見老病死今遇僧人開悟心懷奮駕回朝父王聞知
心中煩惱想起阿斯陀仙人相太子斷出家耶輪問
日今日此間有何事觀太子咨曰見一僧人相貌堂
堂身穿鶉衲袈裟右執錫杖左捧鉢盂勸勉修行莫
貪快樂深契我心出家去耶輪曰爾若出家去我在
深宮緣何太子曰豈有一奇香付汝湏收執若有難
時焚起此香感采相救即時上、殿奏父王曰一
切恩愛惜有環別有聚聽兒出家師作一偈
太子前菜辭父母　年登十九正青春

拜別尊堂父母知 深矣子夜离宮帷

四王駕馬空雲去 不證菩提誓不回

曰天王捧馬至夜神明路渾居天人天仙地前特剝

天王大梵真仙金剛密逐八部之衆滿虛空中護助

太子騰雲駕霧直至雪山高鞍下馬觀看此山高峻

戴仙人合掌龍虎交峰古佛出世皆從於此巖龕下

坐定攺下寶冠瓔珞飾妍分付車匿自將利刀我

顏髮帝釋捧髮進擎於天上瀾居天付烈火架裟太

子告車匿回國拜上父皇姨母及那輸宮妃裏曰龍

昊面朝看靈即曰車匿拜罷諸君寧係駿馬攷涓而

觀之九孔常流四大六根髮毛爪齒膿血聚成甚為
不淨冤家聚會非為我等佯太子雖近娛樂態別作一
童天知寶珠埋於糞裏明性終於青蓮生在於泥不
深生非靜慮禪思不被魔縛端於二月八日夜至子
時津居諸天下來報太子曰無量勤苦修道為魔衆
生今者受樂皇宮出家開至太子容日父勑內外宮
嚴加陀衛無令自在諸天曰我等方便使無覺知
即時驅魔神王將耶翰夫人宮娥婇女內外待人盡
皆厭魅寐睡加雷太子挺動車匿戴揵陟馬太子隨
竹上馬召偈ㄥ

勸他回宮即瞋憍陳如等顧勅直造雪山見太子庵中端坐亦不起身亦不問信猶如太石相似全無一此顧盼之情五人向前叩曰謹奉父皇勅肯難了皇宮快樂入於深山獨坐林麓險岦亦無天廚美味飢渴誰問發熱誰知有甚快活特令上来宣召回宮未知肯否太子向五人說偈

弃却皇宮富貴鄉　雪山深慶證真常
當初曾發堅牢願　不證菩提怎見王

今時憍陳如五人見太子不回留偈於此謹奉勅書共五人特来勸請小儲君

回程歸了雲山雲符靈靈路隊藤四至朝中即奏

父皇孃母耶輸夫人知會太子去時四天王捧馬是

淨居諸天護持寶劍在雪山省以剃刀削髮飢餐

野果渴飲清泉間在修竹邊教須馬回歸早証佛果

涅我子在宮嬪女圍繞嬪妃侍奉什時金階坐

臥錦綺羅帷穿衣服龍鳳膝體用膳細樂笙簧今在山

狼虎為隣塵鹿作伴有何快樂朝思暮想安能得

見惆悵不已童子橋陳如五人等告曰太子在時常

将汝等為祥同學工書歡娛快樂汝等速往山中苦

讚佛之傳

泥連河內浴金身　無量諸天賀誕辰

牧牛二人來獻粥　娑婆世界轉法輪

今時梵天帝釋摩醯修羅浮居天人知足天化樂天

天仙天界八部龍神賀祥雲遍滿虛空各獻香花雲

雨　稱讚言如來出世如來出世今時大梵天請佛

南海輪請於靈山會上度十二百聲聞無量人天人

如聽法四十九年演教三百餘會談法拈花示衆

藥破顏微笑得髓末後請雙林示滅按本釋迦佛住

於西天中印土迦維羅國於東周昭王甲寅二十四

而今打做鐵腸肚　住是父来不運身
憍陳如等見太子不回五人商議奉先王旨前来勸
請他既不回我等欲歸彼敢見王必當罪之不如在
此或向他處住便安養盤桓遊行至於波羅奈國鹿
野巍中安存度日太子雪山中日飡麻麥鵲巢貫頂
蘆芽穿膝形粘倡鵲功成行藏異熟香漂於四月八
白明星出現頓成佛果即時慶雲瞭繞瑞氣盤旋一
日於泥連河沐浴証得六金身三十二相八十種
好巍巍蕩蕩堪共天人為師吉祥長者献草牧牛二
女献乳粥四天王献寶鉢非銅非鐵非金玉四大天

年四月八日誕生至今戊辰年六寶五年三十九箇
甲寅令十五箇二千四百五十五年於周穆王五十
初年壬申二月十五日八歲至今戊辰箕定五年得
三十九箇壬申令五十九年算二千二百七十六年
佛法於後漢明帝永平十二年戊辰歲摩騰竺法蘭
二菩薩以白馬馱經付葉至東土得十三箇戊辰無
今算方得一千二百六十年謹依大藏經帝代集雜算
及本六百年矣

蓮經如來十地修行記終

白巖靑陽月金峯天悟書幷跋

山中大德

祥雲
義饒
文益
德均
守廉
奉先寺
斗英
了堅
廣濟
智輝

施主

乾行
得意
劉秩
玄哲
姜海雲
坦默
智溥
李順立
輝瓚
張介叱知
金斗生
吳守命
惠休
自珍
惠淸
船嶼
天祐
印祐
得天
印湖
昊照
冲敏
禪藏
李貴扡

夫罪殛而業未了者佛也者爲度四生出反十
生而或鹿或生或太子皆以爲意生之身隱現自
至至靈妙之中口心可叙此以來行達者新發之緣
三靈之首向素布素國枚以溪亦妙之連久善之天慄
赤犬之彩爲此宝敎當荏塞追塵諸求寸向弘平子
臺山洞周候陵迴亭於輕凡崇孔大功之弟學業
殷和之鍊號報靜向之刻至虚合陰同力於曰殊
功餘手此廣備於侵飛覚私夭而撿惡溢及行太子
之行張妖扇蒙此功底此形
巫壽菩薩向文玄致費兩順風調三萬氏夢孫馬

何方卷曰陌阨而去夫人趕至多時望見老人將善
臕縛手拔打青竹夫人趕上捶佳葛條拖住孩兒作
罵老人徐下外得將我嬌兒何慶老人曰太子
與我馬肯放四兩家爭嘻多時夫人斜想不挺又怕
太子達了願力即將孩兒分付老人囑言弄三將者
孩兒作一偈曰

慕身冩付老人語
一對嬌兒好看覷
夫婦山中修苦因
當業必證菩提路

夫人呵到菴中尋太子痛悲了一場忽然絕悶大睡
一覺惺來清情惶惶澤莫哀家已惡一日又肯老人

操果回来老虎攔路多時夫人向虎前禱告説偈

夫人禱告獸王知　攔路當前日向平

早起提籃来操果　回来日暮未曾歸

卷中太子生煞懼　一對嬌兒忍饑飢

伏望獸王於過路　勿施牙爪逞綱維

夫人告説虎方下路忙至卷前不見後兒迎接戲要

心上驚慌前後尋此不著却見太子卷中端坐問曰

不見孩兒太子荅曰随徐去了忽有纏寡老人年七

十歲亦無兒女待奉特来教化布施去了夫人聽得

魂飛魄散倒往塵埃良久乃甦忙問太子老人去之

阿娘十月懷躭胎　生下三年幷乳哺

女子未酬悲母恩　男兒豈報親慈父

鞠時等待義遠來　怎肯將吾便捨去

太子見一雙嬌兒痛哭不肯去告公公曰暫等他娘

綵果來相見一面隨公公去老人告太子願爲往前

有始無終太子將一雙兒女分付公公只見男向東

女向西不肯前行被老人用着藤縛住雙手杖打前

符訟路叫哭振動天宮帝釋墜下雲端觀其太子山

守外道要證菩提吾當助化作嬌孏猛虎路上喫乳

攔住夫人恐見兒女不肯捨却遶了太子顧力夫人

近前此個公公是徐前生父母隨他去侍奉年老還
有相遇即時太子向兒女說偈

蔡進耶利嬌兒女　义子向前聽我語
恩愛後來有別離　因緣盡處難名住
我曾立願求衆生　凡我所求皆施與
徐可隨公滿我心　為求無上菩提路

尒時一雙兒女聞父分付鱷寞老人故聲大哭離了
皇宮内院到此荒山茅庵草舍受了多少惜惶今日
又把俺布施與老公公扯住父衣而作偈言

上告父親聽我語　山中受了幾惶惶

將來教化兒和女，未審而今許也無

太子向老人回偈

太子聞聽年老語　出言無荅暗思慮

嬌兒嬌女在皇宮　不比疝家曾受苦

自到山中少是非　公公又來覓男女

他娘採果偶然來，同共商量捨得否

老人向前告太子曰果捨否太子荅曰他娘去採山

果回來與你老人曰世上恩愛不過母他娘若見必

然不捨久享太子立願在前救度眾生得成聖果豈

可廢求太子曰善哉善哉不違願力速喚鑾並耶

男女二人拖拖搶搶情惺惺直到穃溪山中各立
草庵修行名道飢餐花果渴飲清泉閒月為陪清
作伴一日夫人去採山果供給男女忽有一老人
俻杖教履曲頭低行至尊前太子問老人従何而来
老人答曰久聞太子憐貧愛老布施之心老夫年
九十亦無男女侍奉特来乞化男女恃家前湯費太
太子謂各老人向前說偈
弃了龜宮山埜居　如君能捧意中珠
金銀寶貝無心戀　錦綉羅帷没意畱
前世不修兒女分　一雙老朽嘆身孤

聞法音得此法物又遇真佛與我授記隨心滿願慶
悅於此童子尒時共大仙修行樂道功成德處未後
於槃陀石上同化而去

第九地

如來昔日在瞻波國中為太子號須惺摩賢是昇慢
夫人一隻兒女男號孥迎女名耶刹太子仁德方便
心懷慈濟布施之心救度貧民日將父王庫藏中金
銀寶物使得空虛父王聞知大怒勅令太子并妻男
女四人罰責萬官出外是時太子將領妻兒同載一
車累路上逢之貧人衣服寶物及車牛盡行布施一

曰許我成親此花方賣童子不從女曰今生不允願
當来世同道修行結花為因以花為願童子用花之
際即許遂將上五兵與花分付童子前去献佛同結良
因童子将憧寶花踊躍歡喜到於佛前頭面禮足而
白佛言願賜慈悲受此鮮花與我授記佛告大衆此
仙童子有太根器必成聖果童子献七枚花承佛威
力五花果住在於佛上結成寶盖女子二花佛前而
堅佛告童子汝於来世當得作佛号釋迦牟尼於娑
婆世界轉大法輪度脱衆生無盡得授記已禮佛而
退却將七件法罷上雪山中禮阿斯陀大仙途巳蒙

蘇雞成已求法物不用親事兼三推辝不已長者將此七佛寶物分付仙童歡喜拜謝長者尚雄高門往間山中見合街人民焚香秉燭羅列播花迎接然燈佛童子歡喜佛世難遇如優鉢羅花吾今有緣得買佛出世且金錢買花獻佛尋遍街坊無買花處遍長者門下見蘇多女正開花鋪童子問曰花賣否女子其慍容曰不賣童子曰花鋪既設因何不賣女曰賣與不賣只在我心童子知女情意兼三求買女曰惜花何用童曰家家布列香花接然燈佛故買此花供獻然佛女曰献佛有何福德童曰隨願所成

女而男替雙鬟女打辮舞話答問端即將天地給終
古今造化聖人教法修行軌則傳道宗猷問答往來
週而復始問答迅速如雨如雷對談講論七回只見
女子面紅臉漸漸不如觀此仙童容顏端正學藝高
玄故意綿綿降告童子曰君今久在山中朗師會下濤
洪朗心學如湧泉具丈夫形我等女流之背不出四
遠姿能脉教長者見仙童得脉動靜非凡堪與女為
夫遂請他童志內管待臨陣練多女向前說此脉頁一
李願付為妻君今後否仙童荅曰離却父母割愛辭
親投師學業救脫生死出離輪回荅作非為識我道

長者咨曰那七般物者曰金鍮錫杖瑪瑠鉢盂某
珠缾水晶數瑳金柄拂子錦襴袈裟金錢伍佰文長
者曰家有二八女列報聰慧善能論文偃武君若高
莫麤歸女子與汝為妻並施七件法物童子聞已答
長者曰便請姐姐出來相見長者遂喚蘇多蘇多卽
廝蘇多女出來向前答父曰喚闍梨有術幹外長者
曰此亇仙童洪才俊秀吐語如雷或文或武工巧技
藝可與論誐真勝頭星其高低蘇多女答曰願父
無憂實寠於此先將古今造化聖教典童對談已童
然後號武長者忻然大喜聿建啓論幢談其高座男其

街教化往彼處忽有因緣相遇童子歡忻拜別師父雄
了雪山造蓮花國內汰街教化多時不遇一日忽見
開市傍高門張一榜文言曰蘇陀利長者有一女子
名蘇多女年登二八美貌過人具足女相天性聰明
通文武世間工巧無不精奕但有高門遠見君子及
儒流秀士或文或武俱來許與女子對談議論高者
女子與他為妻更贈七般寶物者榜文罷速向門首
長者披門而出童子歡喜向前躬身施禮教化
長者問曰從何而來布施何物童子答曰近進雪山
菩薩名阿斯陀大仙我是弟子適來布施七般法物

世我何安我囑羅宮娥就宮中亦花而去

第八地

如来昔日在雪山為童子名善惠山中有天仙名阿
斯大仙於彼修苦善惠童子投拜為師飢食野果渴
飲清泉童子恭心學業侍立巾瓶採果汲水終日侍
奉一日童子松山採摘花果須更圍倦於盤龍石上
熟睡作一大夢見世界化為金色左手托日右手托
月頭枕須彌脚登大海驚覺起来却是一夢即在菴
中向師所說夢事有何吉凶師父詳此夢已告曰主
有婚姻和合之兆更有七件寳物頭在蓮花國内松

人咸敬除之宣出屠户封為大臣即時河清海晏道
泰民安太子養日呂頏父王龍圖大振千邦子
今將普薦娘娘還去金國送老丟也即時太子拜罷
父王并二夫人辭別公卿將娘娘付載寳輦登上
路時值深秋摘葉兒弄高風空中亂舞野菊花山翔
子往絡飄飄顺風耳明月照送奉還源南來鷂獅舊
桑万民樂業金風扇政虎玉露戰紅輪行行直造蓬
國陛金輪之位即將普薦夫人對為國母安在養先
宮中受諸快樂一日金輪自嘆光陰弗久四大非堅
辭別公卿龍床上坐化時國母聞知嘆言子今離

娑聖上哭慈顏舉敕宥罪即時父王見說已罷痛苦雖
言放出普齋夫人宣宣殿上形體憔悴頭似鬢斜面
震飢瘦兩目昏瞶太子見已手扶娘娘放聲大哭喂
燈悲泣即時焚香望空禱告若子有福致此世業業
孕之恩顯其靈應即將吉哭憩開兩目光明如舊項
娘娘沐浴梳髮更衣冠帶妥在正宮遂停殊脈淨德
二夫人養生婆醫官人等下在穿中為其重罪太子
婆父王曰為大國之君娘今既在團圓只可同歡飲
醮共享國封顏恕寬免父王聽奏寵顏慈喜恕作笑
言朕放敕書照示天下二宮夫人醫官坐婆合國罪

栴檀林茅庵中見二聖人堂堂金相姿姿玉容拜請
二位聖人上此金車寶輦幢幡蒲路 ⊗ 寶蓋遮天香
花布滿金街鼓樂宣天動坐迎上金鸞登了寶柞為
金輪王七寶仍存召示天下興崇十善調理庶民自
然風調雨順國泰民安忽然痛想母親普蕭夫人現
在磨房受苦朕何安哉遂整軍馬離了金國西過萬
麗尋峯救母松路上兔兒花覩馬蹄鴒鵓鬪赤鳳凰
林猛虎澗鷹子爭巢雲淡淡水澄澄軍行野陸霧漫
霆風飈飈馬度山岡行了多時遠至波利國參見父
王已竟父子恩情告訴不毅兒子今朝故來投節救

子根公主歡喜夫妻二人頤仙人走去如霧露中行
別是一景路統金輪王國界其仙人化道祥雲不見
太子奉蓋前至一山林名栴檀林只見林藥秀氣花
異草奇花二人商議此最勝所宜好修行遂結茅庵鍛
煉身形息心養道功成行滿天賜洪福祉去仙人却
向金輪王宮中托夢曰王今年老亦無太子時當退
位現有聖人在栴檀林內結草為庵辦道已久福氣
巍巍堂當祠位輪王問曰汝是何界仙人荅曰吾乃
天帝釋也故来助汝輪王夢惶遽起早朝宣召公卿
圓夢已畢安排鹵薄大駕迎請聖人七寶四兵直至

者飲清流前逢一大仙人巍巍蕩蕩頭戴逍遙寇腰
跨葫蘆巾一道散誕麻條拄一條龍頭拄杖攔道問
曰欲従何来公云云向前拜罷仙人説起従前一事如
今信命齋度曰仙人肴牛児空有非凡便向葫蘆內
取一顆仙桃亦名靈丹妙藥賜與牛児正飢連忙吞
入肚中仙人見牛児吞了仙果付牛児一偈
靈砂果子号金丹　王母仙桃得吝難
有福牛児吞却了　教君時下段容顔
余時牛児吞了仙果中間四股五臟通通快樂尼時
困倦卧了一回皮毛頭角脫落在地現出本身具太

珏辱皇門令其在右壞了金牛公主聽得直至殿上羞父王曰休殺牛兒是我前世因緣非俚今生願納牛兒為駙馬公主隨對父王吟詩一首曰

吳謂披毛帶四蹄
休言牛子醜容儀
男兒貌好非為貴
女子嬌資未足奇
休矣徐兒招意類
何須直待嫁金枝
因緣既就難相捨
願免金牛我向之

余時高麗國王不忍惡令左右將牛兒踉出朝外休教辱累宮門即時公主隨牛兒出東門外雙雙共語兩兩同行自在逍遙又至山荒野地飢時飡野果渴

臺道老人東進忽至高麗國城老人囑曰須城中過勿得驚怖到於城中開市喧喧忽見疏從空飄下一帖来正落在牛児身上上寫四句詩人看曰

東君甚動劫前春
曠大猶来各有姻
高麗國中招駙馬
金牛時下必成親

看罷前行有一高樓嵯峨公主在上招駙馬下一老人引一花牛児過公主不覺抛下繡毬正中牛児身上是時左右侍人遂將牛児分付公主歡喜同入宮中一見父王心生大怒何將畜類配對公主

中受苦養一日得逢之時來救娘娘

報依之恩相別已畢牛兒得命在路中想起從前一

事泪紛紛惆悵不已忽作一偈

今朝得命在途中　救泪傷悲流涙有

前世冤家難緣遭　此生之內卻相逢

夫人宣義未教苦　牛母養之在腹中

一日運登真貴位　公然報德萬千重

今逢金牛符杖走　飢餐嫩草泪飲青流千山万

永捨遭隐嶮獨行獨步受了多少驚怖路逢一老人

永不□歸路□高麗地面我與你同行作伴牛兒歡

人被二宮夫人買轉坐婆將猛兒換却送在處牛母
容入肚中然後生下我來如今又被他害我性命我
浮現在磨磨房推磨受苦倘若教我性命異和不忘報
其深恩屠尹聞之不覺惇惶眼中下泪罵言故心放
心願教汝命即將看家大犬取其心肺送於宮內夫
王見已放聲大哭合宮人俱各煩惱分付醫國官權臧
姿桨二宮夫人服之即時病可屠尹回家至晚與牛
兒商議這事不中且須隱防宮中要汝杈毛如何回
答送你出城向東有一山川其中有路向東而去牛
兒辭別屠尹涓落千行告曰我之性命憑汝救了只

一穴太陽上下衆　通身五臟敘又窈

千方妙藥難痊可　除是金牛心肺肝

大王聞奏心生不悅文武奏曰二位夫人病重不可

瘞情牛兒誤了姓命大王聞奏心生煩惱眼中淚落

難捨牛兒性命俯紊嗟嘆半晌不已即宣屠尹

勅令宰牛兒歸家宰殺取其心肝一付送與醫

治藥耳作引與夫人治病其屠尹宰牛兒毛分九色

旦如銀果世間必有心中愛惜夜至三更不忍將牛

欲殺其牛兒雙是叩地口作人言告言屠官催

休殺我慈悲相救一命我是皇宮太子毋是普義夫

大將軍朝引駕受其快藥豈知娘煞廢房中受之

當癸之時至五更鐘獨練娘後件兒我子幣且還宮其

後件兒太思子母恩情夜夜暗符替娘娘搜磨怎一

日敘娘人遊得消息伦報二官夫人曰牛兒謀得普

病夫人娘德得恩備齊鴻美居二夫人聽得心生巧

計娶宦件兒權德命偷與謝他心所述而最妙即時二

夫人買辦醫治親參酷君王宣召醫官至茲

當軍有病

膝陳卻皇帝詞　　尋得夫人病多般

早朝侶夫雄多難　　曉後如冰獨體寒

作詩一首

大王勑賜牛兒金牌一面常於頸上自在快樂封為
引駕將軍忽然想母不知妾往何處孝心感動夜神
將引牛兒直至磨房中見其娘娘正推磨受大苦惱
面黃飢瘦此時子母相見暗哭一場不敢放聲牛兒
替娘娘推磨男力甚大走如旋風倏然磨了停歇中
間娘母息情告訴不盡娘娘問牛兒徐怎生得知我
是徐母親牛兒答曰娘生下我時役殊臊淨德二夫
人令監庄坐藥將死猶兒換卻我身送在宮內種種
遭刑命不合死送於惡母牛吞入腹中然後生下我
柰作牛身貴蒙父王見我異相還是父子因緣封我

只願我兒性命存　惡人自有惡人薰

君王在清涼山躲災避暑回朝有臣奏曰惡性母牛

坐下一犢異常毛分九色頭作金粧蹄如銀果世間

稀少君王聞巳龍顏大喜宣臣引牛兒入宮只見頭

似金粧蹄如銀果毛分九色霞彩斒斕二人宮人無

不嘆咩陛殿之時引牛兒上發御駕歡喜有詩為証

牛生犢子宴群觀　又比棋鳞勝万端

九色毛翔如彩畫　斒斕花點似星纘

四蹄美麗如銀果　兩眼精光映日團

掛面金牌封大将　随朝曾引在金鸞

嘆一辭有詩為証

憶兒不覺打初更　煩惱恓惶兩淚傾
用死猫兒換太子　清涼奏轉主人驚
今朝罰我常推磨　又被宮人來喝罵
可惜容姿正少年　万般苦事如何話
三更夜半生疲勞　日午炎天難過夏
前世惡因宗難逃　今來教我如何話
二人嬌姹奏君王　把我終朝遭打罵
磨麵推輪多苦辛　告天天遠如何話
空中万象作証盟　日月輪回常照耀

千般計較枉死罷
萬種憂違命也全
送在深山龍虎窟
謝天却被惡伴湊
皇宮太子依實路
且喜冤家雄眼前
本時二宮夫人生謀害宮心
具表向清凉奏帝普蕭六
人在宮生一怪児
子童具表向清凉
端葵山中見帝皇
普蕭宮中生怪子
嘗將此事報君王
君王聞知大慈遂遣便臣領青回宮將普蕭夫人剪
髪齊眉罰在磨房又推磨令人薰管日夜不停身形枯
瘦須落千行思想我兒不知何處普蕭在磨房中長

衛駕偶從四鳳闕　必將普滿上干戈

時生煞受一夫人買屬不敢有達後普滿果降生太

子相貌端正坐娑遂將貓兒剝皮於金洗浴遂將

太子送在二人面前二夫人見太子容貌端正世上

寧有惡令實人或用刀割或用繩絞種種豪厚不死

連夜送入山澗虎狼不食抱回宮内二人定計庠欄

前一母庠其些善惡必鐵蹄死太子福氣命不合死

母庠兒之張口吞入腹内二人見了歡喜拍手有讚

為快

普滿宮中坐太子　貓兒換了不為難

百鼎安排普蕃宮內如是果降太子賜作正宮皇后
帝統大臣人馬前往清凉山躲災去訖有殊勝淨德
二右議言帝去時如此囑付普蕃降生太子之時賜
他正宮皇后使我與你二人豈無藥奔二人商議要
將財寶買轉生婆普蕃生太子時可將猫兒剝皮弥
金盆浴接却太子須要普蕃不得正宮皇后使
二右買囑將猫兒換却殊勝有偈曰
　惡量這件事如何　我主偏心惡意多
　普蕃一朝生太子　猫兒換却利刀挫
　令人送出皇門去　盡在深山狼虎挼

錦繡繡花盤彩鳳　金針三線總羅蟠

披時致使乾坤開　書慶能令世界寬

若是我王四鳳闕　光輝布地駕前觀

晉滿夫人身懷太子八箇月　羨我王四寶玉富一子

迎接皇帝大喜夫人有偈

小妾今朝奏我主　千般巧計未為奇

錦衣豈用扶皇柱　花果焉能為帝基

賤體姑娘演聖子　秋來決定降金階

六王一日四篷馬　義在御前獻子兒

皇帝聞奏歡喜非常勅　賜生姿一人盡燭千條金爐

帝宛渡江次四月初一日施殿宣三夫人帝問日朕

回宮之日三僧右有何物迎接殊豚奏言妻有四季

之果接後皇回宮守吠紅來豚夫人有偶

我王異日還京鴐　巍巍百寶車

仙莊多義殊豚果　園中廣種四時花

皇宮大內多修整　鳳閣龍樓錦繡遍

若是義王回鳳闕　天香馥蒲接宜家

慈義人濤宣妻有絧　次鍋件接義皇回宮

浮德夫人有偶

小臣駕事多般　一套服龍衣稷萬端

亦同坐化青日善友太子者即釋迦佛是惡友者提婆達多是其父母者即淨飯王摩耶夫人是妻瞿夷輸夫人是也

第七地

昔日如来在波利國中為太子王有三夫人一名殊勝二名普德三名普滿如来投胎在普滿腹中忽一日波利國王夢見金殿崩摧龍旗懸倒遂召大臣名范察朕昨夜三更忽得一夢如此如此是何祥瑞范察答言其夢大凶國有不祥之兆帝曰如何回避范察言曰宜出人馬往清凉山避暑至中秋過了回宮

摩尼寶珠付太子即時善友太子將此寶珠置高檥
上拜請父母弁妻同在樓上焚起寶鼎海岸名香鳴
鍾法鼓還連摧重百味珍羞供養海寶叩頭望空祈
禱現在諸佛菩薩應世羅漢三界天仙四府靈官請
慈四王日月星斗陽元水詰同作證明願此如意海
寶果有靈驗教養眾生即時霞光萬彩寶蓋靈瑞搖
種珍琦衣服飲食皆從寶出堆滿樓臺太子歡喜顯
濟眾生檀波羅密具足隨心滿願遠近俱起應用不
欵悉皆能滿爾合時善友同妻不戀皇宮富貴辭別父
辱囬向山結草為庵修竹亦道然後功成行滿二八

悶絶良久乃甦即時宮娥媒女扼往太子痛哭一場
振動瑤樓報知父王國母登至殿前父子恩情重秦
丘嶽間啓太子緣賽一段因由不可謄言對荅已畢
召此醫官與太子治服百藥不効余時父皇養國太
夫人焚香望空祈禱三世諸佛天仙地詣水府靈神
願我太子孫賽一事果有真誠願此雙目還復如舊
勅令太子妃與太子臨目夫人三度以舌舐目即時
兩目還同如舊日光明無異時惡反聞知兄回還存
在恐父王罪之隨即逃走出國顧命而去記余時太
子奏父王寶在何處父王勅令打開帑藏取出知恵

人都來看崑龍舟河岸置一樓俱登樓上時善友妃
忽聽撥下琴聲音韻幽雅恰似儲君在日耶彈琴韻
一俄令人下樓來試者善友樓上撫琴中間
其夫人認得是太子故泪而問曰因何失其兩目汝
弟惡友回朝向告父王言說价在海上遭波浪而喪
命於後借道顏會超度奧汝安得存在有命回來太
子對妻說是泛海取寶一面至善矛把遇弟惡友用
竹篾剌我兩目奪取寶珠因此回國我在林中蒙士
地術道引出把路逢一容人見我無目符我一琴沿
途撫琴而過日未覺遇緣到於本慶夫人聞語嘆唱

王宮求得寶珠安樂回來父王聞語苦哉苦哉可惜
仁德之子喪命海中即召高僧建置道塲七晝夜超
慶幽魂余時善灸太子往竹林中苦痛難忍捫拭而
無路藏得林中土地神化凡人引出林外怖惶回程
武路教化途中忽見一仙容問曰無目者何方人民
善灸向前曲身咨曰吾是善灸太子東海求寶回途
彼灸惡灸刺壞兩目仙容觀見容貌端正非常人也
問曰能捫琴否答曰能其仙容將一琴付太子隨路
彈琴念佛度日遇緣而到於本國河邊正是五月端
午節令人民聚會競鬪龍舟是時宮娥綵女太子夫

查龍王荅曰不遠天命并太子誠心願捨寶珠遂將
出寶明珠分付大仙及太子送出龍宫其海門天仙
與太子甚喜持此海寶回還途中海門大仙分付太
子若有難時操琴而度日化空而去太子獨駕孤舟
觀其大海明月為薜清風作伴至于海岸苦竹林中
見弟惡交在此伺候問兄曰求得珠否兄以直言吾
之得了惡交者視寶珠空有兄第二人在於林中同
宿善交困瞋甚重被惡交心生毒害用鉆竹刺壞其
兩目欲令其死奪取寶珠回國呈獻父王却言我兄
被遭風波喪命海中海門大仙界空而去我向海龍

友亦羨父王同兄作伴東海求取明珠弟兄二人同
海門大仙同舡入於大海中間忽遭風浪烏雲四暗
舟舡陰尻惡友懼怕遠生退回之心乞告大仙送惡
友至海岸於竹林中停止其善友同海門大仙徑請
婆羯羅龍王宮門外伫伺守門判官報龍王曰門外
有一神仙共人王太子到此龍王聞聽出宮迎接直
至宮中安位中間恭詢問曰神仙何往答曰吾是海
門大仙奉天帝勅此是波羅國人王太子名善友
其性真厚唯好布施為求佛果販恤國民幣藏置之
不滿心願特索末乞明珠能出万物給濟眾生能捨

父子兄弟不能相濟誠可愍矣遂奏父皇兄弟勑令
善友任便打開廄庫稀藏賑濟萬民免遭飢苦年載
之間庫藏皆虛善友思量布施未足之本蒲願心焚香
望空禱告三寶上聖願賜如意寶珠布施萬民已可蒲
心願勿慮藏天帝釋差一神仙下界直至面前善友問
曰是何神仙荅曰海門大仙久聞太子布施未過濟
貧未足觀奉天帝釋命助引太子同往東洋大海婆
朅羅龍王宮求叫取寶明珠回朝違置道場俄養三
寶語天仙聖此則万物盡從寶中出堪濟飢貧可以
施足得滿心願即時太子歡喜奉上父王大允弟惡

隱山菴拜普濟大仙為師巾瓶侍立為求妙法久經
濤次方得妙訣嗟嘆光陰易邁生死難逃一日隨普
濟仙人坐化按經中說青日普濟大仙人者今釋迦
佛是也舍衛國歌利王者即波羅奈國初受四諦法
輪憍陳如比丘是也

第六地

青日如来在波羅國太子名善友心行平等道德顯
唯好布施利濟貧窮歸依三寶其弟名惡友慳貪
嫉妬好殺生善友一日因出四門遊戲見生老病死
之苦又知時年飢饉五穀不登万民疾苦餓死者多

真忍辱迦即於仙人面前五體投地告仙人曰吾今
善於善悔壞其聖體造大罪業願求懺悔容我悔過
仙人曰我往山中修練身心行忍辱法為求佛果當
末必証菩提教化眾生歸依三寶不與一切眾生為
怨著與眾生結怨計恨相讎不名忍辱即時眾生大
王聞說方知佛法浩大法力寬洪能免刀兵之難能
脫輪迴之苦即時御筆親書勅賜號曰善濟仙人而
大仙懺悔得一切智度脫我等仙人與大王授記曰
願我當果得成佛果先度汝等為徒受法大王辭州
仙人回朝不憑皇宮宣貴太子為君退位直往向玉

遊仙人曰吾是仙人山中自徑往詣王曰汝何法者
人答曰修忍厚法王曰何爲忍厚答曰遇惡而不
報報過而不悔故名忍厚即時大王令偷子捋利刀
割其仙人鼻及兩耳亭亭去其七處問曰能忍否答
曰能忍王曰汝心中不忍口說難還今時仙人黙而
忍之將何爲驗令王生信遙望虛空發私誓言顯我
修忍厚法真實不虛者身支七處還復如故普薩
顏巳只見爲雲黯霧冥雷電擊天雨澍淹池人馬虫像
無處避身半跑時間雲汝雲散却見仙人在庵中端
蓋其只吳身體髮膚平復如舊大王見巳讚言善哉乃

昔日如來為忍辱仙人在舍衛國西有一山名玉隱
山於中以草為舍飢飡山果渴歛澗泉息心達本源
同搆木德重藏得青璋黃褸獻果碧岩瑞鳥巢
花龍吟霧起虎嘯風生一日舍衛國歌新王聞知仙
人有道御駕親臨至於山下先令使臣預馮貴持香
信獘果直造菴前只見仙人容顏端正有若天人使
臣報曰國王至此逕合接待再三報說仙人
動亦燕鴈荅四围說此仙人如此如此大王聞之大
怒御駕庵前仙人亦不離座大王問仙人汝是何人

展尾嗟吼振動山林太子全燃不改面容不變又僧
太子果肯全身布施此高山投身而下尸首臨地
待我食之即時太子上此高山故身半空一朶黃雲
托於在地嵐風颸颸瑞氣騰騰大地六種振連伹見
空中有一仙人叫華言太子不須自撲臺頭邊望見
一人結束異常有若天人貌相太子問言你是何方
聖者仙人荅曰吾乃忉利天至王皇聖帝特来試汝
異有聖圓辨道之心當来必證無上菩提廣慶衆生
道罷棄玉毫而化去太子轉生欣歡轉加精進道果
成熟一日美化而去

草為菴煉磨卯形攝心養道求坐化而逝

第四地

昔日如來在金光國為太子羅摩訶薩埵弟名調達

太子捨棄榮華王位尊務修行棄了皇宮快樂直往仙花

山中結草為菴修行朝看青山雲靄夜聽溪澗水

瀑瀑者經岩畔自有野鶴啣花談教菴中青猿獻果

忽一日菴中正坐有一白虎直至菴前口作人言對

太子說我在山中多日無食飢餓甚久聞太子修

行布施度眾生特來教化太子身肉充飢來施肯

若太子言善哉善哉我情願捨施即時白虎張牙露爪

端然如舊金無怖懼之心神人嘆言善哉善哉前後
匪凡此乃真聖人也復陞高座為王說半偈曰
若能離愛者　無惱亦無怖　是時神人與人王說
無常偈已忽見祥雲靉靆縈繞騰空乘氣唐唐從空
而降上者雲中一天人頭戴天冠容顏異常告大王
曰吾乃非善知識也吾是天帝釋三十三天主也下
奉誠然暴有出世之志辭朧之心嘗來必證菩提救
慶雲往花道金光而去却見皇后太子俱在殿前
然如故即時火王敕起早朝策立太子為君辭別之
誠兩班九卿四相齊郤宮娥婇女徑入白雲山中

曰弗用何物得免之也神人曰陛下致捨自身充之
飽滿說是四句大王黙滿恩之朕之幻身曠大劫來
屢生屢死與口大假合終歸無常吾今捨此不堅之身
當來願證金剛之體頓勑群臣吾今爲求半偈捨此
全身尊求偈辭飛衆生百官尚說悲啼哽咽悶絕
辟地良久乃甦皆曰頭曰顚且爲君統領百姓王曰
須彌山高尚有崩墜日月雖明亦有磨滅亘古亘今
離不無常孝殤村大匡已罷遂請神人曰願捨幻軀
給若寵沃與吾眞證說此半偈即時鬼使施嵗布勇
覺聲大振踊躍倭哈種種怖辭觀其大王面容不改

中飢餓難以說之間天子取討正宮皇后并太子所
食肚中飽滿方可說偈天子聞說依命宣皇后并太
子出宮直至殿前王曰朕要求四句無常之偈今被
神人化作二人充飢方可說法卿某肯皇后及太
子曰久聞陛下廣發大願世世行檀濟眾生為業
佛果子母今朝只可相助豈可違予請神人上座子
母捨身與神人充飢即時神人將皇后太子
間吞入腹中便陞高座聽說偈言　有愛故生惱
有靈故坐怖　說此二句默而不說大王問曰此
為偈因何只說半偈神人曰肚中未飽說不盡李毛

昔日如来在多寶國作大國王飲悆三寶廣行慈悲
救度萬民常愛帝施國王忽一日發大願望求一善
知識相遇欲求四句無生法門頓悟之偈約後十二
年东遇善知識忽一日墜殿見空中有一鬼甚生得
容貌醜惡髮似硃砂牙似鋸樹隨下雲頭殿前而立
山呼萬歲皇帝聞奏心中大善遂向神人曰卿是何
人見使荅曰我聞皇帝曰求善知識今特来與帝說
四句偈度脫天子皇時天子聞奏心生歡喜並無驚
怖之心遂請神人高登寶座天子焚香禮拜告善知
識朕今欲求四句偈顧神人說知是時鬼德言我胜

開目舍鷹即便身騰飛遠毃亞見太子面容無恙金不驚焉怖以此不敢下口飛武而去良久之間太子開目都不見舍鷹及菴中白兔太子思之如此殊異須臾之間忽見青衣童子兩箇在雲中叫太子適來白兔舍鷹是我二人奉淨居天主法旨今月道我誡太子修行之心如何果見今日太子有大道捨施之心慈悲方便救度衆生之意異日當證無上菩提道果圓成坐化而去是時太子遙空頂禮心加恭敬在菴中修行愈如精進未及一月坐化而去

第三地

至菴前閑觀野境良久之間忽見白兔一隻奔走向
前口出人言望君胡救性命太子聞言心生歡喜慈
悲將白兔收在菴中又見舍鷹趕來不知太子收救
白兔在菴中口出人言讎君讎君剎彼而害我我數
日無食腹中飢餒今趕白兔一隻被太子收藏救我
饑餒如何定是餓死太子嘆言善哉善哉彼此俱物
命忽何可食乎舍鷹又言既是太子行慈愍方便故
慶衆生致捨此身血肉充飢否太子心生歡喜乃為
鷹曰你要我身上血肉充飢情願捨與汝若要自兔
食啗吾宗不與說罷太子捨身與鷹食若鷹食太子

若上卧化而逝尓時孔色善鹿王者豈異人乎即釋
迦佛是五百眷属者今五百羅漢是也惡鹿王及五
百眷属者即調達并徒衆是也

第二地、

昔日如來在善住國中出身為忍辱太子聞一僧談
燕常倡教化有緣人常行佛道一聞在耳心生歡喜
不戀皇宮快樂心生頓悟具奏父皇父皇允奏太子
即便離滅往寶峰山上結草為庵勤修善行日與猛
狼為伴夜共虎豹為隣飢餐野果渴飲清泉看經得
兒神欽敬說法山中龍虎伏忍一日太子看經罷出

至弟乳日善色鹿王直至殿前國王大怒眽曰何不

臺一鹿來今朝如何自至善鹿王告說母鹿緣由地

延如是因此自來是時國王備案嘆云言此余靈數問

懷教命之情豈凡獸乎必是聖賢隱於類中方便如

是遂勅鹿王羞顏從今斷食鹿肉永不採捕放汝回

已香山自在修行賜名御鹿山亦名鹿野苑出榜張

掛禁治官民人等從今不得擅入御鹿山場打捕其

善色鹿王與惡鹿王在於山中率領群鹿永無怖畏

自在修行善鹿王向後臨命終時告其眾曰飢吃山

頭草渴飲澗下泉守您常在此莫佳去平川於鑿

三群中一毋鹿真毋鹿告惡鹿王曰腹中現懷一子
命於下生包容分娩之後前去赴命鹿王曰排定汝
身誰肯代命不寬其毋鹿惆悵不已轉告善色鹿王
曰小鹿懷養未生願救雙命善鹿王曰汝之群隊尚
育不肯何況別子民是吾身替汝二命方可解脫因
作無常偈一首曰

萬象光中誰是主　天堂地獄總心王
衆生遊下輪回墜　死至頭來誰肯當
毋愛兒身兒愛毋　今朝子毋各合雙
吾今替汝歸泉路　明早清晨見常王

軍卒奥攷箭王曰御廚司雖有多飛唯愛整味新鮮
朕作御食鹿王婆曰善哉善哉吾乃山中野獸佳國
王山場歟國王水草豈敢違令柰有千命一時壞了
食之不盡暑月炎天恐其不鮮惟願大王暫且停止
寧馬西宮敕其多命小鹿尚有一千成其兩運次第
輪流逐日差一鹿來晨早赴命供作御食不違命令
是時國王聞說思之人有人言獸有獸語真乃如是
即時領軍囬宮設起早朝果見一鹿直至殿前雙足
叩地國王大悅山中野獸有此忠信之禮即令御廚
司宰之烹作御饍如是七日七鹿至八日該於惡鹿

第一地

按大藏經云尒時如来與調達往昔因中於金波国中有一山名七香山同隱山中化為獸身俱為鹿王一名善色鹿王一名惡鹿王各有五百眷屬飢吃山頭嫩草渴飲澗下清流自在修行化度野獸一日國王夏日御領兵馬出城捕操野味至於七香山下四方圍繞忽見山禽壞壞野獸垓垓内有群鹿尚有千數慞惶怖乱奔走無門尒時善色鹿王安慰衆鹿曰勿怖勿怖吾當救汝直至駕前雙足叩地口作人言吾是山中野獸不知大王有何用度國王見之勅止

伊府承奉普勞列印流通散施四方知音依此而修
用捨一國達者向此而進入人畫證菩提簡圖同登
般若普勸信善
大明正統戊辰端陽
伊府用梓命工刊梓

釋迦佛十地修行序

嘗謂佛佛示現本爲接物利生聖聖臨凡唯務隨後

異顆三祇果證眞性元不入流十世轉輪妙源何曾

離覺嶺因興慈按菩化鹿七春山內運悲與樂濟鷹

一身石畔捨國捨位專修六度玄門弃子弃妻無非

萬行妙道於近海求珠單明頓向群萌登山操寶致

使均沾衆彙如是則因從果得立功於世世而來累

向因成修晉於生生而證因果歷然熟知佛地易難

事理分明那識祖位殊異今者少室山人夏暇覽之

莢削繁詞從新校正

一枝松

저자 약력

박병동(朴炳東)

  강원 삼척 출생
  숭전대학교 국어국문학과 졸업
  충남대학교 문학석사, 문학박사
  현재 건양대학교 강사

■■ 학위 논문

  「심청전」의 재의적 성격(석사)
  「석가여래십지수행기」 연구(박사)

■■ 주요 논문

  경산본 「창선감의록」에 대하여
  「처용랑·망해사」조의 극본성 고찰
  「석가여래십지수행기」의 극본성 연구
  한국 저승설화의 실상

불경 전래설화의 소설적 변모 양상

인 쇄 2003년 08월 15일
발 행 2003년 08월 18일
저 자 박 병 동
펴낸이 이 대 현
편 집 안현진·장은미·박윤정·오희복
펴낸곳 도서출판 역락 / 서울 성동구 성수2가 3동 301-80
        (주)지시코별관 3층(우 133-835)
TEL 대표·영업 3409-2058 편집부 3409-2060 FAX 3409-2059
E-MAIL youkrack@hanmail.net / yk3888@kornet.net
등 록 1999년 4월 19일 제2-2803호
ISBN 89-5556-233-0-93810

정가 15,000원

* 잘못된 책은 교환해 드립니다.